Jim kommt aus Florida, jetzt ist er in Italien auf der Suche nach seinen Vorfahren. Rosemarie und Roland möchten heiraten, und Capri ist Ziel ihrer vorgezogenen Hochzeitsreise. Es ist ihr letzter Tag, die Welt tut noch, als wäre sie in Ordnung. Da kommt Jim an den Strand und fragt nach einem Schluck Wasser. Was dann passiert, passiert in einer Nacht. Sie vergessen die Zeit, und später haben sie ein Leben lang etwas, das sie nicht mehr loslässt.

»Komm, gehen wir« ist die Geschichte von drei Leben, drei Lieben, Glück und Unglück. Und so als wäre die Liebe etwas gewesen, bleibt am Ende die Sehnsucht. Vom Leser wird in diesem Buch nichts anderes erwartet, als dass er verliebt ist oder sich daran erinnern kann, wie das war. Könnte es sein, dass die Liebe das Warten auf die Liebe ist?

Arnold Stadler wurde 1954 geboren. Er studierte katholische Theologie in München und Rom, anschließend Germanistik in Freiburg und Köln. Er lebt in Sallahn und Berlin. Stadler wurde neben zahlreichen weiteren Preisen 1999 mit dem Georg-Büchner-Preis ausgezeichnet.

Unsere Adresse im Internet: www.fischerverlage.de

Arnold Stadler

Komm, gehen wir

Roman

Fischer Taschenbuch Verlag

Veröffentlicht im Fischer Taschenbuch Verlag,
einem Unternehmen der S. Fischer Verlag GmbH,
Frankfurt am Main, April 2009

Lizenzausgabe mit freundlicher Genehmigung
der S. Fischer Verlag GmbH, Frankfurt am Main

Druck und Bindung: CPI – Clausen & Bosse, Leck
Printed in Germany
ISBN 978-3-596-17572-7

Was ist Lieben?
Ist es ein Tuwort?, fragte er sich.
Bevor ich darüber nachdachte, wusste ich es noch.

Teil I

Weißer Rauch

1. Komm, gehen wir. Und sie gingen

Eigentlich waren sie nur zum Braunwerden hierhergekommen. Deswegen waren sie hier. Und das Meer sehen wollten sie. Und nichts tun. Und sonst gar nichts.

Gerade hatte Jim sie um einen Schluck Wasser gebeten und sich neben sie auf sein kleines Handtuch gesetzt. So begann ihre Geschichte. Und wie jede Liebe begann auch diese mit einem Blick.

Das wusste er aus den Liebesfilmen.

Es war eine alte Sehnsucht, mit der ihn Tante Paula infiziert hatte. Sie liebte Capri, muss es geliebt haben, denn anders ließ es sich nicht erklären, dass sie wie ein Kind sprach, wenn sie davon erzählte.

Das Schönste auf der ganzen Welt!, sagte sie, wie Kinder sagen. Roland sah sie noch mit diesem Satz dastehen und hörte noch das Ausrufungszeichen hinter *auf der ganzen Welt*.

Vielleicht war es auch wegen der Liebe, von der Roland damals noch nicht viel wusste, dass es immer Capri sein musste. Und die Liebe einer alten Frau gab es für ein Kind von einst ohnehin nicht – solche Sätze waren Roland in den Sinn gekommen, als ihm diese Frau in den Sinn kam. Die Erinnerung war Schnee von gestern und das Kapital von Schriftstellern und Verliebten, die ihre große Zeit hinter sich hatten.

Tante Paula hat ihnen jedes Jahr eine Karte von diesem Meer und den Felsen geschickt. So sah er auch nebenbei zum ersten Mal das Meer. Als Kind saß er auf ihrem Schoß, wenig später hat sie seinen Händen Manieren beibringen wollen, dann die ersten Worte Französisch. Sie sah, wie er wuchs, und jedes Mal, wenn sie zu ihnen nach Hause kam, das war einmal im Jahr, sah Paula, wie er Fortschritte gemacht hatte im Leben.

Später, als sie wieder in die Nähe gezogen war, an den See, in der Illusion, zu Hause stürbe es sich leichter, hat sie immer wieder nach ihm gefragt, er solle sie doch einmal besuchen. Was kaum einmal geschah. Nach ihrem Tod sagten die Fortschrittlichen unter ihren Menschen, die zurückgeblieben waren, Tante Paula sei lesbisch gewesen. Das war in einer Zeit, als dieses Wort in den offiziellen Mitteilungen noch nicht vorkam, schon gar nicht im kleinen Nachruf des *Südkurier*. Für Roland war diese Tante jedoch das erste Beispiel einer Liebe, die nicht so war wie die anderen.

Tante Paula, viersprachig alt geworden, das Fräulein Hahn, war vor Jahren viersprachig hier herumgegangen, jedes Jahr, früher mit Irmchen, später, nach Irmchens Tod, immer allein, auf diesen Wegen, denselben Wegen, à la recherche du temps perdu (wie eine Witwe oder ein Schriftsteller, der sich erinnern muss), auf denen gerade Roland und Rosemarie unterwegs gewesen waren, eine Woche lang, und immer wieder hatte Roland an seine Tante gedacht und an sein bisheriges Leben und wusste auch nicht, warum gerade jetzt, und er hat Rosemarie von seinem Leben und seiner Tante erzählt, vom Schnee von gestern, der zur Erinnerung verschmolzen war. Er hätte ihr gerne eine Karte geschrieben, aber Paula war tot, und ihre erste Adresse, *Himmelreich*, hätte ohnehin schon längst nicht mehr gestimmt. Sie kam nämlich, wie Roland auch, von einem Ort, der Himmelreich hieß. Das dazugehörende Land hieß Schwäbisch Mesopotamien, denn es lag da, wo die Donau und der zum Bodensee ausufernde Rhein, zwei Flüsse, schon oftmals besungen, am engsten zusammenkamen. Andere sagten auch: *Das Goldene Dreieck*, denn den Neckar, auf den Hölderlin lange genug hinuntersah (wenn er aber eine Hymne schrieb auf ihn, war es hinauf), muss man sich auch noch dazudenken.

So war Capri von Anfang an ein wenig dies alles: Kindheit, Liebe, Nähe und Ferne, Vergangenheit und Zukunft, und ein wenig (von dieser Zukunft) auch schon der Tod. Aber so weit wie Paula waren sie noch lange nicht, die damals auf denselben Wegen herumging mit schönen Gedanken und Erinnerungen in ihrem Kopf. Und darüber trug sie im Sommer immer einen leichten Sommerhut. Und eine ihrer schönen Perlenketten.

Sogar noch einen Sommerpelz hatte sie im Gepäck für die Abende. Zweimal am Tag ging sie auf die Piazza, zum Sonnenuntergang den ebenen Weg zur Punta Tragara, und zurück in ihr schönes kleines Hotel Krupp, am Grand Hotel Quisisana vorbei, was eine Bedeutung hatte: ›Hier heilt man sich‹. Wovon?

Die Via Krupp war sie vielleicht auch hinuntergegangen und hat dann wie von einem Abenteuer erzählt, als wäre sie dabei gewesen. Wie sie auch vom Lago Maggiore noch erzählen konnte, wo sie zum ersten Mal eine Palme sah, das nun schon eine Peinlichkeit gewesen, der Lago Maggiore wie die erste Palme, peinlich genug für Tiefseetaucher vor dem Great Barrier Reef. Capri war nun ja auch schon eine Peinlichkeit. Kein Mensch, der 1978 auf sich hielt, fuhr nach Capri, außer einigen, die es sich leisten konnten.

Und dann blieb Paula vielleicht auch an der Stelle stehen, wo es von der Via Krupp aus auf einer ganz steilen Treppe nach unten ging, bis zum Meer hin, wo Roland, Rosemarie und Jim jetzt zusammenlagen. Die Stelle war von der Via Krupp aus nicht zu sehen, und Paula hatte sich vielleicht überlegt, auch noch den Rest zum Meer hinunterzusteigen, mit der Höhle dahinter, wo der arme Krupp angeblich Orgien gefeiert hatte und sich auf das Gerücht der Meute hin das Leben nehmen musste. Aber das war ihr zu gefährlich, die steilen Stufen hinunter, dachte die gebildete Paula.

Aber vielleicht hat sie auch gar nicht gedacht, ist einfach weitergegangen und hat irgendetwas anderes gesehen, denn die neuesten Ergebnisse der Hirnforschung besagten, dass es gar nicht Denken war, sondern eine chemische Reaktion.

Und es war ja auch nicht der freie Wille Tante Paulas, der sie nun weitertrieb, sondern eine chemische Reaktion. Denken war nur noch ein Wort. Man sagte nur noch so, wenn man zu denken glaubte. Der Mensch dachte nur noch, dass er dachte. Das hatten die Experten herausgefunden, die sich längst so mit Gott verwechselten wie ein Dirigent mit dem Komponisten immer schon, die an jener Stelle, an der der Schöpfer am meisten gelitten hat, sich am meisten feiern ließen.

Von dem allen wusste Paula noch nichts. Ihr Glück kam manchmal mitten aus ihrem Bauch.

Tante Paula hatte ihr Leben viersprachig allein verbracht, meistens allein, als hätte man dafür studieren müssen, war Hauslehrerin gewesen, Direktorin eines privaten Mädchen-Instituts, hatte in ihrer Jugend auf Schlössern gelebt, eine Zeit lang, die schönste Zeit, fast dreißig Jahre mit ihrer Freundin in einem Häuschen unweit von Humboldts Tegeler Schlösschen, alles in Hellblau und Rosa, die ganze Wäsche, Paulchen war hellblau, Tante Irmchen rosa gewesen, als hätten sie noch in der Strampelhosenzeit gelebt in von Bruno Paul und Richard Riemerschmid entworfenen Sofagarnituren und mit Teatime-Tassen von Heinrich Vogeler aus Worpswede.

Eine dieser Sofagarnituren hatten sie geerbt, sie war schon mit Tante Paulchens letztem Umzug an den See gekommen, sodass der Umzug ins Himmelreich ganz billig war, eine einzige Beiladung mit der Firma Uwe Zapf International, die andere ging an die Seite von Irmchens Verwandtschaft. Und so war das Leben in zwei Teile gebrochen. All diese Dinge, die ihre Geschichte hatten, standen nun im Himmelreich, zusammen mit anderen Dingen, die das Leben verschönerten, nur die Papiere und Kommunalobligationen waren ziemlich verbraucht.

Der Fotograf, der am Abend auf der Piazza von Tisch zu Tisch ging, dessen Fotos dann schon am nächsten Tag im Schaukasten zwischen Piazza und Quisisana von allen, die vorbeigingen, studiert wurden, in der Hoffnung, sie würden Gracia Patricia, Maria Callas oder sonst eine Berühmtheit entdecken, hat auch sie fotografieren wollen, aber sie lächelte nur und sagte akzentfrei *grazie*.

Sie traute sich gar nicht mehr, schön zu sein, sie war es doch und lächelte nur noch, als hätte sie auch einmal gelebt und könnte sich sehr wohl noch daran erinnern.

An einem dieser Tischchen saß sie wohl und erinnerte sich, ganz allein, und trank noch einen Campari, aber nicht zu spät. Um zehn war sie schon wieder im Bett, denn morgen war auch noch ein Tag. Dann stand sie irgendwann auf, von keinem der Tischchen bemerkt, an denen die Großen saßen, Loriot vielleicht, die Großeltern Claudia Schiffers väterlicherseits mit ihrem in den Wechseljahren befindlichen Kind, dem späteren Vater Claudias, oder der spanische König inkognito auf Brautschau, war in ihren weißen Trevira-Hosen nach Hause gegangen, ganz allein, vor bald zwanzig Jahren, und warf auf dem Weg in ihr schönes kleines Hotel Villa Krupp immer einen Blick auf die Gäste des Quisisana, aber nicht zu sehr, und schon gar nicht, um zu vergleichen.

So stand sie auf, von keinem bemerkt – *es wird so langsam Zeit* –, sagte sie sich. Mit einer bewundernswerten Disziplin hatte sie gelebt, und so starb sie wohl auch, in vier Sprachen perfekt, von keinem wahrgenommen, und dann war sie einfach nicht mehr da. Ins Himmelreich kam eines Morgens ein Anruf von ihrem Hausmädchen Erika, das auch schon gegen siebzig war, Fräulein Paula sei plötzlich gestorben, tot in ihrem Bett.

Ihre Tagebücher blieben ungelesen. Auch weil sie noch in dieser alten Schrift geschrieben waren. Roland kannte diese Schrift nur aus dem Zeichenunterricht. Es war eine sehr sorgfältige Schrift, ein sorgfältiges Leben gewesen, so klar wie gestochen.

In eines dieser Hefte hat sie vielleicht noch, bevor sie das Licht ausmachte, das letzte Mal hineingeschrieben, was sie alles gesehen hatte an diesem Tag, hatte Notizen von einem Leben gemacht, hinter dessen Sinn sie bis zuletzt nicht gekommen war, erschöpft von einem Leben, das sie vielleicht gar nicht geführt hatte. Sondern vielleicht nur beschrieben und zu beschreiben versucht hatte, dieses Leben. Aber sie war trotz allem dankbar für alles. Ihr letztes Wort könnte *grazie* gewesen sein.

Tante Paula hat ein Leben geführt wie in einer bisher nicht aufgeschriebenen Kurzgeschichte.

Jetzt hatte Roland längst das Abitur und lebte in der Rauschzeit. Hatte Rosemarie und die Erinnerung an Tante Paula und ihre Postkarte, auf der er zum ersten Mal das Meer sah. Und nun kam auch noch Jim dazu.

Die beiden hatten schon einen Hochzeitstermin für den Spätherbst. Und nun saßen sie zusammen mit Jim auf ihren Handtüchern vor den Faraglioni-Felsen und hatten die Zeit vergessen, so sehr lebten sie. Es war schon ihr letzter Tag auf Capri, der 24. August 1978.

Man muss sich die Musik dazudenken, die Sommerlieder von San Remo, die unablässig aus den mitgebrachten Transistorradios herauskamen, die Kassettenrekorder, noch ein Wunder, wie Massimo Ranieri *Iinnaammuurraattuu* sang, jeden Buchstaben sang er doppelt, als könnten auch sie Liebespaare sein, wie auch die Wörter – *oi vita oi vita mia* –, und man musste sich den Sog der Wellen dazudenken, das Hin und Her um die Felsen, die aus demselben Material waren wie der Kalksandstein zu Hause, und in der Ferne hörte man die Kinder vom Bagno Privato Le Sirenuse selig herüberschreien, wo ein Liegestuhl schon fünfzehn Mark kostete, die Sonne und ihr Glitzern und Glimmern auf dem Wasser, sich alles dazudenken, die siebenunddreißig Grad draußen und drinnen, das ältere

Paar aus Neapel, das alles mithörte und nicht verstand. Doch sie hatten offene Augen. Mit einem Handtuch auf dem Kopf unter dem mitgebrachten Sonnenschirm. Ab und zu schlurften sie zum Wasser oder ein paar Schritte in die eine und dann in die andere Richtung, aus unerfindlichen Gründen. Undurchschaubar genossen sie das Leben, setzten sich wieder, griffen zu ihrer Zigarettenschachtel und rauchten, als wäre dies ihr Kinderspiel, und den Tag über lasen sie Zeitungen oder taten so, Illustrierte, die immer noch mit den Bildern vom toten Papst daherkamen, der schon am 6. August in Castel Gandolfo gestorben war, vor Ferragosto, und von seinem schönen Sommerpalast und der Aussicht auf den See nichts mehr hatte. Die Fotos der Kandidaten des Konklaves jedoch, die bald aus dieser und der Geschichte überhaupt verschwanden – *Rein gehen Sie als Papst, herauskommen tun Sie als Kardinal* –, waren nun von einem ganz anderen Interesse.

Dazuzudenken ist etwas weiter gegen die Höhle hin – meist horizontal – die Französin, stundenlang ausgestreckt, als einziges Kleidungsstück eine rabenschwarze Sonnenbrille mit Spiegelglas wie in einem Film von Claude Chabrol, sodass Jim nicht bis zu ihren Augen vordrang und nicht nach Wasser fragen konnte und die daher auch aus dieser Geschichte verschwand; und dann die paar Typen nebenan, unklar, ob noch Exhibitionisten oder schon Voyeure, die nicht nach Wasser gefragt hatten, sondern irgendwann ihre Sachen packten, ihre Badeschlappen, das Transistorradio und das Handtuch, sich über die Via Krupp wieder nach oben machten, als wäre nichts gewesen, und aus dieser Geschichte verschwanden.

Denn Jim hatte sich entschieden, gerade diese beiden nach Wasser zu fragen. Warum dies so war, weiß der Teufel.

Und schließlich noch die Flasche aus Plastik von 1978 sich dazudenken, ein glatter Verstoß gegen die Mülltrennung. Das war schon fast alles, was am Strand zurückblieb und aus dieser Geschichte verschwand.

Roland schaute sich nach einer Weile nach einer Möglichkeit um, wohin er kurz verschwinden könnte, wie er Rosemarie sagte.

Geh doch in die Höhle!, sagte sie.

Und da er nicht ins Wasser pinkeln wollte, wie das schon die Kinder im Schwimmbad taten, und auch nicht in diese Höhle, stellte er sich, von ihnen abgewandt, in jene Nische rechts neben der Höhle und sah sich als Schatten an der Wand, die Sonne stand schon ziemlich tief, und die Füße noch am Boden, als Schatten, der gegen die Wand hin wuchs, ein Teil von ihm war auf dem Boden, der andere zog sich grotesk, huschte über die Kante vom steinigen Boden und sich davon abhebendem Fels, als gälte für ihn der rechte Winkel nicht, so war es ja auch, sein Schatten schlich von seinen Füßen weg nach oben, wo sein Schattenkopf war. Und da es nun einmal sein musste, pinkelte er gegen die Wand, gegen seinen Schatten, gegen dieses Gesicht, aus Übermut darüber, was das Leben noch alles für ihn bereithielte – es war die reinste Lebensfreude, nicht viel anders als bei den Kindern, die an einem Nachmittag hundertmal ins Wasser springen konnten, warum weiß auch niemand so richtig –, und dann noch über seine ganze Gestalt, nachdem er einmal Gefallen daran gefunden hatte, als gehörte es zu den Spielen, die bald vorbei waren.

Als er zu Jim und Rosemarie zurückkehrte, hatte er das schon wieder vergessen. Aus solchen Augenblicken, die bald vergessen waren, setzte sich das Leben zusammen.

Rosemarie, die aus Minden stammte und Medizin studierte, fast schon fertig war damit, in einer süddeutschen Stadt namens Freiburg, wie Rosemarie und Roland Jim zu erklären versuchten, denn er hatte von Freiburg nie gehört. Das war ein Ort, der stolz war darauf, schon gar nicht mehr ganz in Deutschland zu sein und mit dem anderen Freiburg in der Schweiz, wo es auch eine berühmte Uni gab, verwechselt zu werden. Sie machten *Oben-* und *Unten-*Zeichen und sagten dazu *Germany* und *Southwest*, sagten noch *France* und *Switzerland*, um jeden Anschein der Provinzialität zu vermeiden, denn Roland und Rosemarie hatten mehr Angst, deutsch zu sein, als aus der Provinz zu kommen und dies auch noch sagen zu müssen, es war immer wieder eine Kapitulation, eine lebenslängliche Kapitulation. Zum Glück konnten sich die beiden nun in die Internationalität flüchten, ihre Sprache war also Englisch, so gut es ging.

Roland war mittlerweile bei der Philosophie gelandet, nachdem er mit dem Ballett und der Landwirtschaft gescheitert war. Davon später.

Wie sich bald herausstellte, waren Jim und Roland zwar nicht auf den Tag genau gleich alt, doch auf die Stunde, was aber aufgrund der Tatsache, dass sich die Erde dreht (es folgte die willkürliche Einteilung der Welt in Zeitzonen von Greenwich aus), dazu führte, dass es in Europa schon kurz nach Mitternacht, Allerseelen, war, in Amerika aber erst Donnerstagabend, ein Umstand, dem sie von Anfang an eine Bedeutung beimaßen.

Rosemarie, in deren Pass dieser schöne, aber damals wenig brauchbare Name stand, war auch so alt oder so jung wie die beiden, bald vierundzwanzig – wenn auch nicht am selben Tag geboren. Manchmal dachten sie schon je für sich, dass sie nicht mehr ganz jung wären und der Ernst des Lebens, der ihnen schon am letzten Tag im Kindergarten in Aussicht gestellt worden war, nun so langsam begänne.

Eigentlich heiratete man auch auf dem Land 1978 nicht mehr so früh. Also war zu Hause das prestigefördernde Gerücht im Umlauf, sie müssten heiraten. Davon konnte jedoch an jenem Nachmittag noch überhaupt keine Rede sein.

Vor ihrer Hochzeit, die auch aus ganz praktischen Gründen ins Auge gefasst worden war, und auch nach dem anstrengenden

Semester wollten sie sich gegen Ende der Semesterferien, wie sie sich gesagt hatten, vor dem neuen Semester und der Hochzeit noch etwas erholen und braun werden. Das hatten sie sich für die Woche am Meer vorgenommen. Es war auch eine Hochzeitsreise im Voraus.

Eigentlich waren sie nur zum Braunwerden hierhergekommen.

Jim war schon ganz braun. Nur die Badehose war auf seinem Körper zu sehen, als Negativ, wie sie sich weiß von diesem lebendigen Braun abhob und sonst das Leben über ein Geheimnis war, das nur wenige zu sehen bekamen.

Vor einer Minute hatte er sie nach einem Schluck Wasser gefragt.

I am Enzo – call me Jim.

So hätte auch ein Liebesfilm beginnen können.

Mit dem bewundernden Blick aus dem Jahr 1978 für ein solches Braun und ein solches Weiß dazwischen, das diesen Körper in zwei Teile verwandelte, oben die Partes Honestae, unten die Partes Inhonestae, so hatte es Roland gerade bei den christlichen Philosophen gelesen, denen die Nacktheit ein Gräuel war, schauten ihm beide hinterher, bis er schließlich ganz im Wasser verschwunden war. Und die anderen, die auch noch herumsaßen und aus dieser Geschichte spurlos verschwunden sind, schauten auch.

Mittlerweile schauten sie sich schon in die Augen. Dabei hatte Jim doppelt zu tun. Und auch so langsam auf die Uhr schauten sie. Roland dachte schon, wie er an seine Adresse käme. Und Rosemarie dachte dies auch. Und Jim auch. Er hatte die vergangene Nacht im Freien zugebracht, hier am Strand, in der Höhle. Sein Koffer stand im Funicolare-Depot. Aber das kam nun nicht mehr in Frage, da waren sich Rosemarie und Roland einig. Sie hatten in ihrem Zimmer in der Pension Tosca noch ein drittes Bett, auf dem bisher das Gepäck lag.

Du kannst doch bei uns schlafen

Gut, das war also vereinbart, was alle drei aufatmen ließ.

Nach zwei weiteren Stunden wussten sie schon so viel voneinander, dass sie zu ihm sagten: *Come on, let's got!* – sagte Roland statt *come on, let's go*, versprach sich, und Jim lachte und zeigte seine Zähne, noch ein Argument, das der Teufel Roland zuspielte. Sein Englisch war noch ein Schulenglisch, und Jim war der erste Nativespeaker, der ihm in seinem Leben begegnete.

Erst jetzt sahen sie diese Unterhose richtig, als er sich das Stück überstreifte, als wären nun die Vorstellung und das Outdoorleben zu Ende. Sie hatte gar nichts Besonderes, war vielleicht schon verwaschenes Weiß.

Komm, gehen wir! Und sie gingen.

Am Ende würden diese drei dann ihre Sachen packen, packten die drei dann tatsächlich ihre Sachen und gingen hintereinander zur Steiltreppe, die zur Via Krupp hinaufführte. Alles Walzer!

Doch so weit waren sie noch lange nicht.

2. *Und sie erzählten sich ihr Leben*

Es war eine lustige Geschichte, die Jim nun mit seinem schönen pennsylvanischen Akzent erzählte, die Roland trotzdem, vor Aufregung, dann vergessen hatte.

Aber vielleicht hatte er auch gar nicht zugehört, sondern nur zugeschaut. Jims Geschichte erinnerte ihn jedoch, so viel wusste er noch, an *Moira*, noch ein Liebesroman, von Julien Green, den Roland und Rosemarie gerade gemeinsam lasen, ein Kapitel nach dem anderen lasen sie sich im Bett vor, wie zwei Verliebte, und freuten sich schon darauf, wie es weiterging.

Jim hatte diese Namen, Moira und Julien Green, nie gehört. Dass er glaubte, ihn gehört zu haben, war der beste Beweis, dass er diesen Namen nie gehört hatte.

Die Geschichte Greens, die Rosemarie nun anstelle von Roland erzählte, weil sie einfach besser im Englischen war und vielleicht auch im Wiedergeben von Inhalten, wenn auch vielleicht nicht im Erzählen, spielte in den Südstaaten: Da waren mindestens zwei Verliebte im Katastrophenfall, am Schluss, kurz nach dem Schuss, waren es dann drei, mindestens drei, vielleicht war der ganze Campus der University of Virginia in diese Geschichte verstrickt, die von Joseph – und vielleicht auch von Green – als Glück gedacht war. Aber immer wieder liefen seine Geschichten auf ein tragisches Ende hinaus, was heißt tragisch, lassen wir es bei *Ende*, das war tragisch genug. – Alles gar nicht so weit weg von Jim, nur über fünfzig Jahre vor ihnen.

Mit Moira und Joseph war es nicht gut ausgegangen. Am Ende war sie tot, aber zurück blieb die Liebe. Joseph ein Mörder, aber er blieb als Liebender übrig, in einer Reihe mit Romeo. Joseph, nur bereichert um den Schmerz des Weiterlebens, ging aus der Geschichte als übrig gebliebener Liebender hervor. Und Moira war das Fatum. Das Buch war kein Krimi, sondern eine Liebesgeschichte, und der Mord war kein Mord, sondern Liebe, sodass der entsprechende Leser Tränen vergoss über dieses Ende. Und seine Augen waren Wilderer. Und der Leser war ein Wilderer, dieser Leser, dieses in einem fremden Leben wildernde Ich. Und ein Buch war eine Folge von übrig gebliebenen, nicht gestrichenen Sätzen.

Eine solche Geschichte wollten sie nicht. Ihre eigene sollte anders ausgehen.

Jim konnte damit gar nichts anfangen, obwohl Rosemarie das Ganze viel einfacher wiedergab als hier wiedergegeben. Er war eher fröhlich bis euphorisch gestimmt. Hatte ein Bett für die Nacht, musste nicht zurück in die Höhle, wo er kein Auge zugetan hatte. Und er glaubte schon, verliebt zu sein.

Die Schmetterlinge im Bauch verliehen ihm Flügel.

Ganz anders Roland und Rosemarie, die zwar auch, hätten sie Zeit gehabt darüber nachzudenken, hätten sagen können: *Dieses Kribbeln im Bauch kenne ich doch?*

Aber es hatte sich auf sie – auf ihn mehr als auf sie – wegen dieser Vorgeschichte eine Art Schwarzwaldtannenschwermut gelegt, beim Vergegenwärtigen des Anfangs und des Endes der Geschichte von Joseph und Moira.

So war es immer: Den einen tat es mehr weh, den anderen weniger. Ihm mehr.

Das war Roland. Aber Jim konnte mit jener Liebesgeschichte gar nichts anfangen, obwohl sie doch ganz in seiner Nähe spielte, und auch nichts mit dem versonnenen Gesichtsausdruck von Roland und Rosemarie, als wären sie Geschwister im Schmerz, anfangen konnte er etwas damit, wie sie beide zugleich ihm mitten ins Gesicht schauten und dann ganz weit weg, übers Meer hin, als sähen sie schon bis zum Ende. Doch es sah nur so aus.

Der aufgeklärte Jim, der in Liebessachen kein Träumer war, sagte: *Das war eine schöne Geschichte. Aber konnte das Ganze nicht in fünf Minuten erzählt werden? Where is the beef?* Als wäre der Teller leer geblieben. Aber so gut kannten sie sich noch nicht.

Roland hatte bald ein Unbehagen beim Zuhören bekommen, wie Rosemarie alles viel zu knapp und technisch, storyartig, erzählte, als wäre die Liebe ein Plot. Zwar war das genau das Richtige für Jim, wie Rosemarie die Liebe in Worten wiedergab, als wäre die Sexualität das Knochengerüst der Liebe und der Inhalt eines Buches auch eine Art Knochengerüst. Ja, manches Buch war nur ein Skelett, und manch gescheiter-terter (Roland stotterte schon im Kopf) Schriftsteller füllte es mit seinen Gedanken.

Jim wollte wissen, *was* das für ein Buch war, amerikanisch geschult, die Story hören. Roland, aber auf ihre Art auch Rosemarie, hatten ihm zu erzählen versucht, *wie* diese Moira und dieser Green …

Am Ende schrieb die angehende Ärztin ihm Verfasser und Titel auf, schon sehr geübt, schrieb Rosemarie dieses Buch auf wie ein Rezept, das ihm eines Tages weiterhelfen würde.

Vielleicht lag es auch an ihrem und seinem Englisch, das vielleicht doch nicht so gut war, wie sie glaubten, dass alles, was sie von *Moira* erzählten, bei Jim so ankam, als wären erst die Liebe und dann der Tod etwas, worauf alles hinausläuft. Wie bei der Stillen Post, wo am Ende vom Anfang nichts mehr da ist. Waren sie nicht hierhergefahren, um braun zu werden?

Vielleicht war alles auch nur ein fruchtbares Missverständnis im rechten Augenblick.

Eine halbe Stunde, nachdem Jim nach einem Schluck Wasser gefragt hatte, war es so, als wären sie schon mitten in einem Roman.

Mitten im Leben waren sie also ins Erzählen vom Leben gekommen, wie es die Verliebten tun, wenn sie spielen. Sie waren wie Katzen, die sich schon auf die Maus freuen. Auf die richtige Maus, die jetzt endlich … Aber wie einen solchen Satz zu Ende führen?

Immer auch ein wenig so sprachen sie, als wäre es bisher ganz toll gewesen, aber doch irgendwie nicht das Richtige, dazu so, als wäre das Leben ein Witz gewesen, der aus einer Reihe von Anekdoten bestand, die erzählt werden konnten. Als wäre alles nichts gewesen, und das richtige Leben käme erst jetzt. Wo sie herkamen und wo sie hinwollten, wie sie hießen und wer sie waren, und all dies, sodass sie, Handtuch an Handtuch, die Zeit vergaßen.

Bald erzählte Jim seinen Lieblingsfilm, einen Liebesfilm, aber so, als handelte es sich um einen Witz, als wäre die Liebe ein Witz, der nacherzählbar war. Nicht einmal den Titel wusste er oder den Namen der Schauspieler, die sich erst küssten, und dann.

Es war zum Kaputtlachen und manchmal zum Weinen. Der Höhepunkt war ein Huhn, das überfahren wurde, anschließend gerupft und ausgenommen und auch noch gegessen, von einem Mann und einer Frau, die nämlich von Anfang an verliebt waren, das musste so enden. Und das Huhn musste als Filmkulisse herhalten auf diesem Tisch, für diese Blicke, die über diese Art Römertopf hin- und hergingen, während sie es aßen, schauten sie sich in die Augen dabei, alles gleichzeitig, so war es. Und nachdem sie gegessen hatten, küssten sie sich, über den Tisch hinweg, und verloren das Gleichgewicht, der Tisch und alles fiel um, wie vom Drehbuch vorgesehen, das Geschirr lag schon in, sagen wir: tausend Teilen, und auch die abgenagten Hühnchenknochen und alles, und dann ging es auf dem Boden weiter, und sie küssten und bissen sich schon, hatten sich schon ineinander festgebissen, und das Licht ging überhaupt nicht aus in diesem Film, und man sah alles, auch noch die Bluse, wie sie in der hintersten Ecke dieser Wohnküche gelandet war und wie die starken Arme des Mannes sie dahin befördert hatten. Dann konnte man hören und sehen, wie sie *ja!* sagte, nichts anderes sagte sie mehr als *ja,* immer mehr, bis zum Ende. Und jetzt sahen es alle, alles auf einmal, Jim, Rosemarie und Roland.

Jim sagte, der Film sei in Amerika lange verboten gewesen.

So etwa hatte es Jim erzählt und dabei gelacht und den Kopf geschüttelt vor Freude am Leben, als wäre das Leben ein Kind. Als wäre er ein Kind, das Erwachsenen ein schönes Märchen erzählen will von der Liebe. Vielleicht hatte er den Film auch nur erfunden, um Rosemarie und Roland eine Freude zu machen (und auch ein wenig Appetit, denn Jim war schon bei der nächsten Geschichte, die nicht erzählt, sondern erlebt sein wollte, und zwar *heute Nacht*, – *Wann, wenn nicht jetzt!*, sagte sich ein wie Don Juan entschlossener Jim), und Roland, zum Beispiel, hat später auch das meiste wieder vergessen, nur jene Frau aus Jims Mund und Augen nicht, wie sie durchs Bild rennt und versucht, ein Huhn einzufangen, das vom Hühnerstall weg auf die Straße geflüchtet ist, und zu retten, vergebens, denn der Regisseur hat das Huhn überfahren lassen, sein Tod war so schon vorgesehen vom Drehbuchgott, und wie ihr Liebhaber oder auch nur Freund, der später zu einem solchen anderen wird, ihr dabei zusieht: wie dies Liebe ist, wie sie durchs Bild rennt, als wäre es mitten durch sein Herz, und von da durch das Herz des Zuschauers an seinem dunklen Platz, so hatte es Jim erzählt.

Eine Frau und ein Huhn! Wenn das Liebe war! Das musste ein merkwürdiger Film sein. Aber viel mehr blieb von dieser Geschichte nicht übrig in Rolands Erinnerung, als dass es eine ganz große Liebe gewesen sein muss. Am Ende das Gesicht einer weinenden Frau auf einer Bank in der Mitte von nirgendwo, ungewiss, ob es Tränen oder Freudentränen waren.

Aufgrund solcher, vergleichbarer und befruchtender Missverständnisse und fehlgeschlagener Übersetzungsversuche von Wörtern und Blicken waren sie sich immer näher gekommen, auf dem einen Handtuch, das doch nur ein Lappen war, Jim, und auf dem großen, das für mehrere Badesommer gereicht hätte, die beiden anderen. Es sah bald nach Glück aus.

Es waren gerade Sätze, die er nicht verstand und die schön waren, die ihm gefielen. Gerade Sätze.

Ein Buch für Roland war etwas, das sich aus vielen geraden Sätzen, die er nicht unbedingt alle sogleich verstehen musste, zusammensetzte. Ja, es war vielleicht sogar so, dass er von den Sätzen mehr hatte, die noch ein Geheimnis bewahrten, vielleicht für später oder auch nicht, aufgehoben für ihn und alle, die vor und nach ihm an der Reihe waren, wie in einem Gedicht. Roland war im Kopf ein Linkshänder, und Jim war mittlerweile schon wieder ins Wasser gegangen, als wäre er ein Kind am ersten Tag im Schwimmbad und müsste tausendmal ins Wasser, nicht nur deswegen. Roland und Rosemarie hatten eine Verschnaufpause, die sie zum Träumen nutzten, und schon überfiel sie auch wieder eine kleine Badehandtuchmüdigkeit.

Also sahen sie nicht, wie Jim wieder eine Stufe nach der anderen aus dem Wasser auftauchte. Jim schlich sich an die beiden heran, die da lagen mit geschlossenen Augen und eingecremt, als wollten sie immer noch braun werden. Dabei träumten sie nur und waren schon an einem anderen Ort zu einer anderen Zeit. Sie waren immer noch hier und waren schon ganz irgendwo anders. Er nahm die leere Flasche und füllte sie mit Meerwasser, alles sehr heimlich, und die Nachbarn, die dies sahen, verrieten ihn auch nicht und freuten sich schon auf den Schrei von Rosemarie oder auch Roland. Und dann fiel das Wasser. Die Schreie, fast zugleich, und wie sie von ihren Handtüchern aufsprangen und wie alles nass und dreckig war und wie Roland und Rosemarie, die sich noch schnell ihren Bikini überstreifte, sich nun über Jim hermachten, als wäre es eine Kissen- oder eine Schneeballschlacht. Und wie er ihnen wieder ins Meer entkam, alles unter einem großen Gelächter, auch von jenen, die bald aus dieser Geschichte verschwanden.

Das war Rolands ungewaschene Erinnerung an die Liebe. Und so träumte Roland wieder davon, Schriftsteller zu werden, um alles festzuhalten und das Unbeschreibliche zu beschreiben.

3. *What a cutie! – Rolands Vorgeschichte*

Was Kinder so spielen und was sie sich ausdenken, wenn sie am Wasser sind und keine Sandburg bauen können, dafür eine leere Flasche und das Meer haben!

Roland hatte, bevor er sich an der damals ziemlich gewöhnlichen, wenn auch wegen Heidegger seit über dreißig Jahren total zerstrittenen, Philosophischen Fakultät in Freiburg immatrikulierte, schon Ballett studiert und danach Landwirtschaft, beides freilich nach dem ersten beziehungsweise zweiten Semester schon abgebrochen. Die Welt dachte, in Freiburg werde philosophiert. Alle dachten oder glaubten dies, der Philosoph philosophiere (der Denker unerbittlich denke) die ganze Zeit, so wie eine Nonne betete und auf das angeblich Schönste verzichtete, welches von jenen, die daran glaubten, *das Eine* genannt wurde. Dachte, der eine philosophierte, während die anderen an die Liebe dachten die ganze Zeit und manchmal auch Liebe machten. Später jedoch kam heraus, dass er, während die Welt darüber lachte, dass der Philosoph so viel dachte, hart in der Sache des Denkens, jedoch Liebe machte, als wäre es die reinste Gedankenlosigkeit. Es waren auch Philosophinnen darunter. Das war das einzige Mal, dass Roland wirklich an Heidegger dachte, der hiermit schon fast aus dieser Geschichte verschwand.

In der Mensa der Naturwissenschaftler, wohin er gegangen war, weil ihm dort das Essen nicht ganz so schlecht schien, war er auf Rosemarie gestoßen. Sie standen zusammen am Förderband, von dem sie das Tablett mit dem Essen wegnehmen sollten, aber dazwischen stand noch der berüchtigte Kant-Forscher, der – wie manch anderer, manchmal auch liebenswürdiger Spinner – damals an den Universitäten geduldet wurde, ja zu deren Farbigkeit beitrug. Diesen Mann, eine stattliche Vogelscheuche von fast zwei Metern, kannten Roland und auch Rosemarie schon von der neuen Unibibliothek her, wo er sich gleich nach der Eröffnung eine der ersten Studienboxen oder Kabinen verschafft hatte, in der er nach der Mittagspause mit einer majestätischen Forschergeste verschwand und die Tür hinter sich abschloss.

Roland dachte, es handelte sich um einen bedeutenden Gelehrten, der für seine Produktivität die Nähe der Studenten brauchte, den pädagogischen Eros, und sich deswegen auch in der Mensa unter die Studenten mischte, sich anstellte und nicht, wie die anderen Professoren, die sich für die Studenten überhaupt nicht interessierten und ins Casino gingen. Denn dass es sich um einen Gelehrten, ja, vielleicht bedeutenden und weltberühmten Kant-Forscher handelte, der mit seinem langen weißen Haar wie Schelling auf seinem letzten Foto (vielleicht war es auch nur das einzige und somit auch das letzte) jeden Tag auf dem Gelände der Universität zu sehen war, vielleicht schon etwas verrückt geworden, nicht ungestraft, durch dieses lebenslängliche Milieu und diese Stadt, und mit seinen Ticks durch dieselbe ging, in zerschlissenen, ursprünglich farbigen Gewandungen und seiner Gelehrten-Fliege und der Baskenmütze, unter der eine Haarwüste herausschaute, alles ungewaschen, darüber gab es unter den Studenten gar keinen Zweifel. Der Kant-Forscher, wie er genannt wurde, der auch als Künstler damals noch hätte durchgehen können, bevor diese einem uniformen Schwarz verfielen (es war eine Entwicklung vom Clown zum Geistlichen), stand an diesem Fließband zwischen Rosemarie und Roland, die sich bis dahin noch gar nicht gekannt hatten, und dann kam es zu jenem Zwischenfall, der schließlich dazu führte, dass sie nun hier saßen:

Aufgrund eines Trugschlusses, der in späteren Talkshowzeiten zum Irrglauben verführte, man wäre mit diesen Fernsehgrößen vertraut und diese kennten vice versa das Leben, grüßte Roland, der überhaupt ein freundlicher Mensch war und daher von den Seminarlautsprechern, auf die er bald gestoßen war an der Philosophischen Fakultät, für dumm gehalten wurde, weil er so freundlich war und gar kein ironisches Verhältnis zum Leben zu haben schien, vielleicht sogar noch glücklich werden wollte und es auch sagte, wenn er es dann und wann schon einmal gewesen war: glücklich. Und er konnte es ja auch sein: Jung und glücklich, das passte irgendwie besser zusammen als jung und ironisch.

Den Kant-Forscher anzusprechen hätte sich Roland niemals getraut, diesen Menschen, dem er noch nie derart nahe gekommen war, und daher nahm er die Gelegenheit wahr, trotz eines dazukommenden ungünstigen Körpergeruchs, den Roland aber wegen der Bedeutung dieses Menschen in Kauf nahm, ja nicht einmal in seiner Zumutung wahrnahm, so wie er auch jeden anderen Makel in Kauf genommen hätte und jeden Sprachfehler und Tick. Aber nun ließ es sich nicht mehr vermeiden. Roland war gerade dabei, sein Mittagessen vom Förderband zu nehmen, und, ohne Vorwarnung wie ein Krokodil, das zuschnappt, warf der Kant-Forscher nun Rolands Tablett mit dem Besteck und dem Teller auf den Mensaboden. Ja, so war es: Plastikgeschirr war es. Ein Förderband war es. So hatte er sich jahrelang, gleich neben der Tafel, auf der *Nachschlag* stand, abspeisen lassen? Es erinnerte ihn an eine hochmoderne, automatische Fütterungsanlage in der Schweinemast.

Außer dem Tumult und der Aufmerksamkeit, die Roland gar nicht recht war, sodass er feuerrot wurde, war es auch ein ekelhafter Anblick, auf dem man hätte ausrutschen können, dieses Essen, das zwar wie immer beinahe ungenießbar war, verglichen mit den Leibspeisen, die er von zu Hause gewohnt war. Aber auf diesen Boden gehörten diese Königsberger Klopse in Risibisisauce auch nicht.

Ihre Doktorarbeit schaffen Sie niemals! An eine solche hatte Roland bisher nicht gedacht, da er aber auch eine Spielernatur war, ein Träumer, der schon Lotto spielte, manchmal schon mit dem Verdacht, dass es sonst vielleicht doch nichts würde, brachte ihn der Kant-Forscher auf so eine Idee. Nun dachte er ernsthaft an eine solche Arbeit, als müsste er dem Kant-Forscher etwas beweisen.

Es war sehr laut in dieser Mensa, aber Rosemarie hörte, außer dem zerbrechenden Küchengeschirr – es handelte sich allerdings nur um einen einzigen Teller, der in Scherben ging, der Rest war aus Plastik – auch diesen Satz, der sein Treiben krönte, und wandte sich, noch bevor sie Roland näher anschaute, erst einmal an den Kant-Forscher, den sie als Beispiel männlichen Größenwahns sogleich durchschaut hatte wie zu Hause ihren Vater schon, dem sie bald fast jeden Satz als eine Behauptung zurückwies.

Wenn es sich beim Kant-Forscher um eine Frau gehandelt hätte, so hätte man auch nicht Kant-Forscherin gesagt, sondern von Anfang an die Verrückte, eine von jenen Verrückten, wie sie zahlreich in Freiburg herumliefen, als wäre diese Stadt eine ökologische Nische.

Roland war viel zu feige (wie die meisten Männer), gegen diese Anmaßung einzuschreiten, und war schon dabei, die Scherben zusammenzulesen, noch bevor die mensaeigene Spülkraft mit dem Putzkübel und ihrem weißen Küchenkopftuch heranschlurfte, als wäre die Mensaküche eine Hightech-Einrichtung oder ein OP-Saal, dabei musste die Gesundheitspolizei immer wieder einschreiten, auch wenn es hier noch etwas besser schmeckte als in der Mensa I, die schon mehrfach geschlossen werden musste. Vor geraumer Zeit hatte es noch Tote gegeben. Kurz, Roland war schon fast dabei, sich beim Kant-Forscher für alles zu entschuldigen, da griff Rosemarie ein, sagte: *Was fällt Ihnen ein!* – schrie sie ihn schon fast an: *Sind Sie verrückt?*

Und mit einem Mal war die Autorität dieses Menschen wie weggeblasen, so wie wenn ein Vorstand am Morgen vor dem

Strafprozess aus der gepanzerten Limousine steigt oder ein Bundeskanzler an die Mikrophone tritt am Abend der verlorenen Wahl. Der Kant-Forscher lief nun einfach davon, als wäre nichts, begann *Mein Herr Marquis* zu singen und ging zu den Treppen, auf denen man mit etwas Glück immer wieder auf die schönsten Erscheinungen stieß und die Essenszeit darauf einrichtete, ja sogar seinen Plastikplatz an seinem Plastiktisch in der Nähe der Betontreppe suchte, wenn man schon nicht neben ihnen im Vorlesungssaal sitzen durfte, schließlich studierte nicht jeder Forstwirtschaft im ersten Semester, und verschwand.

Er verschwand immer mehr, schließlich an der Kunst am Bau vorbei (noch eine grauenhafte Arbeit, die jeden Tag Tausenden ungestraft zugemutet wurde) und ging dann, wie sie hätten durch die riesige Glasfront sehen können, wieder Richtung neue Bibliothek, auf den Haupteingang der neuen Universitätsbibliothek zu, wo er wohl an seinen Platz im vierten Stock der Präsenzabteilung Philosophie verschwand, fast schon aus dieser Geschichte.

Rosemarie und Roland hatten sich aber mittlerweile kennengelernt, und entscheidend ist ja der erste Augenblick; so gesehen war alles gelaufen. Quasi gleichzeitig sagten sie dann: *Komm, gehen wir einen Kaffee trinken, der spinnt ja*, und so fort.

Bald lachten sie auch. So begann ihre Geschichte.

Der Kant-Forscher übrigens war schon bald komplett entmystifiziert. Roland wollte dann doch einmal wissen, was dieser Professor die ganze Zeit las oder machte in seinem Privatkabinett. Er schlich sich also einmal von der Türseite heran und wagte dann einen Blick über den Gartenzaun. Der Kant-Forscher war nicht an seinem Schreibtisch. Aber seine Bücher lagen da. Aufgeschlagen, also das Buch, an dem er gerade arbeitete, war: Französisch – Grundkurs I, eine Seite, auf der Roland Piktogramme von einem Haus erkennen konnte, und daneben stand, in Kindergartenschrift: la maison. Und dann waren noch einige Abbildungen im Kindergartenstil zu erkennen, ein Auto, neben dem la voiture stand, und dann sah Roland noch ein Boot (le bateau) das auf dem Meer dahinfuhr. Das war la mer. Daneben, aus demselben Verlag, die Russischbände Grundkurs I-III. Alles noch vor der Zeit der audiovisuellen Methode. Das war alles, außer einem unangenehmen Geruch, den vielleicht schon das Plastik von diesem Menschen angenommen hatte. Aber vielleicht war es auch der angeknabberte Apfel auf diesem Tisch.

Vielleicht war der Kant-Forscher auch ein großer Pädagoge oder Linguist, der diese Bücher selbst verfasst hatte und seine Thesen noch einmal auf ihre Stringenz hin überprüfte, oder er war ein großer Kinderpsychiater, der sich in das Hirn eines Kindes hineinversetzen konnte.

Roland jedenfalls war auf alle Fälle schon wieder einmal im zweiten Semester und schaute auf die Uhr. Er war noch dreiundzwanzig Jahre alt.

Freilich nacheinander, nicht nebeneinander, hatte er auch schon etwas Ballett und Landwirtschaft studiert, zwei Möglichkeiten, die auf den ersten Blick auch nicht so recht zusammenpassten.

Er stammte ja vom Land, vom Himmelreich, aus der allerletzten Zeit, da das Land noch etwas zählte. Über der Haustür war ein Wappen mit zwei Wildschweinzähnen zu sehen und rechts und links neben der Haustür jeweils noch einmal zwei Hauer von Keilern, zu einer Art Geweih geformt; nur über Details und die Bedeutung des Wappens stritten sich die Heraldiker, ob es zwei Nasen oder zwei Wildschweinzähne waren, die Familie hieß nämlich Nesensohn, und das Haus gehörte noch in den sechziger Jahren dem Haus Fürstenberg: Da haben sie es für eine Mark an die Nesensohns verkauft. Es war fast schon eine Ruine; und die Familie auch. Bei all diesen Sachen war freilich auch die Liebe im Spiel. Das war überall möglich auf der Welt, ihr ausgesetzt zu sein.

Sein Großvater erst, Güterverwalter der Fürstenbergs, der einmal im Jahr in der Fürstlichen Haus- und Jagdzeitung abgebildet war, hatte das Himmelreich von jener kretinösen, über Jahrzehnte bankrottierenden Familie übernommen und hat auch gleich sein Wappen, das er vielleicht geerbt hatte, vielleicht auch nur erfinden ließ, über der Haustür anbringen lassen. Vor allem die Hauer waren auch so etwas wie Ausdeutung des eigenen Lebens.

Rolands Vater war dann ein erfolgreicher und vermögender Tierarzt, war vieles, auch Rotarier, Chef des Tierzuchtamts, Ausbilder von Tiertransportbegleitern mit ihrer meist noch lebenden Ware von Holland bis in die Türkei und von Polen bis nach Marokko, und er war wahrscheinlich im Laufe seines Lebens immer wieder einmal verliebt, als wäre es das erste Mal. Aber davon wusste sein Sohn, der hieß wie er, nichts Rechtes. Und nun sollte er alles noch einmal von vorne beginnen, das Leben, das Abarbeiten, die Liebe, als wäre es eine Sisyphosarbeit.

Roland stammte also nicht aus einem jener immer schon selteneren Balletthaushalte. Aber er hatte Marcia Haydée und John Cranko im Fernsehen gesehen, wo sie den Schwan und er die Prinzenrolle tanzte. Das genügte. Tanzen konnte er auch. Auch springen und stemmen.

Tatjana Lohuwenko! Sie drehte einst ihre 32 Sylvia-Fouettees ungerührt, und die alten Weiber (so sagte sie) zählten mit, ob sie es schaffte. Erzählte sie ihnen während der Stunde an der Stange, wie sie so, als wäre es nichts, die 32 Fouettes drehte, die Verausgabung überspielend, so erinnerte sie sich an ihre große Zeit im Kleinen Haus, wie Kögler über sie schrieb und sie mit einem Wunder verglich und wie jeder der Tänzer den Prinzen geben wollte, sagte sie mit einem verächtlichen Blick zur Stange hin. Sie musste doch einmal verliebt gewesen sein – oder sie war es immer noch.

Tatjana Lohuwenko zuerst! Denn sie würde Roland bis zum Jüngsten Tag nicht vergessen.

Roland bewarb sich zunächst an einer der Hochschulen und wurde tatsächlich genommen. Das war in Frankfurt am Main und lag gerade zwei Jahre zurück, von diesem roten Fleck auf der Karte, diesem Handtuch, aus gerechnet. Es war verwunderlich, dass er genommen wurde, nicht so sehr, weil es nicht in jeder sogenannten Balletttruppe und auch da und dort an den Sporthochschulen den einen oder den anderen Ballettmeister gegeben hätte, der eine Entdeckung machen wollte und sich in den Kopf gesetzt hatte, gerade diesen schönen jungen Mann durchzusetzen; erstaunlich war es vielleicht eher deswegen, weil er ja der einzige Deutsche in dieser *Truppe* genannten, sonderbaren Truppe war, als wäre er der Einzige, der noch tanzen wollte. Das ehrte ihn einerseits, das depressiv gewordene Volk der Dichter und Denker (aber waren damit nicht *allein* die Schwaben gemeint?) hier beim Tanz zu vertreten. Warum, wusste er auch nicht so genau. An der sogenannten Leistung beim Vortanzen allein konnte es nicht liegen.

Roland hatte zwar schon als einer der wenigen Jungen Unterricht im Ballettstudio Pfotenhauer gehabt, aber sein Vater war noch mit der Nahkampfspange aus dem Krieg zurückgekehrt, und ein Onkel war bei der SS, freiwillig, aber eigentlich unfreiwillig, wie wir nun wissen, wie alle anderen auch, und war im Dom von Quedlinburg von Himmler geweiht worden.

Selbst diesen Wunsch hatten seine Eltern durchgehen lassen, und einmal in der Woche hat ihn sein Vater mit seinen Händen, die schon viel gesehen hatten, zu Nadja Pfotenhauer gefahren. Einmal im Jahr gab es eine Gala, bei der der Nachwuchs den Fortschritt vorführen durfte, wie sie hinfielen und wieder aufstanden und wie das Publikum nach der spartanischen Kür klatschte und sich die Eltern in den Weltruhm ihrer tanzenden Neunjährigen hineinträumten. Daran dachten Rolands Eltern eher nicht.

Es war der § 175 noch nicht aufgehoben, von dem sie wussten. Sie hatten einen solchen Onkel, lochverschwägert mit den Fürstenbergs und von da mit halb Europa, der trotzdem ganz nett war, dem man dies im Übrigen überhaupt nicht ansah, sagten sie so ungefähr noch Jahre nach seinem Tod, immer wenn sie von diesem Onkel sprachen. Sie sprachen im Übrigen nicht schlecht von diesem Onkel, dessen Erben sie waren, allein aufgrund seines traurigen Lebens, dabei auch eine Zeit in Dachau, wofür er sich ein Leben lang schämte. Dieser Paragraph des Strafgesetzes galt auch schon im sogenannten Dritten Reich, an das seine Kindheit mit den Jahren immer näher heranrückte, sodass Roland sich einst sagen müsste, dass alles ein paar Jahre danach mit ihm begann und derselbe Paragraph des Strafgesetzbuches immer noch galt, ja, in seiner durch die Erkenntnisse der Rassenforschung, insbesondere durch Zwillingsstudien, verbesserten Form übernommen wurde.

Trotzdem: Anna, Rolands Mutter, wollte eigentlich nicht, dass ihr Sohn in eine kriminelle Zukunft hineinwuchs – und der Vater noch weniger, der, noch bevor er volljährig war, schon für den Führer an den verschiedenen Fronten in verschiedenen Funktionen, immer mit robustem Mandat, unterwegs gewesen war, auch gar nicht so fern, in Monte Cassino, wo er hätte auf den Vater von Jim stoßen können, um ihn zu töten.

Rolands Vater war ein Teil jener Migrationsbewegungen (wie Weizsäcker sagt) und war gerade von einem vieljährigen Aufenthalt aus Sibirien zurückgekehrt, als wäre es St. Moritz gewesen. Auch er sagte damals schon, er habe sich nichts zuschulden kommen lassen. Und dreißig Jahre später würde er es noch mehr sagen.

Eislaufen musste Roland also auch können: Es war ja kalt genug in seiner ersten Welt, und glatt dazu.

Dass er indes schon den doppelten Rittberger und den Lutz schaffte, ließ aber eher auf die Begabung und den Gestaltungswillen seiner Mutter Anna im Erzählen schließen.

Die Stunden bei der russischen Repetitorin wurden Roland bald zu viel; nun ertappte er sich schon dabei, wie er bedauerte, so früh abgebrochen zu haben, auch ihre Übungen: Das Fünfmarkstück durfte hinten zwischen den Beinen nicht runterfallen. (Das wusste er von seiner Freundin Marie Luise.)

Aber so lange wollte er nicht üben, und schon gar nicht solche Übungen.

Schließlich war es für ihn ausgemacht, dass die Karriere als Solotänzer doch nicht in Frage käme. Die Eltern hatten sich schon an den Gedanken gewöhnt, dass ihr Sohn nun tanzen würde in derart engen Trikots, dass man das Hinterteil derart abgebildet sah, was sich für einen Mann noch weniger schickte, ein Mann hatte nämlich, entschuldigen Sie, hatte nämlich bei ihnen zu Hause gar keinen Arsch zu haben, und die Frauen hatten immer ein so schönes Ballettröckchen, so kurz wie ein Haiku, *das leider auch aus der Mode gekommen ist*, würde später einmal ein in diese Welt hineingewachsener, toleranter Mensch auf der Höhe der neuen Zeit sagen.

Der Vater hatte sich mit dem Satz: *Es gibt Schlimmeres!* insgeheim getröstet und gehofft, dass sein Sohn nicht auch noch schwul wäre, eine Hoffnung, um die seine Mutter seit jenen unguten Küchenszenen betete, als sie Roland dabei entdeckte, wie er sich in der Küche zu schaffen machte, was einem Mann streng verboten war, und sie dennoch fürchten musste, diese Gebete fruchteten nichts.

Sie sagten alle, wenn es ernst wurde, *es gibt Schlimmeres*, auch in diesem Fall, obwohl dies gerade das Schlimmste war, was man werden konnte zu Hause.

Von der Zeit an, da Roland jeden Abend erschöpft von den Übungen bei der Lohuwenko herauskam und noch an der Tankstelle vorbeimusste, gab seine Mutter bekannt, Roland übernehme schon kleine Solorollen in Stuttgart und sei mit dem Chef der Truppe eng befreundet. Beherzt wie sie war, endete ihre Erkenntnis mit solch einem Sprung ins Wasser.

Der Begegnung am Wasser bei der Marina Piccola war, außer

einer in jedem Fall vorauszusetzenden Kindheit, auch noch das Studium der Agrarökonomie in Hohenheim und dessen Abbruch, das Studium des Balletts an der Hochschule für Musik und Darstellende Künste in Frankfurt am Main und dessen Abbruch vorausgegangen.

Das ließ sich alles zunächst gut an, wie der vernünftige Mensch sagte. Aber, um es kurz zu machen: So, wie die Solokarriere am Test mit dem Fünfmarkstück, das bei Fortgeschrittenen auch eine Gänsefeder sein konnte, zerschellte, an den in über hundert Jahren gewachsenen Anmaßungen der russischen Schule in Person von Tatjana Lohuwenko zerschellte, so auch die Landwirtschaft und die damit verbundenen Möglichkeiten an einer Wochenendexkursion auf die Schwäbische Alb, die die Studenten mit dem Professor in einige ausgewählte Musterbetriebe führte, von Hühnerzucht bis Schweinemast, wobei auch noch die Praktikumsplätze vergeben werden sollten. Davon später.

Zunächst noch etwas über die Ballettkarriere: und alles nur in Stichworten.

Don't mumble!, hatte die Englischlehrerin immer gesagt, und nun war er bei Tatjana Lohuwenko an der Stange. Frankfurt. Hochschule für Musik und Darstellende Künste, Abteilung Bühnentanz, das war neben einer Shell-Tankstelle mit KFZ-Bereich, und die jungen Mechaniker pfiffen den Mädchen hinterher, während sie Roland mitleidige Blicke zuwarfen, wenn er mit seiner Tasche vom Training herauskam. Die russische Trainingseinheit, der Knjasew, war höchst gefährlich, Tatjana warnte ihre Kollegen davor, von den Kindern zu früh zu viel zu fordern.

Und doch. Sie selbst hat sich an diese Forderung ja am wenigsten gehalten.

Tatjana belauschte immer, was ihre Kinder in der Kabine sprachen. Da erzählte eines von ihnen von dem Film *Teorema* und von der sprachverschlagenden Liebe. Da rief Tatjana über die spanische Wand: Ihr sollt schön sein! – Fernsehverbot! Das alles war noch gar nicht lange her. Doch auch nach der Paudlerstunde klagten die Mädchen: *Mir tut was weh.* Eine sagte: *Ich bin Blondine, wir sind eben empfindlicher als andere,* und was so alles in der Kabine gesprochen wurde. Professor Arenkiel war früher Solotänzer, hat gut getanzt, *bei Kurtchen hast du gelernt,* behauptete, im Krieg Offizier gewesen zu sein, *Kinderchen, Kinderchen* und warf mit dem Kopf um sich. Tatjana Lohuwenko war nicht so kreativ in den Sprüngen, machte eine solide Stange, die Grundpositionen stimmten. Einmal war eine Tänzerin da, die gerade in Hannover abserviert worden war, oder in Bremen, eine kurze Karriere, fünf Jahre zuvor noch die Hauptrolle von Dornröschen, war schon Ende dreißig, Gesine Poisson, rote Haare, sehr freundlich, die Lohuwenko jeden Tag bei der Arschkontrolle. Die Umkleidekabine war der Konfliktbereich Nr. 1.

Eine andere war sehr tanzbegabt, aber war von ihrer Grundausstattung her als Pferd auf die Welt gekommen, sagte die Lohuwenko. Das alles eine Erinnerung an ein Jahr, das auf vielleicht zehn Sätze und Bilder zusammengeschrumpft war.

Peggy musste immer verteidigen, warum sie da war. Die Lohuwenko war ratlos, wie man mit diesen Schenkeln einmal den Schwan geben wolle. Sie sagte ab da, sie wolle zum Volkstanz. Ein junger Kleiner hatte ein Gesicht wie eine Katze, Tatjana rief ihm *kastrierter Kater* hinterher. Der wunderschöne François hatte einen deutschen Gönner, bei dem er wohnte und der bald an Aids sterben sollte, mehr wusste er nicht.

Das alles waren nicht erzählte Liebesgeschichten. Stoff für einen Tatjana-Lohuwenko-Roman, in dem der Regen bald in Schnee überging und sein Weiß über alles legte.

Das – *Kinderchen, Kinderchen,* von *Kurtchen* bis zum *wunderschönen François* – waren alles Stichworte und Namen aus Liebesgeschichten, die vorbei waren.

Und doch. Es ging weiter mit dem Vorbeigehen, das war die Gegenwart: dieses Handtuch mit Jim, der bald *Komm, gehen wir* sagen würde.

Die Lohuwenko verordnete Roland Astronautenfutter gegen den starken Po, wie sie diese heimliche Weltmacht nannte, bei 59 ½ Kilo am 22. Dezember 1976. Davon wohl schon mehr als dreißig Prozent für die wohlgeformte Oberschenkelpassage. Ja, Roland lief eine Zeitlang als Arschwunder herum und brachte Tatjana zum Abschied einen Weihnachtsstern: Dafür gab es einen letzten Klaps auf den Po. Sie schärfte ihm noch einmal die Aufgabe für Weihnachten ein: Zwei Kilo davon will ich nicht wiedersehen. Dann war er es als Ganzes, was die Lohuwenko nie wieder zu Gesicht bekam.

Tanzen hieß zu Hause so viel wie: Er lässt sich jetzt ficken. So viel stand fest. Sie, angefangen mit den Leuten am Sonntag in der Kirche, hatten ihn natürlich im Lauf der Jahre auch von hinten gesehen, wie er die Kniebeuge machte, und jene Gläubigen, welche die Woche über noch ganz andere Dinge machten, mussten nun mit ihren unschamhaften Gedanken kämpfen. Dass es hätte Liebe sein können, kam nicht in Frage.

Roland erzählte so, als wäre sein Leben etwas vom Regen in die Traufe.

Die letzten kleinen Sätze von *Tanzen* an erzählte er aber Jim und Rosemarie nicht und auch nicht, wie er in seiner Calvin-Klein-Wäsche vom Training zurück dalag und träumte, von der Liebe: Kurz darauf sollte es so weit sein.

Roland tröstete sich damals mit den neuesten Erkenntnissen des Leiters des Osloer Zoos, der bekannt gab, dass in seinem Zoo vierzig Prozent seiner Bewohner schwul waren.

War diese Meldung noch ein Versuch, dem Wort Liebe einen Sinn zu geben?

Vierzig Prozent der Rosenkakadus sind schwul, meldete der Osloer Zoo, achtzig Prozent der Zwergschimpansen bisexuell. Das war eine Nachricht für Roland. Er war auch nur ein Tier, das leben musste. Dafür in der Hölle schmoren? Auch er selbst, bisher ohne Praxis, verwechselte schwul immer noch mit Geficktwerden oder Ficken. Und dafür sollte man danach ein Leben lang in der Hölle schmoren?

Königliche Hoheit entschuldigen gnädigst. Es musste einmal so deutlich gesagt werden.

Und außerdem war er nun Jim schon ein ganz schönes Stück nähergekommen.

Rosemarie musste sich überhaupt nicht anstrengen.

Und Roland dachte schon daran, ein Foto von Jim zu machen, fürs Album, zur Erinnerung an den Augenblick, als er aus dem Wasser auftauchte, schon wieder Boden unter den Füßen hatte und sich auf dem Weg zum Handtuch schüttelte wie ein junger Hund. Aber er traute sich nicht. Auch hatte er keinen Fotoapparat dabei. Also gab es überhaupt keine Fotos, sondern nur Verbrennungen in seinem Hirn. Brandnarben im Hirn der Erinnerung. Da er sich die Augen verbrannt hatte beim In-die-Sonne-Schauen.

Rolands Eltern waren überglücklich, als sie von Rosemarie erfuhren. Endlich ist er auf dem richtigen Weg, dachten sie.

Beim ersten Besuch zeigte Anna ihrer zukünftigen Schwiegertochter die Puppenküche und das sonstige Spielzeug Rolands. Mit drei konnte er das Vaterunser schon fehlerfrei aufsagen. Mit zwei konnte er schon bis auf drei zählen usf., genau wie Jims Großmutter, noch eine Liebesgeschichte – was Müttern, ihre Söhne betreffend, so einfällt auf der Welt. Roland hatte es vergessen, und das meiste von dem, wie seine Mutter sein Leben vergoldete, hatte er ohnehin nie erfahren.

Oder wollte sie auf diese Weise verhindern, dass er ihr eigenes Unglück mit einer anderen wiederholte?

Dann kam erst noch Hohenheim! Was sich so an der Uni herumtreibt und Professor nennt. Dazu die angehenden Forstwirte, die auf Jagd gingen in den Studentenlokalen, wo Frauen im Bogner-Dirndl auf kurzgeschorene Männer im Trachtenanzug und hervorstehendem Kinn warteten, gerne auch mit einem *von* vor dem Hosenladen (es hätte Hosenheim heißen müssen).

Da lag er nun wieder in seiner Calvin-Klein-Wäsche, zurück aus der Gegend zwischen Klein- und Großengstingen, zurück von den Pferden, Hühnern und Schweinen der Exkursion Herdbuchführung I, schnupperte an seinem Pullover, ob etwas davon hängen geblieben war, und träumte von der Liebe: *paulatim, paulatim.*

Doch eines Tages, bald, lag er wie übrig geblieben, wie ein Ding, das von der Liebe übrig geblieben ist, ein nackter Rest, so lag er da in seinem Körper und hätte weinen können. Und neben ihm noch so ein zweibeiniger Rest.

Das soll die Liebe sein? Mit diesem Gedanken war er zum Bad gelaufen und war dann auch noch in seinen Hosen auf dem Nachhauseweg.

Die Landwirtschaft hingegen war an einer Wochenendexkursion gescheitert: er in weißen Jeans, eine Hühnerfarm, Besichtigung eines Vorzeigebetriebs derer von Hohenzollern, die, seitdem sie und ihre kaiserlichen und königlichen Verwandten die Welt verwüstet und den Ersten Weltkrieg verloren hatten (Tote gab es auch), auf Landwirt umsattelten und ab da als Beruf immer *Landwirt* angaben und so taten, als wären es die anderen gewesen, der primitive Mensch, die Bestie, und sie hätten nichts damit zu tun, weniger als ein Hundehalter, der die Pitbulls aufeinander loslässt, damit sie sich zerfleischen. Der Geruch war schon von außen unerträglich, sodass Roland, nach einer panikartigen Flucht in seiner weißen Hose vom Stalltürchen zurück in den Bus, dort sitzen geblieben war, die Fenster schloss, von Professor Hillenbiller so entdeckt wurde und den Schein niemals bekommen hat.

Waren das alles nur Erinnerungen oder Erzählungen an Bord dieser Insel, auf der Kaiser Tiberius und Krupp ihr Unwesen getrieben hatten, vielleicht auch nur auf der Suche nach Liebe?

Der Bus fuhr von Hohenheim aus kommend Richtung Süden, und man konnte den von Hölderlin die ganzen fünfunddreißig letzten Jahre gesehenen und die Jahreszeiten über auch manchmal besungenen Albtrauf sehen, das blaue Band, eines der schönsten auf der ganzen Welt, wie Kinder sagen, und dies bei diesen ineinander verschwimmenden Höhen wie Gestalt gewordene Tsunamiwellen zu Recht.

Gut, sie waren in den Bus gestiegen, er wollte sich nicht neben Karl Heinz Häring setzen. Auch sprach er nicht dessen verwaschenen Dialekt, der nicht mehr Muttersprache und noch nicht Deutsch war. Er sprach außerhalb vom Himmelreich und seiner Sprache nun Schriftdeutsch, so gut er es konnte, und wurde daher in seiner Hohenheimer Umgebung immer wieder marginalisiert. Alle schienen gerüstet, nur er nicht. Bergschuhe oder Stallstiefel waren zwar nicht ausdrücklich verlangt worden, aber die anderen im Bus wussten, was man im Stall anhat. So saß er in weißen Jeans auf seinem Platz und sah, wie der Bus an Metzingen vorbeifuhr, wo er sehnsüchtig in Richtung Boss-Fabrikverkauf hinüberschaute, eine Möglichkeit, von der die anderen nicht einmal wussten, der Professor schon gar nicht, dann Tübingen, wo die etwa gleichaltrigen Spinner versammelt waren, aus jeder Klasse war der Oberspinner nach Tübingen gegangen, um entweder Philosophie oder Theologie, Psychologie oder Soziologie zu studieren, um nach zwanzig Semestern entweder als Professor, Taxifahrer oder Politiker zu enden.

Alle im Bus waren froh, nicht in Tübingen gelandet zu sein. Roland auch. Da waren sie schon in Reutlingen. Erster Stop-over war ein Schweinezuchtbetrieb auf der Höhe bei Münsingen. Aber es kam noch schlimmer. Doch vorerst Pfullingen, das war der Ort, wo die Sprechplatte herkam und gleich in der Hochzeitsnacht Brecht gezeugt wurde, Hauptsitz eines Verlages, der seine Autoren auch noch sprechen ließ, als wäre es mit dem Schreiben nicht genug gewesen. Ja, die zwei größten deutschen Dichter waren Schwaben und evangelisch. Auch Goethe kam aus einem Dialektgebiet, hatte überdies auch schwäbische Vorfahren, von der Mutterseite her, über die ja die Genialität vererbt wird, und war seines Frankfurterischen auch mächtig, vielleicht mehr, als ihm lieb war. Damit müsste sich der hochdeutsche Rest erst einmal abfinden, sagte sich Roland mit geschlossenen Augen, als schliefe er.

Gleich hinter Pfullingen fuhren sie in die Schwäbische Alb hinein, kurz vorher noch ließen sie die Achalm links liegen. *Das ist die Burg Lichtenstein.* Der Professor Hillenbiller zeigte mit der Hand nach rechts oben, und einige schauten auch. Andere nicht, die schauten zu Roland hin, wie er in seiner weißen Jeans allein in einer Reihe saß und mit niemandem sprach, ein Ärgernis, von dem sie sich abgrenzten. Auch aus Verlegenheit. Gleich nebenan, in den Ruinen von Urach, unweit der Wasserfälle, hatte Johannes R. Becher erste Verse zur späteren DDR-Nationalhymne notiert, so viel nutzloses Wissen. Das ging ihm durch seinen unsystematischen Kopf, und es roch irgendwie in diesem Bus. Eine Zeit lang überlegte er sich deshalb auch, Germanistik zu studieren. Dann waren sie oben und parkten im Hof des Vorzeigebetriebes einer weiteren Schweinemast- und Zuchtanstalt, welche zu zwei Dritteln den Prinzen von Hohenzollern-Hechingen von der Evangelischen Schwanzseite gehörte. Und hier waren schon vier Praktika »Schweinezucht I plus Herdbuchführung« zu vergeben, eine Möglichkeit, mit der Roland vorerst nicht spielte. Es kamen ja noch andere Betriebe, Marbach vor allem, das weltweit bekannte Landesgestüt, das hatte er sich ausgesucht.

Der Ort war vor allem deswegen bekannt, weil ihn Königin Elisabeth einst mit dem anderen Marbach verwechselte, wo die Sachen der Schriftstellergrößen von einst, die sich im Leben einst den Tod gewünscht hatten, nun alle zusammen atomsicher weggesperrt waren und nie mehr das Licht der Welt erblicken sollten.

Die Geschichte (wie die Queen in Marbach war, bei den Büchern statt bei den Pferden, und wie sie die ganze Zeit nach den Vollblütern Ausschau hielt, während ihr die Welt der Literatur erklärt wurde) ist bekannt und würde noch wie der Durchzug von Marie Antoinette, von Wien nach Paris, in zweihundert Jahren in Tuttlingen, der Stadt von Kannitverstan, erzählt werden, wenn man schon gar nicht mehr wüsste, was Postpferde waren und wie die Straßen von einst aussahen, auf denen diese armen Tiere entlanggetrieben wurden, mit Menschen in den Kutschen, die sich darüber keine Gedanken machten, auch nicht über das Schicksal ihres hoffnungslos verliebten Kutschers, der vielleicht gerade Selbstmordabsichten hegte und immer wieder kurz davor war, seine Pferde in den Abgrund zu lenken, wie es Lokomotivführer bis heute tun mögen (im Wort *Motiv* steckt *movi* – die Bewegung), nur eines war in ihrem Kopf, dass sie möglichst schnell an ihr Ziel kämen. Manchmal war ein geliebter Mensch darunter. Aber meistens waren es irgendwelche dummen Sachen, mit denen sich der Mensch abgab, der sich mehr für seine Amouren und Eskapaden, für seine Bücher, Handschriften, Wochenenden, Ferien und Pferde interessierte als für seinen kranken Nachbarn, zum Beispiel.

Deswegen seine weiße Hose. Es war nämlich eine Reiterhose, etwas, das er von zu Hause mitgebracht hatte und das gewöhnliche Landwirtschaftstudenten gar nicht mehr kannten. Die hatten im Hof des Schweinezuchtbetriebs schon nach ihren mitgebrachten Gummistiefeln gegriffen und waren ausgestiegen und standen um den Professor und Graf Douglas herum. Der Professor und seine besten Studenten (Frauen waren nicht darunter) wurden begrüßt vom Verwalter des Musterbetriebs. Der gehörte dem Herzog von Württemberg, der sich ab und zu hier sehen ließ, mit seiner Frau und seinen Gummistiefeln, einmal im Jahr war die große Treibjagd. Und die Refeudalisierung der Gesellschaft, der zuletzt fast nichts mehr geblieben war als *Verbraucher und Fettleibige und Fitnesswahn und Köche und*

Models und Starfußballer, Fernsehphilosophen und sonstige Experten, die in Talkshows zu Wort kamen, war wieder in vollem Gange. Geld- und Fernsehadel taten sich mit dem bisherigen zusammen. Gerade war im Fernsehen der Geburtstag von Diane gefeiert worden, und der Moderator hatte ca. fünfzigmal *Königliche Hoheit* und nicht *Frau von Württemberg* gesagt, wie es von Rechts wegen hätte sein sollen, und all dies geschah in einer sogenannten Anstalt des Öffentlichen Rechts; und dem sogenanntenVerbraucher, der meist ein armer Mensch war, blieb nichts anderes übrig, als seine Gebühren zu bezahlen. *Katholisch* und *unterspritzt.* Das passte im Übrigen auch nicht so recht zusammen: Warum jetzt auch all diese Katholikinnen sich liften ließen? So wenig Vertrauen in Gott den Schöpfer? Fast alle, die es sich leisten konnten, waren schon unterspritzt. Und nur die anderen, die Angst vor einer OP hatten oder kein Geld, vertrauten weiter mehr dem Schöpfer als dem Schönheitschirurgen und ließen sich so, wie Gott sie geschaffen hatte. Es gab gewiss auch schon Nonnen, die an eine Schönheitsoperation dachten. Es konnte doch nichts Schlechtes sein, wenn so vorbildliche Katholikinnen wie Diane aus dem Hause Frankreich unterspritzt waren. Darüber werde ich mir ein andermal den Kopf zerbrechen, dachte Roland.

Wenn er weiter diese Stallgeschichten erzählte, würde er etwas anderes werden in Jims Augen, mehr oder weniger, das wusste er nicht. Rosemarie kannte die Geschichte ja schon. Sie fand sie lustig und musste immer wieder lachen über sein Leben.

Jim! – jetzt hatte er etwas, auf das er sich freuen konnte. Auf das sie sich beide richtig freuen konnten.

Ansonsten hatte sein Leben ja wenig Boden unter den Füßen.

Ich überlegte mir, ob ich überhaupt aussteigen sollte, habe er damals, auf dem Parkplatz der Hühnerfarm derer von Hohenzollern angekommen, gedacht. Und er habe sich dieselbe Frage schon damals gestellt, kurz bevor er das Licht der Welt schauen sollte. *I thinked if I shall get of and come down and show the light of world.*

Ja, so war damals Rolands Englisch. Ein Wunder, dass nicht mehr passiert ist. Dass er ihn missverstanden hatte, verstand Roland nun als seine einzige Chance, verstanden zu werden, denn hieß *verstanden* nicht auch *geliebt?*

Mit seinen kleinen Sätzen würde er niemals in der großen Welt landen. Dieses Prinzip hatte Roland instinktiv erkannt und sich auch in späteren Jahren daran gehalten.

Er konnte nur Menschen halten, die ihn nicht verstanden oder missverstanden, schöne Brasilianerinnen an der Stange, die darauf warteten, dass er sie ins Himmelreich entführen würde, mitnähme, rettete, so wie die anderen, die Jungbauern im Nachbardorf, deren Frauen nun am Sonntag der Höhepunkt der heiligen Messe waren wie die Frau des Wirts vom Hasen in Lebensweiler, die von der Insel Tonga stammte und an der VHS einen Kurs Südseebauchtanz anbot.

Ich überlegte mir, ob ich aussteigen sollte, Bücher interessierten mich nicht, als wären es Schweine, und *Schweine interessierten mich nicht,* sagte Roland, und die beiden lachten. Jim etwas zeitversetzt, denn bei den schwierigen Passagen fungierte Rosemarie als Dolmetscherin. Aber das Wort *Rettich* hatte sie auf Anhieb, wie sie sagte, auch nicht gewusst. Fiel ihr überhaupt nicht ein, das ließ ihr Ehrzeig, sorry: Ehrgeiz (Roland versprach sich schon im Denken) nicht zu, und sofort, instantartig, überspielte sie ihren Black-out, Rettich betreffend, auf ihre Weise, indem sie schlagartig zehn der seltensten der ausgestorbenen Tierarten mit Namen nannte, die in Darwins Hauptwerk *On the Origin of Species by means of Natural Selection* vorkommen, der Reihe nach aufsagte, korrekt ausgesprochen, wie den Titel des Buches auch, wie Darwin es nicht besser gekonnt hätte.

Ich habe es dann doch gemacht ... bin ausgestiegen ... ging kurz durch das Stalltürchen ... und dann in einer Panik zurück in den Bus.

Und bekam den Geruch nicht mehr aus seinem Haar und seiner Nase und, wie sich herausstellte, auch nicht so schnell aus seinen Kleidern und aus seinem Kopf, vielleicht ein Leben lang, ein Hauptwaschgang genügte nicht.

Der Höhe- und der Tiefpunkt zugleich war also eindeutig die Hühnerfarm der Prinzen von Hohenzollern, die damals ihre Eier noch selbst zum Wochenmarkt fuhren und eigenhändig Führungen machten durch ihren Musterbetrieb. *Fragen Sie Ihren Arzt oder Apotheker,* sagte Roland zu Rosemarie hin, ebenfalls wieder ein Vorzeigebetrieb, immer wieder mit einem 1. Preis von der Großen Leistungsschau zurückgekehrt. Roland ging noch bis zum Stalltürchen mit, dann flüchtete er in den Bus aus Angst, sich übergeben zu müssen. Einen solchen Geruch hatte er noch nicht erlebt. Das war das Ende dieses Studiums. Mit diesem Entschluss setzte Roland sich in den Bus und war ab da frohgemut, überhaupt kein Praktikum mehr machen zu müssen, wie Hans im Glück einer falschen Fährte entkommen zu sein. Es war ja erst das zweite Semester.

In der Zwischenzeit hatte sich Professor Hillenbiller beim Prinzen von Hohenzollern von der königlichen Schwanzseite, der diesen Menschen, der er war, mit geschlossenen Augen im Bus entdeckt hatte und gefragt hatte, was das für einer wäre, entschuldigt und auch beschlossen, diesen ungeeigneten Kandidaten von der weiteren Exkursion auszuschließen, ihm auch den Schein nicht auszustellen, ja nicht einmal die Bescheinigung, dass er auf der Exkursion dabei gewesen war, Voraussetzung für das nächste Semester. Das konnte Roland egal sein. Er hätte nun eigentlich aussteigen müssen, den Bus verlassen und per Anhalter weiterreisen können. Hillenbiller gestattete ihm gerade noch, im Bus sitzen zu bleiben. Denn für das naheliegende

Marbach, wohin die um mannigfache Eindrücke bereicherte Truppe auch noch gelangte, hatte er nun Stallverbot.

Nun *musste* er im Bus sitzen bleiben und durfte die Pferde nicht sehen. Das war schade.

Also blieb nach diesem zweiten Versuch noch Jura. Oder Philosophie. Das Wort gefiel ihm, und Juristen waren zu allen Zeiten zu gebrauchen. Die Eltern waren schließlich doch glücklich über alles. Vor allem, dass eine Frau am Horizont dieses Mannes erschien. So viel vorerst zu seinem Berufsleben.

Roland war schon auf dem Weg, eine Kuschelexistenz zu führen.

Hatte es sich auf seinem Handtuch in seiner Vergangenheit bequem gemacht, die nicht mehr weh tat, die erzählt werden konnte, und die Gegenwart war auch etwas. Und war auch schon dabei, von Rosemarie übernommen zu werden mit einem besitzergreifenden Fürwort. Sie sagte *my Roland,* wie sie *mein Portemonnaie* sagte. *Isn't he a sweety?* Und auch das Modewort von einst konnte Rosemarie in Sachen Roland an mehreren Stellen geschickt platzieren: *What a cutie!* Und schaute dabei zu Roland hin, durchaus immer noch gerührt von seiner Gegenwart, nach wie vor bereit, mit ihm die Tage zu verbringen und ihn retten zu wollen.

Und dann sah sie aber bald von Roland zu Jim, ihm in die Augen, die ihm sagten, dass Roland ihr Mitbringsel war.

Rosemarie kramte nun wie nebenbei in ihrer Plastiktasche und sagte: *Have a peach!* – Um den Rettich wettzumachen. Roland hätte nur eine Banane anbieten können oder einen Apfel, mehr Früchte auf Englisch wusste er auf Anhieb nicht. Pfirsich, ein unschönes Wort auf Deutsch oder Englisch, kannte er schon gar nicht. Dass so unschöne Wörter derart gut schmeckten.

Es war vielleicht wie bei *ficken*, noch ein Wort, das gegen die Sprache sprach, kein schönes Wort, aber manchmal schön, dachte er. Manchmal, dachte er, war das Leben schöner als die Sprache und sie ihm niemals gewachsen. Meist war es umgekehrt.

Vorerst war Rosemarie ihm auch im Englischen weit voraus, nicht nur bei diesem Jim. Er wusste gerade, was *fuck* heißt und kannte alle wichtigen Wörter ihrer gemeinsamen Vor-Sprache: *fuck, life, shit, love, light, water, sea, born, see, died, heaven, hell, God, death* und so fort.

Aber mit *fuck* war vorerst kein Staat zu machen. Jetzt rächte es sich, dass er nur das große Latinum hatte und in Bezug auf das, was wichtig war auf diesem Handtuch, Analphabet war. Nicht einmal einen Vogelnamen kannte er, obschon einer von ihnen in der Musik, die er damals hörte (nichts als die englische), vorkam. *Morning has broken, blackbird has spoken* – so viel Englisch verstand er gerade noch. (War das seine geliebte Amsel?) Man sprach zwar immer noch von *international*, und immer mehr, aber das bedeutete nun immer weniger, hieß amerikanisch, war also das Gegenteil von international. Rosemarie hatte schon darüber nachgedacht, ihre Kinder dereinst in einen internationalen Kindergarten zu schicken, wo von Anfang an Englisch gesprochen wurde, es wäre das Allerbeste, dass nur noch Englisch gesprochen würde von Anfang an, um die Kinderhirne nicht mit zu viel deutschem Wortmüll zu kontaminieren und mit überflüssigen Wörtern zu blockieren. Konnte man für *Was für ein Tor!* nicht gleich *goal* sagen? Die Schweizer machten es doch schon vor.

Was aber hieß *Tor*? Das war ganz einfach ein *Idiot* (neben *Problem* und *Programm* das internationalste überhaupt). Um Fortschritte in diese Richtung zu machen und damit sie von der richtigen Sprache etwas hätten, müssten sie später vielleicht nach Zürich ziehen, denn dort gab es längst das beste Englisch, und überhaupt: Die Schweiz war international und lebte mit ihrer alten Hauptsprache auf Kriegsfuß. Und Roland wusste nicht einmal, was Rettich in dieser verwaschenen Sprache ohne ein einziges klares *A!* hieß (nicht einmal Staunen ging richtig, nur wenn sie stotterten, kam ein Laut, der wie *A!* klang). Kiwi als spät in die deutsche Sprache dazugekommene Frucht, als es für ein neues deutsches Wort schon zu spät war, klang von Anfang an international, *cucumber* war ihm gerade noch eingefallen, aber *Rettich*? Er konnte sich doch nicht durch Vormachen weiterhelfen! *Like a banana,* sagte er. Und damit war noch eine vulgäre Frucht, die schmeckte, genannt, und so langsam waren die himmlische und die irdische Liebe zusammengekommen.

Roland verabscheute Kiwi, die Gurke unter den Früchten. Aber seitdem er einen riesigen Rettich unter dem Gemüse des Supermarkts entdeckt hatte, ekelte ihn noch mehr vor dieser vulgären Erscheinung, die nur ein ganz unschuldiges Gemüt noch ohne rot zu werden in den Einkaufswagen tun und dann auf das Förderband bei der Kasse legen konnte, direkt neben das zu einem Stück Fleisch verarbeitete Hähnchenklein, *leb wohl!* Zerhackte Reste junger Hähne, schöner Lebewesen, die in ihrer Gefangenschaft noch so herzzerreißend krähen gelernt hatten. Es war aus voller Hähnchenbrust. Im Einkaufswagen der Hausfrau liegend, hatten es die kleinen Machos nun auch bald geschafft.

Mit Männern hatte er bisher, außer in der Bundeswehr, keine Erfahrungen gesammelt. Jim war der Erste. Doch, einmal wäre dies fast so weit gekommen: Einmal brachte ihm Torsten, der mit ihm an der Stange bei der Lohuwenko gestanden und dabei versucht hatte, sein Inneres nach Außen zu kehren, wie die Lohuwenko es vorgemacht hatte, und diesen Versuch gesehen hatte, ein Alpenveilchen. Das machte ihn ratlos.

Es war das erste Mal. Ein Mann schenkte ihm Blumen. Er war zweiundzwanzig. Das war gerade vor anderthalb Jahren gewesen. Er hatte es immer noch nicht vergessen.

Da dachte er, dass mit diesem Torsten etwas nicht stimmte. Ja, es stimmte vielleicht etwas nicht mit ihm, weil er so dachte,

dachte Roland im Nachhinein, nachdem der zu ihm *ich liebe dich* gesagt hatte und Roland daraufhin zu ihm: *Spinnst du??* und ihm gesagt hatte, es wäre besser, wenn er nun gehe. So hat er ihn mit Tränen in den Augen weggeschickt. Das Letzte, was dieser Mensch von ihm sah, war vielleicht, wie er den Kopf schüttelte. *Was soll's!*, sagte er sich. In Saudi-Arabien wäre er für diesen Satz gesteinigt worden. Roland hatte ihn nur weggeschickt und gebeten, nie wiederzukommen. Wahrscheinlich wollte Roland diesen einfachen Satz, *ich liebe dich*, den er bisher nur im Fernsehen gehört hatte, einfach nicht glauben. Jetzt tat ihm das weh. Was aus ihm geworden sein mochte? Das war die zweite Liebesgeschichte seines Lebens, die traurig endete.

Das sagte Roland aber nicht. Die erste war mit seinem Onkel gewesen. Aber nicht so, wie Sie meinen. Davon gegen Ende vielleicht.

Aber das Heiraten war nun innerhalb von ein paar Stunden noch mehr zu einer praktischen Sache geworden.

Das war nun auch wieder eine Geschichte. Aber da wir nun einmal bei der Vorgeschichte sind: Was war mit Rosemarie?

4. Von meiner Kindheit träume ich immer nur schwarz und weiß. Rosemaries Vorgeschichte

Rosemarie. Nahm bald ihr Leben in die Hände, mit einem besitzergreifenden Fürwort und sagte: *mein Leben.*

Von meiner Kindheit träume ich immer nur schwarzweiß, sagte sie. Roland konnte sich entsprechende Bilder dazudenken.

Und außerdem: Bald nachdem er sie kennengelernt hatte, wünschte Roland sich, sie nähme an den Wahlen zur Miss Germany teil. So schön war sie. Und hat solche Sätze in Umlauf gebracht über sie: *Rosemarie war in der Endausscheidung für die Miss Germany als Miss Niedersachsen.* Was Roland auch nicht sympathischer machte, vor allem für sich selbst nicht. Er konnte diesen Zug an sich nicht leiden, dass er mit ihr wie mit einer Trophäe herumlief, wie ein Kind stolz war auf sie. Was sie bald durchschaute. Wofür sie ihn aber liebte, gerade wenn sie sich lustig machte über ihn, konnte man sehen, dass sie ihn auch ein wenig liebte. Das war alles.

Und witzig konnte sie auch sein. Wenn ihr die Pizza (in der ersten Dekade dieses nur mit Coca Cola vergleichbaren Lebensmittels) nicht schmeckte, warf sie dieselbe einfach in die Ecke unter den Tisch des schlecht ausgeleuchteten Lokals. Sie zeigte ihm, wie es geht. Auch in der Liebe, als hätte er bei ihr nun Nachhilfeunterricht.

Da Rosemarie nicht in der Bundeswehr gewesen, nicht Ballett und auch nicht Landwirtschaft studiert hatte und außerdem zu den später sogenannten Hochbegabten zählte, war sie zum Zeitpunkt, da sie sich kennenlernten, ihm mittlerweile schon vier Jahre voraus. Und überhaupt, vielleicht war sie ihm ein Leben voraus. Rolands Eltern waren jedenfalls glücklich über das Erscheinen von Rosemarie, einer richtigen Frau, vielleicht glücklicher noch als Roland selbst.

Sie war die letzten drei Schuljahre mit einem Stipendium in einem Mädcheninternat gelandet, die Flucht aus Minden in ein Internat war ihr geglückt. Dabei hatte ihr Onkel Helmar geholfen.

Schon vom Kindergarten an war sie fast nur von Frauen ins Leben eingewiesen worden. Grundschullehrerinnen, Gymnasiallehrerinnen und dann noch Nonnen und die Schneidermeisterin Claire Pietsch. Nur ihre eigene Mutter wollte nichts von Rosemarie wissen. Davon später.

Und dann diese Onkel ihres Lebens, die sie alle nicht weiterbringen konnten, diese Männer, die ihr Leben noch mit einer richtigen Arbeit verbrachten, bald abgearbeitet waren, bald abgeschafft und gestorben, und das Höchste für sie waren Sommerabende im Schiesser-Unterhemd und Einbecker Bockbier, das sie aus der Flasche tranken, auf einer Brauereibank an der Wand, auf dem schmalen Streifen zwischen Straße und Haus, und wie sie sich vorstellten, sie wären immer noch zu Hause. Der Stolz von Onkel Willi war es dazu noch gewesen, dass er nicht einmal einen Flaschenöffner brauchte. Solche Zähne hatte er. Es half ihm nichts. Eines Tages war es doch sang- und klanglos aus. Sein Leben hatte in den Heizungskeller geführt, wo er kurzen Prozess machte.

Dagegen Onkel Helmar. Er war die Ausnahme. Er hatte erstmals bemerkt, dass mit Rosemarie etwas nicht stimmte, dass sie nicht ganz so war wie die anderen, dass sie ein wenig so war wie er. Und er hat auch dafür gesorgt, dass Rosemarie ihren eher naturtrüben Verhältnissen in Minden entkam, indem er seinem Bruder sagte: *Ihr müsst was tun! Geht doch mal aufs Schulamt mit der Kleinen.* Das war Leuten gesagt, die gar nicht wussten, was ein Schulamt ist. Und dann wurde Rosemarie, gerade fünf Jahre alt geworden, von einem dicken, das ganze Jahr über schwitzenden Schulrat geprüft, der dachte, sie merkte es nicht einmal, was für kleine Fragen er stellte oder tatsächlich mit großen Fragen verwechselte. Ob sie schon einen Fernsehapparat hätten und ein Auto oder ein Telefon und solche Dinge. Das war Rosemarie entschieden zu dumm gefragt, also hat sie einfach aus angeborener Höflichkeit jeweils kurz *ja* gesagt, und dann hat sie auf Fragen geantwortet, die ihr gar nicht gestellt waren, und kam selbständig ins Erzählen, eine Fähigkeit, die sie später etwas verlor, vielleicht auch aus der Einsicht heraus, dass Schweigen eher Gold ist und dass sie ihren prinzipiellen Status als Philosophin nicht gefährden wollte.

Aber mit fünf war sie noch nicht vom Leben kontaminiert, sie hatte allerdings schon bemerkt, dass mit ihren Eltern etwas nicht stimmte und dass dieses Etwas mit ihr zu tun hatte. Doch Näheres wusste sie vorerst nicht.

Sie konnte schon die fünf größten deutschen Flüsse in der richtigen Reihenfolge nennen und solche Dinge, die ein Kind, das auftrumpfen möchte, kann, wenn die Onkel und Tanten kommen, und das ungefragt von eins bis hundert zählt, kaum dass sie zur Tür hereingekommen sind, und zuletzt alle nervt, die zuerst *bravo* gerufen haben und nun hoffen, dass sie bald ins Bett geschickt wird. Außer den Eltern natürlich, die immer alles toll fanden, selbst noch, dass ihre Schöpfung schon stubenrein war. Das war eine List der Natur. Solche Kinder, die schon lange vor den anderen stubenrein waren, gab es. Rosemarie war anders. Sie war auch schon lange vor den anderen stubenrein, weil sie genug hatte von den Anweisungen, wie sie sich hinsetzen sollte und so fort.

Auch Onkel Helmar war anders gewesen. Es waren nicht alle gleich. Aber auch darin glichen sie sich, dass sich nicht alle glichen. Gewissenhaft hat Onkel Helmar, der Mann von Rosemaries Tante aus Unna, ein Leben wie ein Buch geführt und jeden Tag aufgeschrieben, bis er starb.

Roland hätte einmal Rosemarie, die Onkel Helmar als Einzigen der ganzen Sippe mit einer Art Liebe bedachte, fragen müssen, wie es wirklich war, als der Onkel starb, jetzt war es dafür zu spät.

Später kam eine Lehre dazu. Sie wählte Damenschneiderin, weil sie auch gerne mit der Schere arbeitete. Beste Voraussetzungen für die ursprünglich ins Auge gefasste Handchirurgin, aber auch in der Psychologie ein gut zu gebrauchendes Instrument.

Am Wochenende jeweils Praxis und dann der Abschlussball, der mit der Gesellenprüfung zusammenfiel.

Für sie die Abschlussarbeit: ein Abendkleid. Es sah aus wie ein grüner Sack. Und tanzte sich mit ihrem Partner auf einen der letzten Plätze. Das lag freilich an diesem Mann, der den Walzertakt niemals begriffen hat.

Das ist die Vorgeschichte bis zum Tag, als sie auf ihrem Handtuch bei Marina Piccola lag und Jim sie nach einem Schluck Wasser fragte.

Ach wie flüchtig, ach wie nichtig sind des Menschen Tage, und schon war alles vorbei. Das Ganze, der Choral am Ende dieser Kantate, dauerte nicht einmal eine Minute. Bach war ein Genie, und Rosemarie stammte aus Minden, wo Heinrich der Löwe und seine kleine Engländerin sich das Jawort gegeben hatten. Sie hieß Mathilde, wie im Lied von diesem fetten *If-you-think-that-I-am-sexy*-Sänger. Auch in dieser englischen Frage war nur das Wort *I* großgeschrieben. Schon nach *love* ging es in dieser Sprache mit dem kleingeschriebenen *you* weiter. Rod Stewart hieß er, der seinen Schwanz schon im Vornamen heraushängte, was für ein Mann!

Es war in einer Kleinstadt an der Weser, wo die Liebesgeschichte begann, die zu ihr führte.

Da lebten die Flüchtlingsfamilien Potempa und Kocka, die eigentlich Kocki, ausgesprochen Kotzki hießen, infolge der Wirren auf der Flucht auch noch ihre Unterlagen verloren hatten und dann von einem mürrisch-despotisch-zwangsneurotischen Beamten der preußischen Schule erst mit dem Namen Kocka versehen wurden, auf dem Standesamt bald eine Namensänderung auf das richtig ausgesprochene Kotzki beantragten, der jahrelang nicht stattgegeben wurde; sie lebten leidlich auf halbem Weg zwischen ihrer oberschlesischen Ausgangsbasis zu einer besseren Zukunft und hatten tagsüber keine Zeit für das manchmal noch nachts nagende Heimweh. Auch ihre Geschichte war Teil jener Migrationsbewegungen, wie Weizsäcker sagt, auf die wir auch hier nicht weiter eingehen können. Die Potempas und die Kotzkis hatten jeweils, noch zu Hause, auf Heimaturlaub, mehrere Kinder gezeugt, ein Teil von ihnen ging in den Kriegswirren der Jahre 1944/46 verloren, so auch Vater Kocki bzw. Kotzki, und unterwegs im Winter 45 auf 46 zwei Kinder der Potempas und zwei der Kockis. Die anderen waren dann um 1960 im heiratsfähigen Alter; und all dies hatte die Kockis nicht abgehalten, in den frühen Fünfzigern noch einmal weitere Kinder in die Welt zu setzen, Karin und Adelheid hießen die beiden letzten Töchter, die, als wäre es ein Missgeschick, noch dazukamen. Sie lebten so leidlich, wurden mitdurchgemogelt, und da es sich sowohl bei den Potempas wie bei den Kockis um fleißige Leute handelte, die zudem vom Land kamen, hatten sie auch bald ihre eigenen Hasenställe und waren im Kleintierzuchtverein Minden schon 1954 führend. Dorthin, zu den Veranstaltungen, die damals noch ein gesellschaftliches Ereignis waren, ihrem Rang nach fast den längst wieder etablierten großen Messen vergleichbar, von der Spielwarenmesse in Nürnberg an, wo die Kriegsverbrecherprozesse noch nicht abgeschlossen waren und die erste Spielwarenmesse *danach* gleichzeitig mit dem letzten Kriegsverbrecherprozess lief, bis hin zu den Buchmessen in Leipzig und Frankfurt, hatten sie, der Vater Potempa und der Stiefvater Kotzki, ihren heiratsfähigen Nachwuchs mitgebracht. Das war auch ein Heiratsmarkt, damit bei den Vertriebenentreffen der ferneren Jahre beim Einzug auch Fahnenträger aus dem Gleiwitzer Land dabei wären.

So hatten beim Kleintierzüchterball (das war der Adelsball der kleinen Leute) 1954 sich auch Horst und Helma kennengelernt und gehörten bald derart zusammen, als wären sie ein Stabreim. Man verlobte sich Weihnachten *(als Verlobte grüßen)*, Horst war Halbwaise, denn sein Vater, Horst Kotzki war gefallen, wie es hieß, als einfacher Soldat. Die Mutter hat dann seinen Bruder Hans geheiratet, der immerhin zurückgekommen war und nun als Onkel und Stiefvater von Horst fungierte.

Und auch sonst hatten Horst und Helma den Eindruck, dass sie in Minden nicht ganz auf der Welt waren und dass sie nicht richtig in die Welt, in der sie lebten, hineingehörten. Kinder Toter und Vertriebener, die sie waren, selbst Vertriebene oder Flüchtlinge, wussten sie weder so recht, wo sie waren, und was sie waren, wussten sie auch nicht. Sie wussten nur, dass sie da, wo sie gelandet waren, in Minden, nicht zu Hause waren.

Aber viel Zeit, darüber nachzudenken, blieb nicht.

Was tun? Im Heißmangelladen Kotzki & Potempa war auf Dauer kein Platz für sie. Einen Kiosk eröffnen zwischen der großen Weserbrücke und der Eisenbahnunterführung, wo sie die Bilder der weiten Welt verkauft hätten, verbunden mit einer Toto-Lotto-Annahmestelle, in der sie andere zu Millionären gemacht hätten, die damit ihren Lebenstraum, vielleicht Amerika, finanziert hätten? Nein.

Bald spannen sie hinter dem Rücken ihrer Eltern, die sich schon einen Bauplatz, finanziert über Gelder des Lastenausgleichsgesetzes, ausgeguckt hatten, Auswanderungspläne. Während die Väter Hans Kotzki und Helmar Potempa (auch sie ein Stabreim) mit ihren Köpfen und Haaren sonnengebräunt von der Arbeit schon in der Wohnküche saßen und Pläne machten, trafen sich Horst und Helma, dann auch noch Heinz und Helga, auf dem Friedhof und träumten von Amerika. (Die Einreisegenehmigung hatten sie dann aber für Australien bekommen.)

Die beiden Väter, noch nicht fünfzig, sahen jedoch schon verblüht aus, in ihren Hosenträgern und Unterhemden, die den dazugehörenden Körper in den Sommermonaten wie ein Abziehbild wiedergaben, wenn sie mit freiem Oberkörper morgens vor dem Kaltwasserwaschbecken in der Waschküche prusteten. Kein Vergleich mit Capri! – Unvorstellbar, dass sie noch zwanzig Jahre bis zur Rente arbeiten sollten. Nur dass sie bald starben, war vorstellbar. Denn damals war die sogenannte Lebenserwartung für Männer zweiundsechzig Jahre, die Rente hingegen begann mit fünfundsechzig. Die beiden konnten zudem von Glück sagen, dass sie überhaupt noch lebten. Sie waren damals eher seltene Exemplare, etwas Besonderes, und daher achteten sie auch nicht so sehr auf ihr Äußeres. Mann zu sein genügte fast schon. Und davon, dass hier Heinrich der Löwe in die englische Königsfamilie eingeheiratet hatte (die damals aber noch nicht so viel hergab), wussten die jungen Flüchtlinge, die sich auf den naheliegenden Trümmergrundstücken und auch auf dem angrenzenden Friedhof zu ihren ersten Rendezvous trafen, nichts.

Herr Potempa und Herr Kotzki saßen in der Wohnküche, während die Frauen mit der Wäsche befasst waren, und zeichneten auf die weißen Flächen der Zeitung, auf der Seite der Todesanzeigen, wo unten noch etwas Platz war, oder zwischen den Zeilen der großen Todesanzeigen mit viel weißer Fläche, wenn eine wichtige Person gestorben war, erste Grundrisse für das Haus, das sie ihren Kindern zugedacht hatten, das bald nach der Hochzeit in Gemeinschaftsarbeit nach Feierabend und Samstagnachmittag (morgens wurde noch im Betrieb gearbeitet) erstellt werden sollte. Etwas später kamen die Frauen und setzten sich auch noch dazu.

Noch später dienten diese Zeitungen, am Küchentisch an den Abenden von der Mutter neben dem Wunschkonzert im Radio – zwischendurch wurden immer noch Vermisstenmeldungen vom Krieg her durchgegeben (es war noch ein Volksempfänger) – in praktische Quadrate von der Größe etwa eines Briefkuverts geschnitten als Toilettenpapier (das war die Ökonomie des Wirtschaftswunders).

Und Horst und Helma träumten, in einem noch bis in die sechziger Jahre nicht abgeräumten Ruinengrundstück hinter dem Mindener Dom sitzend, das ihr, wie auch anderer Zweibeiner und Tiere, Lieblingstreffpunkt geworden war, wo sie sich abwechselnd küssten und überlegten, wie sie an Informationen für Auswanderer kommen könnten. Wenn auf dem Ruinengrundstück manchmal kein freier Stein zu haben war, wichen sie auch auf den Friedhof aus, um dort, auf einem Bänkchen sitzend, das tagsüber für die Kriegerwitwen reserviert war, von Amerika zu träumen. Die Friedhöfe und die Ruinengrundstücke waren ja damals für die Liebenden der einzige Ort, wo man sich ungestört treffen konnte, in manchen Ländern der Erde ist es bis zum heutigen Tag so.

Horst und Helma wollten nach Amerika. Aber sie hatten nicht einmal die Adresse jenes Vereins in Hamburg, der ihnen das Informationsblatt hätte zukommen lassen können. Und schon gar nicht durfte die Familie von diesen Plänen irgendetwas mitbekommen. Ein Ferngespräch wäre überdies ein Staatsakt gewesen. Das erste Telefon mit seinem schweren schwarzen Hörer und dem unvergesslichen, verheißungsvollen Klang der großen weiten Welt kam erst 1965. Die erste Zeit dachten noch alle, wenn sie das Telefon durch das ganz hellhörige Haus klingeln hörten, nun käme der Anruf des Lebens.

Horst dachte daran, ein Postfach einzurichten, wie es Vater Potempa bald tat, um sich sogenannte Ehehygieneartikel schicken zu lassen, hinter dem Rücken seiner Ehefrau, denn das Leben war auch nach der Hochzeit weitergegangen. Manches war für *sie* gedacht, schwarzweiße Reizwäsche, die ihn aber so sehr erregte, dass er gar nicht warten konnte, bis er sie an seiner Frau sah, und sich dieselbe erst einmal selbst überstreifte, mit der Entschuldigung vor seinem männlichen Gewissen, dass dies eine Kleiderprobe stellvertretend für seine Frau war. Dann ließ Vater Potempa armselige, handretuschierte, rührende Schwarzweißbilder kommen, aus der Kinderzeit der Pornographie, auf denen fast nichts zu erkennen war, und doch war es alles. Und ein handkolorierter Busen und der Querbalken über dem Loch der Löcher, wie er glaubte (heute sind das alles Kostbarkeiten, für die bei den Versteigerungen Millionen gezahlt werden), versetzte Vater Potempa, der seine kleine Sammlung in einem verschließbaren Geheimfach im Hasenstallverschlag angelegt hatte, als wäre dies sein wertvollster Besitz und das Kostbarste, was er sein Eigen nannte, immer wieder in einen kurzen Rausch, der seiner Vorstellung vom Paradies am nächsten kam, und träumte währenddessen von Nähe und hielt diese Hygieneartikel aus Papier ganz nahe an seinen Körper, der in jener Vorform des Stringtangas steckte, die eigentlich für seine Frau gedacht war (aber er traute sich schließlich doch nicht, dieselbe zu bitten, so etwas überzustreifen. Wahrscheinlich hätte sie ihm den Vogel gezeigt oder hätte ihn ausgelacht – oder sie hätte ihm gar Schläge angedroht, was ihn wiederum vielleicht erregt hätte). Er malte sich eine Liebesbegegnung im Hasenstall mit Herta, seiner Schwägerin, aus, die derweil in der Küche bei ihrer Schwester saß, während er mit bald feuerrotem Kopf vor seiner ratlosen oder gleichgültigen Zuschauerschaft agierte, die derweil völlig unbeeindruckt weiter ihren Geschäften nachging, es war nicht viel los. Als wäre der Mensch das Tier, das die anderen Tiere mit Verachtung straften. So war es ein Leben geworden zwischen Läufigkeitsprophylaxe und Rauschzeit.

Auch andere, für die es noch eine richtige Zukunft gab, wollten weg von hier.

Aber Horst war noch nicht volljährig, und Helma, die ein Vierteljahr älter war, hätte als Frau, obwohl bald einundzwanzig, gar nicht unterschreiben dürfen. Ihre Unterschrift zählte nicht.

Irgendjemanden fragen können, wie es geht, auswandern, auf der Straße, für verrückt gehalten werden, nach Amerika fragen.

Es waren ja noch nicht einmal die Trümmergrundstücke abgeräumt. Auswandern war wie ein Abfall vom richtigen Glauben, zudem eine Verneinung des Schicksals, des Lebens auf Trümmern, die gemeinsam beseitigt werden sollten.

Unter tüchtiger Mithilfe des Clans, der erst in der Fremde zu einem solchen geworden war, zu Hause waren sie sich eher aus dem Weg gegangen, sollte über Wüstenrot ein weiterer Lebenstraum verwirklicht werden, zwei Lebensträume, zu einem fusioniert. Und in absehbarer Zeit könnten auch noch andere Lebensträume in Klein-Moskau, wie die Flüchtlingssiedlung bald hieß, realisiert werden. Aber die zwei dachten, wenn sie träumten, an Amerika. Waren in ihrem Träumen eins wie nie wieder. Und sie waren mit diesen Träumen nicht allein. Bald stießen Heinz und Helga mit demselben Traum dazu. Wir kürzen ab: Nach einem Jahr hatten sie alle nötigen Papiere zusammen, allerdings für Australien, und die vier, die sich zusammentun wollten, damit endlich das schöne Leben begänne, dabei war es doch, zumindest im Nachhinein betrachtet, der Höhepunkt: ihr Traum vom Glück auf dem Ruinengrundstück in Minden.

Sie hatten schon einen Termin für die Schiffspassage, erst von Bremerhaven nach Southampton, dann von dort über Gibraltar, Malta, den Suezkanal, und schließlich wären sie bei den Kopffüßlern oder Antipoden angekommen. Die Impfungen, Nachweise, dass sie nicht in irgendwelche Verbrechen der Nazizeit verstrickt waren, hatten sie schon an die Königlich Australische Botschaft nach Bad Godesberg geschickt. Alle Papiere waren zusammen.

Und die Eltern von Horst und Helma hatten sich auch, nach anfänglichem Poltern und Verzweifelnwollen, in den Traum ihrer Kinder gefügt, sie wollten sich ihrem Glück nicht in den Weg stellen, hatten sie schließlich erklärt. Das kam einer Kapitulation gleich. Sie hatten ja noch die anderen Kinder, die hierblieben.

In Australien wollten sie eine Farm pachten oder sonst etwas beginnen und endlich leben.

Doch (wird durch ein einziges ›l‹ an der richtigen Stelle zu Dolch) in jenem warmen Sommer von 1954 war etwas dazwischengekommen. Die beiden kannten sich nun schon ein Jahr, in dieser Zeit hatten sie auch schon gelebt, und dabei waren sie auf einer mitgebrachten Rosshaardecke zu weit gegangen, sodass ihre Reisepläne und Lebensträume nun radikal in Frage gestellt waren.

Helma hatte bald Appetit auf Essiggurken, oder bildete sie sich das nur ein, weil es hieß, dass Schwangere einen unbändigen Appetit auf diese Frucht der Erde haben? Horst bekam auch gleich einen Wutanfall, als er realisierte, wie Helma seinen Lebenstraum mit dem Tod bedrohte. Denn Schwangere kamen nicht auf das Schiff. Nachdem der eine zu toben und die andere zu weinen aufgehört hatte, es war ja auf dem Friedhof und alles (Leben, Lieben, Glück und Unglück) in einer unterdrückten Lautstärke, fassten sie schließlich den Plan, über die Zukunft die Würfel entscheiden zu lassen.

Sie sagten: Würfeln wir!

Als würden sie auf einer Nussschale auf hoher See treiben oder in den Anden verirrt im Firnschnee sitzen, und das verzweifelte Nachobenschauen, das Absuchen des Himmels nach einem Rettungsflugzeug oder sonst einer Hilfe hätten nichts geholfen, und alles wäre umsonst gewesen, und einer müsste nun auf das Leben verzichten. Sie würfelten also darum, ob es bei Australien bleiben sollte, sie also zu Frau Büchi und ihren Stricknadeln fahren sollte, wofür, außer sämtlichen Schmerzen, damals auch noch ein Aufenthalt im Frauengefängnis drohte, oder nicht. Doch *wo kein Kläger, da kein Richter* wäre wahrscheinlicher gewesen, und sie hätten ja auf Frau Büchi vertrauen dürfen. Und dann hätten sie sich schon auf das Schiff gemogelt, unerreichbar für den Staatsanwalt in internationalen Gewässern, und wären längst ohne Rosemarie, wie das Unglück später mit Namen hieß, an Bord gewesen.

Sie würfelten, der Würfelgott entschied für Rosemarie, gegen Frau Büchi und Australien, und Rosemarie durfte weiterwachsen. Später wollte es niemand gewesen sein. Sie beschuldigten sich gegenseitig, für die Würfelaktion verantwortlich zu sein, so lange, bis dieses Würfeln einer Verschwörung des Schweigens anheimfiel.

Der Name Rosemarie war ein Hohn. Wäre es ein Junge geworden (in der Zeit vor dem Ultraschall wussten das nur die Hellseher), hätte sie dieses Kind zur Strafe Otto genannt. Erst war ihr bei der Namenssuche, die auch eine Bestrafungsaktion ihrer selbst darstellte, ohne dass sie dies wusste, der Name Adelheid gekommen, dann aber hat Helma irrsinnig gelacht, als ihr der Name Rosemarie eingefallen war, und dann hat sie abwechselnd anfallartig *Rosemarie* in Richtung Weltraum geschrien und gnadenlos gelacht, ebenfalls in Richtung Weltraum, zunächst gegen das eine Ende der zweihundert Millionen Lichtjahre weiten Milchstraße hin, wo beides niemals ankam. Horst war der Einzige, der dies sah und hörte. Denn es war ein Hören und ein Sehen zugleich. Der fiel bei diesem Gelächter zum ersten Mal von Helma ab.

Das Würfelergebnis führte zu einem lebenslänglichen Groll gegen die bald geborene Rosemarie, zu einem Schrecken ohne Ende. Vor allem für diese Mutter, die sich nun auf ein Leben in Klein-Moskau einzurichten hatte, auf ein Leben am falschen Ort, zur falschen Zeit, dessen erste Glut bald Asche war, weniger als ein Echo.

Und alle Vorurteile Frauen gegenüber waren Lügen gestraft, zuoberst jenes, sie wären die geborenen Fatalisten. Denn diese Mutter fand sich mit ihrer Tochter niemals ab, und das Erste, woran sich Rosemarie erinnerte, war ihre Mutter, die ein Leben lang Sätze wie: *Du bist an allem schuld!* mit sich führte. Und dass sie ihr die Figur versaut hatte und das Leben. Rosemarie war in ihren Augen ein Verkehrsunfall. Ein Kollateralschaden der Liebe.

Summa: Rosemarie blieb nichts anderes übrig, als erst einmal Psychologie zu studieren, um herauszufinden, wer sie war.

Nur das Würfelergebnis war klar. Das war fast schon alles, was sie von sich wusste. Sonst hätte Rosemarie nicht *ja* sagen können, als Jim sie nach einem Schluck Wasser fragte.

Heinz und Helga sind allein gefahren. Horst und Helma blieben als unglücklicher Stabreim zurück und mussten auf etwas warten, das sich auch über den Stabhochsprung und andere Übungen nicht abwimmeln ließ in den kommenden Monaten, sodass sie noch hätten nachkommen können. Heinz und Helga schickten noch ein paar Jahre Postkarten mit der Oper von Sydney und Kängurus. Die zu Hause gebliebene Mutter aber, vom Würfelgott um Australien betrogen, warf diese Karten weg und antwortete kein einziges Mal, bis keine Karten mehr kamen.

Der Vater haderte weniger, da er sich bald im Außendienst betätigte und sich auf seinen Tage dauernden Abwesenheiten über die Welt, wie sie war oder geworden war, hinwegtröstete, vor allem im Ruhrgebiet. Daher hatte Dortmund zeitlebens einen verheißungsvollen Klang für Rosemaries Vater, das war ein kleiner Ersatz für Amerika, und auch nach Düsseldorf kam er, in ein Haus, das man vom Bahnhof aus sehen konnte, wo Frauen auf dem Fenstersims saßen und die Beine herausbaumeln ließen, als wäre es ihre Seele. Dort traf er sich mit Frauen, die erst fast so alt waren wie er, bald hätten seine Tochter sein können. (Irgendjemand musste sich doch mit diesen Frauen getroffen haben, die Statistik gab schließlich *fünf Millionen täglich* an.)

Mittlerweile war Rosemarie auch noch zu einer Konkurrenz herangewachsen. Rosemarie stellte sich als etwas Schönes heraus. Eine Schwiegermutter hätte nicht schlimmer sein können. Mit sechzehn wechselte Rosemarie zu den Nonnen, wo sie die ersten drei schönen Jahre ihres Lebens verbrachte.

Jeder ist seines Glückes Schmied war noch so ein Satz, der zu den anderen hinzukam, seitdem dieser ungewollte, erwürfelte Mensch, der sie um ihr Glück betrogen hatte, bald in die Hose machte, die Nacht durchschrie und auch sonst mit ihren Träumen niemals vereinbar war.

5. Amerika kannst du den Hasen geben. Jims Vorgeschichte

Jim war nun schon über ein halbes Jahr in Italien, erst kurz in Pescopagano (was sein ursprüngliches Reiseziel gewesen war) und dann einige Monate in Latisana, einem Ort zwischen Venedig und Triest, und dann noch ein paar Wochen in Florenz, wo er ein Zimmer mit zwei sizilianischen Studenten teilte, die er am Hauptbahnhof Santa Maria Novella kennengelernt hatte. Dort versammelten sich jeden Abend die Sizilianer, als wäre es in Stuttgart, eine Stunde, bevor der Nachtzug nach Catania abfuhr, einerseits aus Heimweh.

In Florenz war Jim mit Professor Huddleton, einem karierten Engländer mit Fliege, der für ein amerikanisches Gourmetmagazin das Quisisana testete, in jenem Grand Hotel eingezogen, hatte sich bald mit ihm wieder einmal wegen der leidigen *Ither/Either*-Aussprache zerstritten, und er hatte Jim derart provoziert, dass es zu einer Szene gekommen war und Jim noch im Speisesaal sich von ihm trennte, was dieser einkalkuliert hatte, denn Francis Huddleton, der tatsächlich als ein gesuchter Hochstapler und Zechpreller in ganz Europa unterwegs war, wollte unter keinen Umständen, dass Jim die Handschellen sähe, in denen er jeden Augenblick abgeführt werden konnte. Jim rannte also etwas kopflos davon, drehte noch in der Halle um, packte seinen Samsonite und schleuste denselben mit Hilfe von Massimo, der als Garçon im Quisisana arbeitete und den Jim auf der Via Krupp kennengelernt hatte, an einem Abend, der am Ende ein Morgen gewesen war, an der Rezeption vorbei und brachte ihn erst einmal im Funicolare-

Depot gleich hinter der Piazza, wo die Zahnradbahn zum Hafen ging, in Sicherheit. Dann ging er, über einen kleinen Umweg das Quisisana meidend, in Richtung Via Krupp, die der arme alte Krupp hatte anlegen, in den Felsen hauen lassen und der Insel Capri geschenkt hatte, die es ihm auch nicht dankte.

Jim hatte nur das Nötigste bei sich, seinen Pass und sein Geld sowie seine Medikamente, die ihm Dr. Mors täglich zu nehmen eingeschärft hatte, einen Liter Wasser auch noch.

Über den steilen Fußweg war er die letzten fünfzig Meter bis zum Meer gekommen, die Stelle wusste er von Massimo.

Tagsüber lagen auf den Felsplatten zwischen dem spitzen Ufergestein und den Felsen Männer und Frauen, meist Männer, herum, mit einem Hang zum Exhibitionismus oder zum Voyeurismus, denn das war die einzige Stelle auf der ganzen Insel, wo man, ungestraft oder nicht, so herumliegen konnte, und eine der wenigen in ganz Italien.

Jim war mit der Neugier eines dreiundzwanzigjährigen Amerikaners, der so etwas noch nie gesehen, aber davon immer wieder einmal geträumt hatte, hierhergekommen und hatte sich dazugelegt, und er wusste auch nicht, würde er gefragt, wofür er sich hätte entscheiden müssen, ob für das herrliche Wasser oder für das andere. Noch so eine unmögliche Alternative.

Er hatte einen schönen Nachmittag verbracht, auch mit Leuten über Gott und die Welt geredet, die waren aber nach und nach verschwunden, und dann konnte man schon den Abendstern sehen. Jim bereitete sich auf eine Nacht in der Höhle vor, das war auch als Mutprobe gedacht. Erfrieren würde er nicht. Doch vor allem hatte er fast kein Geld mehr, er war nun über ein halbes Jahr schon weg aus Amerika und in diesen Dingen auch etwas leichtsinnig.

Jim konnte sich ein Hotel nicht erlauben, nicht einmal eine Pension. Das Meer war vieles, und nachts war es unheimlich und laut, dazu die Geräusche in der Höhle, und kein Mensch weit und breit. Erst versuchte er trotzdem zu schlafen, mit einem schöngeformten Stein als Kopfkissen wie der heilige Nikolaus von der Flüe, aber dann ging er wieder nach oben und wartete in der Nähe der bewohnten Welt, bis es hell wurde, trank und wusch sich am Brunnen im Morgengrauen, den der arme Krupp hatte auch noch anlegen lassen an seinem Weg, lange bevor die erste Ladung von Touristen mit dem Schiff kam, und ging dann wieder hinunter und muss in der Höhle tatsächlich ein paar Stunden wie ein Stein geschlafen haben.

Und nun lachte er schon wieder. Freute sich an Roland und Rosemarie und wusste, wie es weitergehen würde.

Und dann folgte noch ein Abend, der am Ende ein Morgen war.

Es folgte ›Zwei zu eins‹. Eine Liebesgeschichte. Kurz bevor die Sonne bei Capri im Meer verschwand, sagte Jim dann: *Komm, gehen wir!* Und sie gingen.

Jim war am 2. Februar 1978 von Miami her nach Italien gekommen, wohin er mit seiner Mutter und dem Bruder im Jahr 1966 gezogen war, weggezogen worden war, denn den Ort seiner Kindheit zu verlassen, war gegen seinen Willen, und er weinte, bis er einschlief, als sie aus Scranton hinausfuhren. Es war nach einem letzten Streit, der mit Onkel Pino zu tun hatte, der nun, vielleicht auch für immer, verschwunden war. Der war damals vier Wochen bei ihnen in Scranton gewesen, in Pennsylvania, in dessen hinterstem Winkel, an der Grenze zum Staat New York am sogenannten Fuß der Appalachen, und hatte alle durcheinandergebracht.

Noch eine Liebesgeschichte, aber nicht irgendeine, denn die Tatsache, dass Jim nun hier auf einem Foto mit den Faraglioni-Felsen zu sehen gewesen wäre, hatte mit anderen, weit oder gar nicht so weit zurückliegenden Tatsachen zu tun, mit Dingen, von denen Rosemarie und Roland nichts wussten. Leider hatten sie keinen Fotoapparat dabei. Vielleicht auch zum Glück.

Auch Jim erinnerte sich nur schwarz und weiß, wenn er an seine frühen Tage und Träume dachte. Dazu kam vielleicht die Farbe Rot.

Sein Vater warf bald mit Messern nach diesem Onkel, und Jim war auf der Stelle verliebt in ihn, freilich war es eine Liebe nach Art der Kinder. Es war seine erste Liebe, an die er sich erinnern konnte. Aber es hatte auch mit einer Geschichte mit seinem Vater zu tun. Und sein Vater war schizophren, wie die Psychiater sagten. Aber wir wollen nicht psychologisieren, sagte sich Jim, an seinem Beichtvater geschult.

Jim hatte bald seine Dates, und seitdem er an der University of Florida in Tallahassee studierte (irgendetwas, das sich Tourism Management nannte und wohl mit Management und Tourismus zu tun hatte), war er mit Kate zusammen gewesen, die er gleich zweimal an seinem Leib trug, einmal in einem Medaillon gemeinsam mit der Wundertätigen Madonna von Medjugorje um den schönen Hals herum, wo in einer Art Brusttasche knapp unter dem Haaransatz auch noch die Medikamente deponiert waren, die Jim täglich brauchte, und auch Adressen und Anweisungen für die Erste Hilfe, die ihm Dr. Mors mitgegeben hatte, sollte es zu einem Notfall kommen. Und dann hatte er Kate noch einmal, zusammen mit dem Medaillon von Medjugorje, in seiner Geldbörse unter dem Handtuch, auf dem er nun saß. Von ihr, Kate, war Jim nun auf unabsehbare Zeit getrennt, wie sie sich sagten, doch eigentlich war es für immer. Hatte, von ihr wegfliegend, schon im Flugzeug einen Liebesbrief, wie sehr er sie vermisste, geschrieben, der spätestens in drei Wochen am Ziel wäre, und Jim schon ganz woanders, nur dabei war es geblieben. Dieser Brief war vielleicht schon eine Notlüge, die er hätte beichten müssen, und überdies das letzte Lebenszeichen an Kate, die mit dieser Notlüge aus dieser Geschichte verschwand.

Den Heiligen Vater selbst hoffte Jim in den kommenden Wochen auch noch zu sehen, wie auch Rom, das ebenfalls auf seinem Reiseprogramm stand. Doch erst sollten die Verwandten in Pescopagano und Calitri an der Reihe sein. Onkel Pino.

Und Jim war nun, nachdem er mit einem Charterflug von Miami nach Neapel geflogen war, unterwegs zu jenen zuvor nie gesehenen Menschen, von denen er alles zu wissen glaubte. Aber einen kannte er doch, an den er nur gewisse Erinnerungen hatte. Und die standen *wie Kinderträume* nicht zur Diskussion.

Sie alle wohnten in den verheißungsvollen Orten Pescopagano und Calitri. Er kannte sie von seinen Eltern, noch mehr aber von seinen Großeltern, die von dort mit dem Schiff nach Amerika gekommen waren, während Claire und Joe schon im Hospital von Scranton das Licht der Welt Amerikas erblickt hatten.

Vater und Mutter und auch drei seiner Großeltern – nur die Mutter Claires hatte deutsche Vorfahren, womit der folgende Streit im Hause Mariniello schon programmiert war – kamen ursprünglich entweder aus Calitri oder Pescopagano. Das war in einer Gegend, die weit hinter Eboli lag, wohin es Christus (angeblich) nur geschafft hatte. Jim jedoch war nun dorthin unterwegs.

Das war die Hauptsache.

Er war durch die International-Arrivals-Tür gegangen, und vor ihm lag Italien. Jim atmete tief ein und nahm alles auf. Es war das erste Mal. Er war nicht hier, um zu schlafen. Jim war hier, um sich zu verlieben, vielleicht sogar zu bleiben, bald vierundzwanzig. Von solchen Sachen hatte Jim geträumt. Sein Ticket war ein Jahr gültig. Was für ein Tag.

Allerdings war es schon bald zwölf. Und vor allem hatte ihn Pino nicht in Neapel abgeholt, wie versprochen.

Das beunruhigte ihn.

Seither waren ein halbes Jahr, drei Wochen und drei Tage vergangen.

Pino aber war noch viel länger her. Er war vor vielen Jahren zu ihnen in die USA gereist – im Flugzeug, in Stunden nicht viel länger unterwegs als von Pescopagano nach Rom. Der Onkel hatte in dieser Zeit Scranton praktisch nicht verlassen. Das war ganz gegen seinen ursprünglichen Plan, der mit dem Traum zusammenfiel, nach einer Zeit bei den Verwandten schließlich als Latin Lover in Hollywood zu landen. Dann blieb es bei Scranton.

Scranton war eine nach dem Boom zu Beginn des zwanzigsten Jahrhunderts mittlerweile heruntergekommene, das heißt verarmte Stadt von Hillbillies, Hügelwillis, Hintermenschen, Nachkommen von Bergarbeitern, die in Polen und Kalabrien, Sizilien und Irland und auch im Pfälzer Wald von Amerika geträumt und es nur bis in die Minen am Osthang der Appalachen geschafft hatten und dort nach der Arbeit (ist vor der Arbeit) auch noch Kinder gezeugt hatten, die nun davon träumten, wenn schon nicht an ihren, so doch an den Ort der Kindheit ihrer Eltern zurückzukehren – oder gleich nach Miami. Und fast alle, die nach Scranton gekommen waren, verfluchten den Kolumbus für seine Entdeckung.

Miami war noch so ein schön gelegener Ort auf der Welt, an den alle, die es sich leisten konnten, geflohen waren, oder mit diesem Gedanken spielen und leben mussten.

Aber mit Scranton war es umgekehrt. Alle, die es sich leisten konnten, waren schon weg, wie Pino gleich nach seiner Ankunft feststellen musste. Doch in Scranton gab es auch Claire, Jims Mutter und Frau seines Vaters Joe, und statt Hollywood und einem mittelmäßigen *happy end*, das direkt ins Vergessen geführt hätte, gab es auch ein Ende, das jedoch eher eine Tragödie war. Es wäre eine Tragödie gewesen, hätten die Beteiligten (*Hillbillies, Hügelwillis, Hintermenschen, kein Hollywood, kein happy end)* gewusst, was eine Tragödie ist.

Tragisch ist, wenn es nicht anders geht, hieß es auch in Hollywood. Also war es tragisch. Oder war es Jims Psychiater, den er nun schon seit geraumer Zeit aufsuchte, im Glauben, er könnte seine Geschichte aufarbeiten?

Sie wohnten nun schon seit langem in einem Land, in dem das Wort *I* großgeschrieben wurde, und dann ging es mit *you* klein weiter, und wo jeder, der etwas auf sich hielt, seinem Vornamen einen zweiten in Abkürzung hinzufügte: John F. Kennedy, warum genügte John nicht? Es war wohl so etwas wie ein *von.*

Jim hat zwar von der Geschichte seines Onkels und seiner Mutter, die zur endgültigen Trennung seiner Eltern führte, nach jahrelangem Streit, damals nichts Rechtes mitbekommen. Er hörte nur immer wieder das Geschrei und die schlagartige Stille daraufhin. Er sah nur diese Gesichter, sodass er sich duckte; und dass mehr als sonst Brotlaibe hin- und hergingen, durch die Luft flogen, und zuletzt waren es auch Messer. Aber aushalten musste er, ein Kind, das doch. Das war in der Zeit, als die endogene Depression seines Vaters in eine offene Schizophrenie übergegangen war, beide Erkrankungen für die Umwelt schwerer zu ertragen als ein einfaches Asthma, das nur dem jeweils Betroffenen das Leben schwer machte.

Claire hatte nach dem letzten Streit mit dem Vater den alten Buick genommen, Jim und seinen Bruder Joe gepackt und war Richtung Süden losgefahren. Zu allem anderen war nun auch noch die Klimaanlage ausgefallen. Der Vater hatte noch versucht, sie mit dem Wagen seines Schwagers, der am Steuer saß, zu verfolgen. In die falsche Richtung, denn er hatte sie auf dem Weg nach Buffalo, zu den Niagarafällen vermutet (Claire hatte damit gedroht, sich die Niagarafälle hinunterzustürzen, doch das war nur eine amerikanische Redensart, die allerdings manchmal ins Leben übersetzt wurde, und eine falsche Fährte dazu). Claire, die nicht im Traum daran dachte, sich wegen eines Mannes, zumal eines solchen, das Leben zu nehmen, war mittlerweile schon fast in Baltimore und setzte dann ihr Leben in Miami fort, zuletzt noch mit einem fahrbaren Atemgerät zwischen Fernseher und *front porch*, von der aus sie manchmal die gleich großen und schnellen Autos vorbeifahren sah, die auch ihre Fernsehserien bevölkerten.

Aber vor ihm flüchten musste sie doch. Und dem Schwager und Joe war, in Buffalo angekommen, nichts anderes übrig geblieben, als sich die Niagarafälle hinunterzustürzen oder nach Scranton am Fuß der Appalachen zurückzufahren. Also fuhren sie zurück.

Jims Vater Joe, der nach dem heiligen Joseph, dem Patron der Arbeit und Nährvater Jesu getauft war, ein Name, der gar nicht zu diesem Menschen passte, war mit dem Vorhaben, sie zu töten, wie im Liebes- oder Kriegsrausch, in Richtung Niagarafälle losgefahren, um Claire und die Kinder und sich auch auszulöschen. Mindestens so groß musste die Liebe sein, dachte er. Freilich war das alles nur eine Phantasie in einem Hirn, das als krank galt, diese Frau zu töten. Aber es gab sie doch, die Realität dieser Albträume zu Tagzeiten. Und die Grenze zur Wirklichkeit hin war ein seidener Faden. In diesem Fall riss er nicht. Das Einzige, was nicht der Phantasie überlassen blieb, war die Rückreise.

Damit aber dieser Ausflug nicht ganz umsonst war, bogen sie noch bei einem Etablissement ab, von dem sie auf dem Hinweg erfahren hatten und es den Tag über nicht vergaßen, wo den Highway entlang zu lesen war *we bare all!* Ein solches Bild von der Liebe hatte er.

Sie fuhren zurück und blieben dort bis zu ihrem Tod. Joe kam dann fast jeden Tag zu seiner Mutter zum Essen und schlief auch bei ihr, in seinem Kinderzimmer, und ab und zu übernachtete er bei wechselnden Freundinnen, die ihm dafür kochten, und nach dem Essen sahen sie auch zusammen fern, das heißt: Neben dem Essen her war gewiss auch schon der Fernseher gelaufen. Es war noch schwarzweiß, hatte aber schon achtundvierzig Programme. Es gab aber noch keine Fernbedienung, das heißt, zappen ging nicht, für jeden Wechsel musste jemand aufstehen. Also wurde der Fernsehschrank auf Rollen ganz nahe an den Esstisch herangeschoben, sodass sie schon fast nicht mehr aufstehen mussten. Das war noch ein Fortschritt. Doch auch so gab es, auch mit der neuen Frau, schon Streit genug. Und erst wegen des Programms. Auch nach den Jahren mit Claire. Also haben der Vater Jims und seine letzte Geliebte Martha zwei Geräte aufgestellt, wo nebeneinander sein und ihr Lieblingsprogramm liefen.

In späteren Jahren (auch Daisy war ihm davongelaufen) beklagte er sich, dass er keine Einladung zum Valentine's Day mehr bekam und auch nicht zum Truthahnessen am Thanksgiving Day. Auch seinen Söhnen gegenüber, die er später, bald, in Miami anrief, um nach ein paar Dollars zu fragen, die er wohl für seine schmerzhafte Freizeitbeschäftigung benötigte, klagte er und markierte den Wehleidigen und vom Leben und den Frauen Verfolgten, mit denen er bald gegen die zwei selben, gegen das Leben wie gegen die Frauen, als wäre das eins, zu fraternisieren versuchte. Ja, das war auch so einer.

Als Jim etwa vierzehn Jahre alt war, kamen die ersten Pumpanrufe aus Scranton. Er wollte nächste Woche alles zurückzahlen, was nie geschehen ist. Es fehlte gerade noch, dass er auch Claire nach Geld für ein neues Auto fragte. Von der kleinen Rente seiner Mutter, die sich das Essen vom Mund absparte und auf neue Kleider etc. (auch darauf, noch einmal nach Pescopagano, ihr erstes Leben, zurückzukehren) längst verzichtete, damit es ihre Kinder einmal besser hätten in Amerika als sie, finanzierte Joe seine Frauen, kaufte ihnen die neueste Reizwäsche und Pralinen, sprach sie auf der Straße an, ob er ihnen neue Stiefel kaufen dürfe, als wäre er ein Fetischist, und gab ihnen außerdem das Geld, das sie zum tatsächlichen Leben brauchten, einer nach der anderen. Von seinen Einkünften als Sportlehrer an der katholischen Privatschule St. Joseph konnte er so etwas nicht finanzieren, um über die Runden zu kommen, die eckig waren. Und auch das Geld, das er von Father James Meredith aus den sonntäglichen Kollekten für seine Söhne in Miami zugesteckt bekam, floss in die Finanzierung von Joes Tag- und Nachtleben. Wie dieser Pater diesen Ausreißer des Lebens verstanden hätte, ja vielleicht tatsächlich verstand! Dieser Priester hatte ein Herz für die Sünder. Und er gab das Geld, das eigentlich für solche Fälle wie den Jims und sonstige Existenzen und Arme auf der Welt gedacht war, immer wieder großzügig an Joe weiter. Als wäre es eine Vorausfinanzierung der Sünde, damit er auf diese Weise als Gegengeschäft den Nachlass und die Vergebung der Sünden schon in der Tasche hätte. Und da ihm, dem Pater, all diese Sünden versagt waren, wollte er wenigstens von denen von Jims Vater etwas haben, sodass beim Gespräch im Beichtstuhl die Vergebung oftmals in eine Erregung umschlug.

(*Gib's auf,* so hieß eine schöne kleine Erzählung von Franz Kafka, so hatte auch an einem dieser vergangenen Adventssonntage die katholische Predigt begonnen. Im Himmelreich gab es keine Kirche, also musste Roland es im nahegelegenen Lebensweiler gehört haben, denn in Freiburg hatte er erst gar nicht begonnen, am Sonntagmorgen aufzustehen, um in die Kirche zu gehen. *Gib's auf! Gib's auf!, dachte Roland und wandte sich für einen Augenblick ab so wie Leute, die mit ihrem Lachen oder Weinen allein sein wollen.*)

Joe hatte jedes Jahr wieder einen zweiten Frühling, bis es dann doch einmal aus war mit der Liebe; und zwar noch zu Lebzeiten, Schreckgespenst aller Liebenden, die gar nicht daran denken wollen, musste er dies an seinem eigenen Leib erfahren. Und dass ihm keine mehr mit ihren Augen sagte: *Komm, gehen wir!*

Und bis es so weit war, fast bis zuletzt, war er auch noch für die *physical education* (Leibeserziehung) der katholischen Privatschule von St. Joseph zuständig und schrie noch mit sechzig auf dem Sportplatz mit der Trillerpfeife seinen Schülern hinterher, als wäre es ein Truppenübungsplatz, und beim Mannschaftsspiel verteilte er Namen. Schüler, die er nicht leiden konnte, wurden *Bockwurst* oder *Schnitzel* gerufen, immer noch aus Groll gegen Claire und die deutsche Sprache, die er auch nicht leiden konnte. Und diese deutschen Wörter kamen aus seinem Mund wie Kotzgeräusche.

Die katholische Kirche nahm damals noch jeden, ja, sie musste, mit ihrem Menschenbild, in dem Psychokrankheiten und Kriminalität keinen Platz hatten und etwas wie Schizophrenie nicht vorkam, sondern das Gute und das Böse, das Gewissen und der freie Wille, die Sünde und die Sündenvergebung, so war es damals noch: Die Kirche musste jedem, der ein Sünder war, verzeihen, wenn er nur bereute. Das war so von Jesus vorgeschrieben, der seine Schlüssel an Petrus übergeben hatte.

Jim war also das Ergebnis aus dem Leben eines solchen Sportlehrers und Menschen, Resultat oder Konsequenz, das zur Durchleuchtung eine Infrarotbrille, einen gigantischen Durchleuchtungsapparat benötigt hätte, tatsächlich hatte er nur einen Analytiker, erst Dr. Blum, und dann den hilflosen Dr. Mors, der seine Einnahmen auch noch durch eine Spezialisierung als Epilepsie-Experte auffrischte, der ihm mit seinem verständnisvollen Nicken und seiner sonoren ruhig gehaltenen Stimme kam, als ginge es um die Erstellung eines Diätplans. Und nicht um die Bewältigung eines weiteren Unglücks, das einst als Glück gedacht war.

Jims Vater haderte mit der Welt, aber auch mit seinem sogenannten Schicksal, das ihn in die sogenannte Liebe eingesperrt hatte, dieses Verließ, ein Leben lang. Mit dieser Frau, die Jims Mutter war, die doch längst zu einem Phantom geworden war, blieb Joe heillos verwirkt, wie ein Berber.

Vielleicht war auch die Liebe von Anfang an ein Phantom, das Phantom seiner Macho-Ehre, das in seinem Kopf herumgeisterte. Damals hätte er sie beinahe umgebracht, er hat sie ja auch umgebracht in seinem Kopf, um die Ehre der Mariniellos wieder herzustellen, und hätte es anschließend gebeichtet. Dafür war es nun zu spät.

Claire aber hatte sich vor demselben nach Miami geflüchtet. Es gab damals auch in den größten Städten noch kein Frauenhaus.

Auch war sein Vater nun eindeutig schizophren. So sagten es die Ärzte. So ihr Hilfswort. Eine Gefahr, eine wandelnde Bombe, welche die Entschärfung versagte. Er nahm die Medikamente nicht. Und wenn er sie liebte, wussten sie nicht, ob sie überhaupt gemeint waren oder etwas ganz anderes.

Er nannte Namen und lief mit einem Messer herum.

Claire musste sich, da es um Liebe und Tod ging, ans Ende der Welt flüchten, als wäre sie die Täterin gewesen. Dabei war sie doch nur, wenn überhaupt, eine Mitspielerin. Manchmal. Zu Zeiten. Wenn Rauschzeit war, wie es bei den Jägern hieß.

Sein Vater erfuhr erst nach Jahren, wo die drei abgeblieben waren. In Amerika gab es keine Meldepflicht. Und da Claire von ihrem Mann keine Unterstützung zu erwarten hatte, gab es von ihrer Seite aus erst recht keinen Grund, ihn anzurufen. Da war der erste Blutrausch schon in einen Kater übergegangen. Und das Sinnen auf Rache in eine Wehleidigkeit und ein Selbstmitleid, weit über das hinaus, was von einem solchen Mann oder Pascha und Verrückten zu erwarten war, als wären diese Regungen die letzten Erscheinungsformen und Metamorphosen eines herrischen, durch die sogenannte Liebe ausgelösten Unglücks.

Sein Vater, den Jim trotz allem bewunderte, der im Lauf der Jahre immer größer geworden war (weniger verstand als bewunderte), schien ihm wie ein lebenslänglicher Wilderer zu sein, der bis zuletzt in der Liebe wilderte, als wäre sie ein Jagdgebiet. Und die Anrufe, die nach ein paar Jahren dann doch kamen, gingen unmittelbar von der Frage: *Wie geht es euch?*, ohne die Antwort abzuwarten in die Frage über: *Kannst du bei Mami nicht um etwas Geld für Daddy fragen? – Daddy braucht etwas Geld für Grandma und Benzin. Du kannst es ja mit der Post schicken. – Bist ja schon ein Mann, weißt, wie das geht.*

So kamen auf engstem Raum, der nur einen Teil von Jims Hirn beanspruchte, Geliebtes und Bedrohliches zusammen, und er wilderte mit seinen Gedanken in der fremden Liebe herum.

Als ihn Jim einige Jahre später bei der Beerdigung der Großmutter wiedersah, warf sein Vater ihm vor, dass sie alle ihn im Stich gelassen hätten. Und nebenbei sah Jim, dass er mindestens einen Kopf über seinen Vater hinausgewachsen war.

Er versuchte, ihn in sein Unglück hineinzuziehen, in seinen Neigungswinkel, versuchte nun gegen alles zu fraternisieren mit ihm, gegen das Leben und die ganze Welt, gegen die Liebe und die Frauen. Er nahm die Tabletten immer noch nicht und berief sich dabei darauf, dass er ein Ebenbild Gottes war und was ihm sein Beichtvater sonst noch gesagt und aus- und eingeredet hatte, so zum Beispiel, dass die Schizophrenie eine Erfindung gottloser Psychologen sei, die den Menschen an sich reißen wollten. Er sei nicht schizophren, sondern ein Kind Gottes, das einen freien Willen habe und ein Gewissen. Und das Erstaunlichste dabei war, dass noch nie etwas passiert war.

Das war auf der ganzen Welt so: Bei der Verrücktheit der Menschen wunderte sich Jim, dass es etwas wie ihn, auch nur ein Mensch, immer noch gab.

Die einzige Frau, die dieser Mann oder Mensch niemals aufgab, war seine Mutter, und die war nun tot. Es war die Liebe zu einer Frau, die er mit seinem Sohn teilte.

Es war eine radikale Liebe Joes, ganz horizontal ausgerichtet, als wäre die Liebe jene Tiefebene, von der sich nur sein Bauch als etwas Rundes abhob, der Rest war schwarz und ebenerdig, eine Welt, auf der er sich maradonaartig fortbewegte. Und wie bei jedem Süchtigen gab es es keine weiteren Laster, auch wenn die Summe des Lasters gleich hoch war. Für Pizza und Rotwein, das Essen und das Trinken, interessierte sich Joe nicht.

Alles ging für die Liebe drauf. Und für den Wahn des Lebens. So war das auch bei Jim. Und vielleicht war es auch bei Pasolini so gewesen.

Wenige Jahre zuvor hatte Pasolini in dieser Gegend, die Jim nun schlafend, ja, träumend durchfuhr, seinen Matthäus-Film gedreht, da war Jim fast so alt wie Jesus im Tempel. Und Onkel Pino, der in diesem Film einen der Männer vom See Genezareth spielte, mit der Hoffnung auf eine Filmkarriere, mit dem Italian Lover im Bauch, hatte sie in Scranton besucht, als wären sie eine Stufe auf der Karriereleiter nach Hollywood. Doch von diesen Träumen Pinos hatte die Verwandtschaft in Scranton keine Ahnung. Und auch von den Träumen Jims, der nun zu ihnen unterwegs war, wussten die Verwandten in Pescopagano nichts.

Pino war eine silbernglänzende Erscheinung aus schwarzer Asche – Pino, so einen Kopf hatte er schon früh, hat mit fünfundzwanzig schon graue Haare. Aber wie!

Nach Miami wurden Jim und Joey von ihrer Mutter praktisch entführt. Die Liebesgeschichte ihrer Mutter mit ihrem Vater, die eigentlich eine Kriegsgeschichte war, so pathologisch wie eine Kriegsgeschichte, die samt ihren Folgen auf dem Rücken der Kinder ausgetragen wurde, war so auf eine spektakuläre Weise zu Ende gekommen. Manchmal gab es auch in späteren Jahren noch Schläge. Sie hatte eine lebenslängliche, immer wieder ausbrechende Wut auf Jim und Joey, da diese zwei ja auch nichts anderes als die Folge einer Liebe waren, die sich als Irrtum herausgestellt hatte. Mit zwei Kindern als Kollateralschäden ihrer Liebe.

Wohin wollt ihr? Was wollt ihr denn noch von mir?, hatte eine verzweifelte Frau ihre zwei verbliebenen Männer angeherrscht, als wären sie die Ursache eines (permanenten, instutionalisierten) lebenslänglichen Unglücks, von dem sie möglichst weit weg wollte, nein: musste, und sie hat eine Autokarte, auf der die gesamten Vereinigten Staaten von Amerika außer Hawaii zu sehen waren, vor sie hingelegt.

Sie – Jim neun und Joey sieben Jahre alt – konnten sich zwischen Miami und Kalifornien entscheiden. Und da damals gerade eine Fernsehserie lief, wo richtige Polizisten in schnellen Autos mit Frauen darin zu sehen waren, die alle blond waren, sagten sie Miami. Vor diese im Grunde unmögliche Alternative gestellt, sagten sie: Miami. Auch, weil ihnen das Wort Florida gefiel. Auch wegen der Krokodile und Dinosaurier (die es damals in den Kinderzimmern auch schon gab. Amerika war immer voraus). Also fuhren sie in einer Drei-Tage-Tour mit dem eingebauten automatischen Geschwindigkeitsmesser immer geradeaus, während Joe ein Drei-Tage-Bart gewachsen war, dazwischen zwei Nächte auf dem Parkplatz eines Motels mit Wasser und Toilettenmöglichkeit gegen eine geringe Gebühr, eine Nacht auf einem Motelparkplatz in Virginia und eine auf einem Motelparkplatz in Savannah, Georgia; die schöne Stadt sahen sie freilich nicht. Und am Morgen um sechs saß Claire schon wieder am Steuer und rauchte eine Zigarette nach der anderen, ohne dass die Polizei eingeschritten wäre wegen Erregung öffentlichen Ärgernisses oder versuchter Tötung, bei meist geöffnetem Seitenfenster und einer Geschwindigkeit von, sagen wir, fünfundfünfzig Meilen, hatte ihre linke Hand nach außen gehalten und war mit ihr durch die Luft gefahren, als wäre es eine Erfrischung, und forderte ihre Kinder bald auf, miteinander zu streiten (dabei schliefen sie meist), zu schreien, sie zu erschrecken, sie in die Backen oder die Beine zu kneifen und sie mit dem Fächer zu schlagen oder zu pieksen, damit sie nicht einschlief, ja vielleicht so wütend wurde wie zu Hause im Streit mit ihrem Mann, wenn Brotlaibe und Messer hin- und hergingen, denn sie fuhren ja immer nur geradeaus. Es war wirklich so, auch in Scranton, wie überall auf der Welt, wenn einer vor die Haustür tritt: Links geht es im Prinzip nach Wladiwostok, rechts nach Amerika; entweder Richtung Süd- oder Nordpol – oder umgekehrt. So war es auch in Scranton, beim

Megasuperstore von Schnuck's; und dann noch einmal bei der Autobahnauffahrt, als die Interstate erreicht war, sie fuhren erst einmal Richtung New York, und nicht Richtung Chicago, und dann über die Route 66 nach Kalifornien. Am Abend des dritten Tages waren sie dann an ihrem neuen Lebensmittelpunkt angekommen und richteten sich erst einmal in einem festverankerten *mobile home* ein. Sie hatten aber Platz genug für den mitgebrachten Straßenkreuzer, der schon vom Rost angefressen war, gleich daneben.

Bald schliefen sie selig, und alles, was mit Mummy und Daddy und Uncle Pino zu tun hatte, war vergessen.

Jim wollte zunächst gar nichts von Miami wissen und den Palmen und dem Meer, womit Claire ihr schlagartig neues Leben den beiden hatte schmackhaft machen wollen.

Jetzt war er erst neun und hatte schon Heimweh. Dafür gab es gar kein richtiges Wort in seiner Sprache: Wie er seine Großmutter liebte und seinen Vater, mit dem er Fußball gespielt hatte, ganz ungewöhnlich in Amerika, wie er von allem weggerissen wurde, als es der Mutter eines Tages einfiel, ihr Leben an einer anderen Stelle fortzusetzen. Es war der erste Tod. Wie er vom Meer nichts wissen wollte und den Palmen, wie er Heimweh hatte nach seiner Großmutter, seinem Vater und nach dem Schnee. Es war Liebe usf.

Damals war es kalt in Scranton, im Winter bis zu dreißig Grad, welches auch in Amerika ein schönes Leben im Innern ermöglichte, ein Leben nach innen, die Geräusche und den Anblick des offenen Kamins, den sie noch hatten, wie des Feuers sowie schon den Anblick des schönen Holzstapels, und morgens blühte es im Fensterrahmen, auch Palmen und sonstige Eisblumen waren zu sehen, die dahinschmolzen und nach und nach den Blick auf die verschneite Welt und die *jingle bells* preisgaben. Es war (auch für Jim) in Scranton eine einzige große Adventszeit vor dem Leben. Das war alles eine lebenslängliche Erinnerung.

Jims Heimwehzeit nach dem Schnee dauerte sein Leben lang.

Jims Sehnsucht nach dem Schnee und den Menschen war nun so groß wie seine Abneigung gegen die Palmen, die gleichgültig in einen gleichmäßig leeren Himmel wuchsen, ja gegen das Meer, als wäre er ein alter Grieche oder einer vom Meer, der wusste, was dies war: ein alles verschlingendes Ungeheuer, der größte Magen, den es auf der Erde gab, ihr schwarzes Loch. Ein Ende für alles, auch für den weißen Schnee. Der unvergessliche, wunderbare, ewige Schnee von gestern. Der Schnee von gestern, heute. Und auch der Schnee von heute, irgendwo um den azurblauen Südpol und in Jims träumendem Hirn. Der Schnee war ein großer Anfang. Der Schnee hatte Zukunft, konnte schmelzen, nahm Gestalt an, bekam Füße, ja Flügel. Wenn sich ein Engel in ihm wälzte. Konnte sich verwandeln. Im Meer hingegen war alles zu Ende.

Auf der Italienkarte, die der kleine Jim schon von Anfang an mit seinen Augen auf und ab ging, waren es keine zwei Zentimeter von Calitri und Pescopagano nach Potenza. Schon aus dem Gitterbett und dem Laufstall heraus, lange bevor er lesen konnte, war er da mit seinen Augen in seiner ersten Welt unterwegs, zwei, drei Jahre lang in dieser Wohnküche; und in dieser Augen-, Schrei- und Greifweite immer dieselbe Frau, seine Großmutter, die das Kind lange für seine Mutter hielt (die jeden Morgen sehr früh aus dem Haus ging) und deren Gesicht identisch war mit dem Gesicht seiner ersten Geliebten: Das war sie, seine Großmutter. Auf keinem späteren Gesicht war Jim jemals noch derart auf- und abgegangen. Auf keinem späteren Gesicht der Geliebten seines Lebens so wie auf dem Gesicht dieser, seiner ersten Geliebten mit seinen Augen und Händen. Und von da kamen auch die ersten Wörter und die Sprache, die sie an Jim weitergab: Pescopaganese. Was will ein Mensch mehr?

Dann fuhren sie in Potenza ein, zu der seine Großmutter *Stadt* sagte.

So gingen die Träume über das Meer hin und her. Vor- und rückwärts gingen sie. Seine Träume waren ein Joint Venture aus Sehnsucht und Heimweh.

Italien hing gleich zweimal in der Wohnküche von Jims Kindheit. Auf der Italienkarte, welche die imperiale Ausdehnung zur Zeit Mussolinis zeigte mit dem Mare Nostrum als blauem Band, waren beide Orte keinen Zentimeter von einander entfernt. Und dann gab es die mitgebrachten Heiligenbilder über allem. Auch sie mussten sich in Amerika behaupten. Die Auswanderer sprachen nur von der Größe Italiens, dies in den USA – oder sprachen gar nicht. Jim ließ sich, keine zwanzig Jahre später, in der Schule nicht irritieren durch den Fahnenappell jeden Morgen und das Gebet auf die Flagge mit dem Herzen auf der Hand dazu, denn Jim war in seinem Herzen ein Bergbewohner der Basilicata, die von den Nordmenschen *terroni* genannt wurden, Bodenfresser. Das war er seiner Großmutter schuldig.

Und kannte von da all die Orte besser als die Großmutter und konnte die Städte auf dem Weg nach Neapel und New York der Reihe nach aufsagen.

Die Großmutter hingegen kannte nur Pescopagano.

Pescopagano und Calitri setzten zwar in Amerika eine seit Jahrhunderten bestehende Feindschaft fort, und den Rest von Scranton hat diese Frau, die niemals einen Satz Amerikanisch lernte, gar nie wahrgenommen. Sie kannte Calitri ja auch nicht, war nie in Calitri gewesen, von dem sie nun ihr ganzes Leben hören und sehen musste, denn da war noch ein großes Foto: Calitri 1895, das nun wie die Heiligenbilder an seinem Hauptplatz hing, während sie von Pescopagano kein Foto besaß, nur die Erinnerung. Vielleicht war es auch besser so, denn so hatte sie viele Bilder im Kopf, die niemals gelöscht werden konnten, das heißt erst ganz zuletzt, als sie auf dem Sterbebett lag, auch sie kam schließlich da einmal zu liegen, und von Dingen sprach, die sie sah, die außer ihr niemand sah.

Dann wurden die Heiligenbilder abgehängt und auch die Mussolini-Karte; all diese Dinge wurden durch etwas Schöneres ersetzt, irgendwann kam die Bildtapete von den Niagarafällen, noch später ein Foto von Silvester Stallone und anderer Heroen der Fortsetzung der Geschichte Italiens in Amerika.

Und zu Beginn von Jims Geschichte war der Großvater auch noch da, aber so, als wäre er nicht da gewesen. So war er noch eine Zeit lang da und starb dann, als wäre es nicht das Bergwerk gewesen, sondern ein Naturgesetz, dass die Männer vorher sterben und das schwache Geschlecht immer wieder das überlebende war.

Jim konnte sich an ihn fast nicht erinnern und hätte nichts mehr von ihm gewusst, hätte er sich nicht daran erinnern können, wie er sich nebenan zu Tode hustete. Auf dem Grabstein konnte er bald Zahlen lesen: Giuseppe Mariniello 1895–1958. Und Jim konnte sich nun ein entsprechendes Leben dazudenken. Den Rest kannte er vom Hörensagen.

Und der Großvater dachte zu späteren Lebzeiten an Calitri so, als wäre er schon einmal im Paradies gewesen, aus dem er doch vertrieben wurde, während er untertage nichts sah als Wände aus Kohle, die einmal in Vorzeiten Bäume gewesen waren, in einer Zeit, als die Indianer, die dann später, eine Zeit lang, zehntausend Jahre, die Prärien und Wälder über ihm durchstreiften und frei waren, Amerika (das, zu seinem Unglück, ein Italiener entdeckt hatte) auch noch nicht erreicht hatten. Sie kamen über die Beringsee vor noch nicht einmal zwanzigtausend Jahren, ein Nichts vor diesem Gott, der schon vor einer Million von Jahren oder mehr jene Lebewesen hatte wachsen, blühen und verblühen lassen, die nun zu bester schwärzester Kohle geworden waren, und irgendwie verfügte (wer, wenn nicht er?), dass er die meisten Tage seines Lebens untertage verbrachte, als wäre er da zur Strafe. Zwar verhalf Jims Großvaters souterraines Leben denen, die unmittelbar drüber wohnten, auch nicht gerade zu einem Leben im Licht. Aber nach Strafe sah es auch nicht aus. Aber es war doch so, dass es damals in

Scranton noch Heimweh gab. Nachdem er einmal hier angekommen war und bald einsah, dass er sich nun so langsam *das war's* sagen konnte, wäre ihm lieber gewesen, sein Landsmann Kolumbus hätte diese große Entdeckung lieber nicht gemacht, dann wäre ihnen ein Leben in Amerika erspart geblieben.

Das war der Schmerz von fast allen, die mit dem Auswandererschiff gekommen waren.

Der Schmerz war schon fast alles, was die Auswanderer mitgebracht hatten und was ihnen blieb als nie verwundenes Heimweh, sowie die Möglichkeit, den Kolumbus zu verfluchen, hatten sie auch noch, was vielleicht auch jene getan haben, die eine böse Entdeckung gemacht hatten, als sie den Kolumbus entdeckten, wie Lichtenberg sagte, ein Philosoph oder so, dessen Namen vielleicht tausend nachgeborene Amerikaner schon einmal gehört hatten.

Sein Leben war auf halbem Weg Richtung Westen zu Ende gekommen, noch vor dem Appalachen-Kamm war sein Großvater am Ziel. Da hatte er nun seine Kinder gezeugt, hatte weiter gearbeitet und gelebt, bis er starb.

Andere schafften es weiter. Und so schaute er ins Leben.

Sein ganzes Leben in den USA verbrachte Jims Großvater als Weißer, der zwar als Katholik und Italiener weit unter den White Anglo-Saxon Protestants stand. Aber wenn er im Bus zur Arbeit gefahren wäre, dann hätte ihm der da sitzende Neger den Platz freigemacht. Die Rassentrennung in God's own country wurde erst aufgehoben, als der Großvater schon tot war.

Jim hatte noch zwei Großeltern, aber die waren schon vor seiner Geburt gestorben. Von Jim gar nicht erst vergessen.

Die Großeltern Jims, die er dann zeitlebens mit sich herumtrug und die auf diese Weise doch noch nach Hause kamen, lernten sich erst in Amerika, während der heiligen Messe, gelesen von dem von zu Hause mitgebrachten Don Antonio, richtig kennen. Miteinander gesprochen haben sie freilich erst im angrenzenden Bingosaal. Die Messe war noch auf Jahrzehnte, bis zur Kriegserklärung, im rauen lateinischen, irgendwie grollend klingenden Tonfall von Pescopagano, in dem sie auch ihre Lieder sangen, als könnte jederzeit irgendwo ein Messer aufgehen. Und auch die kurze in diesem Idiom vorgetragene italienische Predigt, garniert von den Bekanntmachungen, Hochzeiten, Geburten, Todesanzeigen. Die vom Kriegseintritt an nun verboten waren. Die USA hatten auch Calitri und Pescopagano den Krieg erklärt, und der Großvater und die Großmutter von Jim waren nun Ausländer, was sie ein Leben lang gewesen und geblieben sind, abgesehen von ihrer kurzen ersten Zeit.

Auch diese zwei stritten sich ein Leben lang, über alles, auch über den Krieg, auch während des Kriegs zwischen Italien und Amerika, wobei sie Partei ergriffen, wobei es für sie schwer war, damals die Fronten auszumachen.

Der Großvater sagte etwas. Die Großmutter sagte nichts.

Der Großvater sagte noch lange, es sei der Hauptfehler des Duce gewesen, sich auf diesen Hitler einzulassen, mit den Amerikanern und Engländern hätten sie schließlich schon den 1.Weltkrieg gewonnen. Die Großmutter sagte nichts.

Auch sonst war Jims Großmutter eine stille Erscheinung, ganz in Schwarz, als trauerte sie um ihr Leben, die dasselbe aber so nahm, als käme es direkt von Gott, ihr so zugedacht, und als ihre Haushaltshilfe und Lebensberater hatte sie diesen und jenen Heiligen, und wenn sie etwas verloren hatte, betete sie zum heiligen Antonius. Sie bestritt ihr gesamtes Leben noch ohne Horoskop, Fernsehen und Wetterbericht. (Ihre Tochter Claire würde dann fernsehsüchtig und schon fast entsorgt in einem sogenannten Pflegebett zu Ende leben, an der Stelle von San Antonio und Philomena: das TV-Monster.)

Aber sie lebte bilokal, in ihrer Wohnküche, die den Blick in einen Garten freigab, der auch hätte zu Hause sein können, und eben dort, zu Hause, in Pescopagano in ihrem Kopf.

Das taten auch manche Gläubige: Sie lebten hier und dort und beteten zum heiligen Antonius, der gar nicht aus Padua stammte, sondern aus Lissabon, wenn sie glaubten, dass sie sich verloren hätten und nun wieder finden müssten, und gingen sich aus dem Weg, so gut dies möglich war, aber man war in der Fremde doch etwas näher gerückt und konnte sich dann ein Leben lang streiten, auch noch im Bett unter dem Bild des Guten Hirten, ohne sich gleich umzubringen.

So waren in Jim die beiden Orte zusammengekommen. Der Großvater sagte etwas. Die Großmutter sagte nichts. Noch im Schlaf sagte der Großvater etwas, und die Großmutter sagte nichts.

Sie hielt es aus bis zu ihrem Tod, als wäre dies ihr letztes Kinderspiel gewesen, wer es am längsten aushält, nichts zu sagen.

Eine Mutter gab es in den ersten Jahren Jims auch noch, und so einen Vater. Sie ließen sich jedoch kaum blicken. Als wäre in Amerika jeder seines Glückes Schmied, und dies, dass jeder seines Glückes Schmied ist, wäre das andere Wort für Amerika gewesen, eine Definition. Seine Eltern Claire und Joe sah Jim kaum, weil beide schon damals zwei Arbeiten nachgingen, Ferien gab es nicht, das waren sieben Tage Nicht-arbeiten-Gehen.

Also sind sie niemals weggefahren, außer dem einen Mal. Und von da hatte Jim eigentlich eine Abneigung gegen das Reisen und gegen das Meer, welches das Ziel jener Reise gewesen war – und sein Fach studierte er nur, weil er so in Amerika von etwas anderem als Amerika erfuhr.

Das hätte er nun alles in den PC geben können, und der hätte Jim alle eigenen Namen, Worte und Träume als fehlerhaft zurückgewiesen.

Da sie den Tag über arbeiteten, sprachen sie noch amerikanisch, wenn sie abends zurückkamen, bis sie spätestens beim Abendessen wieder in ihre Sprache hineingefunden hatten. Und da war der kleine Jim schon im Bett.

Summa, keine Summa: So lebten Jims Menschen irgendwie in der Zukunft gestrandet, die mit Kolumbus eine fatale Richtung genommen hatte.

Einst waren sie an einem Ort aufgebrochen, den sie kannten. Und dann Amerika. Die Fremde. Noch so eine Geschichte, nicht das erste Mal.

Die Zukunft einst, in Pescopagano: Das war der Onkel aus Amerika, der angereist war, um im Gemeindesaal der heiligen Philomena seine Rede zu halten: Und bald würde keiner mehr arbeiten müssen: Das übernähmen die Maschinen: Das war das späte zwanzigste Jahrhundert. Aber bis es so weit war (dass keiner mehr arbeiten müsste), blieb ihnen vorerst gar nichts anderes übrig, als nach Amerika auszuwandern und dann als Millionär zurückzukehren und dereinst, wenn es schon sein musste, hochangesehen zu sterben. Also blieb ihnen nichts anderes übrig, als noch ein letztes Mal zum heiligen Judas Thaddäus, zum heiligen Joseph, Patron der Armen, zu gehen, wo sie getauft worden waren, und dann unter Tränen aus dieser schönen Welt zu verschwinden, zusammen mit der heiligen Philomena, die ebenfalls auswanderte und mittlerweile ihren Wohnsitz praktisch ganz nach Amerika verlegt hatte, denn in Italien war diese Heilige nur noch so lange, bis die letzte der Seelen, die mit dieser Heiligen noch gelebt hatten, von ihrem Schutzengel ins Paradies verbracht wären. Das Tal hinaus erst Richtung Neapel, wo die Menschen schon ganz anders sprachen, und dann dasselbe Schiff voller Menschen, die das Meer noch nie gesehen hatten und nie wieder sehen würden nach Amerika.

Einmal ausgestiegen, würden sie bleiben, die Fahrt stellte sich als One-Way-Passage heraus, sie hatten ja auch nur eine einfache Fahrt gelöst, darunter Jims Großeltern als Kinder von elf und dreizehn Jahren, mitgegeben den Verwandten, die nach Scranton auswanderten, wo schon halb Pescopagano und Calitri lebte und weiterstritt.

Als wäre es eine Vendetta gegen das Leben.

Manche blieben die ganze Zeit an ihrem Platz auf dem Zwischendeck und schauten kein einziges Mal zur Luke hinaus aus Angst, sich vor dem Meer zu übergeben. In Ellis Island standen sie wie die anderen in der Reihe, dann ging es weiter mit dem Zug und die letzte Strecke noch mit dem Pferdewagen und zu Fuß: Dann waren sie bei den Verwandten, die schon in Scranton waren.

Und keiner von ihnen sagte, was sie alle irgendwie dachten: dass Kolumbus Amerika lieber nicht entdeckt hätte. Denn Amerikaner wurden sie nie. Der Großvater, als er erwachsen war, das war ein Jahr später, da war er vierzehn, ging dann ein Leben lang ins Bergwerk und starb dann unbemerkt von fast der ganzen Welt, nur von der Großmutter nicht, die er bald geheiratet hatte. Sie wartete zu Hause auf ihn und kochte das Essen, als wäre sie zu Hause, und hatte von dort ihre Sprache mitgebracht, auch die Ortlosigkeit ihrer Sätze, sie waren wie das Leben, um das es hier geht, das alles war nicht von hier.

Sie führte ein Leben, vergleichbar mit dem Leben einer ostanatolischen Frau in einem dritten Hinterhof.

Die Musik, die sie damals in Amerika hörte, neapolitanische Heimwehlieder, waren auch nur auf einen Schmerz zurückzuführen, der nur gesungen werden konnte.

So oder ähnlich lebte auch Jims Großmutter mit ihrer mitgebrachten nutzlosen Sprache und ihren nutzlosen Erinnerungen und sprach mit ihren Heiligen und dem kleinen Jim und lebte in ihrer nutzlosen Erinnerung und ihrer Sprache, angereichert um ein paar tägliche Fremdwörter wie *air-condition, fridge, carport* und *office, airbrush, front porch, hairdryer* und *highway*. All das waren Hauptwörter des zwanzigsten Jahrhunderts, während die Tuwörter zeitlebens dem Wortschatz von Pescopagano entnommen waren. Sie sprach ja nicht viel; und wenige Wörter genügten in Amerika, um ein Leben zu führen. Es kam kein einziges Tuwort dazu bis zu ihrem Tod mitten in Amerika. Erst von da an hieß es, *she died*. Das konnte sie ja von sich selbst nicht sagen.

So lebte sie, mit ihren mitgebrachten Heiligen, und betete zum Gott der kleinen Leute, dem heiligen Joseph, der es auch zu nichts gebracht hatte im Leben, und betete für den kleinen Jim und empfahl ihn dem Schutz ihrer besten Heiligen. Beten, das war die einzige Möglichkeit, für ihren kleinen Jim etwas zu tun, auf dessen weiteres Leben sie sonst keinen Einfluss haben würde. So sah sie auf ihn hinunter mit ihrem Hoffnungsschmerz, dass dieses Kind es einmal besser haben würde als sie. Vielleicht sogar gut. Und dann starb sie. Jim war nun längst über sie hinausgewachsen und träumte schon von der Liebe.

Jim hatte seinen Glauben von der Kirche, aber noch mehr von dieser Großmutter, von der er seither seinen Kinderglauben mit sich herumtrug.

Unsere Psyche ist doch unergründbar.

Wie die Erinnerung. Ein Fass ohne Boden.

Und mit der heiligen Philomena (der sie auch lange gegrollt hatte, da sie ja auch für den richtigen Mann im Leben zuständig war – ein Streit, irgendwann vergessen) sprach sie in der Küche und sagte, *Wir Heimatlosen. Wir in der Fremde.* Und zu Jesus betete sie, aber nur zu seiner Zeit um Weihnachten, und die kleine Krippe stand da das ganze Jahr über im Wohnzimmer und der kleine Jesus aus Gips, und zu den dazugehörenden Eltern, der allzeit reinen Jungfrau und Gottesgebärerin Maria, wie es im täglichen Gebet hieß, und zu eben diesem armen Joseph. All diese Heiligen konnten mithören, was da auf Pescopaganisch gesprochen wurde, und sie lächelten ja auch und freuten sich, zwar in Amerika zu sein, doch die fremde Sprache nicht hören zu müssen, nur die von zu Hause her vertraute, wie man eben mit einem Kind spricht, so konnte das Italienische klingen, wie es aus der Gegend hinter Neapel mitgebracht worden war. Armer Joseph, Schutzpatron, seltsamer Padrone, der auch ein Leben lang mit der Hand arbeitete und sich vielleicht gedacht haben mochte: Die Welt ist groß und gehört den anderen, und der die Welt auch nicht verstand, angefangen mit den Dingen, die sich bald unter seinem eigenen Dach in Nazareth zutragen sollten und von da an die Welt veränderten, von der Wohnküche in Nazareth an, über Bethlehem, Jerusalem, Calitri,

Pescopagano, Neapel, Ellis Island, Scranton, die dahinterliegenden Appalachen und weiter.

So lebte und starb sie wie jene Frau aus dem Libanon in Manhattan, nur mit der heiligen Rosa von Lima und allen Heiligen vom Ende des neuzehnten Jahrhunderts, nur katholisch, nur mit ihrer Sprache und hundert Jahre früher ohne Aufzug, das war Jims Großmutter, die erste Frau seines Lebens.

Muss man noch sagen, dass man so etwas ein Leben lang vermisst?

Den meisten, die davon gewusst hätten, wäre dies vollkommen egal gewesen. Es wäre denn ein Schriftsteller gewesen, der sich dieser Liebe erbarmte.

All seine dunklen, hellen Erinnerungen, die Kindheit in Scranton, die Großmutter, der Besuch des Onkels, die Messer und die Brotlaibe und der Umzug nach Miami schienen ihm eine Ewigkeit und drei Tage her. Tatsächlich waren es nur einige wenige Jahre, elf oder zwölf Jahre waren es; aber für Jim, inzwischen dreiundzwanzig, war das ein halbes Leben. Mittlerweile hatte in dieses Leben die Liebe Einzug gehalten, die Großmutter war tot und unvergessen (ja lebte erst jetzt so richtig als Instanz gegen die Welt auf, in der er leben musste), und Onkel Pino hatte vielleicht, was die Liebe angeht, mittlerweile abgedankt, schließlich war er schon über fünfzig, und das konnte gar nicht anders sein, dachte Jim, unterwegs zu diesem Onkel, der in Calitri mehreren Berufen nachging, die es damals im südlichen Italien noch gab. Auf den er sich trotzdem nach wie vor freute.

Danach, im Flugzeug nach Amerika, hatte Onkel Pino neben einer alten Frau aus Potenza gesessen, noch ganz in Schwarz, als trauerte sie, lange Zeit, bevor dieses Schwarz eine Modefarbe wurde, das über Armani und Versace von Milano aus in die Welt exportiert wurde, auch nach Amerika. Sie betete die ganze Zeit den schmerzhaften Rosenkranz, etwas, das allmählich auch in Italien aus der Mode gekommen war. Sie hatte die Namen von Heiligen auf den Lippen, die damals noch einen Namen hatten in der Basilicata; auch wenn Christus nur bis Eboli gekommen war, Heilige gab es genug. Dreißig Jahre später sollten sie alle verschwunden sein, nicht nur die schwarzen Großmütter mit ihren schönen grauen Zöpfen, nun waren alle Großmütter dieser Welt blond und unglücklich. Bald mit ihren Prada-Taschen und Implantaten. Jene aber waren damals rosenkranzbetend nach Amerika unterwegs, mit Gottvertrauen, aber doch auch mit der Angst vor der Welt im Bauch, die gleich hinter ihrer Haustür begann, irgendwie ortlos saßen sie da, von Verwandten ins Flugzeug gesetzt und dann irgendwie bei anderen Verwandten angekommen. Doch überall, wo sie waren, hatten sie Geleitschutz der auf der ganzen Welt mit ihrer damals in ihrem Gebirgsort noch verehrten heiligen Philomena oder einer anderen Heiligen, die ihre Schutzengel waren, und hatten überall, wo sie waren, wenn es nicht die heimatliche Küche war, wo sie sich am wohlsten fühlten auf der Welt, doch Angst vor allem. Das gefährliche Leben konnte man schon vom Stuhl aus sehen, den sie sich an die Hauswand gestellt hatten, um mit der Nachbarin auf der anderen Seite der Straße die Abende zu verbringen, als wäre es im Wohnzimmer. Onkel Pino hörte ihre gesprochenen, geflüsterten, angedeuteten Halbsätze und wusste, wie es weiterging. Ihm war es ganz recht, dass sie beteten für ihn, auch wenn er sich etwas schämte für sie.

Pino, der sich eigentlich noch in New York umsehen wollte, bekam von dieser Stadt auch nichts als die Arrivals-Halle mit und hatte noch die Angst der Nachbarin aus Potenza im Ohr. Aber vielleicht war es ja gar keine Angst, wie sie betete und in sich ruhte, irgendwie ortlos, sie wusste nicht, wo sie war, und die anderen wussten es genaugenommen ja auch nicht: Nur ganz selbstsichere Menschen wussten dies, die aufgrund der Berechnungen der Monitore lebten und der Daten, die im Raum schwirrten, auf die sie sich verließen so wie früher die gläubigen Mitläufer auf Gott.

Der moderne Mensch wusste genau, wo er war: Fünfhundert Millionen Lichtjahre von der nächsten Milchstraße entfernt, und die Maschine flog per Autopilot. Das zeigten ihm die Monitore und die Sinus-Cosinus-Tangens- und Cotangens-Kurven, die Statistiken, die aufgrund dieser Berechungen auf dem Bildschirm erschienen, dem Beweisinstrument, sagten ihm die Werte und Berechnungen bis hin zu den Sterbetafeln und der Katastrophenberechnungen der Versicherungen, zum Beispiel der *Münchner Rück.* Und anstatt zum Fenster hinauszuschauen, wo die Azoren waren, als wären dies nur kleine Bestätigungen der Berechnungen gewesen, was sie da hätten sehen können, dass unten plötzlich die Azoren auftauchten, als wäre dies nur etwas Zusätzliches aufgrund der Zahlen, das zwangsläufig auf dem Monitor erscheinen musste, und sich davon zu überzeugen, dass dies, was sie nun mit wunderbaren neunhundert Kilometern durchflogen, nicht der Himmel war, wo sie jetzt waren, sondern die Wolken, verfolgten sie die Strecke auf dem Bildschirm, wo die Azoren zu sehen waren. Was für ein Abstraktionsvermögen! Als wäre das Leben gar nicht das richtige Leben. Als bedürfte es noch des Bildschirm- und des Video-Beweises: jenes schwarze kleine Flugzeug-Symbol auf dem Monitor: Das bin ich, und, wo das Zeichen auf dem Flugzeugbildschirm erscheint, dort bin ich. Und der Mensch war längst wieder zum Video-Menschen geworden, wie schon der heilige Thomas einer war, der alles über die Augen bewiesen haben wollte. Der Mensch sagte ja schon: *Ich stehe auf dem Parkplatz* und verwechselte sich mit seinem Auto. Und so, wie sich der Dirigent meist mit dem Komponisten verwechselte, so auch der Pilot mit dem Flugzeug. Kurz: In ein und demselben Flugzeug wurde noch gebetet und schon mit Autopilot geflogen. Und schade auch, dass die Freude allmählich durch den Spaß ersetzt wurde auf der Welt.

Und es war bei seinem Nachbarn gar nicht die Angst, diese Angst vor den Gefahren des Himmels und der Erde, wonach er roch, sondern der Schweiß, der vom Verstoß gegen das

Kaloriengebot zeugte. Die alte Angst war allmählich am Aussterben.

Das Resultat der Berechnungen, an die der Mensch nun zu glauben hatte, war nicht mehr das Staunen, dass dieses tonnenschwere Monster mit bis zu tausend Kilometern bei Rückenwind durch die Luft flog, sondern ein neuer Glaube, der Unglaube, der Glaube, dass es ausgeschlossen sei, dass eines Tages nicht sämtliche Probleme dieser Welt gelöst wären und der Satz des kolumbianischen Philosophen ad absurdum geführt würde, der behauptet hatte, dass es für manche Probleme keine Lösung gäbe, Probleme, die keine Lösung hätten, sondern nur eine Geschichte. Es war nun ein Unglaube an die Nichtmachbarkeit der Welt, der die Welt regierte.

Mit seinem kleinen Denkbesteck ausgestattet, dachte der Mensch so. Dass dieser Mensch immer noch lebte und starb, wollte erst einmal gegessen sein. Fiele erst einmal das Sterben weg, hätte das Leben überhaupt keinen Sinn mehr.

Und dieser Schweiß kam auch nicht von der Angst, sondern von seinen Sünden: Er hatte offenbar die Todsünde des zu hohen Kalorienverbrauchs begangen und war mit keiner der möglichen Diäten dagegen eingeschritten, so saß er da, fett und gestraft. Dass es sich bei diesem Menschen nicht um den fettleibigen italienischen Außenminister handeln konnte, sagte Pino die Tatsache, dass er in der Schweineklasse saß, mit dem Euphemismus *tourist class* bedacht. Diese Körperfülle und diese engen Sitze: Proportional stimmte hier etwas nicht. Dazu noch die Blicke der Mitreisenden: eine Vernichtung. Dazu kamen für Pino noch der aus dieser Fülle resultierende Schweiß sowie der beschränkte Radius seiner Bewegungen.

Die Flugzeuginsassen, aus Italien kommend unterwegs, haben damals noch bei der Landung ein paar sichere Stoßgebete zu Heiligen gesandt, von denen die übrigen Mitreisenden, die nicht aus Avellino oder Potenza stammten, noch nie gehört hatten und von denen sie niemals gehört hätten, wenn nicht hier, heilige Philomena von Potenza! Sichere, kurze Stoßgebete waren es, Mitteilungen wie heute eine SMS. Was das sogenannte Sicherheitsgefühl betraf, jedem Lächeln des Bordpersonals und jedem Monitor, der zeigte, wo sie waren, überlegen.

Onkel Pino sah also von New York nichts als die International-Arrivals-Halle, die Strecke von dort bis zum Wagen in einer weitentfernten zwanzigstöckigen Garage, aus der sie kaum hinausfanden, so wie sie schon kaum ihren Wagen wiedergefunden hatten, eines der wenigen schönen Erlebnisse aus der ersten Zeit Jims, außer dem grausamen Umzug nach Miami, mit dem seine Kindheit mit einem Schlag zu Ende war.

Der Besuch des Onkels, die Fahrt zum Flughafen nach New York, wo sie ihn abholten, war das erste Abenteuer der Kindheit Jims gewesen. Und auf das letzte hätte er gerne verzichtet. Mit der Fahrt nach Miami war diese Kindheit zu Ende.

New York machen wir das nächste Mal!, hieß es vom Lenkrad aus.

Und dann fanden sie auch auf die zunächst zehnspurigen Highways und schließlich die richtige Interstate. Bald wurden die Straßen immer leerer und gemächlicher, gesäumt von einem Drive-in alle zehn Meilen. Einmal machten sie Station und aßen einen Hähnchenschlegel bei dem Alten von Kentucky Fried Chicken, der in seiner komischen Aufmachung herunterlächelte, heruntergelächelt hatte nach jeder Meile einmal, die riesige Werbung an der Interstate entlang. So stellte man sich in den USA den Mann des Vertrauens vor. Und auch die Mariniellos (die ihren Namen in den Staaten bald am liebsten gegen etwas nicht so verräterisch südlich Klingendes eingetauscht hätten) fielen auf dieses Gesicht herein, das doch eine Fresse war.

Auch wenn Pino in der Sprache von zu Hause sprach und gestikulierte und hinauszeigte und Fragen stellte wie ein Kind, so dachte er derweil an nichts anderes als an das Ziel seiner Reise: Pinos Kopf war voll von Bildern von den Dreharbeiten zu seinem Film, es war ein einziger Traum, eine Mappe mit Zeitungsausschnitten hatte er dabei, auf denen er zu sehen war, auf denen man ihn mit einigem guten Willen ausmachen konnte, als Mann in der Menge, und doch als einer, der das Recht gehabt hätte, von Amerika entdeckt zu werden. Eigentlich war er unterwegs nach Scranton nur auf der Durchreise nach Hollywood. Sah sich schon auf den Höhepunkt seines Lebens zufahren. Und hoffte auch, dass ihm seine Verwandten dabei helfen würden. Einen ersten Dämpfer bekam diese Hoffnung, als er das Fahrzeug in New York sah.

Pino war nun in Amerika, um eine Filmkarriere als Italian Lover zu machen.

Vielleicht wäre er aber dafür zu klein gewesen, wäre es zu einem Vorstellungsgespräch, das ja nur ein Vorzeigen war, gekommen. Die Italian Lovers in Amerika waren längst eine hauseigene Produktion, von Frank Sinatra bis Dean Martin. Und Silvester Stallone gab es auch schon. Und der war schon zwanzig Zentimeter größer als Frank Sinatra. Selbst in Italien waren die Italian Lovers nun schon eins achtzig. Ja, es gab zwei Meter große Italian Lovers, als wäre dies die Regel, dabei waren in Italien einst selbst die Pissbecken in den Bahnhöfen höher gehängt worden, um damit den Millionen Touristen etwas vorzutäuschen. (Schon von Mussolini, der sich seines Königs geschämt hatte und ihn vor dem Führer versteckte, als der zu Besuch kam, waren die Pissbecken eingeführt worden und von Anfang an zu hoch verankert, und so wurde den Gästen nicht nur etwas vorgemacht, sondern dem einheimischen Durchschnitt etwas zugemutet, bis hin zum Toilettenunfall und seltenen, unerklärlichen Infektionskrankheiten, die doch nur von einem falschen Kontakt mit diesem zu hoch gehängten Sanitätszubehör zu tun haben konnten – noch eine andere Geschichte.)

Pino war zwar nur eins siebzig, zehn Zentimeter größer als Frank Sinatra. Und doch und ja auch, Pino hatte das Zeug dazu: Das zeigte die Geschichte mit seiner Mutter und auch jene mit Jim, die doch gar keine Geschichte war. Pino war auch nur eine von jenen Erscheinungen, die es zweifellos gab auf der Welt, die dem Verblühen zuliebe blühten, die allein ihrer Vergeblichkeit zuliebe hier waren und, zusammen mit jenen, die mit ihrer Bewunderung in ihrem Schatten gestanden hatten, aus der Geschichte verschwinden sollten. Ganz selten erbarmte sich ein Schriftsteller einer solchen Geschichte.

Jim bewunderte diesen Onkel von oben bis unten, grenzenlos, und wollte damals immer in seiner Nähe sein. Genaueres hätte er nun nicht mehr sagen können, und die Erinnerung ging traumweise-nahtlos über in die Phantasie.

Und jetzt war Jim selbst ein Italian Lover aus Amerika, der auf sein Ziel oder nicht zufuhr, vorerst davon träumend.

Ein Teil seiner Reise hatte auch damit zu tun: Er wollte sehen, was aus ihm geworden war. Dass es mit der Filmkarriere nichts geworden war, wusste er. Dass er nicht mehr der Alte war, fürchtete er. Schon gut, macht nichts. Die meisten Träume sind ja dazu da, dass sie Träume bleiben, dachte er sich, dass sie nicht in Erfüllung gehen. Sonst wären es ja gar keine Träume, sondern das Leben.

Dennoch wäre das Leben nichts wert gewesen ohne seine Träume, ja, sie waren Bedingung der Möglichkeit eines richtigen Lebens.

Die zehnspurigen Highways schüchterten Pino ein, Amerika, wenn auch nur vorübergehend.

In Amerika wäre diese Sprache, über die sie verfügten, gar nicht nötig gewesen, wenn sie an der Tankstelle aneinander vorbeifuhren. Mit hundert Wörtern konnte man sich durchschlagen in Amerika. Wörter wie *air-condition* und *fridge* und *mobile home* genügten. Beweis: die Großmutter.

Dieser Vater und dieser Onkel waren eigentlich Pioniere, deren Vorfahren sich schon vor Jahrtausenden aufgemacht hatten. Übers Meer gefahren waren und sich ins Wasser gestoßen hatten. In ihnen vereinigten sich die Fronten.

Und sie stammten von solchen ab, die immer wieder alles überlebten und einander immer wieder umbringen wollten. Es war fast wie im Stall. Oder bei Darwin. Und bei den kleinen Eichhörnchen: Nur ein Drittel überlebte den Sommer und wurde nicht von anderen Geschöpfen gefressen, die auch ihr Futter haben wollten. Es war wie bei den Nachtigallen, die erst einmal den Süden schaffen mussten, um dann an der günstigsten Stelle nach Norden und weiter zu fliegen und nicht in den Netzen der nächsthöheren Instanz (der Mensch galt immer noch als Wesen der Mitte zwischen Tier und Gott, welche Anmaßung nach beiden Seiten hin, sich derart in die Mitte zu drängen) zu landen und dann in den Mägen der Feinschmecker. Nachtigallenherzen waren eine Kostbarkeit, zudem ein Potenzmittel, kurz: Es war wie bei den Zugvögeln: Nur die stärksten Exemplare kamen im nächsten Frühjahr wieder.

Es war Neapel so weit weg von ihnen wie New York von Scranton, und beide Städte waren bei den Landmenschen gleich übel beleumundet (und der ungeübte Leser stolperte beinahe über dieses lange verschwundene Wort).

Beim Gedanken an das Wort Sex erröteten die Menschen beiderseits des Ozeans, von denen Jim in gerader Linie abstammte, noch – es kam aber immer, wie überall auf der Welt, wo die Menschen verschieden waren, auf das einzelne Exemplar an –, und in der Mitte war etwas, wofür sie sich nicht einmal *Liebe* zu sagen trauten als anderes Wort für das Unerhörte, was es doch gab, nachts, wenn sie zueinander unterwegs in vollkommener Dunkelheit, auf der Suche waren nach sich selbst und nach dem richtigen Körperteil und Angst hatten danebenzuzielen. Das war eine Männerangst, und die Angst der Frau war es noch, ihn nicht glücklich zu machen. Trotz allem sagten sie *ja* zum Leben, kurzum, es war eine Gegend, die ihre Menschen zum Schweigen über all dies verurteilt hatte: Es war eine Omertà dem Leben gegenüber.

Scranton war eine verarmte Bergarbeiterstadt, deren Einwohner Angst vor New York hatten. Fast alle Amerikaner hatten Angst vor New York und schreckten vor diesem Ort zurück, der sie an Babylon erinnerte, wo sie auch nie gewesen waren.

Nur die Kinder fremdelten von Anfang nicht und fragten den Onkel mit großen Augen ihre W-Fragen: *Warum fahren wir nicht nach New York?* So fuhren sie, bis sie schließlich am Ende des Staates New York waren, und dann kam Pennsylvania, bald waren sie in Scranton. Dann waren sie in Scranton.

Nach dieser Zeit in Amerika schlug Pino sich, ohne die geringsten Englischkenntnisse, die Bewerbungsmappe mit den Zeitungsausschnitten in seinem Gepäck, zum Flughafen durch und flog unverrichteter Dinge zurück. Das teure Ticket war eine Fehlinvestition. Er kam nach Pescopagano zurück, fast so, als wäre er an der Grenze ins Gelobte Land gescheitert und nach Afrika zurückgeflogen worden.

Und Pino saß schon wieder mit seinen zerschlissenen Filmträumen in der Schweineklasse unterwegs nach Hause.

Die Welt, die er dann auf dem Rückweg tatsächlich durchflog, bedenkend und auch jene, die er bisher durchflogen hatte, vergegenwärtigend, beschloss Pino, dass er in Zukunft das Wort Freiheit auf *Beinfreiheit* hin einzuschränken gedachte.

Die Freiheit an Bord sollte zwar grenzenlos sein, aber es reichte in dieser Maschine nicht einmal zur Beinfreiheit, welche auf dieser Welt an Bord die einzig verbliebene aller Freiheiten war. (Das war freilich nur so ein Gedanke auf der Rückreise von einem, der den Hinflug über noch geträumt hatte.)

Und deponierte seine Träume rutschsicher unter seinem Sitzplatz noch unter der Schwimmweste, wie es ihm von der Stewardess vorgemacht worden war. Da blieben sie nun.

Und die Filmkarriere war auch an den Nagel gehängt. Er verstaute sie irgendwo zwischen Cockpit und Großhirnrinde.

Genau nach vier Wochen saß Onkel Pino schon wieder im Flugzeug, angereichert um die Enttäuschung und vielleicht den Liebesschmerz, den sogenannten, und um eine Wunde, die von einem Taschenmesser herrührte. Die alte Frau aus Potenza aber, kaum zu glauben, saß wieder neben ihm und betete den schmerzhaften Rosenkranz, jedes Ave Maria dabei angereichert um eine persönliche Bitte an die heilige Philomena, und dann landeten sie, klatschten, lobten den Piloten, sagten sich *arrivederci* oder *addio* und sahen sich nie wieder.

Der Onkel. Das Einzige, was er gesehen hatte, war der Bingosaal der italienischen Kirchengemeinde. Und Jims Mutter. Und dann noch die Silhouette von Manhattan in der Ferne, bei der Anfahrt von Osten her. Die Twin Towers waren damals vielleicht noch nicht einmal geplant. Und doch: Zu Hause hatte er viel zu erzählen und tat es auch. Nur war es etwas ganz anderes.

Er lebte weiter, als wäre nichts gewesen. Das Leben über. Ging ihm nach. Tag für Tag. Sein Traum von Hollywood war nun bald fünfzehn Jahre her.

Diese Geschichte spielte in einer Zeit, als die Liebespaare in Hollywood selbst noch im Bett die ganze Zeit rauchten, auch noch neben der Liebe her, so cool waren sie, so erregt, sonst sah man fast nichts von ihnen. Es war die Welt, die eine einzige Zigarette danach zu sein schien. Und auch davor. Zwischen den Kissen und den Küssen gaben sie den Rauch von sich, der auch im Schlafzimmer nach oben stieg, als wäre es auf dem Petersplatz, kurz nachdem der neue Papst gewählt worden war. Als hätte es sonst nichts gegeben als Menschen, die im Bett liegen und rauchen und dabei träumen, wahrscheinlich von der Liebe. Das war Pinos Geschichte in Amerika, der sich vielleicht auch sagte, *Amerika kannst du den Hasen geben*, wie das wahrscheinlich auch Kolumbus gesagt hätte, hätte er schon gewusst, dass das, was er entdeckt hatte, später Amerika genannt wurde und nicht Kolumbien. Nachdem er von seinen Gönnern, die ihn doch übers Meer getrieben hatten auf der Suche nach Eldorado, fallengelassen worden war.

Und das war auch Jims Vorgeschichte bis zum Augenblick, da er sich sagte: *Was mache ich jetzt?* Denn von Onkel Pino war weit und breit nichts zu sehen. Dafür sah er ein erstes Mal den Vesuv.

6. New York machen wir das nächste Mal! Noch ein Kindertraum, der nicht in Erfüllung ging

Die Zeit, in der Jungs von einer Infrarotbrille träumen, war auch vorbei. Jetzt war er im Flughafen von Neapel mit seinen Departure- und Arrival-Tafeln.

Jim hatte Mitreisende am Förderband stehen gesehen, die hatten, wie ihre Koffer, bessere Zeiten erlebt. Jim dachte sich ein entsprechendes Schicksal zu diesem Reisegepäck, als nach und nach Plastikkoffer herunterplumpsten, die noch mit Schnüren notdürftig zusammengezurrt waren, und sie hielten auch, von Menschen zusammengeschnürt, die geübt waren in der Kunst des mühseligen Lebens. Es gab Menschen, die reisten noch mit Taschen aus Schweineblasen, Überseekoffern und Holzkisten, paketartigen Behältnissen.

Das sollte alles in Miami verladen worden sein?

Die Nummer, die Jim von Pino bei sich hatte, stimmte wohl schon lange nicht mehr. *Messaggio gratuito* … Die Nummer existierte nicht (mehr). Jetzt musste Jim büßen, dass er sich in Pescopagano nicht angemeldet hatte. Dass er auf gut Glück losgefahren war, angemeldet über eine Postkarte mit dem Datum seiner Ankunft in Neapel, die Jim an die alte Adresse geschickt hatte, dahin, wo Pino wohl immer noch im Haus seiner Tante lebte, die Jims Großmutter war. Ein wenig verrückt war er schon. Und Jim, der von sich ausgegangen war – ein Vorrecht edler Seelen, die auf die Welt nicht angewiesen waren –, hatte geglaubt, Pino stünde mit Tränen in der Arrivals-Halle.

Vorerst war Jim unterwegs in seine nie gewesene Kindheit.

Wie bei Hans im Glück war eines nach dem anderen gekommen, und die Jahre waren wie die Wolken gezogen, diese schönen Taugenichtse am Himmel.

Und nachdem Onkel Pino nicht aufzutreiben war, überlegte Jim nun, worauf er sich sonst noch freuen könnte. Es war noch vieles, auf das sich Jim freute. Auf das er sich jeden Morgen freute. Er war noch lange nicht dort angekommen, wo man sich nicht mehr freut und in letzten Briefen andeutet, dass Menschen, die sich an ihre Vergangenheit genau erinnerten, an Freude nicht mehr viel geblieben sei.

Sein Leben war noch lange kein Laufstall-Leben.

Und dann saß Jim allein zusammen mit Menschen und Hühnern noch einmal Stunden und fuhr auf gut Glück durch das gebirgig und karg gewordene Gelände in Richtung Pescopagano, wo es immer noch Menschen gab, Hirten, die ihr Leben unter freiem Himmel verbrachten, und Menschen, die in Höhlen wohnten und schon von Mussolini umgesiedelt werden sollten, solche, für die sich das moderne Italien schämte. *Terroni*, Landmenschen, Bodenfresser, über die sich die Schriftsteller schon im Unabhängigkeitskrieg bald nach 1848 lustig machten, weil sie, unter die Leute gekommen, die dies alles konnten, nicht richtig reden und nicht richtig essen konnten, in einer Sprache, die zum Lachen war, aber sie hatten ihn, Giovanni, zum Beispiel, doch alle irgendwie lieb und sagten *Fratello*, kurz, bevor er von einer feindlichen Kugel erschossen wurde, als wäre sie es gewesen. Als wäre so ein Leben wie eine Kurzgeschichte von Verga, die schon nach ein paar Seiten zum Tod führte.

Verga war auch so einer gewesen, der sah, sich erbarmte und aufhob, aufschrieb und festhielt, damit, wenn schon der Tod sein musste, dieser Mensch wenigstens satzweise und bildweise übrig blieb. Und Pasolini war noch so einer gewesen. Gerade etwas mehr als zwei Jahre zuvor war er im Dreck am Meer bei Ostia gefunden worden, Allerseelen 1975, das war Jims zwanzigster Geburtstag. Es war ja eine große Gleichzeitigkeit auf der Welt, doch von diesem schrecklichen Ende wusste Jim, nun bald am eigentlichen Ziel seiner Reise angekommen, nichts.

Bald zwanzig Jahre zuvor war Pasolini auch in dieser Gegend, die Jim nun mit seinen Augen vom Zugfenster aus streifte, herumgefahren, auf der Suche nach den richtigen Darstellern für seinen Jesus-Film, mit seiner Sonnenbrille und seinen Augen, und hatte dabei zehn Flugstunden von Amerika entfernt (vielleicht waren es auch Lichtjahre) auch Onkel Pino entdeckt. Das gesamte Fußvolk, die Jünger und die Kinder waren von hier gewesen, hatten hier gelebt, mit Menschen und Steinen, die Jim nun von seinem Platz aus im Bummelzug sah.

Pino war damals im besten Alter, und ein Zahn fehlte auch noch, dazu dieser Mund und diese Augen: beste Voraussetzungen, um in einem Pasolini-Film zu landen. Er war einer der Männer mit etwas verhauenem Gesicht, eine Art Erntehelfer, die beim Austeilen des Brotes und der Fische halfen. Geschickte, bis zu den Fingern behaarte Handrücken waren das. Vielseitig einsetzbare. Und auch Andrea, der siebenjährige Sohn von Pinos Schwester Silvana, hatte mitgespielt, mit Hosianna und Palmzweigen, und Pino hatte ihnen die Zeitungsausschnitte nach Amerika mitgebracht, als er sie kurz nach den Dreharbeiten besuchte, vielleicht im Glauben, er würde nun von Amerika entdeckt. Nun war er, Pino, ein Mann von, sagen wir, fünfzig Jahren und hätte doch immer noch erkennbar sein müssen; und der kleine Andrea war schon zweimal im Gefängnis gewesen. Er war damals das Kind in der Menge, das von den Zinnen Jerusalems herunterschreit, *Hosianna*, untermalt von einem rauschhaft gesungenen *Gratias tibi agimus* aus dem Gloria der h-Moll-Messe von Johann Sebastian Bach, überhöht und übertönt noch von jener Trompete, die schon den Himmel ein

Stück weit offen zeigt, was Andrea und alle die anderen, die beim Einzug in Jerusalem dabei waren, als wären sie schon im Paradies, aber erst im Kino hörten.

Das Jesuskind von einst war nun schon geschlechtsreif, vielleicht schon zum zweiten Mal verliebt, und jene herzzerreißenden Kinder, die so schreien beim Einzug in Jerusalem, dass Jesus lachen und weinen muss, waren längst verheiratet, und einige dieser Komparsen waren, seitdem es die Scheidung in Italien gab, auch schon wieder geschieden. Andere (darunter der heilige Petrus) standen unter Hausarrest, verurteilt wegen Sympathisantentum mit einer kriminellen Vereinigung (Mafia), und warteten Weihnachten auf eine Amnestie des Präsidenten. Und da es längst den Tod gab (angeblich seit Adam und Eva, wie sie hörten), waren einige von diesen Kindern auch schon wieder tot, kaum dass sie richtig zu leben und zu schreien, zu singen und zu lachen und zu weinen begonnen hatten. Der Gast-auf-Erden-Status war jeweils ein begrenzter, der Mensch immer ein Ausländer auf Erden, die Aufnahmegenehmigung wurde manchmal nur für kurze Zeit erteilt. Jesus selbst hatte sich längst mit dem Satz verabschiedet: *Ich bin bei euch bis zum Ende der Welt*, und wurde nicht mehr gesehen und war bald ein alter Mann, der nie wieder in einem Film mitspielte, wahrscheinlich lebte er noch.

Jim sprach von Scranton her auch so einen Dialekt wie im neunzehnten Jahrhundert, den die Auswanderer dorthin mitgebracht hatten und behielten, fehlerfrei. So redete und schlug er sich durch. Er war zwar müde, doch es war ein schöner Tag.

Mit dem kleinen Jim, dem die Großmutter schon ansah, dass er einmal über sie hinauswachsen würde, hatte sie unentwegt in dieser Sprache gesprochen, besonders in der Zeit, als er noch gar nicht antworten konnte, nichts sagen, als verstünde er so am besten ihren Schmerz, das Rheuma, und alle möglichen Schmerzstellen und die oftmals zum Tod führenden Krankheiten des Lebens. Sie, welche diesen Amerikaner nun so sprechen hörten, angefangen mit dem Schaffner, glaubten es nicht, dass er nicht einer von ihnen war. Erst lachten, dann staunten sie, Ungläubige wie Thomas waren sie alle, sodass er mehrfach zu seinem Gürtel greifen musste und den Pass zeigen.

Und dabei konnte man auch den Haaransatz auf seiner Brust sehen, das weit geöffnete Hemd, wie man es 1978 trug, die Haare, als blühte es aus ihm heraus, schwarz.

Bald stand er vor dem Haus seiner Verwandten.

Wohnen hier die Fortunatos?

Sie konnte es ihm nicht sagen.

Da kam noch eine Frau zu dieser Tür heraus. Schön gewesener Morgenmantel. Eine schön gewesene Frau in einem schön gewesenen Morgenmantel und Badeschlappen, einfach so. Ihr erstes Wort war *stronzo.* Sie fragte ihn, was er mit seinem Koffer wolle, und zeigte mit ihrem Kopf auf diesen Koffer.

Annunziata Fortunato hieß sie. Das war die Frau von Pino.

Sie scheuchte die alte Frau wie ein Tier ins Haus zurück. Solche Menschen gab es. *Wohin willst du?*

Zu Onkel Pino. Sagte Jim.

Hier gibt es keinen Onkel Pino!

Sono Jim!

Sei stronzo. Das war alles.

Das war seine Tante, stand da wie Mrs. Dreckig, sagte noch, *das interessiert mich einen cazzo*, und machte eine obszöne Geste in Richtung Amerika, das westlich ihrer Welt lag, und sagte *America,* als wäre dieses Wort eine Frage, die unbeantwortbar im Raum stehen bleibt, mit einer Reibeisenstimme, als wollte sie es wegwerfen, als wollte auch sie sagen, *Amerika kannst du den Hasen geben.*

Und schlurfte in ihre Behausung zurück.

Und überhaupt: Auch diese Frau war auf Amerika nicht gut zu sprechen.

Das hatte mit Pino zu tun, mit dessen Reise nach Scranton, die Annunziata nun ein Leben lang zu büßen hatte, es war ein Leben wie an einem schwarzem Meer. Sie wollte von dieser Verwandtschaft nichts wissen, das war Jim nun klar. Das hatte er nun von seinem Überraschungsbesuch, dass er sich plötzlich in der Mitte eines verpfuschten Lebens fand und selbst als eine lebendige Erinnerung vor ihr stand.

Auch hatte sie Angst, Jim könnte gekommen sein, um ihr das Häuschen streitig zu machen, die Erbschaft, denn in der ganzen Gegend war der Onkel in Amerika nun umgekippt in ein Gespenst, das eines Tages vor der Haustür erscheinen könnte und taxieren, was alles über einen geschickten Anwalt einzuklagen war. Aber das wusste Jim nicht. Er wusste nur, dass er sich nun auf Pescopagano keinen Reim mehr machen konnte.

Dieser Frau hatte Pino also von der Größe Amerikas erzählt.

Und was mache ich jetzt?

Bleiben konnte er nicht. Wollte er nicht.

Ein Hotel in Pescopagano gab es wohl auch nicht.

Aber wissen wollte er schon, was mit seinem Onkel war.

Sie sagte, er sei verreist und komme die nächsten Wochen auch gar nicht zurück.

Mehr war nicht zu erfahren.

Da sagte er *Grazie.*

Annunziata war schon wieder hinter ihrem Lamellenvorhang.

Und er setzte sich auf die oberste Stufe der phönizischen Treppe, die oben und unten verband.

Pescopagano machen wir das nächste Mal.

Als hinge das Leben immer wieder an einem seidenen roten Faden, kam nun Mario um die Ecke seines Lebens. So sagte es Jim. *Round the corner of his life.* Das war auf der Post, wo es auch noch drei Telefonzellen gab, von denen aus man nach Hause telefonieren konnte. Deswegen war auch Jim hier.

Jim hatte eigentlich nur eine vertraute Stimme hören wollen und wollte Kate anrufen. Und ihr alles sagen.

Es waren drei Telefonzellen, Kabinen, aus denen es herausschrie. In der Warteschlange vor Jim stand Mario, der Jim schon längst entdeckt hatte und darauf wartete, von ihm angesprochen zu werden. Mario stotterte nämlich etwas und schaffte es ein Leben lang nicht, irgendjemanden anzusprechen ohne sich zu verstottern, und einen wie Jim schon gar nicht. Jim hatte diese Probleme nicht. Er war immer der Erste, der lächelte und irgendetwas sagte, und wäre es über das Wetter gewesen. Kein Mensch sah ihn jemals erröten.

Die Kabinennachbarn mussten auch gegeneinander anschreien, und draußen konnte man drei Gespräche gleichzeitig verfolgen. Andere klopften ungeduldig an die Tür, sie wollten auch noch telefonieren. *Madonna*-Seufzer im Raum verbreiteten sie mit ihrem Gesicht, dazu die Hände nach oben, *Dio mio, erbarme dich!* Und fraternisierten mit den anderen Wartenden, um dann, kaum waren sie an der Reihe, wiederum mit *Madonna*-Zeichen und Rufen herausgeklopft zu werden. So war der Mensch, und Jim dachte, dass dieser Mensch vor ihm dazu noch eine schöne Kopfform hatte. Nach diesem Kriterium war ja auch er selbst von Kate ausgewählt worden. Jim wollte nun wissen, ob seine Stimme zu diesem Kopf passte, und lächelte, als sich Mario das nächste Mal umdrehte und fragte: *Wann schließen sie?*

Mario war auch so einer. Immer noch nicht verheiratet. Schon langsam Torschlusspanik. Und er würde nun Jim wie eine Trophäe nach Latisana bringen, als wäre er auf Großwildjagd gewesen. Dabei war er nur auf der Suche nach einem Mann für Chiara.

Da es in Pescopagano mit dem Englischunterricht so schnell nichts wurde, eine Lebensunterhaltsmöglichkeit, die er sich vor seiner Reise ausgedacht hatte, war dies ein wunderbarer

Ausweg. Mario erzählte ihm schon von den Möglichkeiten in Latisana. Er schwärmte von den österreichischen Touristinnen, die bald kommen würden. Und wovon man so schwärmt, wenn zwei unverhofft nebeneinander in einer Schlange zu stehen kommen. Schüler? Kein Problem! – auch Lehrer an der Berlitzschule in Triest, auch Kellner in ihrer Bar, es gab Möglichkeiten genug in Latisana.

Schon am dritten Tag von Jims Jahr in Italien saßen Mario und Jim zusammen im Zug nach Norden, mit einem Ziel, von dem er noch nie gehört hatte. Nach ein paar Stunden waren sie in Neapel, das er doch gerade am Tag zuvor mit Schmetterlingen im Bauch verlassen hatte. Er sah es auch dieses Mal nicht. Sie fuhren gleich weiter.

Als man dann vom Zugfenster aus die Inseln vor Neapel im Meer liegen sehen konnte, hat Mario Jim dann gesagt, was mit Pino los war, worüber sie in Pescopagano sprachen und wo er nun war. Er lebte seit kurzem *da drüben!* auf der Insel Procida, einem der größten und, was die Aussicht anging – man konnte mit etwas Glück eine Zelle mit Bellevue bis Capri bekommen –, schönstgelegenen Gefängnisse Italiens.

Aus dem Brotausteiler vom See Genezareth war ein Mörder geworden.

Das war die Kurzfassung von Onkel Pinos Leben.

Procida machen wir das nächste Mal. Der Onkel würde wohl noch lange auf Procida sein, nach dem, was Jim über ihn von Mario gehört hatte.

Der Plan, den Onkel zu besuchen, wurde endgültig aufgegeben.

Jim konnte sich denken, dass es dem Onkel so auch lieber war. Was wäre schon herausgekommen: ein alter Mann, er war, rechnete Jim aus, nun etwa zweiundfünfzig.

Und während sie im Zug die Strecke nach Rom am Meer entlangfuhren (die Strecke über Formia), hätte Jim ganz kurz auch noch Pozzuoli sehen können, wo Sophia Loren (von der man damals träumte in Miami) lebte, bevor es mit den Filmen losging, und eine Sekunde lang hätte er auch Procida sehen können.

Da wurde Jim wieder einmal vom Schlaf überfallen, und Pino stand am Besuchergitter und sagte:

Jim, bist du's? Kannst du mich hier rausholen?, als wäre es eine Seniorenresidenz, wohin er von seinen Verwandten abgeschoben worden war.

Beide erkannten einander nicht wieder.

Weil Jim so groß geworden und Onkel Pino so alt geworden war.

Plötzlich war Onkel Pino alt geworden. Und die meisten Zähne fehlten nun auch in diesem Gesicht. Vielleicht von einer Schlägerei. So etwas ging schnell.

Ach, sagte Pino, das war schon fast alles.

Da stand er nun. Ziemlich abgefressen. Das konnte Jim durch die Gitter sehen. Ein Geschrei sondergleichen. Es war nämlich der große Besuchstag.

Was für eine schöne Ausrede, hinüberschreien zu können: *Ich verstehe überhaupt nichts!* Was für eine Ausrede, die über die Sprachlosigkeit hinweghalf.

Bald wussten sie nichts mehr zu sagen, sodass Jim auf die Uhr schaute und aufwachte.

Das war also Onkel Pino, der nun aus dieser Geschichte verschwand und ein liebevoll geschliffenes Messer in seinem Kopf zurückließ.

Von da der Nachtzug bis nach Venedig. Im vollbesetzten Sechserabteil sah Jim das erste Mal, wie Mario zu ihm herüberschaute, und dann sah er jedes Mal, wenn er zu Mario hinüberschaute, dass der zu ihm herüberschaute. Und wie.

Das alles war Jim sehr lästig. Er hatte nicht vor, darauf einzugehen.

Er hatte zu Hause ja eine Freundin zurückgelassen, was er Mario allerdings nicht verriet, und Jim erzählte ihm die ganze Zeit von der Schönheit der Frauen.

Und Mario?

Call me Jim!, hatte er gesagt. Klang das nicht nach Nähe? Mario hatte auf seinem Liegewagenplatz so oft darüber nachgedacht, dass er am Ende dachte, dass dies nicht einfach so dahingesagt sein konnte.

In Venedig waren sie wie gerädert am frühen Morgen. Zwei Stunden Aufenthalt.

Umsteigen. Sie waren aber so fertig, dass sie nicht einmal zum Canal Grande hinausgingen. *Machen wir das nächste Mal!* Und dann waren sie schon in Latisana, mit seinen Platanen, und Jim ging vom Bahnhof weg mit seinem Koffer neben Mario her geradewegs auf das Haus zu, wo er nun bis zum 103. Geburtstag von Thomas Mann lebte.

7. Sie wussten nun, wie es war, in einen Amerikaner verliebt zu sein

Chiara stand in der Bar wie das Mädchen von Les Folies Bergère und wartete. Schaute hinaus. Worauf genau sie wartete, hätte sie auch nicht sagen können.

Der Nebel hing in den Pappeln und Platanen. Es war nun kalt wie im Norden. Eine Kälte, die Jim von Scranton her kannte. Nur gab es, anders als dort, nicht die dieser Kälte entsprechenden Heizungen, wie Jim bald feststellen sollte. Die Kälte war ein Privileg des Nordens. Und in Italien bestritt man, dass es kalt werden konnte. Also gab es in diesen überdies feuchten Häusern am Meer auch nur ganz kleine Elektroheizkörper, an die geschmiegt der Mensch vom Frühjahr träumte.

Vielleicht sah man noch da und dort einen Menschen, unterwegs zwischen Grado und Aquileia, mit einem Reiseführer hereinkommen und einen Cappuccino verlangen.

Zwanzig Jahre später würde es im Reiseführer heißen: *Bloß nicht!* Denn das Getränk wäre dann Latte Macchiato und nicht mehr Cappuccino. Und *fratello* sagte schon lange keiner mehr zum andern. Das kam nur noch in einem Gedicht von Ungaretti vor. Auch das Wort *cornetto* war gerade am Sterben. Es war ein unanständiges Wort geworden, nur die Großmütter und Kinder durften es sagen, für die anderen hieß das Hörnchen nun Brioche. Dieses schöne Tage und Nächte wiederbringende Wort und andere Wörter für Sehnsucht wurden immer wieder ausgetauscht, und es gab kein Wiedersehen mehr mit ihnen beim nächsten Mal. Und auch den Menschen würde es einmal so gehen wie den Wörtern. Und jenen, die noch einmal zwanzig Jahre später hierherkämen, würde es auch so gehen: Sie würden ihre Welt nicht mehr wiederfinden, vielleicht noch erinnerungsweise, als Lebensspuren in den Gesichtern der vorerst Überlebenden. Der Verliebte von einst wäre zum Feinschmecker mutiert, der auf Anhieb die zehn besten Grappasorten nennen konnte und mit dem Chef der Fattoria per du war und immer nur den Vornamen nannte, wenn er von ihm sprach. Als könnte so Nähe demonstriert werden, etwas, ein Beweis, dass etwas war und nicht nichts.

Solche Menschen gab es, Männer und Frauen, die immer mit irgendeinem bedeutenden Vornamen daherkamen, die *Peer* sagten, und keiner wusste, wer gemeint war. *Christos* war hingegen der Ölhändler aus der Mani, einem der Finger des Peloponnes, von dem das allerbeste Öl überhaupt kam, ohne das für manchen ein Leben nicht mehr vorstellbar gewesen wäre. So hatte das Leben manchmal schon seine Schwerpunkte verlagert, vom Leben auf die Schuhe, von der Liebe auf Grappa und Olivenöl.

Vielleicht wäre es Jim dereinst auch so gegangen, gesetzt den Fall, er wäre, vielleicht auch nur erinnerungsweise, zurückgekommen.

Jim lebte mit dieser Empfindung, war nun angekommen. Drei Tage nach Mariae Lichtmess (Anfang Februar), Bar Il Mare mit der Pension im zweiten und dritten Stock, Ort: Latisana.

Chiara traute sich nicht, schön zu sein. Sie war schön, nur sah es bald keiner mehr. Denn Mamma, die den ganzen Tag an der Kasse saß, hatte im Laufe der Zeit mit ihrem Piranha-Wesen alle, die es sehen konnten, hinausgebissen.

Auch an dem Tag, als Jim mit seiner Maschine aus den USA landete, hatte Chiara auch so gerade zum Fenster hinausgeschaut, und ihr Bruder Mario war bei den Verwandten in Pescopagano gewesen.

Sie machte mit ihrer Mutter die Bar allein. So viel war ja nicht los. Und der alte Giuseppe half auch noch. Sie waren fast schon ein Stillleben. Keine Touristen, höchstens ein paar Verrückte aus dem Norden, verirrten sich von Venedig her und kamen vom nigelnagelneuen Grab von Pasolini ganz in der Nähe bei ihnen auf einen Cappuccino vorbei, zur Stärkung, und fädelten sich wieder ins Leben ein, das es immer noch gab, wie die starken Arme von Mamma, die auf ihrem Platz vor der Kasse saß, auch sie, als wäre es für immer.

Mamma sah Jim als Erste. Aber jetzt kamen zwei weitere Augen, Chiaras Augen, schon fast ein Liebesroman, hinzu, die sahen, wie er hereinkam, als wäre die Welt nun vollständig, in einem weißen Hemd mit hochgekrempelten Ärmeln Anfang Februar, dabei, dass das Leben nun begänne, in Blue Jeans, Ausgabe 501, mit Knöpfen statt einem Reißverschluss. Diese Geschichte spielte in einer Zeit, da das Unglück, das als Glück gedacht war und beinahe ein Glück hätte sein können, noch das Kapital der Dichter war, und in Italien ein Mädchen nicht einfach zu einem Mann hingehen konnte und sagen *Ich liebe dich!* – Auch sagte man schon lange nicht mehr *Ich liebe dich* in den ernstzunehmenden Büchern und Filmen. Man sagte gar nichts mehr oder gleich *I love you,* womit das Ende der deutschen Sprache auch in Liebessachen im Prinzip besiegelt war.

In den USA lief gerade *Saturday Night Fever*, und in den Filmen konnte man schon Männer und Frauen hören, die *Would you do it?* sagten – und Zuschauer, die dieses *it* schon verstanden. Aber das Wort Liebe war mittlerweile dabei, umzukippen wie ein See, und in den öffentlichen Texten ein Tabu.

Mamma sah also als Erste diesen jungen Mann mit Mario hereinkommen, und der Ledergürtel hatte eine Schnalle, die fast so groß war wie beim Bremer Roland, wo man die Engel singen hören konnte und sehen. – Aber niemand in Mammas Nähe sagte damals ungestraft *cazzo*. Solche Wörter und Gäste duldete sie nicht in ihrem Lokal. Solche Gäste mit solchen Wörtern kamen erst gar nicht zu Mamma.

Wer wollte, konnte das Haar sehen, das von den Unterarmen unter dem Hemd bis zur Brust hochwuchs und dort wieder zum Vorschein kam, als wäre es ein unterirdischer Fluss, der an der schönsten Stelle wieder an der Oberfläche erscheint. Auch Mamma sah dies, und Chiara auch, die sich auf diesen Jim noch keinen Reim machen konnte.

Ihr Bruder daneben sah wieder einmal so aus, dass Chiara ans Schlimmste denken musste, wenn er von irgendwo zurückkam. Immer sah er ein wenig so aus, als käme er gerade von einem schönen, aber besser geheim zu haltenden, schmerzlich ausgegangenen Erlebnis zurück.

Und war nun schon dabei, zu alt zu sein für diese Art Liebe. Mario war schon über dreißig. Mario musste schon für alles bezahlen. Für Sonderwünsche gab es einen Aufpreis mit Wörtern, welche ihm die Anbieter in den Hauptbahnhöfen von Triest und Venedig ungeniert bekanntgaben. Es war aber auch hier manchmal Barmherzigkeit dabei. Auf beiden Seiten. Die Stricher am Tagliamento, zwischen Venedig und Triest, waren damals noch alle katholisch und träumten von einem Ferrari, der Rest war Mitleid.

Es war eine Liebesgeneration nach Pasolini, der an diesem Fluss gewesen war und gelebt hatte, zum ersten Mal, sodass er später *Amado Mio*, noch so einen Liebesroman, schreiben konnte, der am Fluss spielt, unter den Weiden, und dann wieder mit dem Fahrrad ins Dorf zurück, das war schon fast alles, ein unvergessliches So-gut-wie-Nichts.

Vielleicht träumten diese Jungs auch noch von Alice und Ellen Kessler, die gerade vierzig geworden waren, vom Sex mit eineiigen Zwillingen, die ein Leben lang blond waren. Und Mario wollte ihnen eigentlich nur dabei helfen, den Ferrari zu finanzieren. Bis dahin, wenn der Hosenladen aufging, und bis zur Sekunde des Abschiedsgeräuschs, des sich schließenden Hosenladenreißverschlusses, war alles katholischste Barmherzigkeit.

Das wusste Chiara freilich nicht. Und Mamma auch nicht. Da kamen die beiden ja niemals so weit, so wenig wie in eine Sauna der ersten Generation oder einen Swingerclub im Industriegebiet von Bassano del Grappa unweit der Autobahn, welche den Anschluss an die neue Zeit herstellte und das alte Italien zerstörte.

Und dann sagte Jim schon *Call me Jim!* auf Italienisch und gab ihr seine Hand wie ein Amerikaner und zeigte seine Zähne dazu. Aber das tröstete sie in diesem Augenblick, wie sie sah, wie er schaute, nicht.

Die beiden Geschwister Tanneri. Mario und Chiara.

Auch sie war schon etwas älter, Anfang dreißig, und hatte eigentlich nicht mehr damit gerechnet. Sie wären schon bald ein altjüngferliches Geschwisterpaar geworden – wie es sie ja damals noch gab, wenn Jim nicht durch diese Tür gekommen wäre.

Mi' cara madre! Es war ein Leben mit der Mamma, Carolina Lucchi (die weiter ihren Mädchennamen führte, wie es in Italien üblich war), eine Person mit offenen Beinen, Anfang sechzig, auch mit diesen starken Oberarmen, auf die sich der Mensch keinen Reim machen konnte, aber sich eine Vorgeschichte dazudenken musste, und die gefürchtet waren, obwohl sie ja niemals zum Einsatz kamen. Sie wurden mit einem Türsteher-Respekt behandelt wie Mamma im Ganzen.

Mamma wusste genau, worauf zu achten war. Sie hatte Jims Kinn gesehen und seine Grübchen. Ihre Tochter wusste es nicht. Dafür war sie fast schon verliebt. Denn, was sie nicht wusste: Jede Liebe begann mit einem Blick.

Mamma saß immer an der Kasse, von der aus sie meist unwillig in die Welt schaute. Sie ließ ihre beiden Kinder aus der Verbindung mit einem Mann, den es auch einmal gegeben haben musste, nicht aufkommen und machte ihnen gleichzeitig noch Vorwürfe, dass sie immer noch bei Mamma waren, von der sich zu entfernen sie keinerlei Aussicht hatten, und immer noch nicht waren sie verheiratet. Und auch dem heiligen Antonius machte sie diese Vorhaltungen.

Kurz bevor Jim durch diese Tür hereingekommen war, hatten sie nämlich wieder ihre Wallfahrt nach Padua unternommen. Und Mamma dachte nun, sie wäre endlich erhört, und verfolgte ab da jeden Blick, der zwischen Jim und Chiara hin und her ging. Ein großer Blickverkehr war es vorerst nicht. Eher eine Einbahnstraße. Oder nicht? (Allwissend war nur Gott.) Aber Mamma glaubte auch, eine Hellseherin zu sein, und machte auf diese Weise den Heiligen, die für so etwas zuständig waren, Konkurrenz. Abergläubisch war sie auch noch, setzte Weihwasser und Knoblauch ein, Hilfsmittel aus miteinander konkurrierenden Systemen.

Machte trotzdem Wallfahrten zum heiligen Antonius, den man um vieles angehen konnte, auch um einen Mann oder eine Frau oder auch Kinder. Eigentlich hatte sie Padre Pio als Lieblingsheiligen, eigentlich wollten sie zu Padre Pio fahren – er lebte ja noch –, aber das war ihnen zu weit. Jenen Heiligen konnten sie auch noch dann um Vermittlung bitten, wenn Antonius nichts erreichte.

Die Verliebten denken sich immer etwas aus. Sie sahen wirklich nicht schlecht aus, ja, fast sogar gut. Aber Mario und Chiara trauten sich nicht, schön zu sein und sich etwas auszudenken.

Ihre Mutter hatte ihr das Wort Minderwertigkeitskomplex, das nun schon bis hinter die katholische Theke durchgesickert war, aufgeschwatzt. Auch war die Gegend gar nicht so weit von Wien, eigentlich näher bei Wien als bei Rom, und hatte ohnehin in der guten alten Zeit zu Habsburg gehört. Das Il Mare war, wie oftmals im italienischen Norden, eher schon ein Wiener Kaffeehaus – mit runden Tischchen für lange dunkle Tage – als eine Stehbar, wo man schnell seinen Espresso zu sich nahm und wieder verschwand.

Mamma kannte die Menschen. Und hasste sie dafür. Aber den heiligen Antonius liebte sie vorerst immer noch. Den endgültigen Liebesbeweis müsste er aber noch antreten, der wäre dann geliefert, wenn die Kinder ihr endlich Enkel schenken würden.

Mamma war nun guter Dinge. Vielleicht war es dieser Jim. Er schien ihr jener zu sein, den sie nun wiedererkannte. Sie hatte ja in der Vergangenheit immer wieder in die Zukunft gesehen, und da stand so einer eines Tages an der Tür. Da fielen diese Bilder mit den Aktivitäten des Heiligen zusammen. Ja, manchmal glaubte Mamma, die Gesichter, die sie hatte, waren direkte Eingebungen des heiligen Antonius. Dass sie diese Gabe nicht von bösen oder unbekannten Mächten verliehen bekommen hätte. Trotzdem waren die Bilder in ihrem Kopf oftmals geradezu satanisch. Immer wieder sah sie Mario Dinge tun. In Betten liegen, nicht beim Schlaf, sah sie alles, was sie in ihrem Leben nie gesehen hatte.

Die Bilokalität auch in der Zeit, die Fähigkeit, in die Zukunft schauen zu können, war zunächst oftmals eher ein Fluch als eine Gnade. Mamma sah nämlich alles oder bildete es sich wenigstens ein. Sah die Frauen, von denen Mario Jim gegenüber in Neapel geschwärmt hatte, die an der Straße nach Castellamare standen. Und sah, wie auch sie es bisher nicht geschafft hatten, Mario von der Schönheit der Frau zu überzeugen, die ihm wie ein Gerücht vorkam, das überhaupt nicht in seinen Kopf hineinwollte und mit seinen Augen nicht kompatibel war. Er konnte nicht begreifen, dass die Hälfte der Menschheit nur das Eine wollte. Das musste eine Gehirnwäsche von Adam und Eva an sein, dachte er. Die Schlange mit dem Apfel war die größte Erfolgsgeschichte bisher, dachte er.

Aber nun saß Mamma an der Kasse. Und sah alles. Er liebte sie, manchmal weniger, manchmal mehr. Meist weniger. Bis hin zu den Kreislaufbeschwerden im Sommer selbst auf den Gesichtern. Und doch: Auch in dieser Ecke des Bildes hätte etwas gefehlt, wäre sie nicht gewesen, in ihrem schwarzen Kleid und ihrer Fülle auf diesem Stuhl, eher ein Thron, wahrscheinlich noch aus dem neunzehnten Jahrhundert. Sie überließ ihren Kindern wenig Raum, schickte sie herum. Jeder zweite Satz war: *Wäre es möglich!* Den sagte sie mit einem halb grimmigen, halb drohenden Unterton und musste mit ihnen nun schon seit fünf Jahren auf Wallfahrt zum Heiligen Antonius nach Padua gehen, weil sie immer noch nicht verheiratet waren.

Mamma warf ihrem Sohn außerdem noch fast jeden Tag vor, dass er für Chiara immer noch keinen Mann gefunden habe. Und war nach jedem Schritt aus dem Haus, den Mario ohne Chiara tat, beleidigt über so viel Egoismus und einen derart fehlenden Familiensinn.

Denkst du gar nicht an Chiara? Und was ist mit dir?? Soll es ewig so weitergehen? Siehst du nicht, dass ich kaum noch gehen kann?

In dieser Mission war er ja auch nach Pescopagano gefahren, von wo sein Vater stammte, der eines Morgens tot im Bett neben Mamma gelegen hatte und gestorben war, wahrscheinlich, weil er nicht mehr weiterwusste.

Und hatte von dort Jim mitgebracht. Mamma war schon geneigt, ihrem Mario gegenüber Milde walten zu lassen. Vielleicht wurde doch noch ein richtiger Mann aus ihm.

Schon als Kind war Mario gerne um die Bauarbeiter herum, die in die Bar kamen, besonders im Sommer, wenn sie an warmen Tagen in ihrem weißen Unterhemd dastanden, und erst dann wieder draußen, wie sie sich vor dem großen Fenster vor ihm bewegten, als arbeiteten sie. Sie werden schon gearbeitet haben, aber er sah nur, wie sie da vor ihm mit ihren Schaufeln und Schubkarren auf und ab gingen. Die Grenze jener Welt war der Betonmischer.

Und an den Hundstagen, die in Latisana gar nicht so hießen, zogen sie auch noch dieses Hemd aus, ihr letztes, und standen so vor ihm, wie Gott sie geschaffen hatte oder nicht, mit ihrem Oberkörper und ihrer Hose. Das Wort *frei* schien ihm im Nachhinein das einzig richtige.

Und er addierte seine Träume. Es war ein einziges Dazuzählen und Abziehen (vom Leben).

Mamma wusste von diesen Regungen und glaubte, auch so etwas könnte der heilige Antonius kurieren. Ihre Fahrten nach Padua waren also jeweils ein Joint Venture.

Die Fotos, die Mamma mit sich führte und auf den jährlichen Pilgerfahrten zum heiligen Antonius von Padua der zufällig neben ihr sitzenden Mitpilgerin zeigte, waren alle noch schwarzweiß, entweder – oder. Und dann noch einmal, nachdem sie beim Heiligen gewesen war und ihre Geldbörse mit den Fotos ihrer beiden Kinder gegen den Schrein hin gehalten hatte, nahm Mamma diese zellophangeschützten Fotos heraus und zeigte sie draußen irgendwelchen zufälligen Gästen in der Trattoria San Antonio am Nebentisch, kaum dass ein Blickkontakt aufgenommen war, so einem Mann im heiratsfähigen Alter. Dass er nicht verheiratet war, wusste sie schon. Solche Mütter dachten sich immer etwas aus, wie Verliebte.

Vielleicht war es ein Stadtmensch, der gar nicht in diese Vertrautheit unter Pilgern hineingezogen werden wollte und nicht wusste, wie man sich als Pilger verhielt, und gar kein Pilger, nur ein Kunstkenner, so ein Tourist, der gar nicht wusste, an was für einem besonderen Ort auf der Welt er gerade war und scheu und vielleicht befremdet einen Blick ins Heiligtum hineinwarf, wo alte und junge Frauen und Männer, die noch an Gott und Wunder glaubten, mit ihrem Mund die Füße des heiligen Antonius küssten ohne jede hygienische Hemmung, einfach so.

Diese Wallfahrten mit ihren offenen Beinen. Und mit Menschen, die mit Milchkannen unterwegs waren, in denen das Wasser von der heiligen Quelle war, keine Ausrede von Alkoholikern im Finalstadium. Und die Pilger gaben einander die Sicherheit zu glauben, man wäre unter sich, und genierten sich nicht in ihrem Rosenkranzeifer, überall wurde in Padua gebetet, auch noch in den Cafés und Bars konnte man Menschen sehen, die sich bekreuzigten, die vorbeizogen und Wallfahrtslieder sangen, mitten in Padua, wo Wallfahrer mit Tagestouristen aus Venedig zusammenstießen und die Kunstkenner, welche unbedingt die Scrovegni-Kapelle mit drei Sternen im Michelin sehen mussten, in Verlegenheit versetzten. Doch sie waren alle sehr tolerant, wunderten sich nur und schüttelten den Kopf, wie sie diesem Treiben in Padua zusahen, wie da Menschen kniend zum Heiligtum hinaufkrochen. *Leute laufen hier rum*, flüsterte ein anderer seiner Begleiterin zu, die gerade aus dem Guide Bleu über die Fassade der Basilika vorlas.

Ihre einzige Tochter war immer noch nicht verheiratet! Und Mario machte keine Anstalten. Mario durfte sich nicht so nahe an Chiara heransetzen. Er musste ganz nahe an Mamma hin, um Missverständnisse zu vermeiden, die ihre Chancen gemindert hätten.

Und Mamma war immun oder resistent wie ein Krauthobel, dem es egal war, dass es auf ihre Fragen *Reisen Sie allein? – Sind Sie schon verheiratet? – Haben Sie Kinder? – Haben Sie Enkel?* – meist keine richtigen Antworten gab.

Und sie zeigte auch diesem Mann die Fotos ihrer Kinder, die neben ihr saßen, ziemlich verstummt, als sie noch Kinder waren, als wären sie noch Kinder.

Und dann zeigte Mamma abermals das Foto von Mario und Chiara, die neben Mamma am Tisch saßen und schon gegessen hatten und warteten, wildfremden Menschen, *Habe ich nicht schöne Kinder?*, die sich artig bedankten und *si* sagten. Und Mamma hat zu Hause an der Kasse dann erzählt, wie man ihr gesagt habe, was für schöne Kinder das seien. Und sie mussten es noch einmal aushalten.

Zwar hatte sie Jim schon vor Jahren gesehen, das heißt, einen, der mit Mario zur Tür hereinkam. Das war so eine Vision gewesen. Aber vorerst fuhr sie zur Sicherheit noch zum heiligen Antonius und musste alle Möglichkeiten offen halten, auch auf der Café-Bar-Terrasse mit dem Blick auf die Basilika.

Da saß wieder so ein Kandidat. Vielleicht war er es. Ein Brillenträger, der wohl auch nicht wegen des heiligen Antonius gekommen war, sondern wegen der Antonius-Fresken in der Scrovegni-Kapelle, die Giotto gemalt hatte und den heiligen Antonius bei seinen Wundern zeigten. Ein eleganter Mann, passte vielleicht schon deswegen nicht in die Bar Il Mare und wäre in seiner Armani-Aufmachung der ersten Generation auch nicht recht hinter der Bartheke vorstellbar gewesen. Aber Mamma hatte Phantasie, und konnte sich vieles vorstellen, was sich der Rest der Welt nicht vorstellen konnte.

Nur mit dem Stück Kuchen, das sie nur zur Hälfte gegessen hatte und nun zu jenem Herrn hinüberschob, scheiterte sie, begleitet vom Satz: *Die Augen waren größer als der Appetit.* Da war ihr kein Erfolg beschieden: Er lehnte das gutgemeinte Kuchenstück entschieden ab, stand auf und ging. Das war also der Falsche gewesen. Den konnte der heilige Antonius nicht gemeint haben.

Diese Wallfahrt war gewesen, kurz bevor Mario nach Pescopagano fuhr und schon nach einer Woche mit Jim zurückkam. Mamma wusste nun, dass sie der heilige Antonius erhört hatte. Nur der heilige Antonius wusste dies vielleicht noch nicht, und die anderen wussten dies auch noch nicht. Sie wussten nicht einmal, dass Jim gar kein Italiener war. So fließend sprach er ihre Sprache. Dazu kam ja das Gesicht, das sie beim Hereinkommen Jims augenblicklich auf ihre Vision beziehen konnte.

Das Zimmer, welches Jim nun für die nächste Zeit bezog, lag im oberen Stock. Es hatte zwei Bettgestelle, eine Matratze und eine Decke. Anfangs glaubte er noch an die Illusion, dass durch die Glühbirne etwas mehr Wärme in die Welt käme. So kalt war es. Die schweren Filzdecken, die das Jahr über in dem schäbigen Schrank lagen, nahm er wohl oder übel in Kauf. Er hatte gar keine andere Wahl als dieses lausige Zimmer mit seinem Schrank und seinem zugigen Fenster und der Tür, die zur Straße führte, die irgendwann am Meer war, und den zwei Betten, die für die Tage und Nächte zu zweit gedacht waren, für den Sommer, der vorerst weit weg war.

Am anderen Tag wurde er von Mamma in die Bar eingewiesen. Sie zeigte ihm das ganze Lokal und auch die Küche, die Abstellkammer und den Müll. Er sollte von Anfang an mitarbeiten. Er gehörte schon zur Familie, auch wenn Jim dies noch gar nicht wusste.

Mario und seiner Schwester war dies alles peinlich, aber Jim fühlte sich sehr wohl. Er war nun endlich angekommen, ein Anfang. Es war alles morgenschön. Und die Tage wurden wieder länger, und man konnte an manchen Tagen die Tische hinausstellen. Und er konnte von seinem Platz aus auf Gesichter hinausschauen, die bei geschlossenen Augen zur Sonne hin gestreckt waren wie Sonnenblumen, und das Meer war auch nicht weit. Bald konnte er schwimmen gehen.

Jim machte sich auch gleich daran, den Kellner zu spielen, erst waren es Trockenübungen, am Morgen, noch bevor die ersten Gäste gekommen waren. Sie wusste ja noch nichts von seinen zwei linken Händen. Obwohl Jim Rechtshänder war und immer mit dem rechten Fuß aufstand am Morgen, hatte er doch zwei linke Hände, auch an der Kaffeemaschine, die schließlich zu einer Wende dieser Geschichte führte.

Davon später.

Dass mit Chiara und Jim vorerst, in den ersten Tagen, nicht viel war, deutete sie in Bezug auf den Charakter Jims, der ein Cavaliere war und wusste, wie man sich einer Frau gegenüber zu benehmen hatte. Führte es aber auch auf das Ungeschick und das falsche, wenig lockende Verhalten ihrer Tochter zurück, auf ihr Desinteresse, worauf sie wieder einmal alles katastrophal missdeutete.

Italien war eiskalt. In den ersten Tagen war es ein feuchter Nebel, aber das kümmerte Jim wenig, denn er hatte nun ein Dach über dem Kopf und wusste, wie es weiterging. Oder doch nicht.

Manchmal klopfte Mario noch ganz spät bei Jim, um zu fragen, ob er etwas brauche. Das erste Mal kam er mitten in der Nacht mit einer Gießkanne und sagte, die Blumen bräuchten Wasser. Die Gießkanne war aber leer. Mario lief gleich auf die Zimmerlinde zu und machte fast Trockenübungen mit der Gießkanne. Jim schüttelte nun das erste Mal den Kopf.

Das Zimmer sah er nur am frühen Morgen und am späten Abend, denn Mamma hatte von Anfang an zu tun für ihn und war bald gar nicht mehr so recht zufrieden mit ihm, denn bald waren, wie gesagt, schon mehrere Tazza-d'oro-Tassen in die Brüche gegangen, und Gäste hatten wegen des heißen Espressos auf ihren Oberschenkeln aufgeschrien. Vom erzgrauen Meer, das am Horizont vorstellbar war, sah er vorerst nichts. Er hatte eine Entscheidung gegen den Meerblick treffen müssen, einem wärmeren Zimmer zuliebe. Ein kleiner fahrbarer Heizkörper, der nach zähem Anfragen dazukam, wurde extra abgerechnet. Auch Jim, der schließlich eine Arbeit und ein Zimmer hatte, musste Miete bezahlen. Mamma hat Mario und Chiara aber nicht gesagt, wie viel es war. Von Jim haben sie es erfahren. Und dann wurden diese Zahlungen, die mit dem Einkommen verrechnet wurden, von den beiden sabotiert. Je für sich steckten sie ihm das Geld zu, sodass er immer das Doppelte von dem bekam, was die Alte verlangte. Davon lebte er. Denn die Höhe der Miete, der Strom für den Heizkörper, das Essen und so fort waren praktisch so viel wie das, was seine Arbeit wert war oder mehr, sagte sie. Selbstverständlich mussten auch Mario und Chiara ihrer Mutter Miete bezahlen.

Tage nach Mariae Lichtmess – das Schlimmste war überstanden, nun ging es wieder bergauf, bald würden sie wieder die Tischchen und die Plastikstühle draußen stehen lassen können über Nacht.

Nun setzten sich auch schon wieder die ersten Passanten in ihren Wintermänteln bis in den Mai. Tage nach Mariae Lichtmess am Tagliamento. Platanen und Passanten in der Winterfarbe von 1978.

Wie überall in Italien wussten sie, welche Farbe die richtige war in jenem Winter, nur wir Grobiane aus dem Norden haben es vergessen, als gäbe es eine unausgesprochene Übereinkunft, und Chiara sagte, *che brutto!*, wenn eine Frau in den falschen Winterfarben oder gar in einem Plastikanorak vorbeilief. (Einige Jahre später, als der Plastikanorak Mode war, sind alle in einem Plastikanorak herumgelaufen, haben vom Pelzmantel bis im Mai auf Anorak gewechselt, aber nur solange es Mode war.)

Chiara liebte die Klarheit des Lichts im Februar, wie die Sonne zwei Stunden durch die Platanen hereinkam, sie liebte die Welt ohne verdunkelndes Grün, die Sonne und das Licht, wie sie waren, ganz ohne Farbkonkurrenz, und es war alles, wie es war, die Frauen saßen auch schon in ihren Pelzen im Windschatten der Cafés wenige Kilometer weiter vorne im Hafen von Sabbiadoro, und so, an der Wand, öffneten sie sich mit ihren Gesichtern gegen das Licht hin, streckten ihre Gesichter gegen die Sonne, als wäre es Liebe, als wären ihre Gesichter ihre Arme, die sie in Richtung Himmel streckten, als wäre es ein Gebet um einen Geliebten, und später noch: als räumte die Sonne ihnen tatsächlich eine Frist ein, als wäre die Sonne die Einzige, die sie verstand und der einzig wahre Freund fürs Leben. Auch mit der Hoffnung oder Illusion, es könnte noch einmal der Mai kommen, saßen sie wieder da, als wäre es für immer, als wäre es nicht zu spät. Sie dachten *Mai* und trauten sich ja nicht einmal mehr, das Wort *Liebe* zu denken. Mit den Jahren verschwanden sie, erschöpft von einem Leben, das sie gar nicht geführt hatten, und es kamen neue, aber so, dass es niemand merkte, wie es jedes Frühjahr ein wenig so wie immer war, und auch etwas anders. Als wäre es immer so. *Als wäre es immer so*, sagten jene, die sich nicht ganz trauten zu sagen oder auch nur zu denken, dass es immer so war. Dass es irgendwann aus war. Wie sie nach und nach von den Bänkchen verschwanden wie die Gesichter vom Bildschirm oder wie die Namen aus den Zeitungen. Wie sie waren wie der Schnee, der gestern vergangen ist. Wo sie waren, war dieser Schnee von gestern.

Damit keiner vernahm, dass das Leben kein Film war, der auch rückwärts laufen konnte wie das Meer.

Erste Österreicherinnen saßen da im Mai auf ihren Bänkchen, und im Oktober manchmal noch letzte. Und manches Mal hatte sich da, als wäre es ein Drehbuch wie zu Hause in Wien, ein Bestattungsunternehmensagent inkognito auf eines dieser Bänkchen geschmuggelt. Diese Leute waren im ganzen Land, am Meer und in den Parks in der Nähe von Seniorenresidenzen von Herbst bis in das Frühjahr hinein an schönen Tagen um die Mittagszeit (Hauptsaison war September) und am frühesten Nachmittag (nach dem Mittagsschlaf waren alle im Einsatz, da war Gleitzeitsperre) unterwegs auf der gezielten Suche nach Bänkchen mit Damen in Pelzmänteln drauf. Da verwickelten gutaussehende Bestattungsunternehmungsagenten die Damen in ein Gespräch über Gott und Welt und über den Hund, der alles sah, und dann ging es schließlich auch noch um die Liebe und den Tod. Er tat so, als wäre er evangelischer Pfarrer, dabei war er Vertreter eines evangelischen Bestattungsunternehmens. (Vielleicht war er beides? Wenn man es genau besah, war die Evangelische Kirche doch nur noch ein gigantisches Bestattungsunternehmen, zumal in Wien.)

Und er beendete das Verkaufsgespräch, als gäbe es noch unendlich viel Hoffnung auf der Welt. Gerade für sie. Geheimnis eines jeden Verkaufsgesprächs. Zuletzt, beim Abschied, überreichte er den Damen (ganz selten einmal Herren) eine Visitenkarte mit allen nötigen Nummern und sagte immer den Satz: *Empfehlen Sie mich Ihren Finalisten!* Als wäre das ein Stück von ihm, mit einem Gesicht dabei, als wäre sein Wortstolz noch größer als das lebensnotwendige Geschäft. Dabei hatte er den Satz nur bei seiner Freundin Marie Luise, einer auch in der Sprache genialen Bestattungsunternehmerin, geklaut.

Anfang März kam es in der Bar Il Mare zu einer für Jim (und auch die anderen) fatalen Begebenheit. Jim, schön wie Herr Feuerstein, hatte sich zwar bei gleichbleibender Ansprechbarkeit die Aufmerksamkeit manches Gastes verschafft, aber seine Hände waren nicht geschickter geworden, jeden Tag gab es kaputte Tassen und Kaffee an den falschen Stellen, sodass Mamma längst daran dachte, Jim eine andere Aufgabe zu übertragen.

Auch hatte Mamma bemerkt, dass es mit Jim und Chiara überhaupt nicht vorangegangen war, ja, es war soweit mittlerweile, dass sie sich sagen musste, dass da überhaupt nichts war. Dafür verhielt sich Mario wie in der Rauschzeit, wie es bei den Wildschweinen hieß. Sie hatte Gesichter, die mit den zwei Betten im dritten Stock zu tun hatten, die gespeichert waren, welche sie aber ungern abrief, denn sie waren ihr so eklig wie Gammelfleisch. Zu allem kam jetzt auch noch, dass Jim die Espressomaschine ruinierte. Das war aber noch nicht das Ende der sogenannten Fahnenstange.

Wie er das schaffte, tut hier nichts zur Sache (sie explodierte durch unsachgemäße Behandlung). Tatsache war, dass die Maschine kaputt war und Mamma entsetzlich aufschrie: *Fünf Millionen!* Und Jim war wegen dieser Maschine in Ungnade gefallen.

Diese Kaffeemaschine, die angeblich fünf Millionen Lire gekostet hatte, wenig später waren es zehn, da sie gemerkt hatte, dass Jim wusste, dass die Lira nichts wert war, dass es nicht Dollar waren. Diese Kaffemaschine musste Jim noch abarbeiten bis August. *Das ist wenigstens ein winziger Teil davon.* Sie dachte sich das auch als Erziehungsmaßnahme. Er musste nun die Tische abräumen und war für den Müll zuständig und wurde von Mamma von da an, wie Chiara und Mario fast immer schon, in ihre ungnädige Blickwelt einbezogen.

Was tun?

Die alte Idee, Jim sei der ideale Englischlehrer, zumal in Italien, wo damals praktisch noch kein Mensch Englisch sprach, war auch so eine Idee. Jim könnte einen Zettel im Lokal aushängen: *Jim bringt dir Englisch bei.* Das machten sie auch, mit dem Einverständnis von Mamma, die sich wieder etwas beruhigt hatte, zumal sie ja auch Angst davor hatte, Jim könnte sich davonmachen, bevor wenigstens ein Teil der Kaffeemaschine wieder eingespielt wäre. Sie hatte eigentlich vor, falls es mit Chiara doch nichts würde, Jim dann als Hausknecht auf Jahre hinaus noch zu halten, bis die Kaffeemaschine abgearbeitet wäre. Sie hatte schon überschlagen, dass dies erst Anfang der neunziger Jahre der Fall sein dürfte. Dann wäre Jim auch bald vierzig.

Aber es meldete sich niemand, sodass sich die Geschwister anboten als Schüler. Aber wozu Englisch? Amerika stand nicht auf ihrer Agenda.

Jetzt kam die Idee mit dem Sprachunterricht bei Berlitz in Triest wieder aufs Tapet.

Die Regung, helfen zu wollen, war besonders bei jenen Menschen ausgeprägt, die selbst der Hilfe bedurften.

So war es auch bei Mario und bei seiner Schwester, die immer nur zu träumen schien mit ihrem Gesicht, dabei waren es die Gene, dass sie schaute, wie sie schaute. Eigentlich hätten ihre Mundwinkel nach allem nun schon tief nach unten hängen müssen, aber der Chromosomengott hatte es anders gewollt. Winzige Aberrationen des Fazialis-Gesichtsnervs bewirkten, dass es in diesem Gesicht nach zufriedenem Leben aussah. Das war aber nur Gesichtsmuskulatur. Und vielleicht Jim.

Chiara war mit dieser Aktion ihres Bruders, nach Triest zu fahren und bei Berlitz anzufragen, sehr einverstanden. Auch wenn sie wusste, dass Mario bisher im Leben nicht sehr weit gekommen war, und sie fürchten musste, dass er auch dieses Mal nicht sehr weit käme mit seinem Hilfsprogramm.

Wenn Mario in Venedig wieder irgendwelche Bekanntschaften gemacht hatte, die von seinen Hosen abzulesen waren, von diesen Flecken, ungewaschenen Erinnerungen, welche die Freude des Pathologen waren, blieb ihr auch nur übrig, ihm wieder die Hosen zu waschen und zu bügeln.

Wo warst du mit deinen Hosen wieder!, dachte sie. Und er, gefragt, was er mit diesen Hosen gemacht hatte, hätte sagen müssen: *Ich habe in ihnen gelebt.* Aber so weit, dass er dies hätte sagen können, kam es nie. Sie hatte wenig von diesem Bruder. Es sah nur so aus, als wären sie ein Paar. Und die anderen lachten über sie.

Geld hatten die Tanneris genug. Aber das war auch schon fast alles.

Mario lebte gar nicht richtig und hatte immer nur Angst vor dem Leben. Das war sein Leben.

Der Ginster blühte nun schon im Karst (muss man gesehen haben). Jim hatte nun schon viel Geschirr abgeräumt und Müllsäcke auf die Straße getragen und Aschenbecher geleert, und ihm schwante, dass Marios Möglichkeiten, ihm eine Sicherheit zu schaffen, begrenzt waren.

Sie saßen im Zug nach Triest. Jim hatte von der Welt seit Februar praktisch nur Latisana gesehen und das Meer bei Sabbiadoro. Das hatte ihm eigentlich genügt.

(Denn er hatte ja Chiara. Das war sein *Kein Feuer, keine Kohle,* eine heimliche Liebe oder vielleicht auch nur eine Möglichkeit, ein Bett zu sparen oder wenigstens ein paar Kleenex-Rollen. Es war etwas, von dem keiner etwas wusste, nicht einmal Mario, nicht einmal Mamma, nicht einmal ein allwissender Erzähler hätte etwas Näheres mitbekommen von dieser irdischen Liebe.)

Auch nahm er artig seine Medikamente.

Nachts war er oftmals zu Chiara auf ihr Zimmer gegangen, wie auf Taubenfüßen, und hatte sich zu ihr gelegt. Und sah ihr, wenn es so eine Nacht gewesen war, am anderen Tag, wenn er an ihr mit seinen Aschenbechern oder Müllsäcken vorbeiging, den Tag über immer wieder kurz in die Augen, das war wie Glück. Als wäre er nur ein glücklicher Müllmann, der die ganze Zeit vergnügt war, und die Welt, deren Dreck er wegräumt, kann sich das nicht erklären.

Doch Marios Möglichkeiten waren begrenzt: Mit dem Projekt Jim hatte er sich aber viel vorgenommen. Er hatte sich geradezu übernommen mit ihm und was er ihm alles in Aussicht stellte, zum Beispiel Triest, dem Mario gegenüberstand wie ein Ochs am Berg.

Jetzt erst fiel Jim wieder auf, dass Mario stotterte. Es war eigentlich kein richtiges Stottern, sondern nur ein Poltern, es waren eigentlich nur Startschwierigkeiten wie bei einem Auto, dessen Batterie nicht in Ordnung war.

Schon bei dieser ersten gemeinsamen Fahrt nach Triest stellte sich dieser Plan als undurchführbar heraus, sie fanden ja nicht einmal heraus, wo in Triest diese Berlitzschule war. Er traute sich ja nicht, irgendjemanden anzusprechen. Jim erinnerte sich nun, dass Mario schon in Pescopagano so gewesen war. Und wunderte sich nun überhaupt nicht mehr. So irrten sie durch die internationale alte Habsburger Hafenstadt, die 1918 zu einer italienischen Provinzstadt am Rande wurde, und fanden nichts, nicht einmal am Bahnhof. Ums Haar wäre es ja auch mit Triest etwas geworden, und Freddy, der aus Wien kam, hätte seine Lieder vom Meerschmerz und der Liebe auf See hier gesungen. Unverrichteter Dinge kehrten sie von dort zurück, hatten nichts mitgebracht, nicht einmal ein Pornoheft, und unterwegs im Zug hatte er aber schon wieder eine neue Idee, die an Jim, der dabei war, von einer manischen in eine depressive Phase zu kippen (das erste Mal seit seiner Ankunft übrigens), scheiterte, allmählich hegte Jim wieder Fluchtgedanken, sich davonzumachen, vielleicht sogar mit Chiara, zurück nach Amerika, mit einem dieser Jets, die er gegen Westen am Abendhimmel davonfliegen sah. Jim fand sich fast schon *in the middle of nowhere.*

Dem Papst ging es auch schlecht. Er war in den vergangenen Jahren immer weniger geworden. Ein verbitterter Papst, der die Gerechtigkeit liebte und das Unrecht hasste, war schon dabei, deswegen zu sterben.

Jetzt war dazu auch der Mai schon fast wieder vorbei, schwarz wie die Liebe, ohne dass etwas gewesen wäre, und bald war wieder Saison. Die ersten Gäste waren längst wieder da zum Nebensaisontarif, nachdem sie an Ostern schon Mammas Wucherpreise bezahlt hatten für die knarrenden und quietschenden Betten aus Gusseisen, noch aus der Habsburgerzeit. Mamma brauchte bald das Zimmer für die Gäste aus dem Norden, die sich von diesen heißen Wochen auch eine Auffrischung ihres Liebeslebens versprachen.

Immer wieder war Mario in Jims Zimmer gewesen, wo sie zusammen vom Bett aus Fußball schauten. Einen Stuhl gab es schon. Aber darauf stand der Fernseher. Jim war nun schon drei oder vier oder fünf Monate hier. Mario tat so, als wüsste er es gar nicht so genau. Beide taten so.

Aber am 6. Juni 1978, dem 103. Geburtstag von Thomas Mann, von dem Mamma allerdings nichts wusste, hatte sie wieder einmal eine Erscheinung oder auch nur Eingebung, die Jims Leben in Latisana ein Ende machte.

Da hörte Mamma ihren Mario aufschreien und sah mit einem Mal, wie Mario und Jim auf seinem Zimmer dabei waren, eine Todsünde zu begehen.

Jim und Mario hatten es sich nebeneinander im Bett bequem gemacht, sahen die Übertragung des Halbfinales des Europacups, sahen, wie die Spieler sich übereinanderwarfen, und man konnte ihre Hinterteile sehen wie in einer Moschee. Irgendwann gegen Ende der ersten Halbzeit sah Jim zur Hose von Mario hin, in der Furcht, er könnte wegen dieser Fernsehbilder wieder einmal auf dumme Gedanken gekommen sein, und als wären dumme Gedanken an einer Hose ablesbar: Und kein Zweifel, da war wieder einmal eine Erektion, und plötzlich war Marios Hand da, wo sie nicht hingehörte. Und dann hat Jim ihn zuerst angeherrscht, ganz deutlich und scharf Wort für Wort, *forget about that*, auf Italienisch gesagt und ein Gesicht gemacht, als wäre es ein Messer, dieses Gesicht, diese Mehrzweckwaffe (er hätte auch *Mein Gesicht ist mein Messer* sagen können), schon dabei, loszustechen mit diesen Augen in der Mitte von allem, worauf Mario fürchterlich aufschrie, als wäre er mit diesem Satz niedergemacht worden, und unten hatte Mamma diesen Aufschrei gehört und eine Wut bekommen auf ihren weinerlichen Sohn.

Fragen Sie Herrn Punzel aus Graz, der mit seiner Frau Evelyn das hellhörige Nachbarzimmer zum Nebensaisonpreis bezogen hatte, was für einen Auftritt Mamma dann in diesem Zimmer hatte, nachdem sie es endlich geschafft hatte und ohne zu klopfen hereingekommen war und wie nun ihre Hellseherei mit dem Augenblick zusammenfiel.

Sie machte ein Gesicht, als hätte sie eine Peitsche dabei. Als wäre ein Gesicht auch eine Peitsche, so konnte der Mensch schauen. Diesen Augenblick nannte man in der Kunst der Fuge Engführung. So lagen sie *zwei Arsch breit – so hoch wie ein Kornfeld*, kurz bevor der Mähdrescher kam und dem Sommerglück ein Ende machte. Da der Fernsehapparat mit voller Lautstärke lief, als könnte der Lärm eine Bettdecke sein, hatten sie gar nicht gehört, wie mitten in der zweiten Halbzeit Mamma sich schnaubend auf den Weg gemacht hatte.

Sie hatten vergessen abzuschließen. Aber vielleicht wollte der eine der beiden auch nur, dass seine Welt zusammenbräche, als wäre es ein Lügengebäude.

Diese Todsünde wollte sie nun verhindern, indem sie, kurz bevor es zum Äußersten kam, sich in den dritten Stock aufmachte, die Tür öffnete und Mario mit einem einzigen Schrei zu sich rief. Aber sie kam zu spät. Sie forderte Jim auf, sofort ihr Haus zu verlassen. Das hatte sie nun von ihrer Hellseherei. Und den heiligen Antonius ließ sie von nun an auch fallen.

Die Kaffeemaschine war noch nicht abgearbeitet, und Chiara war immer noch nicht verheiratet, und es war zu spät für die beiden, als Verlobte zu grüßen.

Und der Papst lag auch gerade im Sterben. Lag unter einem Sauerstoffzelt, wurde künstlich beatmet, so stand es in der Zeitung.

Mit einer kleinen Wischbewegung machte sie sich dann wieder nach unten auf, als wollte sie sich dieser Geschichte ein für allemal entledigen.

Und Jim blieb nichts anderes übrig, als in der einen Ecke des Zimmers zu sitzen, mit den Händen über dem Kopf, geduckt, tief in seiner Macho-Ehre verletzt, als wollte er sagen: *Ich bin gar nicht hier,* wie ein Kind oder der heilige Matthäus in der Kaschemme auf dem Caravaggio-Bild, der nicht berufen werden möchte, und Jesus zeigt mit dem Finger auf ihn und sagt: *Komm, gehen wir.* Damals ging daraufhin die Weltgeschichte anders weiter.

Und Mario saß in der anderen Ecke dieses Zimmers, das nur noch aus Ecken und Wänden zu bestehen schien, und wusste auch nicht. Das Haus konnte jederzeit explodieren. Mario, quasi am Nullpunkt angekommen, ganz ohne Sprache für dies alles, griff zu seinen Zigaretten und ließ vor Aufregung das Streichholz auf das lumpige Tischchen fallen, mit der groben Karte von der Welt aus einem brennbaren Material, als Tischdecke für dieses schäbige Möbel gedacht, und der glühende Streichholzkopf fiel auf Afrika und brannte ein großes Loch in den Kongo.

Am anderen Morgen war Jim nicht mehr da. Mamma saß weiter an derselben Stelle im Lokal, als wäre nichts, und Mario würde nun niemals mehr eine Tafel Schokolade unter sein Kopfkissen legen können. Und Chiara auch nicht. Was aber war mit ihr?

Wir wissen es nicht. Wer hätte schon sagen können, was das Mädchen von Les Folies Bergère bewegte, außer einem Kunsthistoriker oder Hellseher? Sie würde weiter in der Bar stehen und hinausschauen, fast schon ein Stillleben, und aus dieser Geschichte verschwinden. Das alles hatte der Liebesgott auf dem Gewissen.

Ihr Englisch war auch nicht besser geworden. Amerikanisch hatten Chiara und Mario nicht gelernt, aber sie wussten nun, wie es war, in einen Amerikaner verliebt zu sein.

8. Am Tag nach dem 103. Geburtstag von Thomas Mann

Am Tag nach dem 103. Geburtstag von Thomas Mann las Roland auf einer Gedenktafel an einer Alm in der Steiermark, wohin er mit Rosemarie zum Wandern und Atemholen gefahren war und wo sie dann zusammen ihr Nachtquartier bezogen: *In diesem Gasthaus hätte die Mutter von Peter Rosegger in der Nacht vom 21. auf den 22. Juli 1841 beinahe übernachtet.* Jim saß schon im Zug nach Florenz. Er hatte sich nicht einmal verabschiedet und glaubte ja, dass er ohnehin bald wieder in Latisana zurücksein werde. Chiara alles erklären wollte er, auch das mit Mario, und was weiß ich.

Jim hielt sich trotz allem für eine Art Hans im Glück, von dem er allerdings nichts wusste, froh, Mamma und dem Weltuntergang vorerst entgangen zu sein. Dabei war er für sie nichts als ein zusätzlicher Schaden, und für das Loch im Kongo machte sie ihn auch noch verantwortlich und setzte es auf die Rechnung, die Jim zu begleichen gehabt hätte. Zur Strafe für all dies verschwand Mamma nun aus dieser Geschichte.

Geboren im Jahr des Erscheinens von Felix Krull sagte sich Jim noch im Bahnhof von Latisana *bis bald* und geriet beim Nachdenken darüber, ob Zeit ein anderes Wort für Zeitverschwendung war, in das Abteil dieses Professors, Francis Huddleton mit Namen, als wäre dies ein weiterer Zufall in seinem Leben.

Mit diesem Namen konnte man auf dem erotischen Feld nichts werden. Das war kein erotophorer Name, wie es in der Wissenschaft hieß. Geschminkt, auf Kongressen, für die einschlägigen Kongresse zurechtgemacht, mit Pepitahose und Fliege auf einem ziemlich farbigen Hemd, erzählte der Professor, von einem Winckelmann-Kongress zurück, noch ein Name, den Jim noch nie gehört hatte, bald von Schülern und seinem Freundeskreis in Florenz, von jungen Menschen, die ihn anhimmelten, sodass Jim neugierig wurde, und wie es damals mit Michelangelo und Leonardo war und ihren Lustknaben, als hätte er sie persönlich gekannt, jeden Einzelnen, als stellte er die Verbindung her, als wäre er einer von ihnen gewesen. Auch besaß er eine kleine Zeichnung von Pontormo und eine von Sodoma, einen lavierten Rückenakt, wenn auch nicht eindeutig zugeschrieben, aber immerhin. Das waren Geschichten, die Jim aus diesem Mund zunächst nicht sehr erregten.

Huddleton hatte ein viel zu großes Gesicht. Dieses Gesicht war zu groß für die Bedeutung, die es hatte. Machte ihn größer, als er war.

Francis wohnte mit seiner Frau und einer Dachterrasse mit dem Blick auf alles, selbst den Sonnenuntergang, hinter dem Ponte Vecchio, und seinen Männern, von denen er allerdings nichts mehr haben konnte, dachte Jim. Da war doch mit dreißig Schluss, glaubte er damals noch.

Huddleton war ein so geiziger Mensch, dass er unter dem Vorwand, die Liebe sei ihm etwas Heiliges, ein Leben lang verweigerte, für die Liebe zu bezahlen. Er ging nur noch zum Schauen zum Ponte Vecchio, wo sich tagsüber die Touristen beinahe in den Arno stürzten und nachts die anderen, denen der Liebesgott auch ein Schicksal zugedacht hatte, versuchten, auf ihre Weise an Futter zu kommen.

Und trieb sich vielleicht immer noch in den Darkrooms dieser Welt herum, das heißt im allergrößten, der die Nacht war, die Nachbarin des Todes. So lag sie zwischen dem Tod und Leben und hatte Körperkontakt mit beiden. Und eitel wie er, zusätzlich zu diesem Geiz, auch noch war, behauptete er auch, dass er noch niemals bezahlt habe für die Liebe. So ein Leben hatte er nun. Er war also anders als Casanova, der immer großzügig bezahlte und selbst die Huren als Eroberungen verbuchte.

Der Professor reiste immer zweiter Klasse, angeblich nicht, weil er sich die erste Klasse nicht hätte leisten können und angeblich auch nicht aus Geiz, sondern weil er da auch das Publikum traf, das es ihm angetan hatte: alleinreisende junge Männer, am liebsten mit Erscheinungen wie auf einer griechischen Vase wie Jim oder in einem Gedicht von Kavafis, auf den Francis bald zu sprechen kam, auch, um zu testen, was Jim für einer war. Aber Jim kannte diesen Dichter nicht, und er sagte es auch.

Meist stiegen dann die Falschen aus, schon auf der nächsten Station. Und wechselten einfach nur das Abteil, weil ihnen ein solches Gegenüber unbehaglich war. Aber das war einem solchen Menschen egal.

Huddleton, ein militanter Nichtraucher der ersten Generation, setzte sich sogar ins Raucherabteil, weil da zweifellos die interessanteren Menschen zusammensaßen. Und die freundlicheren waren es auch. Einfach mehr Mensch pro Kilo.

Jim blieb trotz dieser Blicke weiter freundlich, wäre nun aber das erste Mal lieber unfreundlich gewesen, wie ein Stratege, der vieles schlucken muss, bis er an der Regierung ist.

Andererseits: So freundlich sah es wiederum nicht aus, wie er sagte, dass er diesen Dichter noch nicht kannte. Freundlichkeit beim Mann galt als Schwäche, als unmännliche Verhaltensweise nach dem Kanon der Behaviouristen (Verhaltenstrainer). Im fortgeschrittenen Alter, so die neuesten Erkenntnisse, galt Freundlichkeit mittlerweile auch noch als ein Zeichen von Dummheit.

Kaum hatte er Platz genommen und ihm von seinen Plänen erzählt, dass er als Sprachlehrer unterwegs nach Florenz sei, hatte der ihm auch schon angeboten, ihn bei Berlitz zu vermitteln oder an ein anderes führendes Institut. Bot ihm auch an, Jim könnte als sein Assistent tätig sein. *Was wollen Sie mehr!*, sagte er.

Also hatte Jim nun eine Idee, wie es weitergehen könnte mit ihm, und war schon wieder ganz vergnügt. Zwar erwarteten sie voneinander ganz Verschiedenes, so wie ein Hochzeitspaar, wo die Frau fünfunddreißig ist und der Mann neunundachtzig. Doch das war ein netter Mann, auch wenn er so ganz anders aussah, auf den ersten Blick. Zwar schielte er etwas zu sehr im Abteil herum. Und dann der Akzent, wie er Francis sagte. Das waren Vorurteile. Dachte Jim. Weg mit den Vorurteilen!

Dieser Francis war wohl ein Engländer, der bald hundert Jahre zu spät in Italien unterwegs war und immer noch glaubte, auf ein Wunder zu stoßen, einer, der noch von der griechischen Liebe sprach mit einem englischen Akzent, der jede andere Sprache verdarb. Selbst das Texanische klang noch besser, dachte Jim. – Was ist bloß in diese Engländer gefahren, dass alle glauben, die Königin repräsentieren zu müssen in der Welt und so sprechen zu müssen wie sie.

Sie konnten sich zwar verständigen, doch war es gerade die Sprache, die sie trennte. Und dann auch schon die ersten eifersüchtigen Blicke, als der Professor wahrnahm, wie Jim sich mit dem Schaffner verständigen konnte, der Jim für einen Süditaliener hielt, während von ihm nicht einmal die Ortsnamen der Stationen erkannt wurden, an denen der Zug Halt machte, wenn sie aus seinem Mund kamen. Wie er Aquae Therme sagte!

Schon wegen der Sprache war es zu ersten Spannungen, auch Irritationen gekommen. Beide hätten als Muttersprache eigentlich Englisch angegeben.

Die erste richtige Verstimmung löste schon das Wort *either* aus und wie es richtig ausgesprochen wurde.

Huddleton wollte dem Amerikaner mit seinem Englisch imponieren. Aber der sah ihn nur mit überkreuzten Beinen dasitzen und *either* sagen wie King George, der die falsche Aussprache aus Hannover mitgebracht hatte, die der Hof bald imitierte, um sich über diesen Sachsentölpel lustig zu machen.

Jim griff das Wort auf und sagte irgendeinen *either*-Satz mit der alten, vorgeorgianischen englischen Aussprache: *Ither* sagte er, so ungefähr.

Der Professor wiederholte daraufhin *either* in einer anderen, gleichgültigen Satzverbindung.

Und nun kam Jim mit seiner King-George-Geschichte, die in einer Zeit spielt, da Amerika schon dabei war, sich von Großbritannien loszusagen.

Darüber müssen wir noch einmal sprechen!, sagte Huddleton nun, um dieses unerfreuliche Thema zu beenden, und es wäre aus gewesen mit der Liebe, hätte Jim jetzt nicht seine Zähne gezeigt, deren Abdruck als Vorzeigegebiss im Behandlungszimmer seines Zahnarztes in einer Vitrine unweit des Behandlungsstuhls zu sehen war. Andere hatten von ihren Zähnen ein Leben lang nichts außer Zahnschmerzen.

Und die Aussicht, einmal alles live zu sehen, verwies jede Verstimmung und jede Angst um den kleinen Pontormo und die Studie von Sodoma wie auch die Angst um sein Leben auf die zweite Stelle. Diese Gier war stärker als der Tod.

Er kannte Jim ja auch nicht. Es konnte sich auch bei ihm durchaus um einen Lustmörder handeln. Oder wenigstens um einen einfachen Raubmörder, der ihn einfach so liegenließe, in seinem Blut verschwimmend.

All seine Ängste ließ der Mensch außer Acht: Dafür hatte die Natur gesorgt, wie bei einem Fischschwarm auch, der sich trotz allem ins offene Meer aufmacht und von Haien und anderen Raubtieren mit offenem Maul durchschwommen wird, das war die Lebenslust, vom ersten Menschen an, der eines Tages zu seinem ersten Raubzug aufbrach. Für diese Gier riskierte der Mensch das Leben wie den Tod: Einen wie Jim einmal live von allen Seiten betrachten zu können, etwas, das so auch schon Michelangelo und Leonardo mit ihren Augen gesehen hatten, ganz ähnlich und ganz aus der Nähe, denn weder der menschliche Körper noch seine Augen, noch die Straßen und Nebenstraßen von Florenz hatten sich seither groß verwandelt und auch der Arno nicht. Vor allem bei Nacht sah es wie damals aus, ja, Michelangelo hätte alles wiedererkannt mit seinen Augen, nur wäre nun alles etwas heller gewesen, ein künstliches Licht, das auf die Straßen, die Sterne, die Abkürzungen, die Rundungen und die Vertiefungen fiel. Alles war an derselben Stelle, die über Glück oder Unglück entschied.

Es waren Blicke, die oftmals auf dem Scheiterhaufen endeten.

Dann waren sie in Florenz. Er könne ihn leider nicht mit nach Hause nehmen, denn seine Frau habe keine Ahnung davon, was er wirklich liebe. Also noch so einer, dachte Jim. Er wusste aber eine kleine Pension. Und Jim fiel ein Stein vom Herzen, dass er mit diesem Menschen nicht mit nach Hause musste.

In der Pension in der Via Odoardo Beccari, in einem Zimmer aus dem achtzehnten Jahrhundert, versuchte dieser Mensch nun an dem anderen herumzufummeln, an derselben Stelle. Jim forderte diesen Menschen auf, etwas anderes zu tun. Das sollte die Liebe sein? Was Liebe war, konnte man so nicht herausbringen, und was die Nacht und die Einsamkeit waren, konnte einer nur über die Nacht und die Einsamkeit herausbringen, und was Herumfummeln war, konnte man auf diese Weise, über das schreckliche Tuwort fummeln, herausbringen, über *ich fummle, du fummelst* und so fort. Es war mehr ein Unterwegssein mit den Händen, erst ein Staunen und eine Neugier, dann ein Kopfschütteln und ein *Du kriegst gleich eins auf die Pfoten,* und Jim wunderte sich, wie weit er mittlerweile von Amerika entfernt war.

Danach wusste Jim nicht, was er an diesem Tag noch machen sollte, denn der Professor hatte sich bald verabschiedet, ohne eine Adresse zu hinterlassen. Sagte, er werde morgen wieder vorbeikommen. Also schlenderte Jim durch die Stadt, die ihm gefiel, ging über die Piazza Signoria, unter den Arkaden der Uffizien zum Arno und sah den Ponte Vecchio und entdeckte beim Denkmal für Benvenuto Cellini die fließende Zeit, sah auf den Arno hinunter, und schon war er beinahe vierundzwanzig Jahre alt und ging dann zurück, in Richtung Santa Maria Novella, wo der unter Mussolini in feinstem Marmor gebaute Hauptbahnhof von Florenz lag, die reinste Angeberei.

Dort lernte er die zwei Sizilianer kennen, die jeden Abend um diese Zeit, bevor der Nachtzug nach Catania ging, ihren Spaziergang Richtung Süden machten, als wäre es Heimweh.

Francis kam anderntags nicht vorbei. Und in den folgenden Tagen auch nicht.

Und Jim dachte nun, auf einen Hochstapler hereingefallen zu sein, der sich ein paar Berührungen erschwindelt hatte, und darüber hinaus würde Jim auf den Kosten für die Pension sitzen bleiben. Er hatte ja wieder etwas Geld aus Amerika kommen lassen.

Francis als Hochstapler, er war vielleicht gar kein Professor, und auch das andere stimmte nicht. Vielleicht hatte er nicht einmal eine Frau, sondern nur Fotos von einer Frau, die in seinem Schlafzimmer standen, ziemlich verblasste Fotos, vielleicht handelte es sich um seine Mutter, dazu als Alibi ein Doppelbett. Immer wieder hatte Huddleton es beinahe geschafft, dieses Bett zu füllen, und im Zug zwischen Padua und Florenz erzählte er alles, als wäre sein Leben im Grenzbereich von Abenteuer und Eroberung angesiedelt. Wahrscheinlich war aber das Einzige, was er im entscheidenden Augenblick immer wieder bekam, eins auf die Pfoten. Francis hatte immer wieder eins auf die Pfoten bekommen, immer wieder aufgelacht, als wäre es ein Scherz und der Gestreichelte zu dumm, um zu begreifen, *was für ein Missverständnis!* ausrufend, indigniert den Kopf schüttelnd, und dabei hatte er wie nebenbei mit seinen Händen immer wieder Jim gestreift.

So einer war das wohl. Musste sich mit justiziablen Tricks weiterhelfen und landete alsbald in einem Gelände, das den Jäger bald zwischen *jail* und *prison* unterscheiden lässt und die Strafen kennen, die auf so etwas stehen. Und welche Strafen in welchen Ländern dafür zu erwarten waren. Manchmal ging es hinauf bis zur Todesstrafe.

Solche Abende hatten mit einem schönen Essen begonnen, wie Huddleton sich ausdrückte, und dem dazu passenden Wein. Bald war seinen Gästen, die mit Methode ausgewählt waren, ganz mollig. Irgendwann aber gewiss, wussten sie nicht mehr, wo sie waren. Das war, als die Narkose zu wirken begann. Das war der Augenblick des Professors, der sich *it's your turn now, Bill!* sagte, zuzuschlagen und sich in seinem Damenslip und seinen sonstigen Accessoires ans Werk zu machen.

Eigentlich hätte er sich lieber ans Bett fesseln lassen. Aber seine Opfer waren meist dazu nicht mehr in der Lage. Dachte sich Jim.

Dieser Gourmetexperte. Es war ja ganz leicht, ganze Küchen in Aufregung zu versetzen.

Francis war auch Weinprüfer für ein englisches und ein amerikanisches Magazin, und er schrieb Gutachten für den *Gourmet*. Seine Besuche waren gefürchtet. So sagte er jedenfalls und ließ das den Maître jeweils einen Tag vorher wissen.

Einige Tage nach der Wiederbegegnung hatte Jim alle Zweifel verworfen. Er verbuchte die Besonderheiten von Francis nun auf das Konto des englischen Spleens, und der war wieder in den Lokalen auf den Speisekarten unterwegs und mimte den Kenner. Immer wenn er die Weinbestellung aufgab, mit einer souveränen Geste und mit einem kaum zurückgehaltenen herrisch-ungeduldigen Unterton übrigens, sah es auch fürchterlich aus, eine Vorlage für Mr. Bean, der schrecklich genug war.

Es kam auch in den Lokalen oftmals zu Missverständnissen. Sein Château-Mont-St.-Cliancourt-du-Saeingeon war einfach unverständlich, sodass ihm schließlich nichts anderes übrig blieb, als mit dem Finger erst noch einmal großspurig auf der Weinkarte herumzufahren, um dann bei der teuersten Flasche hängen zu bleiben, abwechselnd konnte es auch die Brille sein, und dann mit einer Entschiedenheit *yes!* zu sagen, wie seit den *Habeas-corpus-Akten* nicht mehr, als handelte es sich bei seiner Bestellung um einen mündlich gegebenen altenglischen Staatsvertrag. Und er schaute von der Tafel auf, als wäre ihm gerade etwas Großes geglückt.

Verstanden von all diesem haben die Kellner wie immer nichts. Aber sie taten so, und Professor Huddleton machte dann immer ein Gesicht wie ein Theaterregisseur bei der Premiere, wohlgefällig kenntnisreich blickend, von oben herunter über die Brille hinweg, dass jedes Wort zur rechten Zeit kam.

Doch es gab immer etwas zu loben und zu kritisieren. Das gehörte zum Essen. Bestellte zum Abschluss noch einen Brie de Meaux.

Francis hatte wohl den Ehrgeiz, an diesen Lagen und ihrem Französisch zu scheitern.

Jim sprach kein Französisch, aber er hatte ein Sprachgefühl.

Beim letzten dieser Mittagessen erhob Francis sich wie ein Commodore mit hocherhobenem Kopf, der im Begriff ist, die Ehrenformation abzuschreiten, geradeaus, als hätte er ein großes Ziel, doch jeder Schritt auf dem Weg zum *powder-room* war im Grunde ein Walzer.

Francis flüsterte Jim noch zu, er solle am Eingang des Baptisteriums auf ihn warten.

Und war schon unterwegs zum Taxi. Dann sah Jim von Francis Huddleton nichts mehr.

Das war am fünfundzwanzigsten Jahrestag des Aufstandes vom 17. Juni. Nach katholischer Zählung vier Tage nach dem Fest des heiligen Antonius von Padua, drei nach Benno, zwei nach Vitus.

Wir kürzen ab.

Jim sah Professor Huddleton nicht mehr bis kurz nach Ferragosto.

Da er aber doch nicht mehr nach Latisana zurückwollte, nachdem er Florenz entdeckt hatte, da ihm Florenz so gut gefiel und da Jim in einem Alter war, und auch so aussah, dass er jeden Tag im Prinzip eine Freundschaft fürs Leben hätte schließen können, selbst im Bahnhof, sah er sich nach Möglichkeiten um, hierzubleiben. So war er in Florenz unterwegs, und das nicht unbemerkt an irgendwelchen Katzentischen. Florenz war trotz allem die große Zeit in Jims Leben. Er dachte vielleicht, der Höhepunkt müsste noch kommen. Aber im Nachhinein würde sich Florenz als Höhepunkt herausstellen. So wie die ersten Tage mit Rosemarie vielleicht auch noch. Es war auch der Sommer seines Lebens.

Er musste sich nur unter die Leute mischen, im Bus, sich auf irgendwelche Treppenstufen setzen, selbst im Dom vom Florenz hätte er noch jeden Tag eine Freundschaft fürs Leben schließen können. Und Geld spielte überhaupt keine Rolle in seinem Kopf, Essen auch nicht. Das war alles wie nebenbei.

Das Geld würde noch eine Zeit reichen. Auch konnte er sich wieder über Thomas Cook Geld aus Amerika kommen lassen. Oder Mario anrufen. Aber das war ja alles nicht nötig.

So ging es nun fast bis Ende August. Mittlerweile bei den zwei Sizilianern in der Via del Paradiso Nummer 6, unweit des Autobahnanschlusses Firenze Sud. Das war nun Jims Adresse. Da wohnte er nun mit Domenico und Sandro. Der Professor blieb verschwunden, und da derselbe ein schrecklicher Mensch war, vermisste Jim ihn auch gar nicht. Mit Latisana war es schon etwas anderes.

Aber da traute er sich schon nicht mehr, den Brief, den er von Tag zu Tag verschoben hatte, zu schreiben.

Erst am 20. August, bei mittlerweile über dreißig Grad, tauchte Huddleton wieder auf. Es war in jenem Café auf der Piazza della Repubblica, welches das Stammlokal von Jim geworden war. Da ging er gar nicht hin, um irgendetwas zu bestellen, als wäre ein Campari Orange ein Lebensziel. Jim wurde immer eingeladen und freigehalten, der Wirt sah Jim bald als Muse, der für Gäste sorgte, so wie anderswo eine Blondine von

Format oder das Gerücht, dass Helmut Kohl zum Saumagenessen hier gewesen war – oder gleich Hemingway.

Da stand dieser Professor, den Jim schon fast vergessen hatte, wieder neben ihm und entschuldigte sich wortreich für die lange Zeit und dass er nichts von sich hatte hören lassen. Er sei auf einem Beutekunstkongress in Minsk gewesen. Und dann habe er ganz schnell nach Cambridge fahren müssen, um den Nachlass seines Doktorvaters zu ordnen, der ganz plötzlich gestorben sei. Drunter ging es wohl nicht. Und dann noch das Gutachten für den Schadensersatz im Säureattentatsprozess auf ein Gemälde von Rembrandt.

Da er überdies monatelang auf den Scheck aus Rom habe warten müssen, habe er er ihm die Pension nicht bezahlen können wie versprochen.

Später waren Domenico und Sandro ihm dankbar, weil sie durch seine Abwesenheit zu Jim gekommen waren, über den sie zu der ersten Frau ihres Lebens kamen, und sich später ein Leben lang brüsten würden, als hätten sie mit der Liebe eine Entdeckung gemacht.

Sie hieß Caroll und kam aus Eugene, Oregon, und Jim konnte seit langer Zeit wieder einmal sprechen, als wäre er zu Hause. Auf den Treppenstufen des Domes hatten sie sich schnell kennengelernt. Eigentlich übernachtete sie in der Jugendherberge und wurde von den dreien, wobei Jim eindeutig der Lockvogel war, nun mitgenommen in die Via del Paradiso. Es war aus Heimweh. Heimweh! War das nicht das schönste Alibi für alles?

Und bald darauf stand Jim vor dem doppelstöckigen Bett in der Via del Paradiso, oben sah er und küsste Carolls Beine aus nächster Nähe, unten wurde er von Domenico bedient, als wäre es ein anderer Kontinent und er bekäme von allem nichts mit. Und Sandro machte sich auch noch abwechselnd von allen Seiten an Jim und Caroll zu schaffen. Oben und unten waren durch eine alte Eisenleiter verbunden, dazwischen gingen ihre Informationen hin und her, und diese Leiter zeichnete sich auf Jims Frontseite ab, ein solches Bett war das.

Huddleton hatte aber nun, wie er ihm einen Tag nach diesen Vorkommnissen, welche Jim erwartungsvolle und erinnerungsreiche Augenblicke bescherten, erklärte, eine Einladung nach Capri erhalten. Dort sollte er das Quisisana testen. Und konnte selbstverständlich zu zweit anreisen. Das sei aber schon übermorgen.

Jim hatte Lust auf das Meer. Hatte überhaupt Lust. Und dann saßen sie schon auf der Gartenterrasse des Quisisana, und am Nebentisch saß Iris Berben und hat wohl alles durchschaut.

Schon am ersten Abend wurde der Professor auf der Via Krupp von zweien aus Neapel überfallen, die übers Wochenende auf die Insel gekommen waren, um Schwule, die damals noch gar nicht so hießen, auszurauben. Sie hatten ihn abgepasst, als er aus dem Quisisana herauskam und in Richtung Via Krupp aufbrach.

Erst machte der eine den Hosenladen auf und zeigte ihm etwas, das schon manches Mal über Krieg oder Frieden entschieden hat. Und beim Frühstück hatte Francis ein Veilchen im Gesicht und stritt sich nichtsdestotrotz mit Jim über den Papst, der schon am 6. August gestorben war, und machte sich über ihn lustig. Huddleton beharrte auf dem Titel der Königin. *She is Defensor Fidei*, sagte er, was aus seinem Mund noch schrecklicher klang. Beim Frühstück blätterte Francis großspurig in den Zeitungen und las vor: *Der Papst hinterlässt eine Milliarde Schulden.* Das war das Ende. Jim rannte davon und bekam den Rest der Geschichte von Massimo mit.

Das war die Geschichte von Jim bis zum Tag, als er vor Rosemarie und Roland erschien und nach einem Schluck Wasser fragte.

9. *Rauschzeit, und die Luft war delialgeschwängert*

Die Sonne war längst hinter dem Massiv im Westen, dem Monte Solaro, verschwunden, wahrscheinlich schon im Meer bei Capri versunken, als sich die drei nach oben aufmachten, als hätten sie sich ihr Leben erzählt, so schnell war alles gegangen, als wäre es dem zuliebe, was kommen sollte, gewesen.

Roland und Rosemarie hatten sich einen sogenannten Schmusenamen zulegt, Romy und Rolly, und nun legten sie besonders viel Zärtlichkeit hinein, wenn sie miteinander sprachen. Aber gerade an ihrer Stimme erkannte Roland ja auch, dass da etwas war. Er glaubte eine ähnliche Modulation in der Stimme herauszuhören, etwa so, wie wenn sie zu Hause mit Caesar sprach, eine solche Stimme war es, wenn sie *Jim* sagte, als wäre es ein Gespräch von Handtuch zu Handtuch. Das war ganz schnell gegangen und war so unerhört, kaum auszumachen der Unterschied, und doch über alles entscheidend, wie ein sogenannter Quantensprung. Und vor ihnen standen die ganze Zeit die Faraglioni-Felsen im Wasser, als wüssten sie längst über alles Bescheid, so unerschütterlich. Und Jim genauso. Hinter ihnen lag die Steilküste mit der Via Krupp und die alte Zeit bei der Bundeswehr und im Versuchslabor des Humangenetischen Instituts.

Und nun waren sie auf dem Weg nach oben, erst die Steiltreppe, dann die Via Krupp, dann Le Sirenuse, wo die letzten Gäste mit ihren Sachen herauskamen.

Der 24. August 1978. Zu allem muss man sich *immer* die Musik dazudenken, wie Massimo Ranieri *O sole mio* sang, nicht so wie die anderen, wie er es gerade noch gesungen hatte – oder mit Iva Zanicchis *Come Prima* im Ohr – und dann noch Bobby Solo *Prendi questa mano, zingara, dimmi pure che destino avrooooo-ooooooooooo* – und den Sommer, den zu Ende gehenden Sommer sich dazudenken; dazudenken, dazudenken, was das bisher für ein Tag gewesen war, wie sie dann mit allem in ihren Köpfen die Via Krupp hinaufgingen, wie aus den Transistorgeräten die Sommerschlager der Saison bis hinauf ins Grand Hotel Quisisana zu hören gewesen waren, auch dort, was gar nicht störte, im Gegenteil. Der ganze Strand konnte noch mitsingen und mitträumen. Und auch dort oben hatten sich Köpfe geneigt gegen diese Musik hin, die mit dem Uferleben des nahen Sirenuse-Strandbades mit den Liegen und dem Campari Orange auf den Tischchen und seinem Kindergeschrei verschmolz, auch ein Delial- oder Nivea-Hauch hatte den ganzen Tag in der Luft gelegen, sodass es nicht schwer war, sich nasse Badesachen auf einer salzigen Haut dazuzudenken wie die Farbe des Capriwassers: von Meerblau bis Türkisgrün. Und sie gaben mit ihrem seligen Blick dem Barmann zu verstehen, dass die Hotelleitung nicht gegen diese Ruhestörung einschreiten sollte und gegen ihre Träume. Das war Italien Sommer 1978.

Auch das schönste Hotel der Insel, das Quisisana und die Seinen, muss man sich dazudenken, deren Suiten mit Blumenarrangements und Obstschalen ausstaffiert waren und eine atemraubende Aussicht auf die Felsen hatten, das war auch schon alles, und das Zimmermädchen – es handelte sich um die formidable Mariluisa (etwa fünfundsechzig, sorry, das Alter spielt keine Rolle) – kam irgendwann, während sie den berühmten Hummer bei Gemma aßen, und zupfte das Bett zurecht und legte noch ein sogenanntes Betthupferl auf das Kopfkissen und ging wieder. Und dann kam auch noch die Hausdame und schaute nach dem Rechten, ob Mariluisa auch nichts vergessen hatte. An ihr Gesicht von großer gewesener

Schönheit konnte man sich nicht mehr erinnern, aber an ihr weißes Häubchen darüber und an ihre Stimme, wie sie *volentieri* sagte und wie es klang, wenn sie sich umdrehte und sich zurückzog, wie sie es gelernt hatte.

Und vom Zimmerservice kam noch der reizende Massimo und stellte ihnen eine Flasche San Pellegrino in Eis auf die Terrasse wie gewünscht. Das sogenannte Trinkgeld war manchmal so hoch, dass es einem unmoralischen Angebot glich und Massimo sich hätte einen Mann oder eine Frau aus dem Katalog leisten können. Aber von jenen Zeiten war Massimo noch ein Leben entfernt. Und doch, die Vorstellung, dass auch dieser Mensch nach ein paar Sommern auf den Terrassen des Quisisana, mit den Wünschen von Menschen, zwischen Küche und Aufzug, Bar und Swimmingpool hin und her, unterwegs verblüht wäre, wie vor ihm Mariluisa, die in ihrer Blüte nie gesehene Mariluisa, schmerzte.

Und Schriftsteller begannen nun, einen Liebesroman zu schreiben.

Jim kannte Massimo von seinen zwei Tagen im Quisisana in Begleitung von Professor Francis Huddleton – und hatte ihn abends bei einem Spaziergang auf der Via Krupp, dem oberen Teil bei zur Absperrung, gleich neben dem Eingang zu den Giardini Augustei, wiedergesehen – so etwas ging schnell.

Jim war nach wie vor in einem Alter, in dem man jeden Tag tausend Leute kennenlernte, wenn die Zeit nicht wäre. *Und wenn man dann die Zeit hat, fehlen die Leute, aber ich will ohnehin niemanden mehr kennenlernen*, sagte sich Tante Paula wohl, dachte sie wohl auf ihren Abendspaziergängen ganz allein noch bis zum Tragara-Felsen in die Dunkelheit hinein. Capri war für Menschen, die das Leben hinter sich hatten, ganz ungefährlich, man musste keine Angst haben, dass einer kam und einem das Leben nahm, das schwer wie Blei sein konnte.

Und danach haben Jim und Massimo noch eine Zeit lang miteinander geschäkert wie zwei Fußballfreunde, als wäre es zum Appetitholen, als wäre auch das noch ein Spiel, wenn zwei Männer miteinander sprachen. Jetzt, da er dem Quisisana gefährlich nahe war, hatte Jim Angst, Francis könnte seit zwei Tagen auf der Terrasse gesessen haben und ihm immer noch auflauern.

Die Angst war umsonst, denn Huddleton war mit einem Haftbefehl von Interpol abgeführt worden. Und so verschwand auch dieser Mensch aus dieser Geschichte.

Auch Massimo war darauf abgestellt, seinen Gästen jeden Wunsch von ihren oftmals schon welken Lippen abzulesen. Von Botox wusste noch niemand.

Das Quisisana lag auf diesem Felsen, der Capri war, von dem aus man zu jenen Felsen hinüberschaute, die wie ein Paar, das nie zueinander findet, im Wasser standen, ein Kunstwerk, das nur Gott geschaffen haben konnte. Der eine Fels war größer, der andere war dafür schöner, das redeten sich die Betrachter ein, als wäre es wie bei Mann und Frau im Kopf eines gewöhnlichen Menschen. Und auf dem einen Felsen lebte eine Eidechsenart, die es auf der ganzen Welt nur hier gab, liebte sich und pflanzte sich fort.

10. *Bitte um etwas Glissando*

Und dann hätte ein genialer Kameramann alles festgehalten, wie sie zu dritt die Via Krupp hinaufgingen, tatsächlich für immer – sie sollten nie wieder hierher zurückkehren, so viel sei verraten –, die steilen Serpentinen, an der handbemalten Tafel aus Blech vorbei, die schon an den Rändern verrostet war, und stellenweise hatten sich Löcher in den Text hineingefressen; die Buchstaben, wohl aus giftiger Farbe, waren teils verblasst, teils schon verrostet, wie auch der Totenkopf. Die Farbe und das Blech lösten sich nach und nach gemeinsam auf. Und jederzeit hätte auch noch ein Felsbrocken herunterfallen können, und diese Geschichte wäre zu Ende gewesen. Die Tafel besagte, dass die Via Krupp wegen Steinschlags gesperrt war, *Todesgefahr!* stand da auf Italienisch, und für jene, die dies nicht verstanden, war noch dieser auch schon verrostende Totenkopf aufgemalt, ganz dilettantisch von einem, der kein Künstler gewesen sein konnte, und Jim, Rosemarie und Roland sprangen wie das Leben, in dieser Reihenfolge, über diese Mauer hinüber, welche die Via Krupp sperrte, halfen ihr über die Mauer hinweg, wobei Roland sah, wie Jim sah, wie sich ihre Unterwäsche abzeichnete, und auch noch sah Roland, wie er im Vorbei ihre Schenkel einatmete, alles praktisch auf einmal, und noch bevor sie über der Mauer war, hatte Jim auch noch Roland in die Augen gesehen, und alle drei lachten, als es auf der anderen Seite weiterging.

Bald landeten sie bei den Giardini Augustei, die auch bald geschlossen wurden, und konnten von oben über das dunkel schimmernde Meer schauen, als wäre es schon der Mond, und die weißen Segel, die sich in der abendblauen Bucht am Horizont verloren, wo der Himmel mit den Segeln und dem Blau der See eins werden konnte wie in jenem Conrad-Ferdinand-Meyer-Gedicht, das ein genialer Regisseur an dieser Stelle eingeblendet hätte – oder von der schönsten Stimme hätte aufsagen lassen. Und nach unten, wo sie gewesen waren, konnten sie ebenfalls schauen. Aber die Höhle, an deren Eingang sie lagen, war so eng am Felsen, sodass sie nicht sehen konnten, wo sie gelegen hatten. Und auch keinen von denen sehen konnten, die dort immer noch lagen und auf irgendetwas warteten, der Sonnenuntergang konnte es nicht sein, so wie Gott sie geschaffen hatte oder nicht, dem einzigen Platz in Italien, wo dies ungestraft möglich war, und es war ja auch nicht ungestraft. Denn es gab Menschen, die blieben auch vielleicht deswegen, weil sie nicht so aussahen wie ein junger Gott, allein zurück. Bei manchen dachte Roland, sie mussten von Gott geschaffen worden sein, so schön waren sie. Bei anderen hingegen konnte er sich das eher nicht vorstellen.

Und dann hätte sie der geniale Kameramann gezeigt, wie sie an der Parfümfirma vorbeischlenderten, und die Zuschauer hätte ein Duft erfüllt, jener altertümliche Geruch aus der Zeit ihrer Großeltern, es war noch ein echtes Parfüm, aus Rosen gewonnen, war noch nicht synthetisch wie die Düfte, die so gut aussahen wie in den TV-Werbeclips. Und dann ging das Trio am Luxushotel Quisisana vorbei, das damals Dr. Oetker gehörte, Jim war ein paar Schritte vorausgegangen, die Luft war rein, und sie sahen noch ein Trio auf der Veranda sitzen, dessen große Zeit allerdings vorbei war und das sich darüber hinwegtrösten konnte. Was sollten sie auf ihren Zimmern mit den Blumenarrangements und mit den Fruchtschalen tun. Sie flüchteten aus ihren Betten schon am frühen Morgen, konnten nicht mehr recht schlafen, und auch nach der Mittagsruhe setzten sie sich an den Pool, Massimo brachte den Sundowner in der Zeit des Corso an ihren festen

Platz in der ersten Verandareihe, wo man die jungen Leute paarweise vom Meer herkommen sah auf dem Weg zur Dusche, um nichts zu versäumen. So hatten ihre Tage ein Gerüst des Nichts.

Und so kamen Jim, Rosemarie und Roland von der Certosa her, vorbeigeschneit, in der Herrgottsfrühe ihrer Liebe. Sie hatten sich ja erst vor Stunden das erste Mal gesehen, was die drei auf der Veranda nicht wissen konnten, der geschulte Blick jedoch diesen Menschen ansah. Sie hatten sich noch etwas zu erzählen. Und sie waren noch lange nicht zu Ende. So sahen diese drei Herrschaften drei Augenblicke lang das Glück an ihnen vorbeigehen wie Goethe Napoleon.

Fast alle Wege Capris waren noch Fußwege, auf denen man hintereinander hergehen konnte. Und hinterherschauen. Das war alles.

Später, am fünfzigsten Geburtstag, falls sie überhaupt so alt würden, könnten Jim und die Menschen, die dann um ihn herum sein würden, sagen: *Was für ahnungslose Eltern wir hatten! Ich würde mein Kind niemals allein per Anhalter nach Italien fahren lassen, nachts am Bahnhof von Florenz ankommen lassen, ohne Adresse, die Jugendherberge war auch schon zu. Es gab ja noch nicht einmal Handys, keine einzige Notnummer hatten wir bei uns. Und dann dieser Professor.*

Sie haben uns gar nichts gesagt oder gezeigt … wir mussten in alles selbst hineinfinden. Zum Glück ist nichts passiert. War es so? War es nicht so? Auch die Geschichte von Roland, Rosemarie und Jim hätte ja auch ganz anders ausgehen können, und die zwei oder der eine hätten einem Lustmörder in die Hände fallen können, während zu Hause gerade *Verstehen Sie Spaß?* lief.

So war das Leben vieles, über das nicht viel mehr gesagt werden konnte, als dass es gleichzeitig verlief, meist spurlos. Und in Lichtjahren gerechnet, weniger als spurlos.

Bitte um etwas Glissando! Aus dem Inneren des Quisisana war eine Sundownerkapelle zu hören. Sie spielten *Petite Fleur.* Wissen Sie noch?

Sie saßen dazu (nämlich: um zu sehen, wie das Glück an ihnen vorbeiging) in ihren Korbmöbeln aus hellem Weidenholz mit Massimo dahinter, der auf ein Zeichen wartete und diesen Menschen, die ihre große Zeit hinter sich hatten, jeden möglichen Wunsch erfüllte. In den italienischen Nationalfarben saßen sie da, er ganz in Weiß, die beiden Damen in Rot und Grün, und die eine fragte die andere*: Do you admire my new lapislazuli set?* Das sie von ihrem Mann zum fünfundvierzigsten Hochzeitstag geschenkt bekommen hatte, und Jim sagte im Vorbeigehen: *Sie kommen aus New York, ich höre es*, auf Englisch. Und auch sie waren ein Trio, nur fünfzig Jahre jünger, und bald waren sie auf der Piazza. Dort setzten sie sich auf die Treppe und sagten *schön,* ein Wort, das längst aus dem Verkehr gezogen ist, durch das Wort *cool* ersetzt, und sahen auf das Leben und Treiben, meist lag es schon hinter den Menschen, die da vorbeigingen, als hätten sie ein Ziel.

Und dann gingen sie weiter zum Belvedere hinter der Piazza, von dem aus man den ganzen Golf sah, die andere Seite, alles, und auch das Gepäckdepot befand sich unter dieser Aussichtsterrasse, holten den Koffer, und dann waren sie schon fast in ihrer Ein-Sterne-Pension Tosca. Hier wollten sie nun auch noch Jim einquartieren. In ihrem Zimmer, groß genug, stand noch ein drittes Bett. Es war ein Zimmer, das noch Zukunft hatte, glücklicher Schlafzimmerspiegel! Der Abendstern war nun auch schon zu sehen, und die eiserne Gartentür quietschte etwas. Das Tosca lag nämlich dazu auch noch in einem Garten mit Orangen, Zitronen und anderen Paradiesfrüchten.

An der Rezeption lief schon damals den ganzen Tag das Fernsehen, sodass sie fürs Erste unbemerkt, wie sie glaubten, an der vor sich hindösenden Signora Mocchi vorbeischleichen konnten. Später, nachdem sie geduscht hätten, wollten sie das dritte

Bett dazumieten. Im Flur auf einer Konsole ein paar Taschenbücher anderer Zeiten, sie sahen wie liegengelassen aus. García Márquez' *Hundert Jahre Einsamkeit*, Konsaliks *Der Arzt von Stalingrad* und – aus völlig unerfindlichen Gründen – Enzensbergers *Der kurze Sommer der Anarchie: Buenaventura Durrutis Leben und Tod*; eine Einladung zum Lesen war das alles nicht; und sie hatten ja auch anderes zu tun.

Ihre Sachen lagen auf dem Boden. Die erste Generation, die ohne Koffer reiste. Nur Jim hatte noch einen Samsonite und bügelfreie Hemden aus Nylon. Richtige Hemden gab es auch nicht mehr, und Rosemarie trug keine Röcke, nur kleine einteilige Sachen, wenn es sehr heiß war, so wie jetzt.

Zu allem kam noch Jims Koffer dazu, den sie die vielen Stufen noch einmal gemeinsam oder abwechselnd nach oben gezogen hatten, und stellten ihn zwischen Rosemaries Bett und das andere, in dem Jim schlafen sollte.

Es war alles sehr schnell gegangen.

Zwischendurch schon Nachtgespenster: *Was mache ich da? Bist du verrückt?*

Rosemarie fragte ihn: *Woran denkst du?*

Und du? Roland wusste nur noch, dass es unhöflich war, auf eine Frage mit einer Gegenfrage zu antworten. Ansonsten hatte er sich seinen Sinnen überlassen, wie Rosemarie auch. Die Betten waren noch aus Gusseisen wie aus dem neunzehnten Jahrhundert und quietschten, solche Betten waren das, sodass man es bis zu Signora Mocchi hören konnte, die Balkontür mit einem Gitter, es war nun ein französischer Balkon wie in einem Roman. Die dazugehörende Möglichkeit hinauszuschreiten fehlte, war irgendwann wohl weggebrochen. Ein kleines Bad gab es auch in dieser Welt, die Romy und Rolly nun seit einer Woche bewohnten, aber unter der Dusche stehend, hatte Rosemarie bald einen elektrischen Schlag bekommen. Und die Grillen, die Zikaden nicht zu vergessen, und den Mond in jener Woche, erst noch zunehmend und dann wieder abnehmend, auch nicht. Und die Mücken auch nicht. Und nicht die Lebewesen, die sonst noch in diesem Bett waren. Aus solchen Augenblicken, die bald vergessen waren, setzte sich das Leben zusammen.

Die Hotelgäste schauten auch so, irgendwie daneben, sie hatten einen Balkon mit Aussicht auf die Felsen und das Meer gebucht, die falsche Seite, das hatten sie nun davon, als könnte das Meer auch von hinten betrachtet werden oder wenigstens auch von der anderen Seite, und von allem, was oben in der Pension Tosca vorging, bekamen sie nichts mit.

Mit was für einem Glauben saßen sie da! Glaubten sie, dass es wärmer würde und eine Zigarre oder das Kerzenarrangement auf dem Tisch und eine Schale hingestellter Nüsse genügten? Sie machten doch nur noch mehr Appetit.

Bald sagten sie sich, schon wieder schicksalsergeben: *Gehen wir noch ein paar Schritte bis zur Piazza, dann dürfte der Tisch bei Gemma frei sein.*

Es war im selben Augenblick, als Jim die beiden, im Begriff, sich auszuziehen, fragte: *Gehen wir nachher noch einmal schwimmen?*

Das hatten sie nun davon. So war es. Das war alles.

Und dann stellten sie sich zu dritt unter diese Dusche. Versuchten sich, um Wasser zu sparen, das jederzeit ausgehen konnte, weswegen sie auch auf Seife verzichteten, zu dritt unter den Verteiler und den Wasserstrahl zu zwängen, wie Drillinge an eine Mutterbrust oder ein Wurf Ferkel, was auch nicht recht möglich war. Aber schön. Einen elektrischen Schlag hätten sie auch noch bekommen können. Und über alles mussten sie furchtbar lachen, bis sie das Gleichgewicht verloren und übereinander herfielen.

Es passierte aber nichts, zum Glück. Nur dass ihr Gelächter nun in die Liebe überging, das Ding des Lebens, das, wie der Tod, ganz ohne Gelächter auskommt und fast so stark ist wie er. So war es. Sie standen wieder auf, schoben nun die Betten zusammen, und nachher atmeten sie ruhig weiter.

Das war alles. Roland rauchte noch eine Zigarette, Jim lag rechts und Rosemarie in der Mitte. Sie zogen sich wieder an, mit den Geräuschen im Ohr, die zu jedem *Danach* gehörten, so hellhörig war nun alles, als wäre der Zigarettenrauch hörbar, drei zweibeinige Reste.

Es war noch nicht zu spät zum Hinausgehen. Wieder draußen, sahen sie, dass es schon dunkel war. Es war mittlerweile beste Essenszeit geworden, neun Uhr abends. Und nebenbei fiel ihnen ein, dass sie lange nichts gegessen hatten, wie sie die anderen essen sahen, als wäre dies das Höchste. *Essen kann ich noch lang,* sagten sie sich, je für sich, und Roland hatte außerdem den Satz von der Bundeswehr mitgebracht, dass Essen der Sex des Alters sei. Die Feinsten saßen an ihrem mittlerweile frei gewordenen, schon im vergangenen Jahr bestellten Tisch bei Gemma, die, mit ihrer dunkelroten Weste, den goldenen Knöpfen und einem aufgestickten Seeräuberwappen und ihren achtzig Jahren einmal am Abend von Geschichte zu Geschichte ging, begrüßte jeden Gast einzeln, lächelte und nickte ihnen zu. Das war schon alles. Alle haben das gleiche Lächeln bekommen, ungestraft oder nicht.

Das hatten sie nun davon.

Auf dem Weg zur Treppe waren sie an der einzigen Stehpizzeria der Insel vorbeigekommen, wo man von der Hand in den Mund … Sie wissen schon. So kam eines nach dem anderen. Jim, Rosemarie und Roland hatten nun einen unbändigen Appetit auf Pizza Margherita.

Und dann haben sie ihr *pezzo* Margherita genommen, haben im Weitergehen davon abgebissen und gelacht, gedacht, dass sie am Leben waren, und sie waren es ja auch. Wegen der anderen, die sie im Vorbei bei Gemma sitzen sahen, wo sie ein Vermögen ausgaben, haben sie aber nicht gelacht, es war schon ein Mitleid dabei, das hieß *che poveri!*, und überhaupt: weil sie für alles bezahlen mussten. Sie haben sich zu den anderen auf die Treppe, die von der Piazza zur Kirche führte, gesetzt, ihre Pizza zu Ende gegessen und ihre Cola aus der Büchse zu Ende getrunken und haben auf alles hinuntergeschaut, gar nicht boshaft, gar nicht überheblich, nur irgendwie selig. Da saßen sie eine Zeit lang, wie drei Infanten, denen die Zukunft gehört.

In der Kirche waren sie auch gewesen. Jim hatte für alle drei eine Kerze beim heiligen Antonius angezündet. Seine zwei erfuhren nicht, ob es zum Dank war oder ob er etwas wollte von diesem wunderbaren Heiligen, der die Tiere verstand und sie ihn.

Kurz darauf konnte Rosemarie das ganze Sternbild des Großen Wagens am Himmel erkennen, mit dem alles angefangen hatte, und sie waren ganz ruhig geworden. Sie hatten nun wieder Augen für Sterne. Rolands Schwester hatte ihm das eines Abends auch schon gezeigt, als wäre so nun auch der Himmel erklärt und er hätte nun alles verstanden. Die Liste der Wunder war nun vollständig.

Aber wie ein Wunder übersetzen?

Wie hieß *der Große Wagen* auf Englisch?

Und dann kam noch eine Sternschnuppe, die alle drei gleichzeitig sahen. Und sie wünschten sich was, das aber nicht verraten werden durfte.

Und dann die Nacht in der Pension Tosca. Hierzu nur ein einziges Stichwort: *Jim.*

11. Am anderen Morgen

Am anderen Morgen bemerkte Roland, der aber über Nacht doch kein Auge zugetan hatte, sich schlafend gestellt hatte, dass auch aus Rosemarie eine andere geworden war.

Schon kurz nach dem Erwachen versuchte sie, sich nichts anmerken zu lassen, dass da etwas war und etwas anderes nicht mehr war.

Auch Roland versuchte, sich nichts anmerken zu lassen. Er hatte nur das Bett gehört, in dem sie noch einmal miteinander schliefen, Sie wissen schon. Und Rosemarie und Jim war es tatsächlich geglückt, ihre Glückslaute, das Atmen und Stöhnen und Wimmern in einen entsprechenden Gesichtsausdruck zu verwandeln, und den hörte man ja nicht. Fast nicht. Außerdem hatte sich Roland, der auf der rechten Seite, welche die linke war, lag, mit seinen Augen gegen die Wand gedreht, von der er nun hätte das Menetekel lesen können. Aber es war ja mitten in der Nacht. Und das Buch von Julien Green half ihm nun auch nicht. Wenn er aber die Augen geöffnet hätte, so hätte es geblinkt wie bei einem angeschossenen Raubtier im Urwald, und er hätte sich verraten. Also lag er abgewandt gegen die Wand hin und hörte ihren Atem. Kein Zweifel: Sie lebten. Da wurde gelebt. Und er lag daneben.

Sie hatten also noch einmal miteinander geschlafen, nur ohne ihn, und Roland tat so, als wäre er in einen Tiefschlaf gefallen, und auch Rosemarie und Jim taten so, als wäre Roland in einen Tiefschlaf gefallen. Aber zumindest Rosemarie wusste, dass dies ganz anders klang. Auch Roland wusste es, dass dies ganz anders klingen musste, denn spätestens von Rosemarie, mit der er so viele Nächte den Schlaf geteilt hatte, hatte er gesagt bekommen, dass er manchmal furchtbar schnarchte. Er wusste aber nicht, *wie* dies klang. Er hatte sich ja niemals schnarchen gehört. Also versuchte er tatsächlich, nebenher etwas Schnarchen zu simulieren. Es war ja derselbe Körper. Aber da hätte ihm nebenbei der Unterschied der Wörter *willkürlich* und *unwillkürlich* aufgehen können. Er versuchte, unwillkürlich zu schnarchen. Aber es glückte ihm nicht. Es klang wohl sehr willkürlich. Aber sie nahm ihm diese Schauspielerei ab und war froh darüber, dass Roland auf diese Weise ein Zeichen gab.

Und danach, sie in seinen Armen, ihr Kopf lag in seinen Brusthaaren, als wäre es in einem Nest, so lagen sie, und es hätte süß ausgesehen am anderen Morgen.

Nur weil es unbequem war, so zu schlafen, hatte sie sich in ihr Bett zurückgezogen, und Roland war nun ganz weit weg von ihr, dieser Simulant der Liebe, selbst noch des Schmerzes.

Es war unerbittlich Morgen. Die meisten Menschen freuten sich an diesem Tag, dass sie aufgewacht waren und lebten. Besonders jene, die das Leben hinter sich hatten, sprachen nun ein Dankgebet oder auch nicht, je nach Charakter.

Rosemarie tat so, als schliefe sie noch und fraternisierte mit Jim im Gähnen, der nun auch dabei war aufzuwachen. Das erste Mal konnten sie sich dabei beobachten, wie es war, auf Capri aufzuwachen, Bett an Bett und zwei zu eins.

Sie mussten nun auch noch ins Bad. Jeder für sich, zumindest Roland.

Es gab nun wieder eine Reihenfolge. Aber sie mussten nicht würfeln. Denn Roland war der Erste gewesen. Er hatte sich schon ins Bad geschlichen, als die beiden noch schliefen oder so taten, als schliefen sie noch.

Als Roland nun vor dem Spiegel stand, rief Rosemarie nach ihm. *Roland!* Es klang nun so, wie sie zu Hause nach oben rief, wenn Ilsa Bunkenburg zur Fußpflege kam und Frau Dullenkopf die Klingel nicht hörte. Daran erkannte Roland, dass etwas nicht mehr war. Und daran, dass es genau gleich klang, wie sie mit Caesar, ihrem Kater, sprach (der ihr eines Tages zugelaufen und eines Tages wieder entlaufen war), wenn sie mit Jim sprach, erkannte er, dass da etwas war. Dass etwas nicht mehr da war. Als wäre sein Schmerz ein Echo dieser Stimme. Es war dieselbe Stimme.

Roland sah nun vom Bad aus, wie Jim aufstand, in seinem Koffer kramte und, *was ist denn das?*, dachte Roland, ja es war ein Expander. Aber erst schaffte Jim etwas Platz, so viel wie für ein paar Liegestütze nötig war. Und dann konnte Roland neben dem Rasieren her Jim bei seinen Liegestützen zuschauen, als wäre weiter nichts. Roland hatte ja noch keine Ahnung, wie Jim tagsüber lebte, und würde es vielleicht nie so recht wissen.

Er konnte ihm bald dabei zusehen, wie er seine Fitnessübungen der ersten Generation machte, es waren noch Liegestützen! Und wie dies aussah, was er für ein Gesicht machte, als Jim aus seinem Gepäck einen Expander herausnahm, wie man sie auch bei Neckermann bestellen konnte, und wie dies aussah, als er mit seinen Expanderübungen begann. Und wie Rosemarie, die bis dahin noch ganz verschlafen tat (das war das schlechte Gewissen), nun das erste Mal lachte an diesem Tag.

Und was Roland für ein Gesicht machte, als er dies sah, das sah er nicht.

Dass auch mit Roland etwas gewesen war, ließen sich die beiden nicht anmerken, schon gar nicht Rosemarie. Das würde bei Jim erst wieder nachts zurückkommen, oder überhaupt nicht mehr.

Da räumte Roland das Feld, verließ das Bad, zog sich an und ging. Ging hinaus und ließ sie wissen, dass ihm egal war, was danach noch wäre. So sehr schaute er, dass ihm das alles völlig egal war. Sie konnten sich ja wieder ins Bett legen, Jim war ja längst bei Signora Mocchi ordentlich registriert. Und Rosemarie sagte vielleicht, als er weg war, *was soll's!* zu Jim, und lächelte.

Roland ging in das Papiergeschäft in der Via Tragara, kaufte so ein Schulheft, auf dem *Esercizio* stand, und begann zu schreiben. So endete etwas, und so begann etwas. Das Tagebuch. Auch etwas. Erst alles nur in Stichworten. Und dann kamen ganze Sätze. Schreiben schien auf einmal leichter als Leben zu sein. So begann er zu schreiben.

Sie wollten ja zusammen abreisen, nach Rom, vielleicht sogar den weißen Rauch sehen, den neuen Papst, der nicht mehr fern sein konnte, wie er bald darauf auf seiner Loggia erschiene, als ginge es nun nicht mehr weiter nach oben. Sie lebten in einer Sedisvakanz. Um 12.15 Uhr ging ihre Fähre. Und als Roland mit seiner Neuerwerbung zurückkam, waren die beiden so lieb zu ihm, dass sie sich das erste Mal vor ihm stritten, ihm zuliebe. Und nach diesem Heft fragten, was er damit vorhabe. Und Jim sagte: *Gehen wir vorher noch einmal schwimmen?* Aber das klang nun ganz anders. Auch fehlte die Zeit.

Wie es nun weiterging?

Erst wollten sie nach Rom. Das war von Rosemarie und Roland von Anfang an so geplant gewesen. Nun fuhr Jim mit, was auch Roland mittlerweile, nachdem er alles aufgeschrieben hatte, schon wieder sehr recht war. Danach wollten sie Jim in Florenz abliefern. Und dann war es für die beiden höchste Zeit, wieder an anderes zu denken. Rosemarie hatte zwar ihren Multiple-Choice-Ordner dabei, selbst noch gestern hatte sie ihn mitgeschleppt, da hatte er am Meer herumgelegen. Erst gestern noch hatte sie sich vorgenommen, alles auswendig zu lernen. Das war das Medizinstudium: einerseits ein Auswendiglernen, andererseits eine Lehre, vermischt mit etwas Blut und Tierfutter im Labor. Ein Mediziner war jener, der alles auswendig konnte, so wie ein Talib – Mehrzahl Taliban – ein Theologe war, der den Koran auswendig konnte und dazu die richtigen Handgriffe im Labor und bei der Exekution. Roland hatte das Scriptum *Einführung in die klassische Anthropologie* mit sich herumgeschleppt, beide hatten jedoch keinen einzigen Blick hineingetan. Und von seiner Hausarbeit *Warum gibt es überhaupt Seiendes und nicht vielmehr nichts?* hatte er noch keine Zeile. Das war eine Frage, die nicht aus dem Überfluss kam. Sie hatte auf Capri in Rolands Hirn keinen Platz, und schon gar nicht seit gestern. Immerhin war ihm über Nacht ein erster Satz eingefallen: Ist *Warum gibt es überhaupt Seiendes und nicht vielmehr nichts?* eine rhetorische Frage? Roland war nun in einem Zustand wie der Professor Quine, ein analytischer Philosoph, der das Fragezeichen aus seiner Schreibmaschine eigenhändig ausgebaut hatte, und war auch noch stolz darauf, der Philosoph. Auch gab es für Liebende keinerlei Fragen. Ja, sie mussten nicht einmal schreiben. Sie brauchten überhaupt keine Schreibmaschine. Sie mussten nur leben, und das war schön. Die Fragen entstanden erst mit der Eifersucht. Und die erste dieser Fragen war vielleicht: *Baby, wo warst du?* Und die letzte: *Wo bist du?* – Das *Baby* hatte längst den *Schatz* abgelöst, und *Komm, gehen wir* zu sagen, war eigentlich nur einmal möglich.

Gehen wir? Mit dieser Frage verließen sie die Pension Tosca. Roland war der Letzte, der noch einmal in dieses Zimmer schaute, bevor er es abschloss und das Leben ab da vielleicht in ein *Vorher* und ein *Nachher* einteilen musste. Aber das wüsste er erst in zwanzig Jahren oder ganz am Ende, wenn er das meiste, was dann noch war und kam, schon wieder vergessen hätte. Zu Roland sagte sie nun *Schatz,* ein Wort, das Jim noch nicht verstand, und nicht mehr *baby.* Und zu Jim sagte sie nun *Jim,* mit einer Betonung, als hätte sie *baby* gesagt in einem Tonfall, in dem Jim *baby* sagte, als wollte sie mit ihm verschmelzen.

Rosemarie bezahlte bei Signora Mocchi, die gar nicht mehr freundlich war, in der Mutmaßung, das wäre die Jugend von heute, die ihr schönes Zimmer für einen One-night-Stand missbraucht hätte, was damals in Süditalien vielleicht noch strafbar war, und dann vereinbarten sie, dass sie sich spätestens um zwölf bei der Fähre träfen.

Rosemarie ging nun zusammen mit Roland, auch das war eine ihm zugedachte Freundlichkeit, und Jim wollte pünktlich unten am Hafen sein.

Roland hatte sich wieder ins Leben eingefädelt, als wäre das andere ein Nachtgespenst gewesen oder nur ein Albtraum, und da man damals von Latte Macchiato noch nichts wusste, bestellte er in der Funicolare-Bar einen Cappuccino, dachte, dass *fuck* kein schönes Wort war, und freute sich trotzdem zusammen mit Rosemarie schon wieder an der Schönheit der Welt. Und beide freuten sich auf Jim, ohne dass sie darüber hätten ein Wort verlieren müssen.

12. *Und alles roch nach gestern*

Als das Schiff schon dabei war, ohne ihn abzulegen, sagten sich beide: *Das war's.* Je für sich. Denn Jim fehlte. Und auch er wäre somit beinahe aus dieser Geschichte verschwunden. *Das war's.* Sagten sie sich, je für sich. Hatte er sich alles anders überlegt? Es fiel ihnen ein, dass sie gar keine Adresse hatten. Sie hatten ihn ja erst gestern erstmals gesehen. Das war sehr leichtsinnig. Roland lebte nun schon in der Angst, auf einen hereingefallen zu sein, mit dem irgendetwas war. Hatte schon Angst davor, Filzläuse bekommen zu haben, es juckte schon. Und dann, ganz plötzlich: Wo ist mein Geldbeutel? Und Rosemarie kamen auch solche Gedanken. Sie ertappte sich dabei, wie sie nachschaute, ob noch alles da war. Es war noch alles da, angereichert um den Schmerz und die Enttäuschung, und beides verwandelte sich schon in einen Rausch des Verzichts.

Sie durften ja ihrer Enttäuschung und ihrem ansteigenden Schmerz kein Gesicht geben, kein Forum, keine Form, bestiegen schon die Fähre und taten, als wäre nichts. Trauten sich nicht zu sagen: *Wir bleiben. Wir wollen keinen Schritt mehr tun ohne ihn,* und schon hörten sie, wie der Anker gelichtet wurde, die Ketten.

So endete schon manche Geschichte, manche schon, bevor die Samenzelle ihr Ziel erreicht hat. Als wäre die Liebe der Parasit des Lebens.

Genau in diesem Augenblick kamen sie angefahren, das dreiräderige Fahrzeug mit den Melonen und Jim. Ja, so etwas war damals noch möglich. Er war ja nur noch kurz bei Massimo gewesen, um sich von ihm am Lieferanteneingang zu verabschieden.

Auch Jims Stimme hatte sich verändert. Sie war nicht mehr so verheißungsvoll wie in: *Gehen wir schwimmen?*

Wie er die beiden an der Reling stehen sah, hatte Roland keinen Mut mehr, ihnen zu gefallen. Dann waren sie in Neapel, und sein Herz war anderswo, da, wo es nicht hingehörte. Sie hatten noch ein Gesellschaftsspiel auf dem Schiff versucht: *Was wir am meisten bereuen.* Jeder sollte eine Geschichte erzählen. Als wollten sie an den Tag, der vergangen war, anknüpfen. Doch es fiel ihnen nichts mehr ein. Oder sie sagten es nicht. (*Vielleicht* war es Capri). Alles roch nach gestern.

Dann waren sie endlich in Neapel. Der Hafen lag vor ihnen wie Sand am Meer.

13. Weißer Rauch

Alles roch immer noch nach vorgestern. So standen sie nun auf dem Petersplatz, als warteten sie auf den weißen Rauch, und warteten auch noch auf den weißen Rauch.

Gerade noch waren sie auf der Vatikanpost gewesen, Roland zum Briefmarkenkaufen, aus reiner Anhänglichkeit an sein gewesenes Leben – der Vatikan war einst sein Sammelgebiet gewesen –, Jim einfach so, und Rosemarie gab einen Brief auf, von dem sie nicht sagte, an wen sie ihn geschrieben hatte. Roland konnte sich vor allem nicht vorstellen, wann sie ihn geschrieben hatte. War es auf der Spanischen Treppe gewesen, in der Reihe hinter Roland sitzend, kurz bevor es wieder einmal hieß: *Komm, gehen wir?*

Roland fragte natürlich nicht und versuchte, wohlerzogen wie er war, nicht einmal darüber nachzudenken, an wen dieser Brief ging, oder gar unauffällig hinüberzuschauen, wie einst beim Kant-Forscher oder beim Abschreiben.

Dieses lange vergessene und in seinem späteren Leben eigentlich auf immer verschwundene Wort *Abschreiben* lag nun auf einmal wieder vor ihm, als lebte es noch. Und nun war diesem Wort wieder Leben eingehaucht. Wie einst dem Gesicht seiner Freundin Emily, von dem er abgeschrieben hatte, ganze Gedichte von diesem Gesicht, direkt in die erste Schreibmaschine. Und hatte, ihr zuliebe, unmittelbar darauf mit dem Briefmarkensammeln aufgehört und etwas anderes gemacht, wovon beide etwas hatten.

Vor zehn Jahren, die nun eine Ewigkeit waren, hatte er noch selbst gesammelt.

Zum einen: Vatikan, Saarland und Liechtenstein, einmal, weil dieses Sammelgebiet überschaubar schien, und zum anderen auch wegen der Motive. Roland hatten es die Madonnen angetan, immer noch, besonders zu Weihnachten kamen damals von da immer wieder die schönsten Blocks und Sätze. Den Madonnen blieb er treu, es kamen sogar immer wieder neue hinzu, während er vom Briefmarkensammeln bald abgefallen war. Die ersten Gitarrenstunden wurden dann über die seltensten Wohlfahrtsmarken und Madonnen, über die entferntesten argentinischen blauen Briefe mit den Anden drauf und Palmen und Papageien finanziert. Wahrscheinlich war es damals Sehnsucht, das Verlangen, anderswo zu sein. Sodass er die Frage, die ihm nie gestellt wurde: *Wo möchten Sie leben?*, mit *Westlich von mir* beantwortet hätte. Damals mussten die Briefmarken für seine Sehnsucht herhalten. Bald waren es gewisse Erscheinungen auf den Wäscheseiten im Neckermannkatalog, die er heimlich anschaute wie eine Verheißung.

Und längst, seit vorgestern war das, nach dem alles immer noch roch, fragte er sich, wie man so etwas tun konnte wie lieben, ob lieben nur ein Tuwort war oder ein Wunder. Im tatsächlichen Leben war es immer mehr zu einem Tuwort geworden. Aber sonst war es ein Wunder geblieben, an das er glaubte. Und bei Rosemarie war es wohl ganz ähnlich. Sie, obschon weniger wundergläubig, hatte sich schon mit Roland abgefunden, klug wie sie war, und hatte sich wohl gesagt: *Das war's.* Aber dann kam doch noch etwas, und das war Jim.

Seit vorgestern liefen sie mit diesem verheißungsvollen *Come-let's-go-Gesicht* im Kopf herum, das nahtlos in ein *let's get lost* übergegangen war. Und dann kam tatsächlich etwas, wie ein Wunder. Ob dieser Satz wiederholbar war? Ob man einfach so sagen konnte: *Komm!*? Jeder, der so etwas gesagt bekam, konnte erwarten, dass nun etwas Großes unmittelbar bevorstand.

Im Zweifelsfall war es ein Wunder, und siebzig Prozent glaubten immer noch an Wunder. Roland auch.

Schon bald mit einer Resignation in den Augen, wie ein neunzigjähriger Briefmarkensammler, die einem Menschen, der Augen gehabt hätte, sagte, dass es in diesem Leben mit der Liebe nichts mehr würde, dass so ein Neunzigjähriger niemals mehr im Leben hören würde, wie eine Stimme *Komm!* sagt, es wäre denn der Tod, wie ein Bruder, und dass es gut so war: So sagten sie ein melancholisches Ja zu diesem grausamen Nein. Als wäre es (die Liebe, das Leben) die Folge eines Zeckenbisses, der zu einer fast lebenslänglichen Hirnhautentzündung ausartete, gewesen.

Roland kam sich wieder einmal, wie schon ein Leben lang, als dummer Mensch vor, mit einer Eins im Abituraufsatz, vor allem, wenn er an den Tod dachte und auch an die Liebe, diese hier. Roland war auch nur einer, der mit seinen Sätzen am Tod scheiterte, wie all diese Menschen, diese so gescheiten, so dummen Menschen, und vorher noch, schon heute, an der Liebe, der er nicht gewachsen war, dachte er mitten auf dem Petersplatz. Er konnte in Bezug auf Tod und Liebe nicht rechnen und musste mit den beiden doch rechnen. Roland kam sich in Bezug auf die beiden, den Tod und die Liebe, Jim und Rosemarie, schon als der dümmste Mensch vor, der Augen im Kopf hatte, und auch ein Hirn hatte er, als hätte er keins, dachte er, es war der 26. August 1978, nebenbei, während er auf den weißen Rauch wartete, der jederzeit kommen musste, denn die Kardinäle waren nun schon seit Tagen in ihren ganz unbequemen Zellen, fast Verschlägen, eingesperrt, wie es die Wahlordnung vorsah, ganz ohne Duschen *und so etwas,* wie Tante Mausi gesagt hätte. Hygienische Zustände waren das, gegen die die US-Gesundheitsbehörde eingeschritten wäre und einschritt, sodass die US-Kardinäle – es waren ja nicht viele – gleich nach der Landung auf JFK erst einmal in Quarantäne mussten, eine Tatsache, die, wie Politiker vom anderen Lager formulieren würden, *dadurch nicht weniger wahr wird, dass es die Welt eben nicht weiß.*

Diese Wahl war noch einmal denkbar weit vom *amerikanischen Way of Life* entfernt, vielleicht ein letztes Mal, denn Telefon, Fernsehen und andere Apparate waren streng verboten, das Mobile gab es noch nicht. Und würde wohl verboten bleiben, wie schon das Telefon und die Zeitung, damit die Wahl eine richtige, geheime wäre. Vielleicht aber gäbe es später einmal einen Kardinal, der gegen alles verstieße und der sich verriete, weil er nach dem Telefonieren vergessen hätte, das Handy abzustellen, und es ins Konklave hineinklingelte.

Ein dummer Mensch würde er sich selbst bleiben, von selbst, er musste gar nichts dazutun, als zu leben, so wie er, der nicht wusste, wo er war und was, ein Leben lang. Und der sich ertragen musste, bis es aus war. Dies zum Glück auch nur ein einziges Mal, so wie das Grauwerden. Mit dieser Überzeugung lebte Roland mittlerweile.

Und nun, da er mit dem Tagebuchschreiben begonnen hatte und schon die ersten zehn Seiten vollgeschrieben hatte, noch ungeübt, wie es ging, und auch mit der Schrift, ob seine Buchstaben größer oder kleiner sein sollten, kämen vielleicht ein paar gescheite Sätze dazu, mit Datum und Ortsangabe, oder waren schon dazugekommen, und er würde darüber ergrauen. Am Ende würde er sich sagen können, dass er ein dummer Mensch gewesen war, nur weiß geworden, nicht weise, dem ein paar gescheite Sätze geglückt waren, geglückt wären, geglückt sein würden, mit etwas Glück ein paar schöne Sätze. War das alles?

Roland merkte, dass ihm nun etwas fehlte, so wie man erst dann bemerkt, dass es etwas gibt, wenn etwas fehlt, das Augenlicht, zum Beispiel. Oder das Gehör. Oder auch nur die rechte Hand oder einer der beiden Füße. Erst als Roland sich einmal an der Stange bei Tatjana Lohuwenko den Fuß verstaucht hatte, wusste er, dass er gehen konnte. Und als er eines Morgens aufwachte und nichts mehr sah, war ihm klar, was Sehen war. Dafür genügten fünf Minuten, was sage ich, dachte er: Es genügte ein Augenblick. Wie für alle Dinge, die ihm zeigten, dass das Leben an einem seidenen Faden hing.

Ich war unschamhaft mit den Augen, so hätte die Sünde geheißen, die er hätte an den Beginn seiner Beichte stellen müssen. Aber wie hieß das auf Englisch? Jetzt rächte es sich, dass er immer nur gelesen und übersetzt hatte. Alle Wörter, die er ihnen an den Kopf werfen wollte, von *Missgriff* bis *ich bedauere dies alles zutiefst* fielen ihm einfach nicht ein. Aber möglicherweise half ihm auch das Unterbewusstsein, all diese Wörter, die schnell gesagt waren, und es wäre aus gewesen, zu verhindern. Roland fielen an dieser Stelle der Geschichte nur jene Wörter ein, die eine gemeinsame Vergangenheit hatten im Deutschen und im Englischen, also alle Four-Letter-Words, die hohen und die niedrigen, *love* und *hate, fuck* und *shit.* Aber auch diese Wörter behielt Roland bei sich. Aber was hieß *beichten,* verdammt nochmal? Es lag nicht nur am Englischen. Auch auf Deutsch hätte er es nicht gewusst, was er den beiden eigentlich sagen wollte und wie dies ging. Er hatte keine Übung im Formulieren des Liebesschmerzes. (Musste es ausgerechnet dieses Wort sein, das nun zu ihm passte?) Es war das erste Mal, und er hatte noch keine Sprache dafür. Was er auch noch nicht wusste: Es gab keine Sprache dafür, nicht Deutsch, nicht Englisch. Hierin waren der Tod und die Liebe fast gleichrangig, als wären sie ein Paar. Beides war sprachverschlagend.

Eigentlich waren sie doch nur zum Braunwerden nach Capri gefahren.

Und als wäre dies nicht genug gewesen: Roland hatte sich zwischendurch auch schon dabei erwischt, dass er auf diese Sünde auch noch stolz war und sie eigentlich gar nicht beichten wollte, sondern weitererzählen. Der ganzen Welt. Sich brüsten wie Don Juan. (Tatsächlich hat, außer Rosemarie und Jim, praktisch keiner je wirklich von dieser Liebe erfahren. Als wäre sie ein Betriebsunfall des Lebens gewesen, eine Peinlichkeit, ein Dummer-Jungen-Streich, der in den Akten nicht auftaucht und in der Meute der Neugierigen niemals die Runde machte, glaubte Roland in seinem späteren Leben, ohne es jemals wirklich zu wissen.)

Dass es auch eine Geschichte ganz für sich, dass es Liebe sein konnte, das erste Mal, das kam für die Welt nicht in Frage.

Mitten auf dem Platz, gerade im Augenblick, als weißer Rauch aufstieg, unmittelbar vor der Bekanntgabe des neuen Papstnamens, dachte er, es wäre der richtige Augenblick, dass ihn jetzt der Schlag träfe, und, derart hinsinkend, hätte er es vielleicht sogar in die Zeitung geschafft mit einer kurzen Meldung, vielleicht sogar in die Bildzeitung mit einem Bild, hätte er damals das Glück gehabt, im selben Augenblick, wie der Rauch stieg, tot umzufallen und eine Kamera in der Nähe zu haben, und sein Tod wäre als überwältigende Regung des Glücks missverstanden worden.

Einst, als es noch die Liebe gab, konnten sich Romeo und Julia gemeinsam umbringen. Einen Dolch gab es immer. Der gehörte damals zum Handgepäck.

Als wäre es nicht genug gewesen, dass er liebte. Nun war er auch noch ganz allein, die Partie war *zwei zu eins* ausgegangen, und Roland wollte auch noch sterben.

Sein Leben war ihm immer schon so vorgekommen, als gehörte es zu seinen Sachen.

Der Tod und das Leben. Was für ein ungleiches Paar! Deutlich vor ihm auf dem Petersplatz und früher schon in verwachten Nächten. Und doch: Beide wären ohne einander nichts gewesen, gar nichts. Nichts. Nicht einmal nichts.

Die Natur oder das Schicksal nahmen keinerlei Rücksicht auf die letzten alten Sammler, die sich damit abfinden mussten, allein zu sterben, wie die anderen auch, die es nur noch nicht wussten. Die nicht einmal die Aufmerksamkeit eines Mörders ereilte.

Nicht einmal der Mediziner, der die Apparate auf der Intensivstation überwachte, wusste dies richtig, dass (auch) sie sterben würden.

Doch gegen diese Liebe hatten es selbst die schönsten vatikanischen Briefmarken schwer. Und gegen den Tod kam das Leben nicht an. Es reichte nicht weiter als bis zu ihm. Und aus etwas Rotem wurde etwas ganz Schwarzes.

Dass sie nun ausgerechnet an diesem Tag an dieser Stelle standen. Bei ihnen war es Jim gewesen, und kein Zufall. Zufall war nur, dass der weiße Rauch kam, genau im Augenblick, als sie auf diesem Platz von Bernini waren, mit dem Obelisken aus der Pharaonenzeit und den Gräbern aus der Zeit von *panem et circenses.* Der Papst war ein katholischer Wunsch von Jim gewesen, den sie ihm gerne erfüllten.

Das kam zu der Liebe hinzu. Aber dann gingen ihre Gesichter um die Welt, wie sie schauten, als hätte sie der weiße Rauch ergriffen, drei Menschen, die katholisch waren, jung und glücklich, und die ihr Glück auf dem Petersplatz zeigten, als wäre es der Papst – dabei war es die Liebe. Dass alle drei katholisch waren, gab ihnen schon in ihrer Nacktheit von Marina Piccola das Gefühl einer ersten Gemeinsamkeit und wirkte stimulierend.

Und bis es so weit war, bis endlich der weiße Rauch kam, hatte Roland abwechselnd zu ihm und zu ihr *hinsehen* müssen, alles *mitansehen* müssen, doch immer noch unentschlossen, ob es ein Glück oder Unglück war oder beides, auch für ihn. Und den Kamin rechts hinter der missglückten Fassade von Maderno, die nach außen hin schmucklose Sixtinische Kapelle, benannt nach einem Lüstling und Mörder, dem Papst Sixtus IV. (der sein Papsttum, seine Schlüsselgewalt, so sehr verinnerlichte, dass er sich jede Todsünde verzieh), musste er auch noch im Auge behalten, während Rosemarie und Jim alles vergessen hatten, nur das eine nicht, auch den Kamin und den Rauch, der jederzeit aufsteigen konnte.

Dann kam er, der weiße Rauch, der, wie die Liebe, schließlich im Himmel verschwand, zusammen mit ihr. Ein Glück, dass sie nicht wussten, dass dies das Ende war.

14. *Alles roch immer noch nach vorgestern*

Liebende verfügten wohl über die Gabe der Bilokalität. Rosemarie und Jim standen neben ihm auf diesem weltberühmten Platz und waren ganz woanders. Er auch. Sie standen nun irgendwie herum. Nebeneinander und gleichzeitig. Roland vorerst noch mit seinen Mord- und Selbstmordgedanken und sahen schon die Vorhut des päpstlichen Hofes auf die Loggia herauskommen. Der Rauch war längst verflogen.

Sie warteten, als warteten sie, bis die Kardinäle dem neuen Papst die Gewänder übergestreift hatten in der Sakristei der Sixtinischen Kapelle.

In den Gesichtern der anderen die alte Neugier, und oben, wo schon ein Gobelin am Geländer herunterhing, würde gleich noch ein Gesicht dazukommen, das lächelte so selig, als hätte einer die Weltmeisterschaft gewonnen.

Und dann ging der neue Papst, den noch niemand außer den Kardinälen gesehen hatte, die letzten Schritte zu Fuß zum Balkon. Die Tür ging auf, sie sahen ein fremdes Gesicht, mit dem niemand gerechnet hatte. Und als hätten sie ein Recht auf Enttäuschung, waren sie enttäuscht, eine Sekunde lang. Denn es war nicht Kardinal Benelli, der bald vergessen wurde und starb und aus dieser Geschichte verschwand, mit dem sie gerechnet hatten. Nicht einer der Papabili, die bald aus der Geschichte verschwanden, war es. Die Tür wurde geöffnet, und der oberste Kardinal sagte *Annuntio vobis gaudium magnum: Habemus Papam!* und gab den Namen des neuen Papstes bekannt: *Qui sibi nomen imposuit Ioannem Paulum Primum –*

es war der Patriarch von Venedig. Er tat eigentlich nichts als auf eine unnachahmliche Art zu lächeln. Das genügte.

Jetzt musste er seinen schönen Namen Albino, den seine Eltern für ihn gewählt hatten, die mitsamt der Hebamme und fast allen, die um die Wiege herumgestanden hatten, lange tot waren, aufgeben und hieß nun noch für den Rest seines Lebens und für die anschließende Geschichte bis zum Jüngsten Tag *Ioannes Paulus I. Papa Pontifex Maximus Praemissis Praemittendis (P. P.).*

Und die untreue Masse, dazu diese zwei Männer und eine Frau, und daneben hunderttausend andere, alle zusammen, die Meute der Lebenden kippte um, erhob sich nun doch zu einer hysterischen Aufwallung. Auch Jim, Rosemarie und Roland klatschten und jubelten mit den anderen, und dann, nachdem sie den Segen *urbi et orbi* bekommen hatten, verließen sie diesen Platz im Glauben, sie würden nun ins Leben zurückkehren und dereinst ihren Enkeln erzählen, dass sie den weißen Rauch und den Papst gesehen hatten und den anschließenden Segen, und was sonst noch gewesen wäre und was sie auch nicht vergessen hatten, würde bei ihnen bleiben und zur Erinnerung verschmelzen. Und der Rauch mit der Erinnerung und die Erinnerung mit Jim und die Erinnerung daran, wie er *Baby* sagte.

Und wie sie *ja* sagte. Wie er *ja* sagte. *Ja* war so ein dehnbares Wort, vielseitig verwendbar, einsetzbar, hingebungsvoll. Erschien. Ganz anders als das immer im Raum stehende *Nein*, ein Wort, das es nicht schaffte, nicht über die Mauer kam, ein Wort ohne Vergangenheit. Ein Wort ohne Zukunft. Ein Wort mit Ende.

Ein ebenerdiges Wort. Ein einsames Wort. Ein Männerwort. *Nein* war ein Wort ohne Echo.

Dagegen dieses auf dem Petersplatz stehende dreifache *Ja*. Man musste es ja nicht einmal glauben. Man sah es ja dastehen.

Plötzlich fand Roland alles schön. Auch das Gegenteil davon. Solche Tage gab es auch.

Und wieder einmal hieß es dann im Guinessbuch der Rekorde, dass noch niemals in der Geschichte ein Papst so viel gelächelt hätte und dass so viele Zuschauer diesen Augenblick gesehen hätten, und längst war der weiße Rauch über das Fernsehen in alle Welt verteilt, und gegessen hatten sie auch noch nichts, hatten nicht einmal Hunger und wussten dies nicht einmal. Es war eigentlich nichts als – wie man damals noch sagte – Luft und Liebe zwischen ihnen; sie lebten davon, dass sie sich in die Augen schauten, wie Tristan und Isolde, konnten sich bis auf den Grund sehen, so klar war alles, und hatten die Welt vergessen.

Ja – es war ein unvergessliches So-gut-wie-nichts.

Teil II

Rauschzeit

Moonlight and lovesongs
Never out of date
Hearts full of passion, jealousy and fate

(Nach *As time goes by,* wie Billie Holiday es sang)

1. Tod im Himmelreich

Jim blieb mit Rosemarie in der Via del Paradiso zurück. Roland fuhr ins Himmelreich. Denn er hatte – als er zu Hause melden wollte, er habe den neuen Papst gesehen, und überhaupt fragen wollte, wie es so gehe – erfahren, dass gerade sein Großvater gestorben war, genau in der halben Stunde, als der weiße Rauch vom Petersplatz aus zu sehen war und Roland gedacht hatte, dass er ein dummer Mensch war, der über dieses Leben und diese Liebe und den Tod nicht hinauskam. Die Beerdigung sollte in zwei Tagen sein.

Er sei ja in Italien und müsse deswegen seine Ferien nicht abbrechen, sie wollten sich schon kurz fassen am Telefon, denn das Telefonieren aus Italien war damals noch etwas Besonderes und teuer, so viel war ihnen der Großvater wert, in dessen Häusern sie nun saßen. Es konnte aber auch sein, dass sie ihn nicht dabeihaben wollten in der Furcht, Roland würde sich nicht benehmen am Grab, in Tränen ausbrechen, denn er liebte diesen Großvater, der ihm das erste Fahrrad geschenkt hatte, mit dem er vom Himmelreich ein Stück weit in Richtung Welt fahren konnte. Damals war Roland hin- und hergerissen, ob er überhaupt fahren sollte. Und nebenbei auch, ob er leben oder tot sein wollte. Schließlich fuhr er doch, was vielleicht eine der fatalsten Entscheidungen seines Lebens war. Und er besann sich wieder auf die Definition seines Deutschlehrers: *Tragisch ist, wenn es nicht anders geht.* Mit dem Fahrrad hatte er noch immer wieder zurückfahren können, nun nahm er den Nachtzug, einen der dunkelsten seines Lebens. Voller Nachtgespenster. Es war ja nicht der Großvater, auf den er zufuhr, der nun tot in seinem Bett lag, in dem er gestorben war, und die anderen hielten Totenwache, drei Nächte lang, als könnte der Mensch damit der Ewigkeit trotzen. Es waren ja jene zwei, von denen er sich nun entfernte. Was die beiden in der Zwischenzeit in Florenz machten, wie sie sich die Zeit vertrieben, wusste Roland nicht. Er hatte jedoch allen Grund zu fürchten, dass es etwas Schönes war.

Er jedenfalls dachte sich auf dem Weg über den Gotthard viele schöne Briefe aus. Und während er in Gedanken schrieb, träumte er auch schon davon, dass die Empfänger diese Briefe beschnuppern würden auf der Suche nach dem Geruch seiner Hände. So war es immer bei ihm: Seine Träume gingen sehr weit in Raum und Zeit. Fast immer blieben seine Träume folgenlos, wie ein Gedicht.

Der arme Großvater, den zu lieben – und auch in seinem lebenslänglichen Liebesleben langsam schon zu verstehen – Roland Grund gehabt hätte, war zum falschen Zeitpunkt gestorben, was auf der Welt immer wieder geschah. Rolands Herz war, bei aller Kinderliebe, von etwas anderem beschlagnahmt.

Im Himmelreich weinte niemand.Warum sollten sie? Schließlich waren sie infiziert mit dem Gedanken, dass der Tod etwas Natürliches war, und außerdem waren sie insgeheim froh, dass dieses zeitweise so wüste Leben zu Ende war und sie sich in Zukunft nicht mehr schämen müssten dafür.

Die Kinder und die Enkelkinder, die Frauen und Männer dieses Toten, angefangen mit der Witwe, fanden sich alle mit der Natur ab. Es sei Zeit gewesen und so am besten. Diese Erklärung genügte ihnen.

Sie wunderten sich vielmehr, warum Roland *wegen so etwas* seine Ferien mit Rosemarie abbrach, schon eine Krise unterstellend. Er verneinte zwar, wie Politiker und die Herren aus der Wirtschaft ein Gerücht dementieren bis kurz vor der

Bekanntgabe der Insolvenz oder der Fusion, aber es half alles nichts. Sie sahen ihm an, dass ihm, außer dem Großvater, etwas fehlte. Aber sie waren groß im Missverstehen. Sie waren überhaupt, was den Umgang des Menschen mit seinem Tod anging, *groß im Kleinen und klein im Großen*, als wäre dies der Wahlspruch eines Potentaten gewesen und nicht von Kardinal Meißner.

Der Großvater hatte sich wohl einfach nicht mehr entschließen können, noch einmal aufzuwachen, war über fünfundachzig, aber vielleicht war es auch nur ein tödlicher Liebeskummer, denn »Tante Erika«, Frau Sachweh, hatte ihn endgültig aufgegeben, und die Kinder seines Großvaters hatten sich für diese lebenslänglichen Eskapaden geschämt.

Roland hatte einiges von seinem Großvater bekommen, so das Milchtrinken jeden Morgen, wie es der Großvater machte: Er tunkte das Brot hinein. Das hatte Großvater (zu dem er niemals *Opa* sagte) seinerseits von seiner Mutter, und das war das Einzige, was von ihr geblieben war an Leben. Es war eine Gewohnheit seiner Urgroßmutter, für die sich Roland nun hundert Jahre später rechtfertigen musste, spätestens als er dann an den Frühstückstischen seines Lebens auf Menschen stieß, die dies nicht so machten, die sich wunderten oder nicht, je nach Charakter und Aufmerksamkeitsbegabung verschieden. Und auch nach Anpassungsgrad an die Frühstückssitten, wie man es machte, ob man das Ei mit dem Messer köpfen durfte oder nicht, und derlei Existenzfragen, die aber darüber entschieden, ob man dazugehörte oder nicht. Nur jene, die dazugehörten, konnten es mit dem Ei und mit allem wiederum ganz so halten, wie sie wollten.

Fest stand: Das Leben war etwas, zu dem man über einen Code Zugang hatte, über den die Meute der richtig Lebenden bestimmte. Mit der Liebe war es ja auch nicht anders.

Eine kleine Milchgeschichte, zwei Männer waren dazwischen, und dann kam schon diese Urgroßmutter, die ihren Sohn geliebt haben muss, denn er gab die Milch noch an seinen

Enkel weiter, dachte Roland. War er wieder einmal ein Linkshänder im Kopf?

Jetzt würden sie sich nimmermehr schämen müssen für ihren Erzvater, der sein Leben lang noch *Morgenessen* gesagt hatte statt *Frühstück* und dabei auch noch das Brot in eine Milchschale tunkte und löffelte, selbst den Kaffee, mit einem Suppenlöffel, wie man es im neunzehnten Jahrhundert bei Hofe gemacht hatte, und nicht mit gespreiztem Finger direkt aus der Tasse, und der von Aufschnitt und Toaster nichts wissen wollte. Papierservietten kamen ihm nicht auf den Tisch, und trotzdem machte er ein Leben lang *so dumme Geschichten*, wie sie sagten, als wäre er aus der Art geschlagen, als wäre Liebe das, womit sich aus der Art Geschlagene am liebsten beschäftigen. Als wäre die Liebe ein Aus-der-Art-geschlagen-Sein. Ein Geschlagensein mit dem Aus-der-Art-geschlagen-Sein. Und vor allem: Als wäre es bei ihm anders gewesen als bei ihnen in ihrem Twinset-Leben und ihrer tadellosen Jagdschein-Präsenz bei der Hubertusmesse mit ihren Tirolerhüten, die auf der Männerseite während des Gottesdienstes am dafür vorgesehenen Nagel hingen. Für die Liebe sagten sie ihr Outdoorleben über: *So dumme Sachen*, was in der Gegend das Wort für die Liebe war. Nur indoor lebten sie anders. Sein Schwager, Onkel Otto, der – eher verbalerotisch begabt – selbst gerne so einer gewesen wäre, nannte das *dreckeln*, als wäre es ein Kinderspiel, das letzte verbliebene lebenslängliche Kinderspiel: die irdische Liebe, ein Miteinander-im-Bett-Spielen, das Adam- und-Eva-Spiel.

Beim Ausräumen fand man in seiner Brieftasche ein Polaroidfoto von Tante Erika, die ja gar keine Tante war, und im Übrigen rothaarig dalag, dazu pudelnackt. Polaroid war damals der letzte Schrei, wie man nun auch schon lange nicht mehr sagte. Er hatte es nicht mehr verschwinden lassen können wie die anderen Fotos und Bilder, damit er als anständiger Toter auf dem Friedhof zu liegen käme und nicht ohnmächtig den Lebenden in die Hände fiele beim Ausräumen.

Er hatte es nicht mehr so machen können, wie das die anderen machten, die vielleicht auch solche Fotos durchs Leben trugen, von Umzug zu Umzug, als wären diese Sachen ihr einziges wahres Geheimnis, als hätten sie sonst nichts Heiligeres auf der Welt gehabt. Sie ließen die selbstgedrehten Super-Acht-Filme, welche bewiesen, dass die Zeit verging und auch dass es eine solche gegeben hatte, rechtzeitig verschwinden, auf denen zu sehen war, wie Heidi irgendwann in den sechziger Jahren an einer abgelegenen Stelle an einem Gebirgssee bei Reit im Winkl in die Kamera guckt, als fragte sie, *Muss es denn immer der Arsch sein?* Das war noch ein Stummfilm und alles sehr gewagt und rechtzeitig, bevor es in die Sterbeklinik ging, beiseitegeschafft, auch die Ehehygieneartikel, die im Lauf der Jahre in die Ehe eingebracht worden waren, als wäre die Ehe tatsächlich eine Zugewinngemeinschaft in Liebessachen. Und Menschen gab es, ob verheiratet oder nicht, deren lebenslängliche Angst es war, sie könnten in schmutziger Wäsche eingeliefert werden. Deswegen zog mancher jeden Morgen etwas Frisches an, auch wenn dies schwerfiel, denn jeder dieser Tage konnte der letzte sein. Sie mögen das für unerheblich halten, aber das wusste Roland von der Standuhr zu Hause, die ihm schon früh etwas Latein beibrachte: *Omnia vulnerant – ultima necat. – All diese Stunden verwunden / die letzte aber tötet.*

Ansonsten war das Bankgeheimnis vielleicht noch und das Wahlgeheimnis und was sie im Bett machten, mehr an Geheimnissen war nicht im Leben eines Durchschnittsmenschen, das war ihr Höchstes.

Dieser Großvater war anders. Er hatte ein Leben gegen den Strich geführt. Er hatte viel geliebt und zeigte es auch. Vielleicht wollte er sogar, dass sie sähen, welche Bilder (indoor oder outdoor) für ihn ein Leben lang die schönsten waren, und er hat absichtlich dieses Polaroid in seinen Nachlass geschmuggelt, in seine Brieftasche zu den Schecks und dem Reisepass.

Es sah alles ziemlich irdisch und ebenerdig aus, sodass Roland errötete beim Blick auf dieses Bild. Ein Polaroidfoto genügte 1978 noch, um einen Menschen, der noch am Leben war, in eine Lebenskrise zu stürzen. Fünfzig Jahre zuvor hätte sich einer erschießen müssen daraufhin, nach einer solchen Entdeckung, ja schon beim Aussprechen eines falschen Wortes in Gesellschaft. Eine solche Gesellschaft war das.

Es war nicht die Großmutter, die nun verzweifelte, denn die hatte sich schnell mit diesem Eheleben abgefunden, und war eigentlich froh, dass es vorbei war, und auch mit einer solchen Gesellschaft, die ein solches Eheleben, das gar keines war, wie es seine Großeltern geführt hatten, missbilligte.

Einen solchen Sauluden hatte ich zum Schwager, sagte dann Onkel Otto. Es schien ihm eine Ehre, dieses Bild Roland zu zeigen. Aber es war auch ein kleiner Test, wie Roland nun auf diese nackte Frau reagieren würde, die ohne alles dalag, nichts als eine Frau. Bei Onkel Otto hielten sich offizielle Missbilligung und Verachtung mit insgeheimer Bewunderung die Waage, Errötenwollen mit Nicht-mehr-erröten-Können. *Hätte ich nur,* dachte sich Otto vielleicht. Aber mit so etwas können Sie nicht erst mit fünfundsiebzig anfangen, wenn Sie bis dahin ehrenamtlicher Kassenwart im katholischen Schützenverein St. Hubertus waren und Träger des Päpstlichen Ordens *Pro Ecclesia et Pontifice* und ein Leben lang ein Leben geführt haben, das nicht Ihres war, sondern ein anderes: jenes, von dem Sie glaubten, es würde von Ihnen erwartet.

Ja, ihrer aller Vater und Großvater (alle haben nämlich Vater und Großvater gesagt, auch die Großmutter) hatte ein ziemlich ebenerdiges Leben geführt, so eines, von dem sie einst geträumt hatten. Eigentlich hat dieser Großvater sein Leben stellvertretend für die anderen gelebt, und er wollte auch, dass Roland, sein Stammhalter und Namensträger, ein solches führte.

Da der Großvater mit seinem Sohn schon lange nicht mehr sprechen konnte, nicht mehr so, wie er gewollt hätte (das hatte aufgehört, als der mit seinen eigenen Frauen ankam und zeigte, dass er nicht gezeigt bekommen musste, wie es ging), hatte

Großvater sich in der Erd- und Erbfolge dieser Stellvertreterschaft eines Lebens, dessen schwarzgraurotes Herz die Liebe war, die irdische Liebe, Roland ausgeguckt. Als Psychologe arbeitete er wohl mit dem Holzhammer.

Rolands diverse Interessen interpretierte der Großvater überhaupt nicht, und ansonsten sah er in Rolands abweichendem Verhalten eine Modeerscheinung, die bald durch das klassische Modell (der Ehe und Ehre mit all ihren späteren Möglichkeiten und Ausflüchten) abgelöst würde, was mit den langen Haaren tatsächlich geschah: Eines Tages waren sie weg, und Roland sah schon fast aus wie ein Mann, noch zu Großvaters Zeiten, was ihn zu dem Trugschluss verführte, er hätte recht gehabt und Roland wäre nun auf dem rechten Weg. Also starb er mit einer Sorge weniger, wenn es Sorgen waren, was er in seinen letzten Tagen und Nächten hatte.

Wenn der liebe Großvater noch gekonnt hätte, hätte er ihn eingewiesen. Immerhin hatte er Rosemarie noch gesehen, und es kamen ihm schöne Dinge in den Kopf. Er war halt ein Triebtier. Und keiner verstand, auch er selbst nicht, warum es immer nur das Eine sein musste. Und hätte Roland, als er noch lebte, am liebsten in die Stadt mitgenommen, ins ›Klein-Paris‹, das eine Art Sozialstation mit einem großen roten Herz im Industriegebiet von Konstanz war, direkt an der Bundesstraße, mit einem Parkplatz, auf dem die Autos von außen nicht einzusehen waren. Ein wunderbarer Großvater war das und hätte es sein können, wenn die anderen nicht immer wieder gegen ihn eingeschritten wären, dazwischengefahren wären mit ihrem *jetzt reicht's!*

Nachdem der Vater es schon nicht mehr ganz so getrieben hatte, drohte nun endlich diese altehrwürdige Familientradition in der Person von Roland abzubrechen. Darüber war man ja im Himmelreich einerseits froh. Aber nun war es etwas anderes, weswegen sie sich schämten. Immer war etwas, dessen sie sich schämen zu müssen glaubten. Nun waren es Rolands Tränen am Grab eines Menschen, der viel gelebt und geliebt hatte, und sie hofften, dass das alles bald vergessen wäre, wie ein Fünfundachtzigjähriger noch die Liebestelefonate führte und Besuche bei Tante Erika machte, als brauchte er nun bald einen Vormund und die Liebe eines Fünfundachtzigjährigen wäre das sicherste Zeichen seiner Verrücktheit.

Beim Gang über die Gräber (er war lange nicht hier gewesen) hatte er nebenbei Namen entdeckt von Menschen, von denen er gedacht hatte, sie lebten noch; und andere, von denen er dachte, sie wären tot, standen putzmunter auf dem Friedhof herum und freuten sich schon auf das wunderbare Leichenessen. Sie wussten schon, dass sich Großvater auch beim letzten Mal nicht lumpen lassen würde.

So war Roland am Grab stehend unangenehm aufgefallen, weil er der Einzige war, der weinte. Der Mann war schließlich bald vierzundzwanzig, und der andere hatte vor kurzem noch seinen fünfundachzigsten und bis zuletzt noch gesungen und jede Strophe auswendig gekonnt und hatte die dafür berühmte *Glocke* von Schiller noch auswendig aufgesagt, ob sie *Die Glocke* hören wollten oder nicht. Was sollte das. Das eine hatte er auswendig gelernt, das andere konnte er so.

Die Zuschauer brachten diese unterschiedlichen Lebensdaten nicht recht zusammen. Dass Roland etwas verloren hatte, konnte man sehen und Mitleid haben mit ihm. Also doch! – Nie konnten sie es richtig sagen oder gar zeigen. Also tat es nun Roland stellvertretend für sie. So sah es aus. Und die anderen standen tatenlos herum, und da sie nicht wussten, wohin sie ihre Hände tun sollten, schauten sie und sahen Roland dastehen und sahen ihm beim Weinen zu. Es war halt der Roland, also halb so schlimm. Zum Glück er und nicht sie.

Es war das erste Mal seit langem, dass er weinte.

Zuletzt war, wie er hörte, seinem Großvater schon das Hören eine Anstrengung gewesen, zuallerletzt: den Arm ruhig zu halten beim Blutdruckmessen. Dem Träger des goldenen Sportabzeichens war als einziger Sport noch geblieben, mit dem Handtuch hin- und herzufahren beim Sichabtrocknen, schon sehr müde, so wie der Papst, der aber im Gegensatz zu ihm niemals sportlich genannt wurde, das Segnen und das Winken möglicherweise noch als seine Art von Sport ansah.

Der Tod räumte auch dem Großvater keinerlei Mitspracherecht ein und war etwas ganz Undemokratisches. Es konnte doch niemand behaupten, dass dies Demokratie war, nur weil der Mensch sterblich war und es jeden traf. Der Tod führte ein ganz undemokratisches Terrorregime. So wie die Liebe auch. Die einen waren früher, die anderen später an der Reihe. Sie konnte aber auch, im Gegensatz zum Tod, im Einzelfall ganz ausbleiben. Das wusste Roland nun.

Dem Menschen, der lieben und sterben würde, bliebe gar nichts anderes übrig, als sich zu fügen. Das war eine einzige Tyrannei. So dumm bin ich doch gar nicht!, sagte sich Roland. In Bezug auf *die letzten Dinge* war er ein Stratege, der die Einzelheiten des Lebens von diesem Grunddatum her, dass es aus sein würde, berechnete. Ein Mitbestimmungsrecht wie bei den Gewerkschaften gab es nicht. Fragen Sie Herrn Kluncker, den langjährigen Vorsitzenden der allmächtigen ÖTV, auch tot. Dem Menschen wie ihm (bei dem es aus war mit der Liebe, noch bevor es richtig angefangen hatte), dem nur zu sterben es noch vorbehalten war (was für ein Privileg!), blieb nichts anderes, als die Sterbemusik zusammenzustellen. Und jenen, die noch etwas weiterleben würden, würde es möglich sein, die Sterbemusik zur Aufführung zu bringen und zu weinen oder nicht.

So brachte Roland an Ort und Stelle seine Liebe und seinen Tod zusammen, als wäre es wie in einer Engführung. Den Lebenden vor Ort blieb nichts anderes übrig, als mit zum Leichenessen zu gehen oder nicht. *Komm, gehen wir!* zu sagen. *Natürlich* zu sagen oder nicht.

Und bei steigendem Alkoholspiegel setzten sich in Rolands Kopf immer mehr die Sätze, welche die Nichtsnutzigkeit des Lebens immer klarer vor Augen führten, durch, und einen Schritt weiter schon kam er sich mit seinen Sätzen gegen die

Vergänglichkeit und Nichtsnutzigkeit des irdischen Lebens und der irdischen Liebe und ihrer naturtrüben Ebenerdigkeit immer mehr als Wiedergeburt von Abraham a Sancta Clara vor, dessen Nachfahre er ohnehin war, was jeder Gentest mit dreizehnmillionenfacher Sicherheit bewiesen hätte. Das war ein furchtbares Erbe, so über das Leben denken zu müssen, immer nur vom Ende her. *Omnes morimur – Es muss gestorben sein.*

Das konnte gar nicht allein aus seinem Kopf kommen, so schrecklich waren diese Gedanken, dass sie von einem anderen sein mussten. Jetzt war ihm auch noch die Liebe in die Quere gekommen, und dann auch noch so, vielleicht wollte sie ihn nun vernichten und würde sich mit dem Tod verbünden, die Liebe. Vielleicht waren die Liebe und der Tod ein Joint Venture, eine konzertierte Aktion gegen sein Leben, das gefolgt sein würde von *der kalten Nacht des Vergessens,* wie er nun wie zur Bestätigung im Voraus Yves Montand singen hörte, als wäre dem Sänger auch nichts Besseres eingefallen, nichts Leichteres, als wären die Liebe und der Tod nichts als *Feuilles mortes.* Etwas, das man singen konnte. So lebte er mit seinen Melodien und Gedichten und Hirngespinsten und seinem Wein.

Roland war danach nicht mit zum Leichenessen gegangen, wo sie sich zweifellos auch betranken, er schämte sich nun etwas dieser Tränen und Hirngespinste, niemals aber der ihn begleitenden Melodien und Schnapsflaschen, und kam sich überdies wie ein Betrüger an seinem Großvater und Schauspieler am Leben vor.

Freilich hatten seine Tränen auch dem Großvater gegolten.

Seine Mordgedanken hatte er zurückgestellt.

2. *Brief aus Rom*

Rolands Großvater war nun der Nächste im Leichenessenreigen. So viele waren es nicht, vielleicht hundert, die auf dem Friedhof schwarz herumgestanden waren und nicht wussten, wohin sie ihre Hände tun sollten.

Das Leichenessen war damals noch mehr als ein Brauch, es war eine Lebensnotwendigkeit, sie taten sich zusammen gegen den Tod und hatten noch Respekt vor ihm, sie konnten ihn nicht einfach in die Besenkammer schieben und dann ins Tiefkühlfach. Starb damals einer von ihnen, starb mit ihm noch die ganze Welt, der erste Kuss, die erste Erdbeere und der erste Schnee.

Lange hatte Roland auch gedacht und geglaubt, dass der französische Lebens- und Denkentwurf auch sein eigener sein könnte. Aber der Satz, *Was nicht klar ist, ist nicht französisch*, hat ihn davon abgebracht. Der Tod konnte also auch kein Franzose sein. So war er am Grab gestanden, mit dem Kopf nach unten wie die Schafe, die sonderbare Tiere waren und als dumm galten.

Warum er geweint hatte, konnten sie ja nicht wissen. Aber Roland wusste es schon. Er hatte nämlich, kaum im Himmelreich angekommen, noch vor der sogenannten Beerdigung, einen Brief vorgefunden, von Rosemarie, die ihm – mit zwei schönen Vatikanbriefmarken drauf – geschrieben hatte, dass sie sich noch einmal alles überlegen müsse. Und zwar *alles.* Das war doch gar nicht viel. Es war doch nur ein Entweder-oder, als könnte sie sich zwischen Glück und Unglück entscheiden. Vor allem die Hochzeit am 22. November nannte sie, als wäre dies das entscheidende Datum. Von ihrer Liebe stand in dem Brief immer noch nichts, sondern – wie in einer Diplomatischen Note – nur davon, dass sie sich den 22. November noch einmal überlegen müsse – das war schon fast alles. Musste man so etwas schreiben? Tat er etwas anderes?

In ihrer selbst gedichteten, selbst komponierten und selbst gesungenen *Hymne à L'Amour* von Edith Piaf reimte sich *aimer* noch auf *problème* (gesungen wurde aus diesen Wörtern *ämö* und *problämö.* Stellen Sie sich vor, das Französische würde so geschrieben wie gesungen und so gedacht wie gesprochen, was für eine Sprache das wäre, sehr verwaschen, überhaupt nicht klar. Konnte es sein, dass in einer derart unklaren Sprache derart klar gedacht werden konnte, sodass diese Sprache mit dem Denken selbst identifiziert werden konnte?), und Rosemarie schrieb ihm, dass sie vorerst noch ein paar Tage in Florenz bleiben wolle, um über alles nachzudenken. Roland hatte allen Grund anzunehmen, dass sich dieses Nachdenken auch über lange Stunden in Jims Bett erstreckte, wo sie möglicherweise auch nachdachten, auch auf Französisch, und was aus ihnen nun würde, vor allem aus ihm. Was sie mit ihm machen sollten.

Schon während er am Grab seines Großvaters gestanden hatte, der vielleicht auch an Liebeskummer gestorben war, sah er die beiden in Florenz in der Via del Paradiso miteinander lachen und Pizza essen gehen und Hand in Hand über den Ponte Vecchio schlendern und dann wieder zurück in die Via del Paradiso, wo jenes Bett stand. Seit Jahrzehnten an jener Wand stand und immer wieder ein Himmelbett war. Dieses Bett, das Himmelbett, so wurde es auch bei ihnen zu Hause genannt, das Bett seiner Eltern und Großeltern, hatte einen Baldachin über allem wie bei der Fronleichnamsprozession, einen Himmel, auch noch beim Sterben sah man dann, wenn man noch einmal die Augen öffnete, auf eine golden verwirkte Fläche. So war es wohl auch bei seinem Großvater gewesen. Aber Roland war ja nicht dabei gewesen. Er traute sich nicht einmal zu fragen, ob Großvater noch einmal die Augen geöffnet hatte und welches der Worte sein letztes war.

Die Gäste des Leichenessens waren verteilt auf den Löwen und den Hasen von Lebensweiler, dem ersten Dorf vom Himmelreich aus gedacht, und dem letzten vielleicht, von der Welt aus.

Am Abend jenes Tages von Rolands Trauerspiel wegen dieser Post mit den zwei Vatikanmarken drauf wusste er sich nicht anders zu helfen, als sich richtig zu besaufen, und dachte sich dabei immer mehr Abschiedsbriefe und Einzelheiten für seine Beerdigung aus.

Roland wollte sie nun von seiner Matratzengruft aus großzügig freigeben, er steigerte sich in einen Rausch des Verzichts hinein, wobei er gar nicht recht wusste, wen er wem freigeben wollte, als hätte er darüber zu verfügen, es war im Sterben noch ein Akt des Großmuts dabei wie am Ende einer Mozart-Oper. Gleichzeitig wollte er sich auf diese spektakuläre Weise zurückziehen und die zwei strafen mit seiner unendlichen Abwesenheit, deren Gipfel der Tod war. Aber da sie sich vielleicht gar nicht gestraft vorkämen, sondern sich über seinem Grab möglicherweise vereinen würden zur Erinnerung an ihn, zog er diesen Ungedanken sofort zurück. So verstrickte er sich immer mehr mit seinen Bildern in seinem unübersichtlichen Hirn.

Dann aber blieb ihm nichts anderes übrig, als nach dem zweiten Liter Weißherbst sich erst einmal zu übergeben, zu kotzen, es war mehr ein Kotzen als ein Sichübergeben, bis hin zu den weißen Mäusen, die nun zum ersten Mal am Horizont erschienen. Als hätten sie eine Botschaft für ihn: Der Tod würde von selbst kommen, er musste gar nichts dazu tun als leben und weiterleben.

Zum ersten Mal legte er nun das als Souvenir mitgebrachte große Badehandtuch, auf dem die Faraglioni-Felsen und das Meer zu sehen waren, neben sein Bett, was klug war. So etwas erfuhr man von diesen Medizinern nicht, das erfuhr man nur von begnadeten Säufern.

Es lag aber auch noch ein kleiner Brief von Jim dabei. Der war eigentlich noch schlimmer. Der zog ihn noch tiefer: Jim wollte ihm etwas ausreden und dachte vielleicht, wenn der Brief vom Petersplatz aus seinen Weg nähme zu ihm, mit dem *Urbi-et-orbi*-Segen des neuen Papstes versehen, dann würde das Roland eher einleuchten, und er würde *danke sagen für den Apfel, dem man ihm nahm*, wie es in einem Gedicht von Skácel hieß, das Jim niemals kennenlernen würde, so wenig vielleicht wie die Seelenlage, die Skácel und Roland durchlebten, als ihnen dieses Gedicht einfiel.*

So musste es Adam und Eva gegangen sein, als der Apfel gegessen war.

Als wollte er ihm alles ausreden, angefangen mit der Liebe, als wäre sie ein Hirngespinst und als müsse er ihn wie ein Erbonkel zur Vernunft bringen, hatte Jim geschrieben. *Und du glaubst, dass ich schön bin?* Auf die Rückseite eines Fotos hatte er das geschrieben, das ihn mit einer Grimasse ähnlich der des Glöckners von Notre-Dame zeigte, und auch vom Grinsen eines Orang-Utans hatte dieses Foto etwas, doch es half nichts: Man konnte jeden seiner Zähne bis zu den Weisheitszähnen genau erkennen. Es war ein Foto, wie man sie in der Anfangszeit dieser Fotohäuschen noch machte, als wäre mit dieser Erfindung die Welt nun wieder einen Schritt weiter.

Und stolz auf diese Entdeckung, als wäre sie von ihnen, grimassierten Dreiundzwanzigjährige, die das Leben vor sich glaubten, dabei war es doch der Höhepunkt oder einfach: das sogenannte Schicksal.

So war es überall auf der Welt. Für zwei Mark oder tausend Lire machten die jungen Leute Grimassen, als hätten sie Amerika entdeckt. Und so war es ja auch.

Jim und Rosemarie saßen mittlerweile vielleicht schon im Zug nach Norden, irgendwo zwischen Florenz und Bologna oder Chiasso und Affeltrangen, und im Gotthardtunnel war das Licht ausgefallen, und sie küssten sich zwölf Minuten lang.

Das war die Eifersucht. Es war das erste Mal. Roland wusste es aber nicht. Er bedauerte nur, dass er den Jagdschein immer noch nicht gemacht hatte.

Roland nahm das Foto wieder und wieder. Jim hatte es in jenem Fotohäuschen in einer Seitenhalle des Hauptbahnhofs von Florenz, der Stadt, *die keiner verließ, ehe er von ihr gezeichnet worden war,* gemacht. Und auf die Rückseite hatte er geschrieben: *E tu pensi che sono bello?* Über diesen Satz, der eine Frage, und *doch* nur eine rhetorische war, kam Roland nicht hinweg.

Roland verglich die Fotografie mit der Erinnerung, die er fotografiert hatte.

So viel Italienisch konnte er. Der kleine Grammatikfehler machte nichts.

Ja!, schrie nun Roland so laut, dass man es im ganzen Himmelreich hören konnte. Es kam auch gleich Leni und schaute nach dem Rechten. *Brauchst du etwas?*, rief sie mit einem besorgten Unterton vom Flur aus, verstört durch dieses geschriene *Ja!*, und traute sich nicht zu klopfen. Dass mit Roland etwas nicht stimmte, wusste sie nun unten in der Küche zu berichten. Und mit ihrer Einfühlsamkeit lagen sie wieder einmal katastrophal daneben. *Es wird Zeit, dass eine Frau ins Haus kommt.*

Roland sah bei dieser Gelegenheit zum ersten Mal Jims Handschrift, auf die er sich keinen Reim machen konnte. Tante Mausi, die Handschriften lesen konnte wie andere einen geheimen Plan, hätte Roland vielleicht gesagt: *Das wird nichts. Behalt alles in schöner Erinnerung. Du bist noch jung.* Und so fort.

Und dann verschwand er wieder in diesem Brief. Beschnupperte den handgeschriebenen Brief wie Bruno, der sein Liebesleben auch von seiner Hütte aus führte, sein Hundeleben führen musste, gleich neben der Haustür mit den Eberzähnen darüber. Versuchte sich mit Spucke an einem unwichtigen Wort, ob es echt war. Oder giftig. Nahm es mit ins Bett.

Aus solchen Augenblicken, die niemals gegessen sein würden, setzte sich die Liebe zusammen, das Glück, war es mit dem weißen Rauch verflogen?

Und er versuchte nun, sich das Glück augenblicksweise zurückzuholen. Eigentlich hatte er bisher alle Handarbeiter des Lebens bewundert und auch bedauert und tat es immer noch. Nun war er einer von ihnen. Es war ein Linkshänderleben. So war es eben. Jetzt, derart im Bett liegend, hätte er am liebsten einen so dicken Bauch gehabt, dass er das, was unten vorging, hätte gar nicht mitansehen müssen oder dass er so dick gewesen wäre, dass sie hätten gar nicht zusammenkommen können.

So lief er in den Tagen nach Rom herum, nachdem er den Petersplatz verlassen hatte, als wäre er das Paradies gewesen. War so schon auf dem Petersplatz gestanden. Und auf dem Schiff. Selbst am Grab bei der Beerdigung seines Großvaters stand er so herum und konnte an nichts anderes denken. Die Unwillkürlichkeit seiner Erhebungen und Niedergeschlagenheiten, seiner Erektionen und Tränen hielten sich die Waage.

Sie waren weg. Weg. Weg.

3. Was war schon die Meute der Lebenden gegen die Einsamkeit des Sterbenden!

Und jetzt kam auch noch seine Angst hinzu, er könnte enden wie dieser Mann, Romuald, und Rosemarie würde ihn verlassen, sich mit Jim zusammentun und mit ihm dereinst goldene Hochzeit feiern, während er erst in einem Pflegebett dahinvegetierte und dann mutterseelenallein an tausend Schläuchen und Messgeräten seinen Mayday erleben würde, auf das Zero-Kardiogramm zu.

Doch mehr noch hatte er Angst vor einem solchen Leben bis dahin, wie Romuald es zu führen gezwungen gewesen war.

Romuald, das war eine von jenen Liebesgeschichten, mit denen er aufgewachsen war. Es waren durchweg Liebesgeschichten, in denen die Liebe ausgefallen war oder gar nicht erst vorkam. Trotzdem fanden sich alle auf dem Friedhof ein. Auch bei Romuald, nachdem sie ihn ein Leben lang gemieden hatten. In der Stadt hatte es ja ein solches Leben und einen solchen Tod nie gegeben, diese Beerdigungen mit freiem Zutritt, aus jedem Haus musste mindestens eine Person erscheinen, sie kamen alle, all diese roten Gesichter, die so gesund aussahen und glücklich, dabei waren sie doch nur rot vom hohen Blutdruck und anderen Zivilisationskrankheiten bis hin zu ihren Neurosen und Psychosen und hatten ihr Unglück, das beinahe ihr Glück gewesen wäre, lebenslänglich hinuntergespült, oftmals endete so eine Geschichte tödlich, und dann fiel den Leuten auf dem Rückweg von der Beerdigung nichts anderes ein als zu sagen: *Er hat halt zu viel gesoffen.* Der Mann war neunundreißig.

Auch das war eine Liebesgeschichte gewesen, die anderen nannten das aber *eine Sauerei,* wenn es hochkam, vor deren dazugehörendem Leben Roland eine Heidenangst hatte. Denn auch das war Liebe. Sie quälte ihn nun noch zusätzlich.

Und seine diachronen Erinnerungen waren wie ein Roadmovie, in dem das Fahren mit dem Sehen zusammenfiel und das Leben mit dem Sterben.

Eine Melange von Liebe und Tod war das. Und alles versammelte sich in diesem Wort- und Bilderspeicher, der sein Kopf war.

Romuald: Eine dazugehörende Julia gab es nicht.

Roland hatte gehört, dass Romuald Anfang der sechziger Jahre zweimal am Bahnhof in Schwackenreute erwischt worden war mit dem Falschen, der in Romualds Augen eigentlich der Richtige gewesen wäre, und bei Hitler wäre so einer gleich nach Dachau gekommen. Romuald hatte es vergleichsweise gut, das war die öffentliche Meinung. Und dann ging es erst ins Gefängnis nach Singen und von dort, damit es wegen so etwas zu keinem Prozess kam, der noch wenige Jahre zuvor zwangsläufig anderswohin geführt hätte, war er für verrückt erklärt worden und kam in die Psychiatrische Anstalt auf die Reichenau, wo er mit Elektroschocks behandelt wurde und dann mit Freud, und am Ende wurde er ungeheilt entlassen. Es war ja alles geltendes Recht und medizinische Praxis. Die Akten müsste es noch geben.

Das war Romuald. Benannt nach dem Heiligen im Tageskalender.

Und da es sonst niemand machte, dachte Roland, dass er es aufschreiben müsse, sonst wäre alles einmal vergessen, als ihm Romuald wieder einfiel, wie Roland zu seinem Fenster Richtung Lebensweiler Wäldchen hinausschaute.

Romuald selbst hat ja gar nichts aufgeschrieben, hat ja nur gedacht und getrunken und ist sehenden Auges in den Tod gegangen, das war alles. Wollte Roland das gelten lassen? Auch er hatte ihm beim Leben und Saufen am Waldrand zugeschaut, und nun sah er Romuald wieder, wie *er* herüberschaute, als wüsste der schon über alles Bescheid, auch, worauf seine Geschichte hinausliefe, und sie lief ja auch auf etwas hinaus, mit dem einzigen Unterschied, dass er es noch nicht wusste, worauf seine Geschichte hinauslief.

Romualds Leben war ein Fanal und fast schon ein Beweis, dass das Leben ein falsches Leben war, am falschen Ort, zur falschen Zeit, mit dem falschen Namen, meist ein Irrtum. Zuletzt führte Romuald das Leben einer Vogelscheuche.

Romuald: Weil dieser Priester das Jahr über nach dem Heiligenkalender lebte, kam es ja deswegen zu diesen Namen: Es gab Waldarbeiter, die Chrysostomus hießen, Hausschlachter namens Liberat. Und der Versicherungsagent hieß Agapit. Diese Namen: Das war der Tick des gutmütigen Priesters Cyriakus Hermle, der dem sogenannten Dritten Reich mit solchen Namen gegensteuern wollte: Achaz oder Adeodatus für den Stammhalter des Parteimitglieds, um Adolf zu verhindern. Alte katholische Namen waren das, schon aus dem Kulturkampf, um Wilhelm, Otto und andere preußische Erz- und Heiligennamen zu verhindern. Sein Leben war nicht umsonst: Er konnte mindestens drei Vätern den Namen Adolf ausreden, deren Söhne heute noch mit diesem Namen herumlaufen müssten.

Vielleicht auch, weil der Priester selbst mit einem derart ungewöhnlichen Namen herumlaufen musste, war sein Wahrnehmungsvermögen Namen betreffend hochentwickelt. In den Familien mit Hausnamen jedoch, und dort, wo Nationalsozialisten lebten, die sich selbst fanatisch nannten, konnte er nichts ausrichten.

Auch die Frauen, die nun in der Trikotagenfabrik arbeiteten, hatten solche Namen. Hermle liebte das *A* – so klar wie in Maria: Assunta Hübschle, Affirmata und Adeodata Muffler, Nonnennamen wie Amanda Pichler für im Totalsuff in der

Nacht vom Schmutzigen Donnerstag gezeugte Kinder, Mariae Gloria, Mariae Dolores, Maria Karl und Maria Victor und die alten Martyrinnen Perpetua und Felicitas, die dem gottlosen Kaiser getrotzt hatten, um Erda und Kriemhilde zu verhindern. Pfarrer Hermle war sehr großzügig und freute sich über jedes Kind, das dazukam, das er taufen konnte, ganz unabhängig von der oftmals wilden und abenteuerlichen Vorgeschichte, die zu diesem Leben geführt hatte. Oftmals war der Suff im Spiel, von manchen Frauen im Keller geholte Mostkrüge, und eine dadurch ausgelöste Geilheit und Zügellosigkeit ohnegleichen, fast schon wie im Krieg. In Lebensweiler spielte der Most die Hauptrolle bei der Liebe so wie anderswo das Kokain oder sonst eine luststeigernde Droge, gegen die dieser Priester immun war.

Er hatte ihnen, den Kindern der Liebe, die wir (fast) alle waren, wie Su Kramer damals sang, ganz gewiss gesagt, was ihr Name bedeutete und wo dieser Name herkam, und dann haben die Eltern und dann die Kinder das bald wieder vergessen oder nicht.

Romualds Leben war eine Warnung. Ihr zuliebe erinnerte man sich an es. Manches Mal hatte Roland diesen Namen von Onkel Otto gehört, in Verbindung mit ihm.

Es war zuletzt am Waldrand, wo er ihn sah, ein paar Tage hintereinander, an einem hellen Tag, mitten im Sommer, während die anderen ihrem Leben nachgingen und ernteten, eine unverhohlene Demonstration von Kapitulation, *das war's*, ein Zelebrieren des Endes. Ein Schrecken, wie eine Vogelscheuche, aufgestellt zur Abschreckung: Wer sie sah, floh. Es war das falsche Leben, so lag er am Waldrand auf dem frisch gemähten Gras und lallte und winkte und starb langsam und schlief bald ein und wurde so liegen gelassen, von keinem abgeholt, auch nachts nicht. Pfarrer Hermle war der Einzige, der kam, und dann auch gleich mit der Letzten Ölung. Er gestikulierte und hielt noch einen Sommer lang Reden, die anderen sahen und hörten es und sahen und hörten weg und hatten zu tun, geschult am Satz aus dem Denver-Clan: *Ich habe zu tun,* so verschwanden sie im Hausaufzug, wenn der Drehbuchautor nicht mehr weiter wusste.

Wer ihn sah, floh. Erst mit den Augen. Es war ein einziges Wegschauen, eine erste Flucht mit den Augen.

Später, nach dem Führerscheinentzug, war es noch ein Leben auf dem Fahrrad mit Hilfsmotor. Weit kam er auch damit nicht mehr. So sah Roland ihn noch auf dem Weg in den Adler nach Oberboshasel, der nun auch längst abgerissen ist.

Versuch über die Vergänglichkeit. Und schon ist es Abend.

Hat mit dem Messer philosophiert und allen Sätzen ein Ende machen wollen.

Dann hat er sich für die Kälte entschieden. Hat den Tod kommen lassen und sich auf einen Kartoffelsack gesetzt, ganz in Erwartung, wie eine Frau, die schon im Bett liegt, vor der ersten Liebe.

Später hatte Roland Gewissensbisse, warum er ihn einfach so sterben ließ, anstatt mit ihm zu sprechen und zu fragen, ob er Wünsche habe, ein Pornoheft aus der Stadt, wo er nicht mehr hinkam, oder sonst ein Liebeszeichen.

Es war eine diachrone Einsamkeit, ihre synchrone Einsamkeit, über das Leben und die Welt verteilt. Noch in der Erinnerung hatten sie ein anderes Leben geführt.

Und Angst vor einem solchen Leben hatte Roland auch: Das verband ihn mit allen, die tot waren und vor ihm so ein Leben geführt haben mussten, vor dem sie Angst gehabt hatten, manchmal so sehr, dass sie sich dieses Leben nahmen. Doch erst einmal wollte er leben, und würde er auch einmal für alles mit dem Tod bestraft.

Da hat Roland die Angst vor dem Tod gepackt. Die Angst vor dem einsamen Tod. Und lange konnte diese Angst ihn vom richtigen Leben abhalten. Dachte, Kinder zu zeugen, um nicht allein im Sterbebett zu liegen, und er heiratete trotzdem. Das war noch ein Grund, vielleicht der sogenannte Hauptgrund. Vielleicht hatte er wegen der Angst, allein in seinem Totenbett zu liegen, diesen Heiratstermin mit Rosemarie, und er setzte so noch ein Glück aufs Spiel.

Was war schon die Meute der Lebenden gegen die Einsamkeit des Sterbenden, die Meute auf der meist auch vergeblichen Suche nach Glück, die Glücksmeute gegen einen einzigen Strich in der Landschaft, von dem niemand mehr wissen würde, vielleicht nicht einmal Gott. Der Einzige, von dem man mit Gewissheit sagen konnte, dass er Romuald nicht vergessen hatte, war Pfarrer Hermle, wie er ihm mit dem Fahrrad die Letzte Ölung brachte. Es waren ja die Hundstage, er musste nicht erfrieren, und *er wollte es nicht anders … hat der Marie in die Hand gebissen … hat seinen Hund gebissen, Bruno … verrückt geworden …* Eltern gab es schon lange nicht mehr. Die hatten ihn ja schon zu Lebzeiten für tot erklärt.

So geht es dir, wenn du nicht heiratest und so tust wie die anderen …

Das sollte alles sein. War das alles?

Bald gab es schon wieder ein Leichenessen.

Einige bestellten einen Strammen Max. Andere tranken nur, Obstwasser und Bier. So haben sie ihre Toten hinuntergespült.

Wahrscheinlich war es noch leichter zu sterben als so zu leben.

4. Liebfrauenmilch

Am anderen Morgen fand er folgenden Tagesspruch zum Hinter-den-Spiegel-Stecken in seinem katholischen Tagesabziehkalender:

Jeder Mensch braucht mehr Liebe, als er verdient, las Roland, links neben der Tür, wo auch der Weihwasserkessel auf seine Hand wartete jedes Mal beim Hinausgehn. Meist umsonst. An diesem Morgen aber nahm er es wieder. Das hatte mit Jim zu tun.

Obwohl Roland nun schon seit einigen Jahren nicht mehr im Himmelreich lebte, hatte seine Mutter Rolands Zimmer auf der Schlafkammeretage so gehalten, als lebte er noch hier. Der Heiligenkalender war immer à jour und der Weihwasserkessel gefüllt, nach wie vor mit heiligem Wasser vom nächstgelegenen Wallfahrtsort, das war die Schmerzhafte Muttergottes von Steinhausen.

Das Katholische war ihm nun wieder sehr lieb. Denn er wollte lieben, was auch Jim liebte. Der Glaube und die Dinge um den Glauben herum waren nun mit einem Mal ganz erotisch, der Petersplatz erotisch geladen, der Vorort seiner himmlischen, irdischen Liebe, selbst noch das Papstlächeln vermählte sich in der Erinnerung mit der Gegenwart und hatte Anteil an seiner Liebe und ihrem Blond.

Jeder Mensch braucht mehr Liebe, als er verdient, las Roland.

Er bezog den Satz sofort auf sich, das war vom Kalendermann wohl so gedacht. Jeder sollte gleich nach dem Aufwachen zunächst an sich denken und ins Leben zurückgeholt werden, und sogleich sollte dem Menschen seine Beschränktheit vorgeführt werden. Roland fand ihn, diesen Satz, zunächst schön, aber bald musste er zugeben, dass er ihn gar nicht verstand. Am Ende dachte er, dass dies ein ganz falscher, ein unmöglicher Satz war. Zumindest fehlte etwas. Der Satz war nicht vollständig. Wie stellte sich dieser Theologe die Liebe vor?

War denn die Liebe nicht eine Strafe? War er nicht mit ihr gestraft?

Es waren große Sätze, die er nach alter Gewohnheit Blatt für Blatt jeden Morgen gleich nach dem Aufstehn zu sich nahm, noch bevor er ins Bad ging, um über den jeweiligen Kalenderblattsatz nachzudenken. Keine einzige Frage war unter diesen großen Sätzen.

Was für ein Morgen. Zwei Aspirin 500.

Zu Hause galt er ihnen als Stammhalter. Als wäre es im Zoo im Gehege der allerseltensten Menschenaffen und sein Leben ein Laufstall-Leben wie im Zoo.

Seine Eltern waren, zusätzlich zu allem anderen, nun auch noch von ihrem Kind enttäuscht, dessen Ankunft zwar groß gefeiert worden war, das aber schon Ende der Sechziger mit der Mao-Bibel herumlief, das zudem lange Haare trug, wahrscheinlich wie die anderen diese Tänze aufführte, die im Beatclub zu sehen waren, wo sie sich schüttelten und die Haare von sich warfen, jeder für sich.

Roland war damals schon dabei, ein Gammler zu werden. Als er sich in Hohenheim einschrieb, schöpften sie wieder Hoffnung. Und als auch noch Rosemarie erschien (ja: erschien), waren sie schon wieder bereit, das Glück für eine Möglichkeit zu halten, die auch sie betraf.

Roland hatte gerade noch von Vicky Leandros geträumt und war dann wieder im Himmelreich aufgewacht und schrieb, bevor die Bilder in seinem Kopf im Papierkorb verschwanden, diesen Traum in sein Tagebuch:

Er saß neben ihr in der Lobby des Hotels Volubilis, das Vicky Leandros gehörte, und war eingeladen von ihr. Vicky gab Roland zudem ein Interview, wollte zum ersten Mal öffentlich über die Liebe sprechen und ihre gescheiterte Ehe und hatte ihren einundzwanzigjährigen Sohn dabei, der Christos hieß; sie hatte, wie immer, Zimmertemperatur fünfundzwanzig Grad fürs Interview verlangt und für ihren Sohn eine Rotweinmassage, die Jim auf dem Hausdach ausführen sollte. Dann sagte Rosemarie: *Da nehmen wir aber nicht den normalen Wein. Ich gehe in den Keller und hole eine Flasche Liebfrauenmilch.*

Bei diesem Wort, begleitet vom Gedanken: *Von Mücken gestochen werden möchte ich nicht auch noch,* wachte Roland auf, gerade von einer Mücke gestochen, noch etwas, von dem er nicht wusste, warum es das gab, und das noch im Himmelreich. Bis in den Spätherbst hinein hatten sich diese schamlosen Lebewesen geflüchtet, von Rosemarie und Jim aber keine Spur.

Sie waren seit Stunden verschwunden und unauffindbar, ein Martyrium für Roland, der die ganze Zeit in Hörweite des Telefons saß und nicht mehr aus dem Haus ging, denn sie hätten gewiss dann angerufen, wenn er nicht da gewesen wäre.

Aber dann, wieder ganz wach und in der Wirklichkeit, hatte es Roland im gewöhnlichen Leben nicht mehr ausgehalten und wollte zurück zu ihnen.

Er fuhr mit seinem Auto zur nächstgelegenen Telefonzelle, denn Handys gab es ja auch hier noch lange nicht, und von zu Hause telefonieren ging auch nicht. Also stand er bald, mit mehreren Fünf-Mark-Münzen ausgestattet, in einer dieser gelben Zellen, die damals für manchen die einzige Verbindung zum Glück herstellten, beobachtet von Hausfrauen, die ihre Geschichte hinter sich hatten und vom Gesicht Rolands seine Geschichte ablesen konnten, dass es etwas Großes war, was in diesem Menschen vorging. Am Holzschopf neben dem Telefon war immer noch ein Emailleschild, auf dem man einen Ozeandampfer erkennen konnte, zum Zeichen seiner Sehnsucht, und ein etwas verrostetes Blech *Agentur des Norddeutschen Lloyd*, als gäbe es immer noch Auswanderer, ein Schild, das den Krieg und alles überstanden hatte, aber erst jetzt der Zeit anheimfiel, sowie eine Coca-Cola-Werbung, Coke – vielleicht die größte Mogelpackung nach der Liebe.

Irgendwann musste er mit seiner Hausarbeit weitermachen und auch zur Semesterferien-Sprechstunde von Dr. Irrgang, dem Assistenten, und ihm sagen, wie weit er nun war. Der glaubte doch selbst nicht, dass es eine Antwort gäbe auf diese Frage, die eine Zumutung war: *Warum ist überhaupt Seiendes?* Aber das war auch nicht Rolands Aufgabe. Er sollte nur die bisherigen Antworten sammeln und sie einer Kritik unterziehen, wie in einem Besinnungsaufsatz.

Roland erwischte sich bei dem Gedanken, dass es vielleicht doch besser gewesen wäre, Jim hätte sonst jemanden nach Wasser gefragt, dieser Arsch wäre wie die anderen Gestalten unterhalb der Via Krupp aus seinem Leben verschwunden, denn aus solchen Augenblicken, die bald vergessen waren, setzte sich das Leben auch zusammen, und er hätte sein ebenerdiges Leben führen können wie die anderen, sich einkuscheln, eine Kuschelexistenz führen und ein Leben, dessen Höhepunkt die Ehe war, die im besten Falle eine Kuschelexistenz ermöglichte. Und Ende November hätte er ganz gewöhnlich heiraten können, als wäre nichts.

Die ersten gelben Blätter waren an den Bäumen schon Anfang September auszumachen, als wäre auch das Leben um ihn herum schon mit dem Tod infiziert, und zum Zeichen, dass auch sie nicht weiterleben wollten, wurden sie nach und nach gelb und ließen sich fallen, und Roland wartete jederzeit auf die Möglichkeit, auf einen Schlag schneeweiß zu werden, ein Phänomen, von dem er gehört hatte, das ganz selten bei übergroßem Schmerz eintraf. Vergebens. So vergebens, wie er früher eine Marienerscheinung erzwingen wollte im Marienmonat. Dafür war er nun mit Rosemarie und Jim gestraft.

Dieser Schmerz begann sich in seinem Kopf einzunisten.

Die Liebe war jener Schmerz, der durch die Erinnerung an Bilder jederzeit ausgelöst werden konnte in seinem Kopf. Es war fast schon so wie in einem Liebesgedicht.

So hatte sich nach ein paar Augenblicken der Liebe die Empfindung in ihm festgefressen, dass die Liebe etwas war. Nur nicht für ihn.

5. In der Windmühlenstraße

Er fuhr nun doch erst einmal nach Freiburg, das ihm bevorstand, zurück in die Windmühlenstraße, in einem irrsinnigen Tempo in seinem mausgrauen Ford Escort, immer mit der Möglichkeit spielend, dass ihm irgendeiner dieser Bäume links und rechts der Bundesstraße zu Hilfe käme, denn als er damals von dieser Straße aus mit Rosemarie zum naheliegenden Bahnhof gelaufen war, um im Holland-Italia-Express am anderen Morgen kurz vor Milano aufzuwachen, war die Welt noch eine andere, die tat, als wäre sie in Ordnung gewesen.

Roland hatte, seitdem er sie am Bahnhof von Florenz zurückgelassen hatte, nur einmal von ihnen gehört. Sie hatten von der Marmorseite her gewinkt, er stand am Zugfenster ohne die Möglichkeit einer Revision des Ganzen oder wenigstens eines Widerrufs seiner Abreise, und Roland schaute, als seien *sie* betrübt, und er wollte sie trösten: So feinfühlig gab er sich in jenem Augenblick, und sie waren dann wohl Arm in Arm in Richtung Santa Maria Novella geschlendert und hatten sich auf die Treppen vor dem Dom gesetzt und gelebt. Das war schon Tage her. Und soundso viele Stunden. Und Jim hatte in Florenz ja nicht einmal ein Telefon, dafür eine Nummer bei einer Nachbarin, dort rief Roland auch an. Aber er traute sich gar nicht mehr, dort anzurufen, denn sie waren nie da, wenn er anrief. Und er hatte schon Angst vor der Stimme, die sich mit *pronto* meldete und ziemlich genervt klang. Zwanzig Jahre später hätte er von dieser Stimme einen Tinnitus bekommen. Sie lebten noch in der Zeit der glücklichen Ausreden, die sie sagen ließ, sie hätten kein Geld zum Telefonieren, so jung waren sie. Und Zeit hatten sie auch nicht für so etwas. Es telefonierte nur jener, der telefonieren musste. Andererseits konnte man damals noch nicht jederzeit angerufen werden.

Oftmals ließ er einfach nur einmal klingeln, um eine Verbindung zu dem Ort zu haben, an dem sie waren. Dass sie es vielleicht hören konnten, und er wäre auf eine mystische Weise der Dritte in diesem Bett. Dreißig Jahre später hätte er dafür belangt werden können, als es den Stalker-Paragraphen gab. Gestraft war Roland ohnehin mit dieser Liebe. So dachte er nun gar nicht, aber empfand es, kurz bevor die *Alles-klar-Bis-dann-Jo-tschüss*-Zeit begann.

Ein einziges Mal waren sie da. Das heißt nicht, dass sie sonst nicht da gewesen wären. Aber nur einmal kamen sie ans Telefon, und Roland hörte sie schon herbeischlurfen, und, kaum am Telefon, hörte er schon ihr schlechtes Gewissen in Sekundenschnelle und ein verlegenes, halbwegs unterdrücktes Gähnen über die Alpen in sein Ohr.

Erst kam Jim, der sich mit einem *hi* zufriedengab. Roland hörte, wie Jim nebenher gähnte und sich streckte wie ein Kater, und sah ihn in seinem Überfluss dastehen und wie er dann den Hörer, der damals noch so groß wie ein Mordinstrument war, an Rosemarie weiterreichte:

Ist was?, fragte Rosemarie.
Nein.
Ach so. – Ich dachte schon …
Nein, nur so.
Warum rufst du dann überhaupt an?
Entschuldigung.

Und von allem, was ihn bewegte, kein Wort.

Alle Gespräche seines Lebens verliefen nach diesem Muster. Er konnte im entscheidenden Augenblick nicht sagen, dass er es nicht sagen konnte, was er sagen wollte.

Ihre Stimmen waren nicht mehr die alten.

Sie sagte, sie wüssten noch nicht, wann sie wegfahren könnten, vielleicht morgen. Jim habe noch zu tun, und Marina Lucchi hätte sich schon beschwert über die ständigen Anrufe dieses lästigen Menschen, den sie nicht verstand. Und er sollte es bitte sein lassen, Tag und Nacht zu klingeln.

Das war gestern gewesen. Roland hätte noch die Farbe des Lichts auf dem Ozeandampfer des Norddeutschen Lloyd gewusst, durch die Telefonzelle hindurch.

Einen Tag später waren Rosemarie und Jim schon in Verona. Und nach Venedig wollten sie auch noch, wie das alle Verliebten machten. Romeo und Julia waren damals über ihr Nest nicht hinausgekommen, und dennoch. Die Liebe war überall möglich, so klein und abgelegen ihr Schauplatz auch gewesen sein mochte. Nie in Venedig gewesen, aber sie wussten doch, was Liebe war. Das galt immer noch.

Und Roland, der nun mit dem Herz in der Hose nach Freiburg unterwegs war, glaubte, Jim und Rosemarie hätten noch in Florenz zu tun oder sonst irgendwo, wo das Glück war, da wo er nicht war, wie in einer altbekannten Definition des Glücks. Tatsächlich waren sie schon nach Verona gefahren und standen tagsüber unter dem Romeo-und-Julia-Balkon und dachten *Die Armen! – Hatten noch keine Pille*, denn die Pille gab es 1978 längst, und sie konnten sich ungestraft (noch so ein Wort von einst) in ihr Zwei-Mann-Zelt auf dem Campingplatz gleich hinter der Basilika von San Zeno zurückziehen und Adam und Eva spielen. Ihre unverhohlene Liebe war das Zeltplatzgespräch. Sie waren ja mit einem Zwei-Mann-Zelt unterwegs, was zu erwähnen bisher nicht nötig gewesen war, und hatten schon einige Schwierigkeiten damit gehabt auf dem Hinweg, denn sie fuhren ja mit der Bahn, und das Aufbauen blieb an Rosemarie hängen – ein einziges Mal hatten sie es gemacht, in Ascona, Rosemarie und Roland genierten sich für dieses Zelt an einem solch vornehmen Ort der Schweiz, die noch vornehmer war, und etwas genierten sie sich auch für das, was drinnen vorging. Daraufhin gaben sie auf und haben das Zelt mitgeschleppt, immer mit dem Gedanken, es irgendwo liegen zu lassen oder zu verschenken. Was für ein schäbiges Zelt: Man konnte hindurchhören und hindurchsehen. Vielleicht wollten sie, Rosemarie und Jim, das ja auch mittlerweile, denn die Verliebten sind ja oftmals die größten Angeber auf der Parkbank oder im Freilichtkino der Liebe. Und Roland war Linkshänder im Kopf und in den Händen.

Oder sie dachten im Angesicht von Romeo und Julia, von denen nichts mehr da war außer einem Balkon sowie einem Drama von Shakespeare und den entsprechenden Sätzen, dachten vielleicht, vielleicht auch nicht, dass es bei Romeo und Julia einfach dumm gelaufen war. Und dass eine solche Geschichte heute nicht mehr möglich wäre, vielleicht noch in Saudi-Arabien. Wer musste denn heute wegen so etwas wie der Liebe noch mit dem Tod rechnen auf der Welt? Aber genau das war es, was im Kopf von Roland vorging, als wäre es eine offene Wunde, die zwangsläufig zu einer Sepsis führte.

Am Sonntag war er in der Kirchenbank stehen geblieben und war nicht zur Kommunion gegangen, sodass sich die anderen, ebenso ebenerdigen Menschen wie Hermine und Karl Rudolph, nach ihm umdrehten und sich ausdachten, welche Todsünde (wenn es die richtige war, verschaffte sie ihm etwas Respekt, war es die falsche, war es Mitleid) Roland davon abhielt, zur Kommunionbank zu laufen, als bestünden die Sünden, von denen sie freigewaschen werden wollten, von denen sie in ihren Kommunionchorälen sangen, nur aus dem sechsten Gebot, und all diese Wörter wie *Missetaten, Schuld und Hölle* hätten mit seiner Liebe zu tun, und Jesus hatte sie mit seinem Tod am Kreuz auch schon im Voraus abgebüßt. In solche Sündenzusammenhänge konnte sich nur ein Katholik hineindenken, aber die gab es ja immer noch millionenfach. Und von der Liebe blieb nichts als die Sünde, und von der Sünde blieb auch nichts als ein schlechtes Gewissen, und falls es so etwas nicht gab, gab es doch Gewissensbisse, und die erzogen zum Beißen, sagte Nietzsche, der Arme.

Der Papst sprach nun von *geordneter Liebe* in seinen Verlautbarungen. Konnte man sich vorstellen, dass Jesus ein solches Wort dafür gebraucht hätte?

Das Semester begann außerdem bald wieder, in ein paar Wochen, und von der Hausarbeit hatte er noch keinen Strich. Aber das war ihm egal. Sogar scheißegal, dachte er.

Aber er musste nun zurück. Und nun musste er auch noch zurück.

Und sein Herz war schon in der Hose. Und oben, wo er immer noch seinen Kopf vermutete, konnte er es bis ins Ohr schlagen hören. Eigentlich war ihm Gott am nächsten, aber nun, diese Treppen hinauf, war es die Halsschlagader. Zu allem hatte er keinen Menschen auf der Welt, dem er hätte irgendetwas erzählen können, und wäre es auch nur gewesen, wie es gewesen war, wie sie nebeneinander standen auf dem Petersplatz und den weißen Rauch sahen, der am Himmel verschwand.

Er war, wie immer am Sonntagabend, mit seinem Ford Escort über Titisee und die Höllentalstrecke in die Stadt zurückgefahren, es war zum Glück wieder einmal nichts passiert, und Roland hatte seine Sachen, die Marmelade und die sogenannten Frühäpfel, den ersten Honig und die von seinen Tanten tadellos gebügelten Hemden vom Parkplatz bis hin zu *Sei gegrüßt* geschleppt. Das las sich nun wie ein Hohn.

Er konnte seinen Fall betrachten, von welcher Seite aus er wollte.

Als er jenes Haus aus den glücklichen Jahren vor dem Ersten Krieg, wie sein Großvater noch gesagt hatte, der in demselben gewesen, verlassen hatte, war er noch ein anderer. Wäre sein Großvater nicht in den Krieg gegangen, wäre er nicht zurückgekehrt, hätte er nicht bald geheiratet, wäre nicht bald sein Vater geboren worden, und wäre er nicht nach Capri gefahren, dann wäre alles noch gut. Und auch diese Wohnung und dieses

Leben wären nicht kontaminiert mit seinem Schmerz. Glaubte er, denn wer's glaubte, wurde selig. Und empfand in einem Sekundenabstand diesen Schmerz und dieses Leben gar nicht mehr als Schmerz. Da war schon wieder etwas Süßes beigemischt in seinem Kopf, und er war schon wieder einmal fast glücklich. Und dann war er oben. Doch es folgte nur das grausame Geräusch dieser Tür, dieses Schlüsselbundes, eines Ablegers von Himmel und Hölle, immer gleich, wie ein Scharfrichter, es folgten immer wieder der Tod oder das Leben, Weiterleben, ungewiss, ob es ein Kommen oder ein Gehen war, und machte seinem Heimweh nach der verlorenen Zeit kein Ende.

Aus solchen Empfindungen, die bald zu Ende waren, setzte sich sein Leben, das auch eine Achterbahn war, zusammen. Und auch sein linkshändiger Kopf war ein Leben lang eine Achterbahn.

Roland klingelte nicht. Das hätte ja auch gar keinen Sinn gehabt, wenn nicht jenen, falls Diebe in der Wohnung wären, dieselben zu vertreiben, die über das Dach hätten entkommen können. Vielleicht dachte er aber auch noch an eine andere Möglichkeit, die er aber nicht einmal sich selbst zuzugeben wagte: dass sie da wären und warteten auf ihn und einen bis dahin nie gehörten Satz der einfachsten Art sagten, bestehend aus Subjekt, Prädikat und Objekt. Und er wäre das Objekt gewesen, und das Wort *liebe* wäre das Sandwich in dieser Drei-Wort-Konstruktion gewesen. Und Jim wäre das eine *ich* gewesen, das *liebe dich* gesagt hätte. Und Rosemarie das andere. Zweistimmig *ich liebe dich* sagen können hätten sie einmal doch nur, empfand er in seinem linkshändigen Kopf, einmal doch nur.

Rolands Herz klopfte bis in die Halsschlagader hinauf, sodass sie ihn hätten hören müssen, so an der Tür stehend, hinter der sich die Wohnung mit dem Schreiner-Kannegießer-Bett befand, zwei mal zwei Meter.

Er öffnete, schlich sich hinein, als wäre er ein Einbrecher, dachte er in seinem Einbrecherkopf, doch es sah aus, als wären die Einbrecher schon da gewesen und hätten alles durcheinandergebracht, und da lagen sie nun, in der Zwischenzeit mussten sie eins geworden sein. So lagen sie nebeneinander. Ihm blieb nichts als zu sehen, wie sie miteinander schliefen nebeneinander, als wäre er ein Einbrecher, ein unerbetener Zeuge der Liebe oder ein nichtsnutziger Voyeur, der, seitdem er zu sehen begonnen hatte und mit seinen Augen auf Raubzug war, gar nichts dazugelernt hatte. Was waren seine Augen anderes als Augen, welche die Welt nicht veränderten, nur seine Bilder von der Welt? Wären aber seine Augen jetzt Messer gewesen, dann.

Das Kannegießer-Bett war groß genug, um ganze Nächte lang miteinander schlafen zu können in ihm, ja, sein Leben in demselben zu verbringen, wie John Lennon und Yoko Ono in Amsterdam eine Woche lang. Aber John Lennon wäre auch nicht im Bett gestorben, gerade zwei Jahre, zwei Monate und zwei Wochen nach dieser Szene in der lumpigen Windmühlenstraße, damals noch vierspurig befahrbar, unweit vom Freiburger Bahnhof, von wo aus die Nachtzüge nach Italien fuhren. Und Yoko lebte noch immer dereinst, alt und längst aus dem Verkehr gezogen und musste für alles bezahlen, auch für ihre Liebe, wenn überhaupt, denn wahrscheinlich lag sie nun ganz für sich. Dieses Bett, vom alten Schreinermeister Kannegießer. Es war das letzte Bett, das er gemacht hatte. Der alte Meister trank nur noch Kirschwasser am Abend. Was für ein Vorwand, nachts nicht mehr aufstehen zu müssen! Eigentlich die Lebenslüge eines Mannes, der in die Jahre gekommen ist und nun jene gut verträglichen Dragees auf pflanzlicher Basis gegen den Harndrang nimmt, damit er nachts nicht aufstehen muss, schlafen kann, als gäbe es den Tod immer noch nicht. Als führte dieses Leben immer noch nicht zum Tod. Als ginge es einmal, wenn schon, in den Schlaf über. Als wäre die Zukunft etwas, in dem alles immer schöner und möglicher wird, wie uns die Schönheitschirurgen in den Talkshows sagen, dachte Roland noch Jahrzehnte danach. *Schöner* und *möglicher* waren ja auch noch zwei solche unmögliche Komparative. Eigentlich wollte auch Roland nur noch schlafen und zum Schlafen ins Bett. Zum Einschlafen, am liebsten für immer. Kannegießer Sohn war später der Präsident der deutschen Arbeitgeber in der Sparte Metall. Vater Kannegießer hatte sich noch gewundert über diesen Auftrag, zwei mal zwei Meter, warum eigentlich? Er musste doch auch einmal geliebt haben. Aber er machte alles. Auch Särge.

Das hatte er nun davon.

Die Liebe war eine Tür, die nach innen aufging.

Die Liebe begann mit einem Blick wie eine Tür, die nach innen aufging.

Das goldene Taschenmesser mit seinen Initialen (die Klinge war freilich hart wie Kruppstahl), von seinem Großvater geerbt, hatte Roland bei sich.

Das Erste, was er von ihnen gesehen hatte, in der Hoffnung, es wäre das Glück in ihren Augen beim Wiedersehen, waren die Schuhe und die nach Geschlechtern nicht getrennte Unterwäsche, ihre Sachen, die in der Diele wild herumlagen, wie vom Leib gerissen. Es musste wieder einmal alles sehr schnell gegangen sein. Und da war er schon fast ein Mörder. So stand er, mit dem liebevoll geschliffenen Messer seines Großvaters aus dem Ersten Weltkrieg, das Roland von ihm noch bekommen hatte als Souvenir. Und er nahm es und warf es in Richtung Capri, welches die Gegenrichtung war, da blieb es an der Küchentür liegen. Beinahe hätte es die Milchglasscheibe getroffen, die er wahrscheinlich bei der Hausratsversicherung hätte einreichen können.

Rosemarie aber war wach geworden, als sie etwas fallen hörte, und schlief gleich wieder ein, nachdem sie Roland an seinen Schritten ins Bad erkannt hatte. Es war also nur Roland. Er war nur Roland. Nur ein Romantiker, nur ein Träumer.

So blieb alles immer im Konjunktiv und Irrealis in seinem Kopf zurück: Es waren wunderbare und grauenhafte Konjunktive darunter, unmögliche Komparative. Aus solchen Möglichkeiten setzte sich sein Leben zusammen und war kein richtiges Leben. Jetzt wusste er es.

Gerade hatte er noch gedacht, dass es nun endlich begänne und eine von ihm nicht mehr zu steuernde Richtung nähme. Dieses Messer hätte ein Lebenszeichen sein können, vielleicht sein letztes, und war es ja auch. Doch nicht einmal dies haben sie von ihm bemerkt.

Das Letzte, was er an diesem Tag vor dem Einschlafen noch machte, war gewesen, diese Nachsommer-Mücke, die ihm das Leben schwer gemacht hatte, erfolgreich ins Paradies zu befördern, was am anderen Tag auch vergessen war. Das war vorerst die einzige Tote in dieser Wohnung. Viel mehr Aufmerksamkeit kam ihr im Universum auch nicht zu.

Und vorher schon hatte er das Messer verschwinden lassen, vom Küchenboden weg in sein Geheimfach getan und auch die entsprechenden Gedanken aus seinem Kopf aufgegeben, von denen jene, um die es ging, wieder einmal überhaupt nichts mitbekamen. Auch nicht, wie er schließlich in seiner Kammer neben der Küche mit einem letzten Bild im Kopf, das am anderen Morgen vergessen war, einschlief und irgendetwas träumte, das auch vergessen war.

Er hätte ewig so weitergemacht, nichts gemacht außer gedacht, was er gerne gemacht hätte. Und alles führte geradewegs in das Vergessen. So führte er ein Doppelleben in seinem Kopf, wo der Schmerz und seine Gedanken über die Nichtigkeit des Schmerzes nebeneinander herlebten.

6. Und anderntags?

Da war wieder einmal alles so, als wäre alles nichts gewesen. Schon vergessen beim Einschlafen.

Die Weltgeschichte war weitergangen, und er war auch wieder aufgewacht, die Weltgeschichte und seine Geschichte liefen nebeneinander her, für ihn ganz offensichtlich, die Welt machte sich nichts daraus.

Er war aufgewacht, zweifellos wach war er nun und musste sich erst wieder einmal damit abfinden, dass er lebte. Ein grauenhafter Kater, als er entdeckte, wo er war. Allein vom Leben hatte er diesen Kater bekommen, in vollkommener Nüchternheit saß er da und lebte.

War es ein Trost, dass dies alles einmal nur in seinem Leben so war? Einmal nur grau werden und Sterben? Alles nur ein einziges Leben lang, das *lang oder kurz war wie die Zeit?*

Rosemarie hatte ganz früh aufstehen müssen, als wäre es nichts, hatte ihm einen Zettel auf den Küchentisch gelegt: *Gehen wir heute Abend Pizza essen? R.* und hatte ihm noch sein Lieblingsmüsli (wollen Sie es wissen?) hingestellt wie eine ausgestreckte Hand.

Roland hatte es gar nicht bemerkt, wie sie wohl schon bald nach sechs aufgestanden war, nicht gehört, wie das Wasser unter der Dusche an ihr herunterlief, wie es klang im Bad, das Wasser auf den Fliesen, und auch jenes Geräusch nicht, wie sie ihr Duschgel nahm und wie sich das anfühlte, wie es brannte wie Gletschereis, wie sie es auf ihrem Körper verteilte, der ein

Luxuskörper war, sagte Onkel Otto von ihm, als wäre er ein Objekt, das seinem tatenlosen Neffen nun zur Verfügung stünde, wie er glaubte, und der wüsste nichts Rechtes mit ihm anzufangen, was er gewusst hätte.

Roland hatte alles verschlafen, auch die Geräusche beim Abstellen des Wassers, wie es klang, als ihre Füße auf der Gummimatte vor dem Spiegel zu stehen kamen, die Fußmassage nebenbei, der Haartrockner der ersten Generation, ein Monster, und wie sie die Niveacreme ins Waschbecken fallen ließ, wie sie sich für den Tag rüstete, es ging alles ganz schnell, und eine Gurkenmaske war noch lange nicht drin oder gar nötig; nicht mitbekommen die Geräusche des Zurückstellens der Dinge an ihren Platz, wie sie dann aus dem Bad herauskam und an ihm vorbeiging, leise die Tür öffnete und hereinschaute und sah, wie er schlief, auf dem Weg in die Küche, wo sie nun mit der Müslischale und ihren Löffeln hantierte, und die immer wieder auf- und zugehenden Alno-Küchenmöbeltüren zweiter Wahl, Fabrikverkauf, dazu die Kühlschranktür von Linde. Wie sie nun fünf Minuten am Küchentisch saß und löffelte und dabei zum Fenster hinausschaute und sich den Tag überlegte und noch einmal in einem Schnelldurchlauf, wie bei einem tödlichen Sturz von oben nach unten, was seither gewesen war, vorüberziehen ließ, seitdem sie von dieser Stelle aus mit Roland nach Capri aufgebrochen war wie ein Krug zum Brunnen, wo er bricht. Wie sie dann wieder aufstand, den Stuhl von sich wegschob und weiterdachte, alles gleichzeitig, noch einmal ganz schnell ins Bad ging und wie es klang, wie sie die Zahnbürste an ihren Platz zurückstellte und dann noch ganz schnell mit ihrer Feuchtigkeitscreme über die Gesichtshaut fuhr, und zuletzt noch der Lippenstift, das Rouge der Saison, und dann hinaus, ihre Schlüssel klangen etwas anders als seine. Das hatte er alles verschlafen und wusste doch genau, wie dies alles geklungen haben musste und aussah.

Sie war verschwunden und hatte Jim und ihn allein in der Wohnung zurückgelassen. Das Schlimmste war immer das

Echo der Tür, die in die Angel fiel beim Hinausgehen. Wie er nun weiterleben musste, nachdem er eine Generalpause lang etwas gehört hatte, das grenzenlose Schweigen zwischen Mikro- und Makrokosmos, das war genau die Stelle, wo er sich befand, und wie es war, allein auf der Welt zu sein.

Hatte sie sich gar nichts dabei gedacht, die beiden so in der Wohnung mit dem Kannegießer-Bett einem daraus resultierenden Schicksal zu überlassen?

Es war ihr erster Tag nach den Ferien im Institut, lange vor Semesterbeginn, die anderen Studenten, vor allem der Philosophischen Fakultät, lagen um diese Zeit, und auch darüber hinaus, noch vier Wochen im Bett, *Seme-sterbe-ginn,* so trennte er nun, las schon seit Tagen aus allem das Wort *sterbe* heraus.

Sie aber war bei ihren Tieren im Labor, ungewiss, ob sie sie wiedererkannten und beleidigt waren wie Katzen; sie war wieder bei ihren Lebewesen, ihren Mäusen, denen es ähnlich ging wie ihm, die nur nicht davon wussten, die vielleicht sogar ähnlich behandelt wurden von Rosemarie, von den Menschen, diesen ungeheuersten Lebewesen, wie er. Rosemarie behandelte sie gut, die Tiere, bis sie verbraucht waren, und dann kam eine neue Lieferung von weißen Mäusen. Sie setzte die Betäubung immer ein klein wenig mehr als nötig ein, behandelte ihre weißen Mäuse human, sie konnten auch nichts dafür, dass sie lebten und Versuchsmäuse waren, die Kleinen, merkten unter ihren Händen nicht einmal, dass sie starben. Sie quiekten nur ein wenig, schnupperten, bis es soweit war, in ihrer Kiste noch etwas an sich und den anderen herum, verglichen sich, ob sie zusammenpassten, und waren möglicherweise schon wieder verliebt wie beim ersten Mal.

Irrsinnige chemische Vorgänge spielten sich in diesen Maushirnen ab, die es doch auch gab, hatten sich bis dahin in diesen Maushirnen abgespielt, hochkomplexe Vorgänge waren das, ausgelöst durch die sekundären Geschlechtsmerkmale einer schönen Maus oder *was weiß ich*, wie Onkel Rudi sagte, wenn er nicht weiterwusste, und sie, vielleicht gerade frisch verliebt, wussten schon gar nicht, dass ihre Geschichte nun bald und definitiv zu Ende war. Jedenfalls gaben sie den Anschein zu leben, so, als wäre ihnen alles egal, so wie den Menschen auch. (So viel behaupteten wenigstens die Experten.)

Rosemarie saß an ihrem Versuch, setzte die Spritzen wie nebenbei und war anderswo, sich ihrer Liebe gewiss und im Glauben, Jim wäre immun gegen die Welt außerhalb ihres Hoheitsgebiets, wäre mit ihrer Liebe geimpft, und der Mensch war jener, der alle töten konnte, nicht nur seinesgleichen, der zwar immer noch nicht Herr über den Tod war, so vielleicht doch über das Leben von weißen Mäusen, mit denen Roland mittlerweile eine Blutsverwandtschaft verband, wie mit allen unsterblich Verliebten.

Eigentlich waren sie nur zum Braunwerden nach Capri gefahren.

Rosemaries Hauptproblem war vielleicht, dass sie alles konnte und in allem sehr gut war, auch im Lieben, was dem Menschen einen bleibenden Schmerz versetzen konnte. Auch Mäuse töten konnte sie, aber so, dass es nicht wehtat. Dass es wahrscheinlich gar nicht einmal so wehtat. Auch darin war sie die Beste, und es war ein Glück für die Mäuse, ohne dass sie dies wussten, dass Rosemarie auch so gut spritzen konnte. Aber vielleicht wussten sie es auch und haben sich das in ihrer Sprache mitgeteilt und sich Zeichen gegeben von Käfig zu Käfig.

7. Plötzlich fand er alles schön und begehrenswert

Solche Tage gab es auch. Ein solcher Tag war heute. Als hätte er ein Aphrodisiakum bekommen oder ein falsch dosiertes Neuroleptikum wie Jim. Oder wie Benn sagte: *Schon eine Pille nimmt dich auf den Arm, und macht das Heiße kalt, das Kalte warm.*

Und was machte er nun?

Roland war nun allein mit Jim, der im Bad *O sole mio* sang, und hörte dies vergnügte Leben an seinem eigentlich ekelhaft runden kleinen Frühstückstisch, von dem man zwar den Münsterturm und den Schauinsland sehen konnte, aber der Tisch war rund und hatte keine Ecken und Seiten, und auf der einen Seite, was eigentlich so nicht gesagt werden konnte, im Süden dieses Möbels konnte man überhaupt nicht sitzen, denn da waren der Heizkörper und die Hauswand mit dem Fenster dazwischen. Roland konnte runde Tische überhaupt nicht leiden, die Demokratie vorgaukelten wie die USA, die doch eine Plutokratie waren. Wie zu dritt an einem runden Tisch sitzen? Und wie zu zweit? Und wohin mit den Ellenbogen? Schreiben an so einem Tisch war schon gar nicht möglich. Aber das war Roland nun egal. Hatte Rosemarie ihm einen Aufheller in sein Müsli getan, das sie, zum Zeichen ihres guten Willens zur Sicherheit auf den Zettel gelegt hatte, auf dem *Gehen wir heute Abend Pizza essen? R.* stand, damit er nicht davonflog? Da saß er nun und versuchte sich Klarheit zu verschaffen, zunächst einmal über seine unmittelbare Umgebung, angefangen mit diesem runden Küchentisch. Beim Schreiben des

Wortes *plötzlich* fand er plötzlich, dass *plötzlich* kein schönes Wort war. Das konnte er daran erkennen, dass er die Probe machte und statt des feinen französischen *ö* ein *a – e – i – o – u* sowie die Umlaute *au – ei – oi* dazwischen setzte. *Plitzlich* und *plutzlich* fand er besonders hässlich, vielleicht das hässlichste überhaupt, außer hässlich.

Er hätte dieses Wort gerne ersetzt durch das alte *Mit einem Male.* Aber er hatte ja nichts zu sagen.

Mit einem Male fand er alles schön, aber dazu musste wohl einer besoffen sein oder einen überdimensionalen Glauben haben, als wäre alles (der Frühstückstisch, Jim, der Münsterturm und dieser Berg, der Schauinsland hieß) gar nicht mehr in sein Leben hineingezwängt wie bisher.

Schon wieder so ein schöner Tag. Diese schönen Tage. Sie überschlugen sich vor Nachsommer-Schönheit.

Roland hatte sich gestern noch in seinem Gebrauchtwagen etwas vorgenommen. Hatte einen Plan gemacht. Und Rosemarie war bald nach sechs aufgestanden und war zur Arbeit gegangen.

Als Jim dann aus dem Bad mit seiner Stimme *Rowländ!* rief, er solle ihm ein Handtuch bringen, und dann, als er im Bad war, ihn aufforderte, er solle ihn nun abtrocknen, wollte er noch *Nein!* sagen, *trockne dich doch selbst ab! – Du Schwein!*, hatte er noch sagen wollen. Auch aus Übermut. *Fuck yourself!*, hatte er sagen wollen, als wüsste er nun mit einem Male, wie es ging und welches die richtigen Wörter waren. Das war alles noch in der Kinderzeit des Wortes *fuck.* Es hatte ja auch bald seine Unschuld verloren.

Jim aber hatte Roland Roland zuliebe ins Bad gerufen. Er wollte Roland nur eine Freude machen. Es war wieder einmal sein Tag der Nächstenliebe. Aber vielleicht hatte er auch nur die richtigen Tabletten genommen. Das war alles: ein Geschenk in Ich-Form, ein Meter fünfundachtzig, damals noch fünfzehn Zentimeter über dem Durchschnitt.

Jim wollte sich nun für eine halbe Stunde zu den Sachen rechnen, und Roland sollte machen können, was er wollte mit ihm, und er hätte nichts damit zu tun, er würde die Augen schließen und wüsste von nichts. Und müsste, weil es Nächstenliebe war, nicht einmal beichten. Ein Geschenk musste man ja auch nicht beichten, das war er alles. Es war Nächstenliebe, was Roland nicht wissen durfte, dass er als Objekt eines solchen Aufbau-Programms figurierte. Mit einer solchen Stimme hatte er es gesagt oder sagen wollen, denn in Rolands Ohren kam diese Stimme mit ihrem *Rowländ!* wie die eines Verführers an, der sein Opfer zu sich zitiert. Dass es als ein Akt der Nächstenliebe gedacht war: Dies brauchte Jim aber auch als Entschuldigung für seine multiple Lust und für Father Hopkins, dem er bei der Rückkehr nach Miami, an die er nun das erste Mal richtig dachte und in den vergangenen Tagen schon hatte denken müssen. Denn er hatte Heimweh nach dem richtigen Leben.

Das Abtrocknen, eigentlich eine Sache von einer Minute, zog sich in die Länge, und danach mussten sie noch einmal duschen und brauchten zwei frische Handtücher. *(Was ist lieben? Ist es ein Tuwort?)*

Rosemarie hatte von diesem Treiben keine Ahnung. Sie saß derweil an ihrem Seziertisch und hatte die Welt vergessen, gerade noch glücklich gemacht durch Jim in der vergangenen Nacht, die immer noch anhielt, mittlerweile in der Endphase ihres Versuchs, für den sie anschließend ein Leben lang mit dem Doktortitel herumlief und mit *Frau Doktor* angesprochen wurde in der Metzgerei und auch sonst, und jedes Mal konnte sie sagen: *Das Frau Doktor können Sie weglassen!* So patent war sie.

Jim aber war das alles wieder einmal höchst unangenehm, als es vorbei war. Er wurde zwar nicht rot. Aber es sah genauso aus. Ein solches Gesicht war es, als er sagte: *Damit du's weißt: Ich weiß von nichts.*

Um zu demonstrieren, dass nichts gewesen war, hatte Jim danach wie nebenher in einem Herrenmagazin geblättert und und und ... dann saß er, schon mit dem vierten Handtuch des Tages um die Hüften, als wäre es am Strand, am Frühstückstisch und wollte ihm schon wieder etwas zeigen.

Jim wollte nun das Heft mit den Frauen mit ihm durchgehen, als therapeutische Maßnahme, wie Roland begriff. Und um auch von sich abzulenken und dem, was gerade gewesen war. Jim sagte, er wolle das Heft seinem Vater schenken, zum fünfzigsten Geburtstag. Und Jim wollte bald mit ihm ins Himmelreich fahren, von dem er so viel erzählt hatte. Wie ihn das schmerzte.

Das Heft mit den Frauen auf dem Küchentisch sollte Roland wieder auf den richtigen Weg bringen, sodass die bald nach dem 22. November in der Kirche geschlossene Ehe eine gültige wäre. Dazu war ja nach katholischer Auffassung dreierlei nötig: der Ehewille, die Ehefähigkeit – beides war nach Jims Auffassung bei Roland sehr in Frage gestellt – und dazu die rechte Form: Am Altar sollten sie einander *ja* sagen, und nachdem sie sich in der folgenden Nacht geliebt hätten, wäre alles unauflöslich.

Das konnte Roland nun gar nicht gebrauchen.

Auch Jim war ja ein seltsamer Mensch in den Augen der Menschen, die nicht so waren wie er.

In seinem Tagesablauf hatte vieles Platz, was auf den ersten und vielleicht auch zweiten Blick sich gar nicht zu fügen schien, nicht nur an diesem Morgen. In seinem Koffer waren Gebetbücher und Pornohefte. Aber er achtete streng darauf, dass sie keinerlei Berührung hatten miteinander. Er wusch sich auch nachher jedes Mal von oben bis unten und sprach dazu den Vers aus dem Psalm 51 Davids: *Wasch mich, und weißer glänz ich als der Schnee.* Und so saß er nun da. Er hätte Menschenfresser sein mögen.

Andererseits hatte er jene schöne Stelle aus dem Evangelium verinnerlicht, wo es heißt, dass sich der Mensch durch Dinge, die von außen kommen, nicht beschmutzen kann. Also keinerlei Vorschriften und Reinheitsgebote. So lebte er. Keinerlei Schwierigkeiten hatte Jim mit diesen Bildern, es war nicht die Spur eines Doppellebens in seinen Augen, das er vielleicht doch führte ein Leben lang, ohne es jemals zu wissen.

Für Pornographie waren die Verliebten dieser Welt noch nie zu haben gewesen.

Und schon gar nicht für jene, die mit dem eigenen Körper nichts zu tun hatten.

Und für psychotherapeutische Maßnahmen, welche ihnen die Liebe ausreden sollten, auch nicht.

Roland war mittlerweile eifersüchtig auf die Wölbungen und Vertiefungen in diesem Heft, auf das Harte und das Weiche, auf das Schwarze und das Weiße, auf die Blicke, die Jims Lust auslösten und Rolands Unlust, der also höchstens als Lückenbüßer in das erotische Programm von Jim einbezogen war. Es war wie bei einer Teufelsaustreibung, bei der die Sünde mit der Sünde getilgt wurde. Es war schon fast Sündenmystik.

Und Roland wurde auf einmal wieder ganz katholisch. Denn er wollte lieben, was Jim liebte. Und der konnte ja alles beichten, so leicht war das Leben.

Und die Sonne schien schon wieder ungehindert in seine Gemächer.

Es war Zeit, in die Stadt zu gehen. Sie küssten sich noch ganz schnell kurz vor der Tür, der eine mehr, der andere weniger.

Und mit der unwillkürlichen Geste eines katholischen Sünders wischte Jim sich dann mit der rechten Hand seinen Mund ab, was Roland zu seinem Glück nicht sah, denn Jim war kein Linkshänder.

Dann gingen sie in die Stadt, ein Stück weit über die Blaue Brücke zusammen und dann jeder für sich, Roland saß bald in seinem philosophischen Verschlag, sah mehrfach den Kant-

Forscher vorbeigehen, und der Tag zog sich auch in die Länge und war ein schöner Tag. Was Jim danach noch machte, wusste Roland nicht. Vielleicht rief er Rosemarie im Institut an, und sie gingen zusammen in die Mensa zum Mittagessen, und Jim sagte dann *gosh!* So schrecklich schmeckte es, und Rosemarie dachte vielleicht, dass er noch beim Aussprechen der hässlichsten Worte der Schönste von allen war, und ihr Kollege Torsten sah genau, dass sie nun einen Neuen hatte und es mit ihm wieder nichts würde. Und mit Augen, die ihm sagten, er solle sich Rosemarie aus dem Kopf schlagen, wenn nötig mit einem Vorschlaghammer.

8. *Versöhnungspizza*

Rosemarie kam erst gegen sieben aus dem Institut zurück und freute sich schon auf die Pizza bei Giuseppe. Aber als sie die Tür aufmachte und sah, was sie sah, war ihr der Appetit vergangen: allein schon wegen dieser Hefte mit den Frauen. Immer brauchten diese Scheißmänner ein Alibi. Frauen waren das Alibi der Ehemänner, die miteinander ins Bett gingen. Und sie blätterten gemeinsam die Magazine durch und gaben kennerische Kommentare, und manchmal nahmen sie auch eine hinzu, in die Mitte und schauten sich dabei lieber auf die Beine als in die Augen, vom Fußballplatz aus gedacht.

Sie war früher vom Institut zurückgekommen, die beiden hatten sich schon wieder vor zwei Stunden in der Wohnung getroffen, saßen nun noch auf der Bettkante beim Blättern in einem Pornoheft und hatten Rosemarie überhört, wie sie mit ihren Institutstaschen hereinkam. Das war schon fast alles. Allerdings hatten sie gar nichts an, und auf dem Kannegießer-Bettlaken, auf ihrem Bett, entdeckte Rosemarie Samen- und sonstige Spuren, Samen- und Blutspuren. Erst vor ein paar Tagen, in der Via del Paradiso, hatte sie Jim allein erwischt, wie er dabei war, sich zu lieben, ganz allein, als sie schon nach fünf Minuten aus dem Bad zurückgekommen war. Das verstörte sie, was jeder, der liebte, verstand. Auch seine Spasmen bei der Liebe. Und jetzt auch noch dies. Es kam also einiges zusammen. Und alles zusammen war zu viel.

Sie hatte keine Ahnung von dem Treiben gehabt in ihrer Wohnung tagsüber und schrie ganz kurz so laut, dass Frau

Breinli oben und Frau Schremp unten ganz nervös wurden. Es war aber kein Schrei, wie sie ihn, jenen Schrei, damals in Minden mit eigenen Ohren gehört hatte bei den Profitlichs ... wo die Frau, vom Putzen zurück, ihren an sich arbeitslosen Erich beim Onanieren entdeckte.

Der! – Du schwule Sau!, schrie Frau Profitlich damals in Minden durchs Haus, sie kannte das Wort schon, bis es schließlich im obersten Stockwerk unter dem Dach ankam und bei Frau Mislimski hängen blieb. Und Rosemarie? *Ich fasse es nicht – was seid ihr doch für Drecksäue!*, schrie sie durchs Haus. Das genügte. Und Roland sah sie schon, wie sie handgreiflich wurde und mit einer Piranha-Miene auf sie losging und mit ihrem Schuh auf sie einschlug. Dann sah er nichts mehr, denn er hatte sich geduckt und ließ alles über sich ergehen wie ein Esel in der Estremadura.

Bald hatte sich Rosemarie wieder gefangen und gesagt, *Schwamm drüber.* So patent war sie, dass ihr alles egal war. Vielleicht hatte diese Szene sogar ihr Gutes und machte ihr den Abschied leichter. *Lass uns zu Giuseppe gehen!* – Sie sprach von einer Versöhnungspizza. Und Jim schaute so, als wollte und könnte er ihr später alles erklären. Und hat es wahrscheinlich auch getan. Wie er das schaffte, erfuhr Roland nie. Aber er schaffte es wohl.

9. Was die Musicbox so hergab

Die Pizza schmeckte ihm nicht. Hatte ihnen aber wieder Appetit gemacht aufeinander. Auf dem Rückweg, immer noch dabei, Jim etwas zu zeigen, gingen sie zu Fabienne in die Brennnessel, wo es damals schon Flammkuchen gab, hartgekochte Eier als ständige Hausspezialiät und Quiche Lorraine und eine Mikrowelle. Und immer noch eine Musicbox. Was die Musicbox so hergab. Die Tüchtigsten sangen mit, in der Ecke saß Heidi wie immer an ihrem Platz und wartete auf einen Anruf, und am Ende lagen sie wieder zu dritt im Kannegießer-Bett und liebten sich, und Roland sah Jim dabei in die Augen, als wäre es Liebe. Und der sah es und schaute zurück, als zwinkerte er ihm zu.

Nachts träumte Roland schon wieder von Vicky Leandros, vielleicht, weil auch ihre Stimme mehrfach aus der Musicbox herausgekommen war, wie sie *Blau, blau, so wie das Meer* gesungen hatte.

Genau in dem Augenblick, als Vicky Leandros wieder *Von Mücken gestochen werden möchte ich nicht auch noch* sagte, wachte Roland auf, gerade wieder war er von so einem Untier gestochen worden. Und überhaupt war es zu spät, um noch einmal einzuschlafen. Und dieser Herbst wurde auch immer schlimmer. Zu allem anderen kam nun Rolands Angst dazu, den sogenannten Anschluss zu verpassen. Die anderen, darunter Rosemarie als erstes Beispiel des richtigen Lebens, machten schon ihre Examina und sahen sich nach Stellen fürs praktische Jahr um.

All diese Nachtgespenster trieben ihn ins tatsächliche Leben zurück. Er werde noch als Parkplatzwächter enden, so wie sie das gerade in Neapel gesehen hatten: An jeder Ecke stand ein Mann und erklärte die Welt, wo es zur Stadt ging und wo die Toiletten waren und solche Fragen, welche ihre Welt auch nicht veränderten, bis Roland noch einmal einschlief. Und wieder erwachte, noch ein Geheimnis, hinter das der Mensch bisher nicht gekommen war. Keiner von diesen Experten wusste wirklich, warum der Mensch immer wieder einschlief und aufwachte und lebte. Sie konnten ihm nur sagen, wie es funktionierte, oder taten so, als wüssten sie, wie alles funktionierte, die Experten.

Bald saß er beim sonntäglichen Frühstück, das zu einem Ritual wurde, zum Brunch ausartete, zu dem man Gäste lud, gerade in der Zeit, als im Münster das Hochamt begann. Rosemarie blieb zu Hause und bereitete den Brunch vor, während Jim und Roland wieder über der Blauen Brücke in der Stadt waren und auf der Männerseite nebeneinander im Münster standen. Jim verstand alles, außer der Predigt und einer für sie eigentlich ungünstigen Lesung aus Paulus, wo es hieß, dass Hurenböcke das Himmelreich nicht erlangen werden. Solchen ungünstigen Sätzen aus der Bibel stellte Jim immer den einen entgegen, dass bei Gott kein Ding unmöglich sei. Nachher, beim Brunch, bekam Roland von Rosemarie dann tatsächlich in Aussicht gestellt, er werde einmal als selbsternannter Führer auf dem Parkplatz an der Wellenbad-Therme arbeiten, wenn es mit der Hausarbeit nicht vorangehe, überhaupt mit seinem Leben nicht endlich vorangehe.

(Aber er schrieb ja schon an seinem Buch. Was mussten das für Leser sein? Er verlangte nichts von ihnen, als verliebt zu sein, und wenn nicht, sich wenigstens daran erinnern zu können, wie es war, wenn jemand *baby* sagte zu ihnen. Denn meist würden es Frauen sein, die sein Buch läsen. Das wusste er schon aus der Zeitung und von Rosemarie. Vielleicht bedurfte es außerdem noch der Voraussetzung, dass sie wussten, dass das Leben kurz war oder sein würde und dass sie die Definition von *tragisch* kannten, die ihm sein Deutschlehrer für später beigebracht hatte, in einer Zeit, als er noch gar keine Ahnung haben konnte davon: *Tragisch ist, wenn es nicht anders geht.*)

Und Rosemarie sagte sich, dass es Zeit wäre, sich Jim aus dem Kopf zu schlagen. Sie musste nur noch das Ergebnis bei Himmelheber abwarten. Das war ihr Frauenarzt.

Jim kam als Vater für sie nun nicht mehr nicht in Frage. Auch wenn ein Gentest dies mit millionenfacher Gewissheit bestätigen sollte.

Die anderen lachten beim Brunch, nebenher liefen *Die Vier Jahreszeiten,* die dümmste Musik bis zu Lortzing, und Rudi von nebenan war auch noch gekommen und hatte gehört, was Rosemarie zu Roland gesagt hatte, sowie Ulli, und beide verhielten sich anders als sonst. Auch sie wollten Jim gefallen und hatten keine Ahnung, in welcher Beziehung die drei mittlerweile standen. Und in Butzbach, von wo im SWF 3 der Zwanzig-Kilometer-Stau gemeldet wurde, war Roland auch noch nie gewesen.

Und außerdem war gemeldet worden, dass ein berühmter Rennfahrer das Bundesverdienstkreuz am Bande bekommen hatte.

Außerdem sollten sie aber so langsam doch etwas finden für Jim, er war ja nicht als Freizeitvergnügen mitgekommen, irgendetwas Sinnvolles auf Dauer, die vorerst eine unbekannte Größe war. Dass Jim abreiste, nach Italien oder Amerika, war auch noch eine Möglichkeit, ein Gedanke oder ein Schmerz, mit dem Rosemarie, Roland und auch Jim mittlerweile schon spielten. Sie gingen aber trotzdem gleich wieder auf die Suche. Auch Rudi und Ulli überlegten mit. Man sprach wieder von Berlitz. Sie waren ja schon zusammen bei Berlitz, unweit vom Fahnenbergplatz, gewesen. Das heißt, sie waren über das Sekretariat nicht hinausgekommen. Englischlehrer gab es in Freiburg genug. Auch dieses Mal wurde es also vorerst nichts. Vielleicht könnte er sogar ein paar Wochen im Schlachthof arbeiten, vielleicht nicht gleich an der Wurstmaschine, aber vielleicht beim Ausfahren, und dann sähe man weiter. (Da war Jim wieder seine Zeit in Latisana eingefallen, und er hatte ihnen von der kaputten Kaffeemaschine und Mamma erzählt, als wären beide ein Witz gewesen.)

So war es eine Zeit lang in Freiburg zu dritt weitergegangen, ohne dass gewürfelt werden musste, wie es weitergehen sollte. Schon wenig später wollten sie um alles würfeln. Aber so weit waren sie noch nicht.

Dies alles spielte sich auf hundert Quadratmetern ab, in dieser Wohnung in der Windmühlenstraße, die Roland erst vor kurzem zusammen mit Rosemarie bezogen hatte, von Anfang an mit Rosemarie, mit dem Schreiben vom Standesamt in der Hand, auf dem stand, dass Roland N. und Rosemarie K. am 22. November heiraten wollten (das war für eine Hochzeit kein so schöner Termin, aber sie wollten noch, wie der Börsianer gesagt hätte, *die Steuer- und die sonstigen Vorteile mitnehmen*, um Letztere ging es, denn sie zahlten ja noch gar keine Steuer). So hatten sie sich diese Wohnung, die in Freiburg eine Kostbarkeit war, zumal für Studenten, eigentlich erschlichen. Das war noch ein Argument dafür gewesen, zu heiraten oder einen Roman zu schreiben. Sie hatten bald tausend Gründe dafür, nur vielleicht den einen nicht. Das war kein schöner Termin mehr, auf den er sich freute.

Windmühlenstraße 17. Vierter Stock. Man sah den Münsterturm und den Schauinsland, blau über blau. Davor allerdings noch eine Ruine, aus der es herauswuchs, die seit dem Angriff Ende November 1944, bei dem das alte Freiburg verloren ging, das wunderschön gewesen sein musste, immer weniger wurde, aber immer noch stand, eine Heimat für Ratten und andere Lebewesen, die auch ihr Futter haben wollten.

Jetzt ging es ein paar Tage lang gut. Von der Hochzeit wurde nicht geredet. Und auch vom anderen wurde nicht geredet. Dem Kannegießer-Bett war dies alles egal.

10. Der alte Abendhimmel war unfotografierbar. Aber erinnerbar blieb er

Hellblaue und rosarote Streifen waren es, wie Strampelhosen, einst getragen von Roland und Rosemarie in ihrer seligsten Zeit, als sie noch auf Händen getragen wurden. Roland wenigstens war einst auf solchen Händen getragen worden, als Stammhalter, als lebendes Stück Unsterblichkeit herumgereicht von Großmutter zu Großmutter, unter dem Christbaum von 1954, und gleich hinter dem Fenster waren es zwanzig Grad minus, so gehütet und geliebt von allen, und auch Rosemarie war, wenigstens von ihrem Vater und den Großmüttern und deren älteren Geschwistern wenigstens geliebt worden, die am Heiligabend 1954 in Minden an ihr herumzupften und herumknutschten und sie wie ein Spielzeug fast erdrückten, bis sie schrie.

Sie hatten ihm nun schon fast alles gezeigt. Landschaft zum Beispiel interessierte Jim nicht, wie sie bald, schon bei den Faraglioni-Felsen angesichts des Meeres, herausfanden.

Als Rosemarie und Roland noch miteinander besprachen, was sie ihm bieten könnten und miteinander unternehmen, waren sie sogleich auf so etwas Weltberühmtes wie den Schwarzwald gekommen. Also fuhren sie schon am ersten Wochenende, nachdem sie sich wieder versöhnt hatten, am Samstag nach der Rückkehr Rolands von der Beerdigung des Großvaters, in den Schwarzwald. Es war eine richtige Tour, Rudi und Ulli waren auch dabei.

Die Deutschen liebten damals den Schwarzwald noch und den Himmel über dem Schwarzwald, auch wenn sie es nicht mehr sagten und sich dafür schämten und wollten, dass Jim alles sähe, was sie sahen. So fuhren sie zunächst nach Horben, das war auf halber Höhe, dann über den Gießhübel, wo sie eine Wanderung machen wollten, aber Jim wollte nicht, dann auf den sogenannten Hausberg, der früher Erzkasten hieß, bis er von blöden Romantikern in Schauinsland umgetauft worden war. Im Haldenhotel ein Stück Schwarzwälder Kirschtorte. *Too sweet,* sagte er. Und noch einmal *sweet.* Da war ein Paar, etwa so alt wie sie, das in Wanderschuhen, Janker und so fort unterwegs war – etwas, das er so noch nie gesehen hatte – vielleicht zur Heideggerhütte, die sie sein ließen. Sie fuhren nur in diese Richtung weiter. Bald zeigte Roland nach oben und sagte:

Heidegger, you know?

No.

Es hatte also keinen Sinn und war überdies die Anstrengung nicht wert, Jim *Sein und Zeit* zu erklären, noch eine unlösbare Aufgabe weniger, ein Buch, das dort, in jenem schönen, ja, gewaltigen Haus, das wie ein Schiff gegen das Nichts hin unterhalb der Hütte stand, geschrieben wurde. Schwarzwaldhöfe waren für Roland das Schönste auf der Welt. Er hatte auf seinen bisherigen Reisen nichts Schöneres gesehen. Die Stararchitekten, die nun so langsam wieder in Erscheinung traten (nach fünfundvierzig war es ja auf diesem Feld ziemlich still gewesen) mussten vor Neid in die Betontreppen beißen, die sie bauten, in eine nach der anderen, wenn sie, vielleicht vom *Hotel Römerbad* aus eine Tour durch den Schwarzwald machten. Dass man in diesen Häusern auch im Prinzip den großen Roman oder einen philosophischen Entwurf zustande bringen konnte, der dann ein philosophisches Jahrhundert lang die Welt beschäftigte, leuchtete Roland ein, ja, sie waren ein ›Schrein des Nichts‹, sie waren das Leben, vor dem nichts als ein mächtiger Misthaufen zu sehen war.

Dies alles ließen sie sein.

Dann waren sie auch schon wieder unten. Unterwegs hatten sich die anderen vier in verschiedenen Kombinationen angeschaut und die Augen verdreht, als sie sahen, dass Jim eingeschlafen war. Und als er wieder erwachte, sprach er von ganz anderem, nur nicht vom Schwarzwald. Und Jim tat Roland unendlich leid, wie er ortlos blühte und schlief. Wie er nicht in den Schwarzwald passte und nicht in ihre Wohnung und ihr Leben mit seinen ganz anderen Maßen, Grundrissen und Schmerzen und Vorstellungen vom Glück.

Und schlafen, die Welt verschlafen und verblühen würde an einem anderen Ort, nur nicht für sie. Heute war es im Schwarzwald.

Immer wieder hatte Roland gesehen, wie er beim Wichsen eingeschlafen war, die Hand noch ganz bei sich, eingeschlafen, wie früher mit betenden Händen.

Am folgenden Wochendende wollten sie wieder eine Tour machen, es noch einmal versuchen, diesmal in ein anderes Tal, und nur zu dritt. Da sagte Jim, den Schwarzwald habe er schon gesehen.

Vielleicht waren es auch wieder nur Sprachprobleme gewesen. Roland und Rosemarie sagten beide *Mountains* und meinten den *Black Forest*.

Jim: *Which mountains?*

Roland: *The Black Forest. The Schauinsland.*

Jim: *Those are hills, not mountains!*

Black Forest? No.

So ging es hin und her. Und Rosemarie ging das alles mit der Zeit ziemlich auf den Keks, wie sie sich ausdrückte. Aber wie hätte sie das auf Englisch sagen sollen? Es machte sie in solchen Lagen dieser Beziehungsmelange besonders wütend, wenn sie die richtigen Wörter nicht fand und einfach *stupid* sagen musste, weil ihr englisches Wortbesteck doch nicht ausreichte, sie hier mit ihren medizinischen Vokabeln nicht weiterkam und zur Demonstration ihres Unwillens nur hinausrennen konnte. Das führte aber nicht weit. Von der Küche aus ins Bad oder über die Diele in eines der drei Zimmer und dann wieder zurück.

Dazu kam die Asymmetrie des Alltags in jenem September, der nicht war wie die anderen: Rosemarie und auch Roland hatten unglaublich viel zu tun, während Jim nicht wusste, was er machen sollte, und daher am Morgen einfach liegen blieb.

11. Wenn es so weitergeht, dachte Roland sich. Über diesen Halbsatz kam er nicht hinaus

Vielleicht war es doch leichter, einen Liebesroman zu schreiben, als zu leben.

Ganz zu Beginn hatte er sein Buch noch *Baby* nennen wollen. Da wäre die ganze Geschichte in einem Wort versammelt gewesen.

Als er jenes Haus, über dessen Eingang *Sei gegrüßt* stand, verlassen hatte, war er noch ein anderer.

Zurück vom Seminar, in dem er mit der vergangenen Nacht im Nacken herumgesessen hatte, sodass keine Speicherkapazität in seinem Kopf übrig blieb, wusste er wieder einmal nicht, was ihn zu Hause erwartete, musste er auch noch an Häusern vorbei, über deren Eingang: *Grüß Gott* und *Sei gegrüßt* stand.

Wenn es so weitergeht, dachte Roland sich, und über diesen Halbsatz kam er nicht hinaus.

Seine Hausarbeit war doch eigentlich eine Doktorarbeit, und Onkel Otto hatte ihn auch schon gefragt, wann er *Doktor* sagen müsse zu ihm, erweitert um eine Zote, die wir hier auslassen. Und als wäre dies nicht genug gewesen, bemerkte Roland ein zusätzliches sonderbares Verhalten an Rosemarie. Mehr bemerkte er nicht.

Ihr, Rosemarie, ging noch etwas im Kopf um, nicht nur diese beiden Männer, die so verschieden waren, dass ein Kopf und ein Leben nicht ausreichten. Es kam noch etwas dazu. Roland hatte ja wieder einmal keine Ahnung. Er konnte zwar nicht wissen, aber denken können hätte er sich das vielleicht, dass Rosemarie so ein Gesicht machte, weil sie Angst hatte, sie könnte schwanger geworden sein, schon in der ersten Nacht, bevor sie Capri verließen.

Rosemarie war schwanger. Doch eher noch wäre Rosemarie auf den Gedanken gekommen, Roland könnte schwanger sein, bei seinem seltsamen Verhalten, das er seit jener Begegnung auf Capri zeigte. Eine Scheinschwangerschaft haben war auch in der Männerwelt gar nicht so selten oder einer Liebe ausgesetzt sein, wie einer Unmöglichkeit, um daran zu sterben. Auch in den Zoos kam es mindestens einmal im Jahr zu einem tödlichen Zwischenfall. Rosemarie und Roland hatten ja kein Wort geredet darüber, nur ihre Hochzeit hatten sie kurz gestreift und Jim, als wäre es etwas, das die zwei unter sich ausmachen mussten, Rosemarie und Jim.

Rosemarie war schwanger. Doch er verstand nichts. Und als wäre dies nicht genug gewesen, verstand er immer etwas Falsches. Derart zurück von der berühmten Universität, hörte Roland, wie sie telefonierte. Er hatte sich wieder einmal in die Wohnung geschlichen, er machte es jetzt immer so, ungewiss, ob er sie dabei ertappen oder nicht stören wollte, und hörte ihre Stimme, vielleicht mit Jim auf ihrem Schoß oder umgekehrt.

Jim lag mit seinem Kopf nicht auf ihrem Bauch, so viel hatte Roland bald aus dieser Stimme herausgehört. Und sie auch nicht auf seinem. So musikalisch war er. Und bald auch, dass er gar nicht in diesem Zimmer war. Rosemarie telefonierte nämlich. Das war ihre Telefonstimme. Vergessen wir die Einzelheiten, wie Roland an seinem kleinen Schreibtisch saß und hinausschaute und hinüberhörte, mit dem Blick zum Schauinsland, Münsterturm und auf die Ruine. Er hörte mit. Das hieß auf Englisch: *overhear,* also gar nicht: *überhören,* sondern das kontradiktorische, ja, konträre Gegenteil, wie er aus der Philosophie, Abteilung Logik, wusste: *mithören.* Wenigstens sein Englisch wurde immer besser. So kam ein Wort zum anderen, als wäre es gut so.

Es war wohl Sonja, mit der sie telefonierte, die um die Ecke wohnte, mit der sie solche Dinge wie eine vergangene Nacht oder den Schnee von gestern besprach.

Das war so schön! – Ich hör's dir an.

Es ist so schwer – das ist leicht gesagt …

Ich weiß … Was soll ich machen?

Es sind jetzt schon fast vier Wochen drüber … und dann noch Roland, ja, Probleme – weiß nicht, wie lange noch …

Er wusste nun, was to *overhear* war. Denn Roland war so hellhörig wie ein Holzhaus und war Linkshänder im Kopf und konnte um die Ecke leben und denken auch in diesem Fall. Ganz langsam dämmerte ihm neben der Vorstellung, dass es für Rosemarie auch einfach *schön* gewesen sein konnte, dass noch etwas war, dass diese *vierte Woche* auch noch einen anderen Sinn haben konnte.

Ihn schwindelte, dann sah er sich am Fenster stehen, dann im Bett liegen, ungewiss, ob es der Tod war oder nur ein Schwindel, und sah sich beim Leben zu.

12. Kein Wunder, dass er schließlich auf Malt Whisky setzte

Roland war eigentlich mit einfacheren Dingen beschäftigt an diesem Tag. Er sollte das Auto vom TÜV abholen, das er gestern früh dorthin gebracht hatte.

In der Garage stand nun *Dialogannahme* über der Werkstatttür. Aber sonst? Das Leben? Das Einzelne? Dazu kam noch die Liebe, als wäre sie die Schulaufgabe des Lebens.

Der Unübersichtlichkeit der Welt entsprach die Kürze des Lebens. Die Kürze des Lebens war das Kapital der Experten und auch der Religionsstifter, der Gurus und aller, die behaupteten, sie wüssten, wie es mit dem Leben war. Oder jener, die es tatsächlich zu wissen schienen, wie sie so in der Garage um sein Auto herumstanden.

Und dann musste er auch noch mit einem alten Ford Escort herumfahren und bekam gesagt, das sei das richtige Fahrzeug für ihn, gut genug für ihn, und es habe eine hohe Lebenserwartung, während seine gleichaltrigen Cousins schon alle im Geländewagen unterwegs waren und ein Verhältnis haben konnten in ihnen, ja mit ihnen. Und er war immer noch damit befasst, eine Kontur in sein Leben zu bringen. Zusammenleben, noch so ein Wort, dachte er.

Erst war ihm Jim wie eine Rückkehr ins Leben gewesen, und er kam sich vor wie Hans im Glück. Doch dann war Jim auch nur einer, dem er am Morgen, wenn Rosemarie aus dem Haus war, zuschauen konnte durchs Schlüsselloch in seiner Einsamkeit beim Wichsen.

Vorerst war Roland immerhin zum ersten Mal an diesem Tag froh; froh, den Leuten in der Autowerkstatt entkommen zu sein, als wäre ihm eine Flucht geglückt, den Experten und dem Handwerkerterror entkommen zu sein, allen, die es den anderen, vor allem den Studenten, zeigen wollten, wie früh sie auf den Beinen waren. Dass die werktätige Bevölkerung, die es damals noch gab, um halb vier schon wieder nach Hause ging, während Rosemarie zum Beispiel oftmals bis Mitternacht noch in ihrem Institut saß, davon wollte die werktätige Bevölkerung nichts wissen.

Er hatte am Vortag den Wagen auf Anordnung des Werkstattmeisters um 6.30 Uhr abliefern müssen und wurde von ihm schon beim Einweisen in die U-Box schikaniert. Als stünde er selbst auf dem Prüfstand. Und es wäre von vornherein klar, dass die Experten zu einem vernichtenden Urteil kämen. Von *Dialogannahme* keine Rede!

Die Autowerkstatt war ein Tribunal, das ihn und sein Leben für ungültig erklärte.

Dort war er dann herumgestanden, und auch diese Experten erklärten ihm das Leben, also auch seines, wer war berufener als sie in dieser Welt, deren erste Liebe dem Auto galt. Und auch das Fahrzeug konnten sie erklären, wie es lief und was gemacht werden musste und wie man mit seinem Liebsten umgeht. Doch für Roland war die Liebe zum Auto eine Spielart der Onanie. Er empfand keinerlei Liebe zu seinem Fahrzeug, und es hat ihn niemals sinnlich erregt, wenn er an sein Auto dachte.

Die Experten gaben sich derweil Zeichen, als Roland auf die Frage hin, was er denn überhaupt studierte, zugeben musste, dass es Philosophie war, ein Wort, mit dem er hier nicht auftrumpfen konnte. *Phi-lo-so-phie – Pi-pi-fa-xie* –, sagte nun der Wortführer, der in einem anderen Leben vielleicht selbst Philosophiestudent in Freiburg gewesen war, auf Auto umgesattelt hatte und nun der Kopf des Betriebs war.

Roland war von Rosemarie in die Werkstatt im Industriegebiet West (auch ein Stück weit Richtung Amerika, wie Jim, von der Windmühlenstraße aus gedacht) geschickt worden, da selbst für Rosemarie so ein Werkstattbesuch zu den unangenehmsten Terminen des Jahres gehörte. Es war bei ihr jedoch aus anderen Gründen. Sie konnte es nicht durchgehen lassen, wie diese ölverschmierten Gestalten mit ihren Augen an ihr auf und ab fuhren und schaute entsprechend zurück.

Roland sah nun im Rückspiegel, wie einer von ihnen mit der flachen Hand mehrfach vor seinem Gesicht hin- und herfuhr und nur ihn meinen konnte, als wäre er nun endgültig übergeschnappt, dabei hatte er in der Zwischenzeit kein weiteres Wort gesagt.

Der hat doch 'ne Meise!, konnte er dem Werkstatt-Leithammel von den Lippen ablesen.

Roland war also einer, der vom richtigen Leben keine Ahnung hatte, dabei war es vielleicht nur die Liebe, dass er so zerfahren aussah. Jim schlief noch, als er das Haus verließ. Und war auch nur aufgestanden, weil Rosemarie ihn geweckt hatte und nun dieses Frühstück anstand, welches für ihn ein lästiger Termin war.

Schon kurz nach acht kam er mit sechs Butterbrezeln zurück, für jeden zwei. Sie wollten gemeinsam frühstücken. Auch Rosemarie war für das Frühstück kurz aus dem naheliegenden Institut zurückgekommen. Doch was für den einen eine Leibspeise war, ja das Einzige, weswegen er noch einmal geboren werden wollte, veranlasste den anderen zu einigen abfälligen Bemerkungen, die deutsche Küche und überhaupt das deutsche Leben betreffend. Als er die wunderschönen herausgebackenen, zu sich gekommenen Brezeln sah, wie sie auf dem Küchentisch lagen als Hauptpersonen, verzog er sein Gesicht und sagte: *Gosh! Pretzels.* – Es musste mit seinem Vater zu tun haben.

Da Roland und auch erst recht Rosemarie nicht mehr geneigt waren, aus Liebe jede Kränkung hinzunehmen (ihres deutschen Lebens vielleicht noch am ehesten, aber nicht eine Beleidigung der deutschen Brezel), maulten sie auch sogleich dagegen.

Rosemarie fragte, ob Roland lieber einen Cheesburger hätte mitbringen sollen?

Daraufhin war Jim im Bad verschwunden, zum Zeichen, dass er mit diesen Leuten nichts zu tun haben wollte wie ein Kind, und tat so, als rasiere er sich, ganz vergnügt und versuchte sich an *O sole mio.*

So etwas Einfaches wie eine Brezel bewirkte also eine zusätzliche Schieflage, welche die finale Krise einleitete.

Als er wieder herauskam, war die Lage weiterhin eine sehr gespannte, ganz unabhängig von der Lage der Welt. So etwa das Tagesbulletin. Kurz vor neun saßen sie an ihrem runden Frühstückstisch, Rosemarie hatte schön gedeckt (was damals von den Studenten kein Mensch machte) und noch eine Kerze angezündet und auch schon wieder *Die vier Jahreszeiten* aufgelegt – dies alles hatte Jim für ein deutsches Frühstück gehalten, weil Rosemarie es immer so gemacht hatte –, und so saßen sie, als wäre das Frühstück mittlerweile schon der Höhepunkt, als Roland sagte: *Ich kann Die Vier Jahreszeiten nicht mehr hören – und außerdem kommen um neun die Nachrichten.* Es war nämlich kurz vor neun. Und dann kamen sie auch: *In der vergangenen Nacht starb Papst Johannes Paul I. plötzlich und unerwartet. Über die näheren Umstände, die zu seinem Tod führten, ist noch nichts bekannt.*

Rosemarie hatte eigentlich wieder ins Institut zurückgehen wollen.

13. Plötzlich und unerwartet

So hatten sie also den September über weitergelebt, -geliebt und -gestritten, bis zum Morgen des 29., als im Radio gemeldet wurde, in der vergangenen Nacht sei Papst Johannes Paul I. *plötzlich und unerwartet* gestorben.

Der Glückliche – hat es hinter sich, so dachte Roland nun, wie er schon lange gedacht hatte, seit Tagen und Stunden, auch beim Blättern in den Todesanzeigen in der Zeitung von gestern. Das dachte er auch, wenn er an Rosemarie und ihre Mäuse dachte und an alles, was jeden Tag auf den Tisch kam auf der Welt mit der Morgenzeitung. Es waren wildfremde Menschen, denen er das, dass sie es hinter sich hatten, jeden Morgen beim Studieren der Todesanzeigen gönnte, und wie erst dem Papst! – alle, die gerade gestorben waren, mit einem *Requiem aeternam* bedenkend, und immer auch ihre erste Erdbeere und ihren ersten Schnee und ihre erste Liebe. Und Roland schaute verträumt.

Der Tod war eine letzte Möglichkeit, ein Ende des Schreckens vielleicht. Rosemarie aber, die immer noch kein Wort darüber verloren hatte, dass es in ihr weiterwuchs, lachte irrsinnig auf, was durch die billigen Fliesen an der Wand und auf dem Boden einen unguten Nachhall hinterließ, etwas Schrilles, begleitet von schrillen Sätzen wie *Das gibt es nicht! Bin ich jetzt verrückt?* – Sätzen, die darauf deuteten, dass es ihr eigentlich egal war, ob der Papst lebte oder nicht. Aber da es dieser war, den sie gerade noch gesehen hatte, wie er sie segnete, war es ihr doch nicht egal. Und es war noch etwas ganz anderes, weswegen sie derart auflachte. Am meisten jedoch, weil alles zusammenkam.

Jim hat von alledem nur das Gelächter Rosemaries mitbekommen und wie Roland wieder einmal verträumt dasaß, hat nur ein Küchengelächter und ein verträumtes Gesicht wahrgenommen und war schon wieder ganz ungehalten, als wollten sie ihm vorenthalten, warum sie so lachten und so schauten. Die Menschen waren eben verschieden. Und reagierten ganz unterschiedlich, wenn sie vom Tod hörten.

Plötzlich und unerwartet – war das etwa erwartet worden?

Papst Johannes Paul I. sei in der vergangenen Nacht gestorben, hörten sie, gefolgt von den Sportergebnissen, den Aktienkursen und dem Wetter, was alles mit diesem Papsttod nichts zu tun hatte.

The Pope is dead! – rief sie nun durch die Küche, schrie sie nun und lachte ungläubig, worauf Jim sie so anblickte, als hätte sie den Papst ermordet, und nicht, möglicherweise, wie es dann ein Gerücht blieb, andere dies getan hatten. Vielleicht auch nur in den Tod getrieben hatten, bis zum Herzinfarkt hin schikaniert im Vatikan, weil sie ihn loshaben wollten. Wahrscheinlich starb er einfach so. Mit diesem Lächeln auf dem Gesicht, so hatten sie ihn doch gerade noch auf der Loggia stehen gesehen. Und die Geschichte von Rosemarie und Jim war genau ein Pontifikat lang gewesen und verschwand wie der weiße Rauch.

Der 29. war der Tag der heiligen Erzengel Michael, Gabriel und Raphael, der 30. der des heiligen Hieronymus, der auch Dichter war, der dem Westen die Heilige Schrift geschenkt hatte, und am Tag darauf feierte die Kirche die heilige Therese von Lisieux, und dann kam auch schon die Beisetzung, und bald war auch dieser Mensch vergessen. Allenfalls *eine* Chance hatte er noch, vorerst nicht vergessen zu werden: Entweder würde nun bald ein tolles Manuskript entdeckt, oder es würde ein Heiligsprechungsprozess eingeleitet und Papst Johannes Paul I. würde in der absehbaren Zeit heiliggesprochen. Doch nichts geschah. So blieb nur der Name in einer Liste von Petrus an und die Erinnerung Rolands, wie er ihn hatte lächeln sehen. Und die anderen zwei würden sich auch daran erinnern, vielleicht nicht gerade jetzt, wo sie dabei waren, sich zu entzweien, aber vielleicht in fünf oder fünfzig Jahren.

Die kleine Therese hatte es geschafft. Sie wurde nach ihrem kurzen Leben bald heiliggesprochen. Und außerdem tauchte noch ein Manuskript auf: *Die Geschichte einer Seele,* die Autobiographie ihrer Seele, mehr noch gelesen als verkauft, eines der meistgelesenen Bücher des zwanzigsten Jahrhunderts, mehr als alle anderen, von *À la recherche* bis zum *Zauberberg.* Was für ein Leben! Davon konnte Roland nur träumen. Und dazu dieses Buch, so gut geschrieben, und doch kannte kein einziger Literaturmensch diese *Geschichte einer Seele.* (Die Theologen schämten sich inzwischen für dieses Werk.) Die meisten Heiligen, außer den Engeln, hatten mindestens ein Buch geschrieben. Aber die Engel waren wenigstens den Evangelisten beim Schreiben behilflich gewesen.

Die Meldung, der Papst sei gestorben, fiel auch noch zusammen mit Rosemaries Angst, sie bekomme ein Kind, und sie wusste nicht einmal, von wem, als wäre es die Angst gewesen, mit einer tödlichen Krankheit infiziert zu sein. Deshalb dieses Gelächter.

Anders als sein Vorgänger und sein Nachfolger, die lange genug vorgemacht hatten, wie sterblich sie waren, als wollten sie es beweisen, hatte dieser Heilige Vater gar nichts von seinem unmittelbar bevorstehenden Ende gewusst, so wenig wie die weißen Mäuse, die in Rosemaries Obhut kamen, und der Tod kam jeweils wie ein Dieb in der Nacht und nahm sie alle mit, dazu ganz für sich, ein kleiner Tod war das, von keiner Fernsehanstalt erwartet oder gar aufgenommen. Keine einzige Zeitung hatte einen Nachruf in der Schublade, ein ganz anderer Tod war das gewesen als sonst.

Auch die konkrete Zukunft, jenes Joint Venture von Männlichem und Weiblichem im Inneren von Rosemaries Welt, war noch ganz offen. Jederzeit konnte Schluss sein. Das hing ganz von Rosemarie ab.

Und Rosemarie musste furchtbar weiterlachen, sodass Roland schon dachte, er müsste den Notdienst anrufen. Und als wäre dies nicht genug:

Gerade im Augenblick der Meldung und des Gelächters hatte sich zum ersten Mal in ihrem Inneren dieses Lebewesen bemerkbar gemacht, glaubte sie zu vernehmen, wie sich da etwas regte in ihr. Das war gewiss eine Einbildung. Und doch. Es war so, als hätte sie ein erstes Mal ein definitives Zeichen des baldigen Krebstodes entdeckt, komische schwarze Flecken an Stellen, wo sie nicht hingehören, oder ein seltsames Ziehen bemerkt, zuletzt war es ein Totalzusammenbruch, eine Sepsis, und so hatte Rosemarie genau im Augenblick ihres Lachens und Aufschreiens zum ersten Mal jenes Leben, das auf Capri zurückzudatieren war, in sich selbst bemerkt, wie es sich bemerkbar machte, vielleicht war es auch nur ein Reflex, erschrocken von diesem Gelächter, das in diesem Bauch ohrenbetäubend gewesen sein muss. Jetzt wusste sie es definitiv. Es war so, als hätte das Leben da drinnen das erste Mal den Kopf geschüttelt und *nein* gesagt.

Sonst war es ein fehlender Zahn, graues Zahnfleisch, nachgebendes Fleisch, ein Bierbauch, ein Hals, eine Oberarmregion, waren es nach und nach erscheinende Altersflecken beiderlei Geschlechts, ein paar Krampfadern oder einfach die Jahre, welche der Liebe ein Ende machten.

Hier war es ein unglückseliges Gelächter und dieser Schreck, die Angst vor dem Leben, die nun immer größer wurde, fast so groß wie die Angst vor dem Tod.

Ein ganzes Papstleben und drei Tage, vom Habemus Papam bis zum Zertrümmern des Fischerrings durch den Camerlengo hatte zumindest die Liebe Bestand gehabt.

Es sei eines der kürzesten Pontifikate der Kirchengeschichte gewesen, war im Deutschlandfunk gemeldet worden. Und ihre

Liebe war nunmehr eine der kürzesten Geschichten, die beinahe geglückt wären, die möglich gewesen waren in der Geschichte der Liebe.

Es gab noch kürzere. Und immerhin: Dieses Pontifikat hatte es gegeben, genauso wie es diese Liebe gegeben hatte, und fast genauso lang.

So hatte vielleicht ihre Mutter gelacht, als sie bemerkte, dass etwas in ihr herumschwamm, und erst recht, als wenig später der Würfelgott gegen Australien entschied und für Rosemarie.

Jim konnte von alldem nichts wissen. Er hat ja nur gehört, wie sie lachte, als lachte sie auch über ihn. Es klang ja auch wie ein höhnisches Auslachen. Dabei lachte Rosemarie über sich selbst.

Mit Jim und Rosemarie war es nun aus. Sie mussten eigentlich nicht mehr würfeln oder auf Thanksgiving oder St. Valentine warten, woran Rosemarie auch schon gedacht hatte.

Jim wollte sofort los. Und es half nichts, dass Rosemarie nun weinte.

Sie hatte sein katholisches Leben bisher für einen Tick gehalten, hatte es amüsant gefunden, wie er vor dem Sex ein Kreuzzeichen machte, und auch erregend, wie Jim jedes Mal im Voraus versprach, es nie wieder zu tun. Sonntags im Münster auf dem Weg zur Kommunion, das war für sie Folklore. Etwas, das es eigentlich nicht mehr gab, wie eine ausgestorbene Krankheit oder den Wisent.

Er hatte gesagt: *Forget about that – es ist aus.* Das war sein Schlusswort.

Und sie hatte das auch gesagt, sich selbst.

Bald hat Jim aber sein *it's over* bedauert und wollte zu Rosemarie hin und *sorry* sagen. Aber es war einmal gesagt, und Sie können sich nicht für alles entschuldigen, indem Sie einfach *sorry* sagen, wie im Fernsehen oder in der Politik. *Don't touch me,* hatte sie ihn noch einmal sehr laut wissen lassen, als könnte sie jederzeit zerbrechen.

Dann hatte er auch noch *Let's go!* zu Roland gesagt, *komm, gehen wir …* ohne zu wissen, wohin. Erst einmal aus dem Haus. Da fiel Roland zum Glück die Hochzeit von Friedhilde und Franz Sales ein, es gab einen Wortwechsel zwischen den beiden, Rosemarie und Roland, auf Deutsch, und am Ende gab er bekannt, dass er mit ihm ins Himmelreich fahre. Ob sie am Wochenende das Auto brauche? *Fahr mit ihm, wohin du willst!* Ein Glück, dass Jim nicht verstand, was sie sonst noch sagte. Der Teufel war dabei auch im Spiel und die schönen Tage von Aranjuez waren endgültig zu Ende.

Einen ganzen Pontifikat hatten sie es immerhin geschafft.

14. Rosemarie dachte nun, dass er ein Fehler war

Vielleicht war es sogar leichter, einen Liebesroman zu schreiben, als zu lieben.

Und früh hatte Roland Angst, verrückt zu werden. Dieselbe Angst hatte nun auch Rosemarie. Vielleicht war es bald soweit.

In zeitlich unmöglichen Abständen lachte und weinte sie hintereinander, ohne die Reihenfolge einzuhalten. Erst lachte sie. Dann weinte sie. Dann lachte sie wieder. Dann weinte sie wieder. Dann lachte sie wieder. Dann schrie sie. Dann beruhigte sie sich.

Das alles war aufgrund eines Ergebnisses der Untersuchung beim Frauenarzt Dr. Himmelheber, zu dem sie noch am Tag der Meldung des Papsttodes gegangen war.

Bei dem war sie noch ganz patent gewesen und gefasst, das noch so ein schreckliches Wort war für das Unfassbare. Aber dann, als sie wieder zu Hause war und keiner es hörte. Denn ihre beiden Männer waren ja gar nicht da. Waren schon unterwegs ins Himmelreich.

Von dem, was sie bei Dr. Himmelheber erfahren musste, hatte sie ihnen kein Wort gesagt. Aber es gab nun keinen Zweifel mehr, man konnte schon erste Lebenszeichen auf dem Bildschirm erkennen.

Sie hatte nun ganz allein zu entscheiden, war ganz allein und würde ihnen, wenn sie zurück wären, Bescheid geben. So dachte sich Rosemarie das.

Es wäre eine Kleinigkeit gewesen für Rosemarie, ohne dass es ein Mensch erfahren hätte, selbst für ein Ende zu sorgen, sie hätte auch würfeln können, ganz für sich (Rosemarie hat ganz kurz mit diesem Gedanken gespielt), oder sonst etwas unternehmen können.

Aber Rosemarie sagte sich schließlich, dass ein Kind der Liebe nicht zur Disposition stand. Als eine Erinnerung an die Liebe – wie in einem Shakespeare-Sonett. Und sollte daraus ein Junge werden, dann, dann würde sie ihn nicht Otto nennen, sondern Jonathan.

Das war der Stand der Dinge in Rosemaries Kopf am Tag nach diesem Tag.

Rosemarie dachte nun, dass Jim ein Fehler war. Und Jim dachte vielleicht auch etwas. Vielleicht, dass es ein Fehler war, nach Europa gekommen zu sein.

15. *Auf dem Weg von hier nach dort*

Die Liebe brauchte ja nicht viel Zeit, weniger als ein brennendes Streichholz. Es genügte immer wieder nur ein Augenblick.

Am anderen Morgen sind sie dann doch gefahren. Mit einer Art Open-End-Ticket.

Außerdem war es auch noch wegen Friedhilde, genannt Emily, und Franz Sales, mit denen er erst im Kindergarten gewesen war, dann in der Schule, und jetzt heirateten sie.

Rosemarie hat Roland gesagt, sie könnten ruhig fahren. Er müsste keine Angst haben um sie, und was so gesagt wird, wenn es weitergeht, nachdem es aus ist.

Auf dem Weg von hier nach dort schauten sie noch bei den Möggingern vorbei, die nicht weit von der Vogelschutzwarte ein großes Haus bewohnten, das ursprünglich dem Abt von der Reichenau gehörte und jetzt dem Fürsten von Fürstenberg, der damals noch nicht alles verkauft hatte, was zunächst der Staat nach der Säkularisierung an sich gerissen hatte und noch einmal gut hundert Jahre später schließlich Privatvermögen des Fürsten geworden war.

Das Haus nannte sich immer noch Jagdhaus, nur weil über der Haustür die Hauer eines Keilers und ein Wappen mit einem Bischofsstab angebracht waren.

Das Schönste war die Wiese zu dem gar nicht so kleinen Tümpel hin, der in der großmacherischen Sprache der Einheimischen als See figurierte, als wäre der Bodensee im Herbstnebel nicht Strafe genug.

Die Mögginger waren Verwandte. Keine ganz nahen, aber so, dass man noch davon wusste und per du war und bei den Hochzeiten und Beerdigungen zusammenkam.

Roland sagte Tante Mausi und Onkel Carl Eugen.

Jim, kaum weg von Freiburg, lebte wieder auf. (Er war dem Leben zu dritt nicht gewachsen.) Und dachte sich schon neue Päpste aus. Wenn er mit ihm allein war, hätte Roland ihn wieder lieben können, so vergnügt und ansprechbar war Jim nun wieder und voller Ideen. Wahrscheinlich hatte er seine Tabletten genommen, wie von Dr. Mors vorgeschrieben. Er hätte ihn schon fast wieder heiraten wollen. Aber das war damals noch nicht möglich.

Die Mögginger waren ein großes Haus, eine richtige Familie, und Roland überblickte vier Generationen. *Wer weiß*, sagte Roland, *vielleicht wird es was – du kannst dem Onkel beim Einfangen und Beringen der Zugvögel helfen. Die kommen nämlich zweimal im Jahr hier durch. Und fliegen dann, wenn sie Italien geschafft haben, bis nach Afrika und weiter.* Sagte Roland. Sie waren ja immer noch auf Suche nach einer Arbeit für Jim, und das war noch ein Grund, ins Himmelreich zu fahren.

Sie kamen um die Zeit des Mittagessens an und wurden auch gleich gebeten, sich an den Tisch zu setzen.

Das gemeinsame Essen war der Krisenschauplatz Nr. 1 bei den Möggingern. Der geheime Krisenherd jedoch war die Liebe, und dass auch all diese Menschen nicht richtig zusammenpassten. Kaum saßen die Gäste am Tisch, stritten die Mögginger schon wieder, Tante Mausi und ihre Tochter Sarah mit Carl Eugen, ganz unverhohlen.

Es war so, dass sogar die Katze immer wieder zusammenzuckte, was sonst nur noch geschah, wenn Düsenjäger im Sommer übers Haus flogen. In der vierten Generation, bei fast jedem Mittagessen, herrschte ein Aufruhr, als wären es Kriegserklärungen, manchmal ausufernd wie im russischen Parlament, sodass die Tiere von ihrem Kissen sprangen und sich davonmachten. Sie haben sich eher noch an die Düsenjäger gewöhnt als an dieses Geschrei; und selbst die Spatzen, die auf den Telefonleitungen oder in einem der Birnbäume saßen, schreckten auf, kamen diese Explosionsgeräusche der Verzweiflung aus ihrem Innersten, und flogen schwarmweise davon, machten sich in die sicheren Gefilde der Luft auf.

Jim erinnerte das an den Krieg von Scranton, und Roland musste gar nichts erklären, musste ihm gar nicht sagen, dass es immer so wäre, und nicht weiter schlimm. Oder doch?

Darf ich jetzt auch mal was sagen? So versuchte sich die Jüngste Definitionshoheit zu verschaffen.

Unvermittelt schlug der streitsüchtig-vorwurfsvolle Ton um in eine Heiterkeit und dann wieder in ein kurzes, erbarmungsloses Schweigen wie der Nachhall eines Gewitters, und dann saßen sie da wie ein Vogelgericht oder wie ein Vorspiel und eine kurze Vorgeschichte eines Vulkanausbruchs, als hätte das eine mit dem anderen nichts zu tun. So war es eben. Und dann schlug es wieder um, und sie haderten wieder (das war der Normalzustand) und warfen dem Mann und dem Vater, der dabeisaß, in der dritten Person *Der*-Sätze an den Kopf. Das war so:

Schau, der –
wie der dasitzt – der –
Waschlappen!
Mensch, guck nicht so blöd! –
Seht ihr, wie der guckt? –
Dieser Waschlappen –
schaut, wie der dasitzt
ja, ja, schau nicht so blöd! – Der! –

Die Zusammenhänge verstand Jim natürlich nicht. Und Roland auch nicht. Oder doch? Es ging wohl auch hier um das Eine, abwechselnd um Geschäfts- und Liebesdinge, um zu viel und zu wenig ein Leben lang. Als hätte dieser Mann allen das Leben verpfuscht und jeder auf ihre und seine Weise.

Und dann gab es noch den kleinen Ehrenfried, der in seinem Laufstall in alles hineinschrie, ungewiss, ob aus Angst oder Hunger oder aus ersten Enttäuschungen über das Leben.

Auch Roland wollte als Kind oftmals davonlaufen, als Kinder wollten alle noch davonlaufen und kamen doch nie über das Laufstallgitter hinaus. Dann hat er geweint, und es war ungewiss, ob dies ein Weinen oder ein Schreien war.

Dieses Geschrei. Und dann schauten sie zwischendurch zu ihm hinab, vom Kinderwagen an, schauten zu ihm hinein und grimassierten wieder, und dies sollte ein Lächeln sein, und klopften gegen den Kinderwagen, so wie die Besucher im Zoo gegen das Gehege der Androiden (Menschenaffen), und dann ging das Geschrei weiter, als hörte das Kind im Stubenwagen es gar nicht. Als sähe er dieses Geschrei nicht. Sehen konnte ein Kind doch auch noch, bald nachdem es geboren war und das Licht der Welt noch nicht erblickt hatte. Das kam zum Geschrei und zum Leben hinzu.

Es gab bald wieder Momente der Besinnung, und dann warf die Älteste ein:

›Nicht so laut! Seid ihr jetzt vollkommen übergeschnappt!‹

Als hätten sie in ihren Kindern Mithörer gehabt, die einmal alles zu ihren Ungunsten auslegen und weitergeben würden.

Wenn die Affenmenschen den Menschenaffen gut zureden wollten und sie für einen kleinen Scherz benötigten, verschafften sie sich Aufmerksamkeit im Gehege per Klopfen, Klatschen oder über das Hineinwerfen einer Banane, was streng verboten war. Und dann wieder im benachbarten Tiergehege der Menschenaffen, Aufmerksamkeit, um auflachen zu können, wie sich die Verwandten auf der anderen Seite des Gitters misstrauisch und gierig zugleich über die Banane hermachten, die allen gleich schmeckte, ob nun vor oder hinter dem Gitter, ob nun als Besucher oder Insasse dieses oder jenes Gefängnisses, wo die Liebe zu Hause war.

Ist ja schon gut!, rief die Großmutter und nahm ihre schon ziemlich schwere Zukunft auf den Arm. Ehrenfried bekam sein Futter und schlief auch schon wieder.

Das verband uns, dass uns nichts verband, nachdem wir einmal das gemeinsame Licht der Welt erblickt hatten, außer den Grimassen und dem Getöse.

Jim war am Ende doch froh, den Möggingern und Mögginggerinnen entkommen zu sein. Auch er, was bisher nur in den depressiven Abschnitten vorgekommen, war nun verstummt. Vielleicht war es auch nur Nachdenklichkeit. Und so fuhren sie noch die restlichen dreißig Kilometer in ihrem Ford Escort weiter, welches in der kurzen Zeit seit dem Führerschein schon das dritte im Autoleben Rolands war. Angefangen hatte alles mit einem VW.

Roland war ebenso froh, für ein paar Tage (mehr war es ja nicht) von Freiburg weg zu sein.

Es war Mittwochabend, als sie ankamen.

16. *Jim im Himmelreich*

Das Himmelreich lag außerhalb einer Ortschaft, die Lebensweiler hieß. Diese war die letzte, von der Welt aus, und die erste vom Himmelreich aus. Das Himmelreich, von dem hier die Rede ist, bestand aus einem größeren und einem kleineren Haus und den dazugehörenden Nebengebäuden, kurz: Es war eine Welt, die für gewöhnliche Stadt- oder Landmenschen schwer vorstellbar war, die ein Leben unter freiem Himmel ermöglichte und zudem, seitdem das Gehen als erstes öffentliches Verkehrsmittel aufgegeben worden war, nur noch mit dem Auto erreichbar.

Nebenan wohnten noch die Gores in ihrem zu einer Kate heruntergekommenen Anwesen. Von ihnen sah man meist nichts. Auch hatten sie schon Rollläden und vom ersten Tag an eine Schmalfilmkamera, die sie eigentlich nur angeschafft hatten, um Liebesfilme zu drehen. Wie weit sie damit kamen? Im Sommer saßen sie wohl hinter dem Haus, man konnte es an den Flaschen hören, aber spätestens seitdem sie einen Fernsehapparat hatten, saßen sie nun das Leben über jeden Abend vor der Glotze und hatten, auch wenn die Sonne noch nicht untergegangen war, die Rollläden heruntergelassen, um besser zu sehen. Es hätte sein können, dass sie den Jüngsten Tag vor dem Fernseher verschlafen hätten, so abgelenkt waren sie damals schon davon.

Schon die alten Gores waren aus dem größeren Haus in das kleinere eingezogen, wo früher die Landarbeiter gehaust hatten, das alte war immer mehr verfallen und stand noch als

Ruine, aus der nun Holunderbüsche und Brennnesseln wuchsen.

Jim war dieses Himmelreich zunächst viel zu bedrohlich vorgekommen in seiner Abwesenheit von der Welt oder anders gesagt: in seiner derartigen Anwesenheit, als er es schließlich nach der letzten Kurve in der Wiese liegen sah.

Man erreichte es in neuen Zeiten auch zu Fuß kaum einmal mehr, es wäre denn an einem Volkswandertag gewesen, den es damals unter dem Namen *Volksmarsch* tatsächlich noch gab. Zudem lag es auch noch am Eingang einer kleinen Schlucht, einem sogenannten Tobel, der den schon etwas psychoanalytisch geschulten Jim ängstigte und Auseinandersetzungen mit seiner Mutter Claire evozierte, ein richtiges Loch, welches einen Mann mit seiner Einsamkeit auf der Welt konfrontierte, der er ausgesetzt war, die auch einem gewöhnlichen Mann, einem sogenannten Gesunden, noch Angst machen konnte.

Es war von Anfang an ein Gleichgewicht von Schauen und Die-Augen-Verschließen.

Jim war als Kumpel oder Kamerad von Roland nach Himmelreich gekommen. Andere Wörter für Männerbeziehungen gab es nicht. Bruder vielleicht noch. Was schon wieder, wenn es nicht ein richtiger Bruder war, etwas Zweideutiges hatte, beinahe ein warmer Bruder war. Und Roland war ja fast schon mit Rosemarie verheiratet. Jim und Roland, zwei Ledige, die zusammen auf Tour gingen und im gemeinsamen Bett ihren Rausch ausschliefen, waren mit dreiundzwanzig noch kein Problem. Der eine hatte den anderen ja auch schon zur Hochzeit geladen.

Beide hatten eine Braut. Sagte man damals noch.

Niemand glaubte, dass da etwas nicht stimmte. Roland würde noch auf Jahre hinaus mit Freunden ins Haus kommen können. Und so haben sie, die anderen, von ihm und Jim überhaupt nichts mitbekommen, und so blieb es.

Sie haben nichts Rechtes davon mitbekommen (außer Rolands Vater vielleicht), zumal nun Hermine am Horizont des Liebeslebens von Jim erschien, was für die Himmelreicher zunächst ein Ärgernis war, denn schließlich gab es im Himmelreich auch noch Töchter.

Auch hatte Jim ein Pornoheft der zweiten Generation mitgebracht, gebraucht, gekauft am Hauptbahnhof in Mailand, und dachte, das wäre etwas für Rolands Vater (nachdem es zunächst etwas für Jim selbst gewesen war), und war schon dabei, ihm das Heft mit den Frauen, die unten immer noch einen Querbalken hatten, zu übergeben, ja, dasselbe mit ihm zusammen anzuschauen.

Hatte er Rosemarie tatsächlich schon vergessen?

Die Familienverhältnisse im Himmelreich waren im Übrigen denen der Mögginger zu vergleichen. Es herrschte eindeutig ein Matriarchat, zumal der Großvater nicht mehr da war (so tot, als wäre er niemals hier gewesen) und sein Sohn nie recht aufgekommen war, mittlerweile auch schon fünfzig Jahre alt, und gar nie so recht an die Regierung gekommen war im Haus, so wenig wie Prinz Charles.

Der Mutter hatte Jim ein Medaillon aus Rom mitgebracht, dem Vater also jenes Pornoheft – und den Schwestern hatte er vorerst nichts mitgebracht. Das sollte aber nicht lange so bleiben.

Untersteh dich! Hatte Roland Jim angeherrscht, als er sah, wie Jim dabei war, die Geschenke aus seinem Koffer herauszukramen …

Er hatte ja vier Schwestern, die Roland in die Rolle des Stammhalters versetzten, Infantinnen, vier Infantinnen, für deren Wohlergehn er auch noch Sorge tragen sollte, als lebten sie in der Vorzeit. So war Jim im Himmelreich nicht einfach ein Besuch, sondern möglicherweise ein Mitbringsel, ein zukünftiger Schwiegersohn, gegen das a priori keinerlei Vorbehalte existierten, denn Jim war ja katholisch und zählte zu den Kaukasiern, wenn auch mit einer kleinen afrikanischen Beimischung aus den Zeiten Friedrichs II. und früher von Kalabrien her, wie sie sofort erkannten oder zu erkennen glaubten. Aber derart verfeinert, dass es für das Himmelreich ein Gewinn gewesen wäre.

Ach, wie der Mensch, paarweise oder nicht, mit der Einsamkeit eines Windsurfers durchs Leben schlitterte, übers Meer, und wie sein Leben mit seinem Sterben zusammenfiel.

Manchmal blieb eine Geschichte übrig.

Zweifellos: Jim gefiel ihnen, aber eher für eine der Töchter als für ihren einzigen Sohn, den sie durch Rosemarie gerettet glaubten. Der Vater hat natürlich wieder alles als Erster durchschaut, kam aber damit in diesem Haus nicht durch, wagte vorerst nicht einmal eine zweideutige Bemerkung. Roland spielte die Rolle des Stammhalters leidlich, fast schon wie eine Zirkusnummer, so wie die Liebe in seinen Augen mittlerweile schon fast eine Zirkusnummer war.

Bei der Vorstellung von Jim, auf die Frage hin, woher sie sich kannten, musste Roland freilich etwas mogeln. Er stellte ihnen Jim als Studienkollegen vor, als Amerikaner, der mit ihm bei Professor von Herrmann Heidegger studierte und mitgekommen war, um das gar nicht so ferne, wie das Himmelreich abgelegene Meßkirch zu sehen, vor allem das Grab Heideggers, für das Meßkirch in aller Welt berühmt war. Vielleicht gäbe es auch noch für zwei Wochen eine Arbeit für ihn, einen Job im Wald oder so. Schon bei *Heidegger* in Verbindung mit *Jim* errötete Roland etwas, zumal er damals schon von Heideggers Liebeseskapaden wusste.

Dass Jim allerdings kaum ein Wort Deutsch sprach, wunderte die Himmelreicher schon etwas. Zumal damals, kurz vor dem Wintersemester 1978, an den Universitäten noch Deutsch gesprochen und gelehrt, gelesen und geschrieben wurde.

Es sei alles übersetzt, ließ Roland sie wissen, und im Übrigen wolle Jim, der sehr wohl Heidegger im Original lese, seine

Sprache nicht mit dem gewöhnlichen Deutsch kontaminieren. Jim hatte keine Ahnung, was Roland den Seinen gerade erzählte, sagte aber nach jedem Satz Rolands *Jawoll!* und *Zu Befehl!*, drei deutsche Wörter, die er aus englischen Nachkriegsserien kannte. Auf Nachfrage hin konnte er ihnen noch als weitere deutsche Wörter *Schnitzel*, *Bockwurst* und *Brezel* aufsagen, sowie *Sein und Zeit*, was die Himmelreicher erheiterte, zumal Jim dabei ein Gesicht machte, als wären das sehr anstrengende Wörter, bei denen man sich gleich übergeben müsste.

Rolands Mutter fragte auch bald nach Rosemarie. *Sie hat die ganze Woche Nachtdienst.* Mit dieser erotogenen Auskunft war sie zufrieden. Und dann fragte sie gleich, ob er eine Braut habe, wie sie heiße, ob sie auch kochen könne und ob er ihr ein Foto zeigen könne von ihr. Und ob er schon Hilda gesehen habe. Oder Marieluise. Oder Elisa. *Das machen wir morgen.*

Jim übergab noch das geweihte Medaillon und auch ein Andachtsbildchen, das den neuen Papst in *Urbi-et-orbi*-Pose zeigte, Johannes Paul I., der schon wieder tot war.

Das Heft hatte Roland aus dem Verkehr gezogen.

Jims Trauer hatte sich rasch verflüchtigt. Vielleicht war sein Schmerz beim Eintreffen der Todesnachricht nur eine Möglichkeit gewesen, von Rosemarie loszukommen?

Roland sagte, sie wären nun müde und wollten bald zu Bett gehen. Es war aber erst viertel nach acht Uhr abends, gleich nach der Tagesschau. Zwar war es draußen schon dunkel, aber das war doch eine Zeit, in der er zuletzt als Kind aufs Schlafzimmer gebracht worden war. Sie hatten selbstverständlich zwei getrennte Zimmer, die aber nebeneinander lagen und auch durch eine alte Holztür mit schöner Fassung von 1773 miteinander verbunden waren, noch ohne Schlüssel, nur mit je einem Riegel auf beiden Seiten der Tür. Statt eines Schlüssellochs ein nachträglich eingebautes Guckglas im Jugendstil.

Kaum waren sie oben, sagte Jim tatsächlich, er sei müde und wolle schlafen. Das war nicht ungewöhnlich. Er lebte sozusagen schon das ganze Leben in einer Art Jetlag und war nicht so wie die anderen mit ihren festen Essens-, Schlaf- und Liebeszeiten. Das kannte er von Scranton und Miami her überhaupt nicht.

Als Roland dann unter dem Vorwand, er müsste noch etwas aus dem Schrank holen, in sein Zimmer kam und Jim vor dem Badezimmerspiegel stehen sah, sah Jim im Spiegel, wie Roland ihn von hinten musterte wie ein Voyeur, und Roland sah über diesen Spiegel, wie Jim *Forget about that!* sagte.

Roland ergab sich, darin war er nun schon geübt, und legte sich mit seinem Julien Green ins Bett.

Also gut, also nicht. Schon gut. Macht nichts. Er las seinen *Julien Green, Jeder Mensch in seiner Nacht,* weiter und hatte als Lesezeichen einen Strohhalm, wie in einem Gedicht von Peter Horst Neumann. Auch dort ging es um ganz Ähnliches, nein: um ihn. Und er hatte als Strohhalm immer wieder dieses und jenes Buch gehabt, angefangen mit der Bibel.

An sich konnte Jim ja nicht einmal beim Lesen allein sein: Immer wollte er die anderen in seine Lektüre hineinziehen, wollte wenigstens die entsprechenden Stellen vorlesen, damit er jemanden hatte zum Mitreden oder Mitlachen und erst recht zum Mitmachen. Auch allein zu essen war ihm ein Unding, allein zu verreisen oder irgendetwas allein zu machen, selbst die Masturbation war für Jim, wie für alle, die sich nur zu zweit vollständig auf der Welt glauben, ob Männer oder Frauen, eine Notlösung, die nicht viel Ehre einbrachte und zudem auf die Lage der Gesellschaft ein schlechtes Licht warf.

Und Roland, nebenan, als wäre es neben einer anderen Welt, schlief mit der Empfindung, allein auf der Welt zu sein, in die Nacht hinein.

Diese Gefühle konnte sich ein Siebzehnjähriger noch erlauben, aber nicht ein angehender Philosoph und Ehemann. Rosemarie hatte ihm ja gerade noch gesagt: *Also, es bleibt beim 22. November.*

Als Jim am anderen Morgen zum Fenster hinausschaute, landete er zwangsläufig bei den Gores, diesen Nachbarn, und konnte sehen, wie Hermine das Blut rührte. Das Schwein hing schon ausgenommen in zwei Hälften von der Leiter, fast schon ein Stillleben.

Im Himmelreich kam dann noch diese Frau hinzu, die Hermine hieß. Von ihr hat Rosemarie auch niemals erfahren.

Roland könne ja auch im Himmelreich nun endlich seine Hausarbeit zu Ende bringen, hatte Rosemarie ihn wissen lassen, jene Frage, die er immer mehr sich selbst stellte: *Warum ist überhaupt …*

Ausgerechnet in diesem Hauswesen fasste Jim nun für die nächsten Tage Fuß, und ausgerechnet bei Hermine suchte Jim Trost, nachdem er sich von Rosemarie wegen ihres Auftritts vorerst etwas zurückgezogen hatte – und sie sich von ihm.

Ihre Anrufe hat Jim ebenfalls mit *Forget about that!* quittiert.

Karl Rudolph und Hermine. Auch sie gehörten zu Rolands Leben. Vor bald zwanzig Jahren war er täglich durch jene Tür gegangen, ihre Haustür, die eher einer Stalltür glich. Zu diesen Nachbarn hatten seine ersten Reisen in die Welt geführt. Roland konnte Hermine leiden. Da war etwas. Und es wäre ein Loch gewesen, hätte sie in seinem Leben gefehlt.

Stichwort nebenan. Nebenan, einst, als dieses Wort noch Sinn hatte und darauf deutete, dass es eine Mitte gab, gegeben haben muss, lebten sie, diese Nachbarn. Die Gores. Die Stiftung Warentest hätte auch sie als Familie nicht durchgehen lassen.

Diese Nachbarn, so nah, so weit: Vom Schlafzimmer aus konnte er auf den Wurstkessel sehen, dem Leben ins Gesicht. Sie lebten hauptsächlich vom Fleisch der Tiere, die sie selbst schlachteten, und was von ihnen übrig blieb, landete wieder im Trog von deren noch nicht geschlachteten und verspeisten Angehörigen und so fort. Die Gores aßen nur am Freitag kein Fleisch, und Freitag war auch kein Schlachttag, da hatten die Tiere frei.

Ach, diese Gores. Was hatten sie für eine Daseinsberechtigung, sie waren ja nicht einmal privat versichert.

Hermine bemerkte bald, wie ein fremder Mann zum Fenster herausschaute und sie beobachtete.

Die Hermine und der Karl Rudolph haben kein rechtes Wort im Maul, hieß es von diesem Ehepaar. Auch der Mann hätte jeden Seitensprung durchgehen lassen, Karl Rudolph, vorausgesetzt, er hätte noch die Möglichkeit dazu gehabt oder bekommen. War leider nicht mehr. Also war er sein späteres Leben lang, nach seiner großen Zeit, auf sich selbst und Hermine angewiesen und hat so, nebenbei, wie von selbst eine vorbildliche Ehe geführt. Das betraf aber nur den Teil von Karl Rudolph.

So eine Drecksau war das, sagte die Mutter von Emily einmal, als sie von Karl Rudolphs großer Zeit erzählte. Das war in den Petticoat-Jahren gewesen. Damit eines der Hauptwörter, welche die Lebensweilerer auf die Gores, auch Hermine, anwendeten, wenigstens einmal vermerkt wäre, schrieb Roland es für später in sein Tagebuch. Die Hausfrauen waren ganz ungerecht. Sie sahen nicht, was Hermine sonst noch zu bieten hatte. Jim sah es schon. Als hätte er das Lied *Gehn wer mal rüber zum Schmitt seiner Frau!* gekannt. Ein solches Gefühl war in seinem Bauch, nachdem er sie hatte derart dastehen sehen.

Sie sei nicht viel wert, sagten die Hausfrauen, wenn nach Hermine gefragt wurde. Sie sei unterwegs von morgens bis abends, die ganze Zeit im Schwimmbad oder liege oben ohne am Baggersee herum, und ab September im Hallenbad, statt für Karl Rudolph und die Ihren etwas zu kochen. Zum Essen gab es dreimal in der Woche Kutteln und Ähnliches aus der Großpackung.

Jim traute seinen Augen nicht, als er am anderen Morgen, aufgeschreckt durch einen Schuss, der von einem Bolzenschussapparat kam, zum Schlafzimmerfenster hinausschaute und einen Körper in zwei Teilen aufgeschnitten von einer Leiter herunterhängen sah.

Innerhalb kürzester Zeit war alles aufgeschnitten und herausgenommen, der Rest hing in zwei Teilen an einer Leiter von der Wand herunter, rechts neben der Tür am Stall, durch die dieses Tier mit seinen Augen ein erstes und letztes Mal herausgekommen war, welche den Gores als Leckerbissen galten, auf den sie schon eifersüchtig geschielt hatten, schon fast im Streit darum, wer nun diese zwei Augen bekäme. Und wieder einmal wurde gewürfelt. Und die Geschwister dieses an der Leiter herunterhängenden und schon ausgenommenen Toten hatten nicht dieses privilegierte Schicksal, zu Hause sterben zu dürfen, derart im Mittelpunkt eines ganzen Tages, und von den eigenen Leuten gegessen zu werden und dass ihre Augen zuletzt Leckerbissen wären, und den Rest von allem bekamen dann geraume Zeit später diese Geschwister selbst von Hermine in den Trog geschüttet. Nein, es war schon etwas Besonderes. Die anderen landeten in der Schlachtfabrik, und ganze Familien wurden dort für immer auseinandergerissen und landeten zuletzt in irgendwelchen Klein- oder Großstadtmägen bis zur Unkenntlichkeit entstellt, durch den Fleischwolf und vorher noch bei Aldi oder – auch nicht besser – beim ersten Metzger am Platz in der Gourmetabteilung.

Alle haben es immer wieder gesehen und gehört, aber nur der Amerikaner regte sich auf, vielleicht nur, weil es das erste Mal war.

Von irgend etwas mussten sie schließlich leben, und alle aßen davon, auch der Pfarrer, der anschließend mit der Wurstsuppe aus demselben Kessel beliefert wurde wie die anderen auch und schon auf diese Köstlichkeit wartete, die Hermine noch am selben Nachmittag privilegierten Personen ins Haus brachte.

Roland wusste schon seit Stunden, dass er drüben war. Er hatte erst seine laute Stimme gehört, seinen Ohren nicht getraut, wie er Hermine, die so um die vierzig Jahre alt war, Dialektwörter nachsprach und ihn zusammen mit Hermine in ihrem Bohnenbeet stehen sah, und die ihm alles erklärte, als hätte es Capri niemals gegeben. War alles nur eine Frage der richtigen Tabletten, wie von Dr. Mors angeordnet?

Man sah gerade noch ihre Köpfe, denn diese Bohnen waren schon ziemlich erwachsen.

Wörter wie *Eigmax*, *Hiepele* und *Zwegschde** hörte Roland, die Jim dann, der ja so gut wie kein Wort Deutsch sprach, nach Hause mitnahm.

(*Marmelade, Himbeeren, Zwetschgen)

In welcher Sprache sie sich unterhielten? Dass Hermine Englisch gekonnt hätte, wäre Roland neu gewesen. Wahrscheinlich schlugen sie sich in der Sprache der Liebe durch. Vielleicht, dämmerte es Roland, waren die Liebe oder auch nur das Liebes- und Leibesverhalten Jims eine Nebenwirkung dieser Tabletten?

Die Liebe als Nebenwirkung. Roland hatte auch darüber nie etwas Rechtes herausbekommen. Als Roland von Jim wissen wollte, was sie solange gemacht hätten, sagte er: *Was schon!* Das war alles.

Jim war kein Verbalerotiker, Voyeur, der sich mit Wörtern und der dazugehörenden Oberfläche zufrieden gab.

Jim und Hermine waren bald im Haus verschwunden. Karl Rudolph war derweil noch zu einer Gelegenheitsarbeit gegen Vesper und Bier aushäusig, und die Kinder waren ja schon um 7.30 Uhr, als der Höhepunkt des Schlachtfests vorbei war, von dem Behindertenbus abgeholt worden und seither nicht zurückgekehrt. Ganztagsbetreuung, Förderstufe I, der im Suff gemachte Nachwuchs kostete den strukturschwachen Landkreis 10 000 Mark im Monat, wie Onkel Otto von den Sitzungen der Kreisräte seinen Stammtischbrüdern zu sagen wusste.

Schließlich von Roland zur Rede gestellt, was er so lange bei Hermine gemacht habe, sagte Jim: *Ich habe gelebt.* Es war sein manischer Tag im Borderline-Bereich, nach Dr. Mors.

Ein Mensch konnte ja mehrere Krankheiten gleichzeitig haben. Vorzüge freilich auch. Das wusste Roland nun.

Und Jim würde diese Wörter wie *Eigmax* direkt von den heruntergekommenen Gartenbeeten Hermines mit nach Amerika nehmen, wie auch die Erinnerung an das, was im Haus vorging, und schwirrten für immer in einer Umlaufbahn.

Kurz: Roland war ratlos. Nicht eifersüchtig, sondern ratlos, und zunächst auch etwas erheitert. Es blieb ihm ja auch gar nichts anderes übrig. Er konnte seinen Fall drehen oder wenden, wie er wollte: Hermine hatte etwas. Das gewisse Etwas. Während andere (er wollte nicht an sie denken) vielleicht das gewisse Nichts hatten.

Bald waren sie also im Haus verschwunden, wo Roland seit Kinderzeiten nicht mehr gewesen war, von dessen Innenleben man Schlimmes hörte, und Hermine war wohl schon dabei, ihm die wichtigsten Tuwörter in der Muttersprache, die auch seine war, beizubringen. Ließ ihn wohl Zeit- und Tuwörter wie *hau gau lau, dau und schdau* nachsprechen. Denn mit all diesen Wörtern und auch noch Dingen kehrte er zurück. Hauptwörter wie *Bloter, Lumpbedier, Lutsch, Schlutt, Seckela und Schdadtmadratz* sowie *nixig (nichts wert)* – (das waren alles Wörter, die in Bezug auf Hermine im Umlauf waren) hatte sie ihm geschenkt. Wer weiß, wie weit er anderswo mit diesen Wörtern kam, Roland taten sie jedenfalls weh. Es gab sogar ein Wort, das hatte im Amerikanischen und auf Himmelreichisch dieselbe Bedeutung, muss ein ganz altes Wort gewesen sein, noch älter als Pfingsten: *So a Schlutt! – So eine Schlutte!* – Kam von *Slut*. Auch das Wort *slot* hing wahrscheinlich damit zusammen, wie er im Wörterbuch herausfand.

Und die beiden freuten sich dabei ihrer Gemeinsamkeiten und, vielleicht mehr noch, ihrer Unterschiede, vielleicht auf dem in die Ehe eingebrachten Schesslong, vielleicht auch auf dem Küchentisch. Was für zwei Schlutten, dachte Roland. Dabei handelte es sich offenbar um zwei Naturbegabungen. Im Grunde blieb Roland nichts als die Bewunderung für solche Gottesgeschöpfe, die wussten, wie es ging, das Leben, ohne darüber nachzudenken.

Erst standen sie zusammen im Garten, dann gingen sie ins Haus, wo sie verschwanden, und bald war zu sehen, dass nichts mehr zu sehen war. Aber so war es.

Einmal, da war Roland noch fast ein Kind, das überall hinkam, auch in fremde Ställe, die niemals abgeschlossen waren, stieß er auf die zwei, Karl Rudolph und Hermine, wie sie gerade aneinander herumfummelten, mitten in diesem Stall, zwischen Futtereimern und Heu, da hat Roland zum ersten Mal diesen BH gesehen und überhaupt: Das sollte die Liebe sein? Wenn das alles war. *Ich komme von den Sternsingern.* Oder war es die Deutsche Kriegsgräberfürsorge oder die Gesellschaft zur Rettung Schiffbrüchiger, für die er sammelte und mit seiner Büchse von Haus zu Haus ging? Roland hatte sie im Haus nicht angetroffen, das ja auch niemals abgeschlossen war, hatte geschaut und gerufen und war dann in diesen Stall hinübergegangen, wo die beiden dabei waren, ihre Vorstellung von Glück zu realisieren. Ein Kind sieht so etwas nicht, dachten sie. Sie lachten blöd, wie Roland so vor ihnen stand mit seinem enttäuschten Gesicht, wurden aber doch rot, und Roland mit seiner Sammelbüchse war ihnen lästig, was man auch noch an diesem schummrigen, fast fensterlosen Ort, wo blutsverwandte Säugetiere, arme Schweine wie sie, ihre Gefangenschaft bis zur Schlachtreife verbrachten, erkennen konnte. Sie hätten auch als Versuchskaninchen angehender Chirurgen in den geheimen Universitäts-OP-Kellern landen können, auf dem OP-Tisch, mit allem Drum und Dran, wie Roland von Rosemarie wusste, selbst der Schmerz und die entsprechenden Schmerzmittel wurden an diesen armen Schweinen von hochintelligenten, vollkommen herzlosen Menschen, die vorgaben, für den Fortschritt dazusein, erprobt. Das waren ebenso unendliche, von niemand aufgeschriebene Passionsgeschichten, für die es manchmal den Nobelpreis gab.

Roland hatte ein Herz für Tiere, war aber nun unbeschreiblich enttäuscht: Das sollte alles sein: zwei nackte Brüste und ein in die Ehe mitgebrachter rosaroter Büstenhalter, der über der Futtertroganrichte lag, und Hermines Kittelschürze, die an einem Nagel an der geweißelten Wand hing, Ton in Ton, fast schon erdfarben, dazu ein unterbelichteter Mann, Karl Rudolph, der an so etwas Gefallen fand? Von Karl Rudolph sah Roland nichts außer Karl Rudolph wie immer. Der einzige Unterschied zu sonst war, dass er bei seiner Stallarbeit nicht rauchte. Er hatte nicht einmal seinen Saumantel ausgezogen. Als wäre dies die Berufskleidung des geborenen Schmutzfinken.

So etwas wollte Roland nicht. Und er nahm Zuflucht zu anderen Liebesbildern.

Immer, wenn Roland in seinem späteren Leben Hermine sah, sah er sie so dastehen, mit ihren zwei Brüsten, und dem rosa Büstenhalter dahinter.

Schon als Kind wollte Roland nicht begreifen, dass dieses: die-eine-Hand-da-und-die-andere-dort alles sein sollte. Und auch der Mund, sein Mund, bekam nicht mehr und gab auch nicht mehr her als das, was so ein Mund hergeben konnte. Und dass es nichts als Milch war, was da aus dieser verheißungsvollen Brust herauskam. War es nicht so?

Es war vielleicht die erste Enttäuschung seines Lebens, noch an den Brüsten seiner Mutter. Roland hat darüber, was er gesehen hatte und welche Wirkung dies auf sein Leben hatte, niemals mit einem Menschen gesprochen, angefangen mit seiner Mutter und später auch nicht.

Dass man je weniger man darüber spricht, umso lieber etwas tut, das war anscheinend ein Naturgesetz, das sonst galt im Leben. *Was sie da machten? – Weiß nicht.*

Was schon!, hatte Jim gesagt. Nichts hörten sie von ihnen, außer, wie Hermine die *Quetschkommode* spielte, wie sie sagte.

Sagte dieses Wort nicht alles? So konnte Roland nun hören, wie Hermine ihm ihre Lieder beibrachte, wie sie nun miteinander *Alle Böcke bocken* spielten und sangen, als wäre es schon Weihnachten. Das war Hermines Liebeslied, das die Nachbarn mindestens einmal im Jahr am späteren Heiligabend hörten. Von der *Dialektik der Aufklärung* haben sie nie erfahren.

Und ausgerechnet hier war Jim gelandet. Zwangsläufig. Roland hatte noch geglaubt, dass er diese Nachbarschaft nicht erklären müsste. Aber dann hat es der Schlachtfestgott so gefügt, dass Jim ausgerechnet an diesem Tag im Jahr zu seinem Schlafzimmerfenster hinausschaute und er seine Tabletten wohl nicht richtig genommen hatte. Dr. Dorfschmid sagte, sie seien eben unterbelichtet; und so war auch dieses Wort eingeführt und der Fall so weit geklärt.

Roland war indes ernüchtert, wenn auch noch lange nicht ganz.

Denn jetzt war auch noch Hermine dazugekommen. Als hätte es Capri nie gegeben. Und Rosemarie und Jim: nie gegeben.

Nun gab es Jim und Hermine, die, wie sich die klügste und zugleich älteste Frau der Gegend, Fräulein Cäcilie Wild, ausdrückte, diesem Hauswesen eine fatale Richtung gab. Die Handarbeitslehrerin Fräulein Wild hatte mit Hermine auch ihre Erfahrungen gemacht und sich noch mit neunundachtzig Jahren daran erinnert, wie sie Hermine, wie die anderen Mädchen auch, von Anfang an zum Nähen und Stricken der Aussteuer anleiten wollte, das war 1944, und wie sie damals schon gedacht hatte, *aus diesem Kind wird nichts*, als sie sah, wie Hermine die Stricknadeln nicht annahm, stattdessen einen Petticoat schneidern wollte. Wo sie dieses Wort Ende 1944 herhatte, wusste Fräulein Wild auch nicht.

Einmal, ganz früh, bald nach der Währungsreform, hat Hermine ein Kind verloren und brachte es in einer Plastiktasche ins Krankenhaus. Vielleicht wollte sie nur alles recht machen.

Wusste ein Leben lang doch nicht, wie dies ging. Und das Düsenzeitalter hatte auch schon begonnen.

Hermine war nach außen hin schon fast in einem Abschiedsalter: Alles noch da, dieses sinnliche Gelächter aus unerfindlichen Gründen und laszive Blickwinkel, die Roland zu verstehen gaben, dass sie ihm immer noch etwas voraus hatte, selbst die Periode, als ginge es immer so weiter. Und dann diese Brüste und dieser Hüftgürtel. Dabei war sie schon Großmutter und wurde es immer mehr.

Auch dieser Mensch war an den verschiedenen Schauplätzen des Glücks gewesen, dessen erstes Beispiel das Meer war. Einmal war auch Hermine am Meer gewesen, das wusste Roland, auch Jim hatte sie von dieser Reise nach Tunesien mit Neckermann erzählt. Wie viel davon, das wusste Roland nicht. Jim war, was Hermine anging, sehr schweigsam, wie überhaupt in diesen Dingen. Niemals hat er über so etwas wie die Liebe gesprochen. Sätze wie, *I love you*, hat Roland aus diesem Mund nie gehört. Nur so viel: Das Meer war auch nichts für sie. Einmal genügte. Wie den meisten Menschen, als hakten sie das Leben ab. *Die Pyramiden habe ich schon gesehen. Muss nicht noch einmal hin.* Das war einer der Hauptsätze des Menschen, und Hermine war zweifellos auch so ein Mensch.

Getrunken haben Jim und Hermine auch. Selbstgebrannten Holunderschnaps und Most. Das hätte er nach Dr. Mors schon gar nicht dürfen. Und Mut antrinken mussten sich diese beiden doch auch nicht. Sodass Roland aus seiner kurzen Erfahrung heraus auch vermutete, dass hinterher mit ihm nicht mehr viel anzufangen war. Roland konnte sie auch bald singen hören. Er versuchte, die *Marseillaise* zu singen und andere Hymnen, *Fratelli d'Italia* und die amerikanische, und zeigte Hermine, wie man dabei richtig die Hand aufs Herz hält, machte er ihr vor. Vielleicht hatte sie dabei den BH schon ausgezogen und stand wie ein kleiner Soldat der Revolution, klein und groß neben Jim.

Hermine war ganz unkompliziert. Sie musste keinerlei Tabletten nehmen. Ging ganz unkompliziert mit ihrer Oberweite um und wurde geliebt deswegen, zu Recht.

Und Jim kam von Hermine mit ihr zurück, leicht schwankend, und versuchte ihr beim Wurstsuppenaustragen zu helfen, wobei seine zwei Eimer immer wieder überschwappten und seine Hose anschließend auch nicht mehr zu gebrauchen war.

Es war schon wieder dunkel. Zusammen mit der Wurstsuppe lieferte Hermine Jim schließlich bei Roland ab. Es war dann nicht mehr viel mit ihm anzufangen.

Jim war vielleicht die einzige Abwechslung in ihren mittleren Jahren, vielleicht sogar die letzte.

Wie Roland ihr diesen Kerl nun gönnte.

Wie alles schon in ein Mitleid mit Jim über so viel Ortlosigkeit im Leben umkippte, seinerseits.

Jeder Tag der Woche war ein Tag, an dem auch das Glück möglich war, wie das Unglück. Es war Samstag. Und jetzt kam noch die Hochzeit von Emily und Franz Sales hinzu, zwei grundverschiedenen Menschen vom Kindergarten an, sodass Roland, der beide kannte aus dieser Hand-in-Hand-Zeit, die noch einen Nachhauseweg kannte, wieder einmal den Kopf schüttelte über dieses Jawort, das dem katholischen Wort *geordnete Sexualität* geschuldet war.

Ruauläänd, schrie Jim durchs Haus, wie sich auch Rolands Mutter noch lange erinnerte. Schon auf dem Weg zur Kirche war Jim noch auf der Suche nach einem weißen Hemd und einer Krawatte gewesen und hatte die Schubladen durchwühlt.

Und immer sah er gut aus, auch wenn es nicht passte, und war den Leuten sympathisch, selbst besoffen.

Ruauländ und sie hatten gerade noch den Bus erreicht, und bald war die Schnapsflasche auch bei ihnen, als hätten sie sich Mut antrinken müssen, wenn sie zusammen verreisten und einander von ganz nah ins Gesicht schauten einen ganzen Tag lang.

Im Konvoi waren drei Busse von Lebensweiler zur Weißenau gefahren, die gemeinschaftszerstörenden Alkoholkontrollen, die auf lange Sicht auch einiges auf dem Gewissen hatten, das schöne alte Dorfwirtschaftsleben zum Beispiel, gab es noch nicht, und auch im Hochzeitsbus, der vorausfuhr, ließ der Fahrer die Schnapsflasche herumgehen, und er war der Erste, der einen Schluck nahm, und dann wieder der Letzte. Bald sangen sie *Die Fischerin vom Bodensee* und meinten an diesem Tag Emily, als hätte sie mit dem Tschoberer-Fränzle einen Fang gemacht.

Franz Sales, der Bräutigam, war ein solcher, der glaubte, dass die Wörter *Schmu* und *Schmusen* einen gemeinsamen Ursprung hatten. Und so lebte er auch.

So stand Roland nun neben Jim und den anderen vor der gar nicht so weit entfernten, vom Himmelreich aus gedacht, Wallfahrtskirche Weißenau, die einem Irrenhaus angeschlossen war. Und Hermine stand auch herum, neben Karl Rudolph, und wartete auf die Braut und ihren schönsten Tag im Leben. (Das hatte sie früher aber auch schon von Pfarrer Hermle an ihrem Weißen Sonntag gehört).

Das katholische Wort *geordnet* für Sexualität war doch eine Unmöglichkeit und wurde es immer mehr: Gab es etwas Ungeordneteres, auch für Roland?

Aus dem Mund eines Papstes vorstellbar war dieses Wort, nicht aber aus dem Mund Jesu. Das war im Grunde kein Trost für Roland, denn Jesus hatte sich vor bald 2000 Jahren zurückgezogen, und seither meldete sich nur noch der Papst mit seinen Verlautbarungen. Vielleicht hätte Jesus über dieses Wort doch einmal gelacht, und dieses Gelächter wäre auch in der Frohen Botschaft erschienen, wo Jesus ja bekanntlich niemals lacht, worauf es Theologen gab, die ein Lachverbot verfügt haben, bis zu Calvin, bei dem das Lachen an der falschen Stelle mit dem Tod bestraft wurde, und Rolands Leben wurde von Stunde zu Stunde ungeordneter.

Mit Emily hatte Roland viel gelacht und hatte sich manches ausgedacht. Sie war Rolands erste Freundin. Emily stammte noch aus der Kindergartenzeit seiner Liebe.

Sie hieß eigentlich Friedhilde. Aber da dieser Name wenig brauchbar war, hat sie vom Englischunterricht an den Namen Emily geführt.

Bis zur mittleren Reife waren Roland und sie zusammen in einer Klasse gewesen. Doch dann musste sie ihrem jüngeren Bruder Platz machen, der für das Abi vorgesehen war. Und sie wurde von ihrem Vater zu einer Lehre beim Zoll angemeldet, der sich davon für die Zukunft Vorteile an der Schweizer Grenze erwartete. Sie verstanden sich damals so gut, dass die anderen dachten, sie hätten etwas miteinander, dabei lagen sie nur nebeneinander auf ihrem Bett und schrieben Gedichte auf dem Bauch liegend, was eine Kunst war, und die unten machten bedeutende Gesichter, so, als hätten sie nichts bemerkt, als Roland und Emily dann nach Stunden herauskamen und schauten, als wäre nichts gewesen. Das war Vortäuschung falscher Tatsachen, ein Straftatbestand am Leben. Manchmal war ja auch etwas in die richtige Richtung. Wer weiß schon noch, was Petting ist. Die Nesensohns liefen mit triumphierenden Gesichtern herum, schließlich war Roland ihr Prestigeobjekt, als wäre es eine Satifikation oder gar eine Rehabilitierung. Aber wofür? Dass Roland doch kein Fehlschuss war?

Die Gerüchte, die damals über ihn im Umlauf waren vom Schwimmbad her, dass er zu lange hinschaue, wollten über Jahre nicht verstummen. Und dass er in der Kirche gar nicht auf die Frauenseite hinüberschaute, sondern sich sogar auf seiner Seite umdrehte und nach hinten schaute, wo die Männer waren, als hätte er zu ihrem Hosenladen hingeschaut, anstatt in Richtung Cyriakus Hermle, der jeden Sonntag wie ein mystisch Verzückter am Altar stand, dabei waren es doch ihre Gesichter, dem Alter nach aufgereiht standen oder knieten sie, und es war herzzerreißend.

Das hat man einem Kind noch durchgehen lassen, selbst einem ungezogenen 16-Jährigen, aber dann war es aus. Er sollte ein Schmutzfink sein, nur weil er schauen konnte? Ja, Augen hatte er, das ist wahr, und die meisten waren hiergeblieben und sahen auch schon danach aus, sodass sich sein Mitleid regte.

Schon verheiratet! – Und die Jahre klangen aus ihrem Mund wie eine Zeit im Gefängnis: *bald sieben Jahre.* Im Extremfall, der kaum mehr vorkam, konnte es auch *lebenslänglich* heißen.

Die meisten seiner Freunde, die er doch gehabt hatte, waren hiergeblieben und schon verheiratet, und für die meisten waren Jim und Roland zwei von ihnen, die nur noch nicht verheiratet waren, die unmittelbar vor der Heirat standen, womit das Leben in zwei Teile fiel oder brach? Noch bis höchstens fünfunddreißig würden sie sich so wie die anderen durchmogeln können, dann würde es kritisch, und oftmals fiel so ein Leben dann wie ein Kartenhaus zusammen.

Also war der 22. November ein guter Termin.

Was sonst noch im Herbst 1978 an den Universitäten und auf der Welt los war, davon haben sie nicht viel mitbekommen. Außer den drei Päpsten freilich, die ihrer Liebe ein Zeitgerüst gaben, und später eine Erinnerung.

Das Problem der Zahnstellung gab es zu allem auch noch. Von ihr hing oftmals ein Leben ab, bis hinauf zum Schützenkönig. Früher sah es bei Emily nach Lächeln aus, auch in Situationen, in denen sie kein lustiger Mensch war. Dabei war es nur die Idee von zwei Hasenzähnen, die hier zum Vorschein kam, wie bei Onkel Felix. Das Hasenzahnvollbild, in der Dentistensprache: Seine Zahnstellung hatte auch ihr Gutes. Man fühlte sich gemeint von ihnen und war immer in eine gute Stimmung versetzt, als wäre alles gar nicht so schlimm. Er hatte ein Schwamm-drüber-Gesicht. Und Emily auch. Später hat sie eine Zahnspange bekommen, sodass jene Emily, als sie schließlich mit Franz Sales der Hochzeitskutsche entstieg, nur noch eine Erinnerung an selige Zeiten war. Der Mensch wollte auf der Stelle Pferdestehlen mit ihr, als er gerade noch daran gedacht hatte, sich das Leben zu nehmen. Dieses Gesicht stand ihr. Roland liebte sie so, wie sie damals war, und hätte es nicht durchgehen lassen, hätte ihr ein Kieferorthopäde auf zwei Jahre eine Zahnspange aufschwatzen wollen.

Vom ersten Brautfahrzeug, dem neuen SEL von Franz Sales, mit dem schon von Anfang an betrunkenen Onkel Otto als Chauffeur, war das Brautpaar in eine hinter der Remise bereitstehende Kutsche umgestiegen und kam so vor der Kirche angefahren, und alle klatschten, wie sie dann mit den Brautjungfern und dem Schleier auf die Kirche zukamen.

Emily, die damals zu allem noch zwei lange blonde Zöpfe hatte, war für Roland so etwas wie eine erste Lebensgefährtin. Die erste richtige Erinnerung an sie war aber der Weiße Sonntag, da hat Emily ihn mit der Kommunionkerze auf dem Nachhauseweg von der Nachmittags-Andacht, die dem Kuchenessen vorausging, heldenhaft verteidigt, mit dieser schönen Kerze so groß wie ein Schwert, die dann auf dem Kopf von Isabel in zwei Stücke ging, nachdem diese versucht hatte, Roland ein Bein zu stellen, sodass er mit seinem schönen Kommunionanzug und seiner Festfliege beinahe in die Wasserpfütze neben dem Misthaufen der Ludeschers gefallen wäre. Das hat Roland Emily nie vergessen. Aus Isabel wurde auch nichts, zuerst lebte sie als Vorzimmerdame und Assistentin eines Gynäkologen. Später ging sie nach Berlin, fuhr, schon in die Jahre gekommen, in ihren hohen Dreißigern auf einem der ersten Wagen bei der Love Parade mit.

Und Emily? Wenn es nicht der Weiße Sonntag gewesen wäre, hätte sie von ihrem gewalttätigen Vater Willi vielleicht ein letztes Mal Schläge auf den sechsten Kontinent bekommen, denn das für sich stehende Wort *Arsch* gab es ja in Lebensweiler nicht. Von Vater Willi gab es noch bis vierzehn, fünfzehn Schläge auf den Unaussprechlichen, Allerwertesten, den sechsten Kontinent. Aber so langsam sollten sie auch aufhören damit, denn Emily war damals schon geschlechtsreif, wie man sagte. Willi, dieser jederzeit gewaltbereite Milchmesser-Assistent und Vater brauchte immer jemanden, den er schlagen konnte, abwechselnd waren es die Frauen, die Kühe, die Kinder. Bei denen ging es zu, wie man sagte. Das alles wusste Roland. Auch Emily, ausgestattet mit dem Helfersyndrom, hatte Roland retten wollen, auch noch in Zeiten, als er selbst eine Zeit lang, in der Sprache der Psychologie, als suizidgefährdet galt. Und schon in ein paar Jahren würde sich für beide die Möglichkeit ergeben, einander zu retten. Das war dann in Berlin. Aber wir wollen nicht vorgreifen, sagte Tante Mausi immer und war schon dabei, ihrer Tochter, die nicht warten konnte, die Tortengabel aus der Hand zu nehmen.

Franz von Sales Tschoberer, der seinen Familiennamen Menschen verdankte, die der Hunger vor dreihundert Jahren aus dem Grenzgebiet von Norden und Süden, von einer Gletscherhöhe herunter, vertrieben hatte, und seinen Vornamen dem Heiligenkalender von Pfarrer Cyriakus Hermle, war eine Zeit lang, und nicht irgendeine, in einem Zeitraum vom Kindergarten bis zum ersten Mal, die es nur ein Mal gibt, Rolands bester Freund gewesen. Viel Auswahl gab es, wie gesagt, zwar nicht, aber immerhin: Freundschaft war vom Himmelreich aus möglich, obwohl die Himmelreicher von den Lebensweilerern immer etwas despektierlich behandelt wurden, als wollten sie etwas Besonderes sein.

Die Möglichkeit, hineingezogen zu werden in ein oberflächliches Tagesgelächter, bot das Himmelreich eigentlich nicht, boten auch die Gores mit ihrem Neigungswinkel nicht, boten auch angrenzende Ortschaften wie Lebensweiler nicht. Nicht nur, weil die entsprechenden Menschen fehlten. Auch zum Schmusen gab es kaum jemanden. Möglich gewesen wäre es schon, abgelegen wie alles war, dieses Mesopotamien. Als hätte es sich hinter den Wäldern versteckt. Das nahegelegene Wäldchen, eine Ausbuchtung des Leopoldswaldes, der von der Donau bis zum Bodensee ging, trennte das Dorf zunächst vom Himmelreich, und dieses Wäldchen hatte im Laufe der Jahre des Lebens den nachwachsenden Einwohnern des benachbarten, immerhin drei Kilometer entfernten Dorfes immer wieder die Möglichkeit geboten, in Liebesdingen dazuzulernen, Nachhilfeunterricht erteilt zu bekommen, auch ihm.

In diesen Dingen war der Bräutigam ein Pionier, der sehr früh angefangen hatte mit dem Schmusen, wie er es nannte. Unvorstellbar, dass Franz nun damit aufhören würde, abdanken sozusagen, und sich ganz auf die Fischerin vom Bodensee beschränken.

Der Nachhilfeunterricht der Dorfjugend fand damals unter der Leitung und auf Betreiben genau dieses Freundes statt, der Automechaniker und Autohändler geworden war so wie andere Frauenarzt, weil er so, wie Franz von Sales glaubte, noch weiterkäme, vor allem in einer Hütte, die sie sich im Hennenbühlwald gebaut hatten. Und nun fuhr er mit Emily auf den Traualtar zu, als wäre es ein tödlicher Baum. Roland konnte sich nicht vorstellen, dass es Liebe war, die Emily in diese Verbindung trieb.

Die Hochzeitskutsche stand, girlandengeschmückt, mit einer Standarte, auf der zwei goldene Ringe zu erkennen waren, als wären es die ersten zwei Glieder einer Kette der lebenslänglichen Gefangenschaft oder der erste Abschnitt in einem Verhängnis.

Als Roland später daranging, diese Non-Fiction-Zeit in *fiction* zu verwandeln, hat er kein einziges seiner Tagebücher, nun schon so zahlreich wie ein Stapel alter Zeitungen, die immer noch nicht weggeräumt, weggeträumt waren, konsultiert, nicht einmal verglichen hat er, ob seine Erinnerungen mit seinen Sätzen übereinstimmten, die Sätze in seinem Kopf mit den Sätzen in seinen Tagebüchern.

Alle Busse und sonstigen Fahrzeuge waren mittlerweile ausgeladen. Die Hochzeitsgäste und die Zaungäste standen am Eingang der Weißenau Spalier. Einige Mannsbilder, die vergessen hatten, den Hosenladen zu schließen, waren von irgendeinem dieser vergnügten Zeitgenossen darauf mit deutlichen Worten hingewiesen worden mit der Hand in Richtung Hosenstall, und die Hosenläden waren vorerst wieder geschlossen.

Erste wortgewaltige Begrüßungen, auch sonst ging es eher formlos zu.

Das Gelächter mischte sich mit dem Atem und dem Rauch. – Sie warteten noch auf den Pfarrer, der sie an der Tür abholen sollte.

Das Brautpaar stand nun mit den Brauteltern, Willi schaute wohlgefällig auf seine Tochter und missgönnte sie Franz Sales, traute sie ihm auch nicht recht zu.

Franz Sales stand mit beiden Händen in den Hosentaschen, es sah nicht gut aus, eher unwürdig, und Roland dachte, ob er nun den Lieblingssatz von Franz Sales zitieren sollte. Aber er, und Emily ganz gewiss, und vielleicht sogar Franz Sales wären nur rot geworden, also sagte Roland gar nichts, sondern errötete nur: *Dreimal in die Hosentasche gefasst, gilt als gewichst*, mit solchen pubertären Sätzen aus dem Mund von Franz Sales auf dem Schulhof war Roland ja groß geworden, ja, eine solche Sprache hatten sie damals für dies alles, und eine Zeit lang hat Franz Sales diesen Satz mindestens zehnmal am Tag gesagt, ob die Pausenaufsicht das hören wollte oder nicht.

Jetzt leckst mich am Arsch! – Wo kommst denn du her? – sagte der Bräutigam, als er Roland mit Jim auf sich zukommen sah. So sagte man nämlich in Lebensweiler und auf der ganzen

Welt, wenn man sich über etwas ganz Besonderes freute. Er hatte mit Roland nicht gerechnet, sonst hätte er etwas anderes gesagt, und nicht so etwas.

Altes Arschloch war als Kompliment das Höchste, fast schon eine Liebeserklärung. So sprachen sie zu Hause, wenn es Liebe war. Roland wusste das genau. Nur Jim wusste es nicht und wollte wissen, was hier geredet und gelacht wurde. Vielleicht lag es auch an der groben Übersetzung Rolands: *You old asshole, are you too there?*, dass er den Kopf schüttelte über diese Leute.

Die Weißenau, bis dahin ein Barockkloster, wurde nun, bei der Eroberung der Gegend durch Württemberger, Badener und Bayern von 1806 an, eine sogenannte Irrenanstalt und evangelisch und württembergisch, nur die berühmte Barockkirche blieb von der glorreichen oberschwäbischen katholischen Zeit übrig, wie auch die nachgewachsenen Irren, die nun unverlangt am Eingang der Wallfahrtskirche standen und eine Art Festkomitee bildeten wie Spalierobst und dem jungen Paar Glück wünschten. Es wäre zu riskant und zu schwierig gewesen, zu aufwändig, dieses Gebäude so nah bei den anderen abzureißen, sonst wäre es gemacht worden. Oder gar zu schließen wie in Italien, sodass sie frei herumliefen, die Wahnsinnigen, bis es zum Mord kam. Und gegen die nachwachsenden Irren, die meist harmlos waren und immer eine Bereicherung des juristisch geregelten Stumpfsinns, genannt öffentliches Leben, konnte man damals, lange vor der Ultraschall-Zeit, noch nicht einschreiten. Eine etwa Fünfzigjährige, sie hieß: das Mauerblümchen, und immer noch nicht erwachsen, fühlte sich als Erstklässlerin ein Leben lang, stand in einem bunten Petticoat und zwei Kleinmädchenzöpfen noch aus den fünfziger Jahren, wie sie Roland seither nicht mehr gesehen hatte, der eine blond, der andere grau, und überreichte drei Gänseblümchen. Sie sei schon dabei gewesen, als Luther auf der Wartburg das Tintenfass gegen den Teufel geschmissen habe. Das hat Emily zum Glück nicht gehört, sonst hätte sie es als böses Omen genommen. Die schlimme Zeit würde auch von selbst kommen.

Das war alles an dieser Kirchentür. Ach, wenn es nicht Gott gegeben hätte, wäre gar nichts mehr übrig geblieben. Für die Armen, für die anderen. Neben Jim und den anderen. Und Roland würde es niemals bis zum Zyniker schaffen.

Da standen sie herum, die Menschen, dick oder nicht, Säufer oder nicht, rotköpfig oder nicht, dumm oder nicht, unglücklich verliebt oder nicht. Wie sie ihn schmerzten, angefangen bei ihm selbst.

Da stand auch Roland nun mitten in einer Irrenanstalt, die zwar nicht mehr so hieß, und wurde Zeuge, wie zwei Menschen, die Roland doch auch liebte, wenn zwar nur irgendwie, offenen Auges in ihr Unglück rannten, indem sie einfach *ja* sagten, sich das sogenannte *Jawort* gaben.

Das meiste, was Roland dann in dieser Kirche herumstehen sah, sah, auch auf den zweiten Blick, nicht nach Glück aus.

So langsam und feierlich wie nie bewegten sich Franz Sales und Emily auf den Altar zu. Verfolgt von Blicken, die teils wehmütig, teils lüstern waren, teils schadenfroh, teils ratlos. Es war ein Schreiten bis hin zu der Stelle, wo sie *ja* sagten, als hätten sie selbst das Todesurteil auszusprechen über sich.

Emily hatte nun ihren schönsten Tag, was man (auch Jim, und alle, die sie kannten) ihr überhaupt nicht ansah.

Das war zwar keine Notehe, und sie glaubte selbst, es wäre alles freiwillig. Im Herbst 1978 war die Hirnforschung (deren erste große Zeit gerade dreiunddreißig Jahre zurücklag) noch nicht wieder ein Thema. So stand sie am Altar und sagte Ja und Amen. Neben ihr der Autohändler, als wäre Emily sein schönstes Pferd im Stall. Sein Jasagen war die reinste Angeberei. Sie aber hatte eine andere Vorstellung von Glück. Es ließ sich vorerst in ihrer Welt nur nicht realisieren. Auch davon, wie vom Glück selbst, wird hier später noch einmal die Rede sein.

Die Kirche: Schön, dass es so etwas gab. Wie sie *Aller Augen warten auf dich* sangen.

Sonst hätten sie gar nichts gehabt.

Die Kirche am Sonntag, über die Jahrhunderte verteilt, hatte den Menschen noch etwas Licht gebracht, diese Worte, diese Poesie. Die *Missa in honorem Papae Marcelli*, der Kontrapunkt auf den kühn nach oben gebauten Emporen oberschwäbischer Dorfkirchen für zweihundert Seelen. Und alle konnten das Vaterunser auswendig … Sonst hätten sie gar nichts gehabt. Wären niemals in Berührung gekommen mit dem Schönen. Sonst hätten sie auf den Flohmarkt gemusst.

Emily stand im Übrigen in einem üppigen weißen Brautkleid am Altar und war noch von hinten eine Zier, während der ganzen Zeremonie in der Kirche sah man ja vom Brautpaar nur die Rückseite und einen entsprechenden Schleier, der in eine Schleppe überging, bis zur Treppe hin, die in jeder katholischen Kirche das Sakrale vom Profanen trennt. Vier Brautjungfern gab es auch noch. Und daneben Franz von Sales mit seinem ausrasierten Nacken, eher schmucklos, aber doch schmuck.

Sie (Emily, Franz Sales, Roland) waren seit dem Weißen-Sonntags-Ausflug nicht in dieser Kirche gewesen.

Roland stand neben Jim auf der Männerseite. Er war wie damals auf dem Petersplatz aber abgelenkt vom Altar, als er sah, dass Jim an ihm vorbei immer wieder zu Hermine hinüberschaute, die auf der Frauenseite eine Bank vor ihnen im Seitenprofil zu sehen war, wie ihre Oberweite in diesen Hochzeitsmorgen hineinreichte bis zu den Augen von Jim, der an der richtigen Stelle das Kreuzzeichen und die Verbeugungen machte, die richtigen Antworten, auch auf Lateinisch.

Der Mann aus Amerika stahl den zweien am Altar die Show, kaum, dass die Gemeinde ihn beim Herumschweifen entdeckt hatte. Ungeniert gingen sie mit ihren Augen auf ihm auf und ab. Und andere drehten sich unverhohlen immer wieder nach ihm um. Es war nicht anders als auf dem Katzenball am Schmutzigen Donnerstag. Freilich schauten nicht alle Gäste so. Nur jene, die Augen dafür hatten, die am Verkehr teilnahmen, und jene, die in der Rauschzeit waren, wie bei den Wildschweinen die Paarungszeit genannt wird. Roland verstand sie ja. Es war ein Mittelding aus Mitleid und Eifersucht.

Es gab an diesem Tag wenigstens keine Schlägereien, die immer ein Zeichen waren, nicht recht befriedigt worden zu sein. Doch erste Anzeichen, dass auch eine Hochzeit nicht mehr die alte war, gab es schon in der Weißenau und erst recht später im Hasensaal in Hinterstenweiler.

Arme Emily. Im Verlauf einer Generation war aus dem Sakrament der Liebe ein Karneval geworden. Der Schleier wie aus der Requisitenkammer. Ihre Mutter hatte noch eine richtige Hochzeit gehabt, auch war sie wahrscheinlich noch Jungfrau oder gab sich wenigstens so, legte Wert auf den weißen Schleier, als wäre er ein Alibi, und hatte ihren Mann eigentlich gar nicht ausgesucht, so wenig wie er sie: Die beiden waren eigentlich nur zusammengelegt worden wie zwei Vermögen, und der Priester gab den Segen dazu. Es war der schönste Tag in ihrem Leben, wie ihr versprochen worden war, vielleicht sogar die Nacht, auf die sie zuwarteten, die beiden. Arme Emily: Ihre Hochzeit war nun voller Zoten und voll von auf Vergnügen angelegter Gäste, wenn wir die Eltern und Großeltern und die Verwandten abziehen … und Franz Sales musste sie nun auch noch ertragen.

Einige von ihnen hingen immer noch an der romantischen Vorstellung einer weißen Hochzeit wie einer weißen Weihnacht, die auch immer seltener wurde.

Emily hatte vielleicht von Anfang an gar nicht hingehört, auf das, was der Priester sagte, war viel zu aufgeregt, sie könnte das *Ja* verpassen – oder *nein* sagen, so wie sie auf dem Friedhof auch Angst davor hatte, in Gelächter auszubrechen. Das war alles, woran sich Emily später erinnern konnte, wenn sie an ihren Bund fürs Leben dachte. Und dass die Hochzeitsnacht ausfiel.

Die Psychologen hatten einen Namen dafür.

Fräulein Hafner spielte die Orgel. Hintereinander liefen Jim und Hermine dann zur Kommunion, untermalt von einer Orgelvariation auf: *So nimm denn meine Hände und führe mich,* das passte immer, was dann wieder bei der goldenen Hochzeit gespielt wurde, und auch im Requiem.

Danach fuhr die Hochzeitsgesellschaft im Konvoi nach Hinterstenweiler im Fuchstobel, wo der Hasensaal für die kommenden Dinge angemietet war. Auf dem Balkan oder in der Hohen Tatra oder in der Sierra Madre lief das alles wahrscheinlich genauso in den Köpfen der Menschen ab, die insofern auf der Welt waren, als sie vom Glück wussten und so viel mitbekommen hatten, dass sie sich vorstellen konnten, was Glück war, diese eine Idee, mit der sie ein Leben lang gestraft waren. Einige von ihnen sahen so aus, als wäre ihnen nur der Hasenplatz übrig geblieben im Leben. So saßen sie in diesem Hochzeitssaal. *Hasen … Hinterstenweiler …* – So wenig Mut? Als wäre ihnen bei der Verteilung der Plätze des Lebens nur die hintersten übrig geblieben auf der Welt, der Hasenplatz. Solche Menschen gab es. Und manches Mal mussten sie unter die Leute, wie ein seltenes Tier. Die Kirche war vorbei, die ersten roten Gesichter sagten Roland, dass es außerdem Menschen gab, die an der Flasche hingen und bald ihr Innerstes nach außen kehren würden, so wie es Tatjana Lohuwenko an der Stange vorgemacht hatte. Ewig verschreckte Menschen und andere, die sich bald gehen ließen in *Gedanken, Worten und Werken,* wie es beim Beichten hieß

Doch bevor es so weit war, kam erst noch Fräulein Wild, stand auf und sang *Sah ein Knab ein Röslein stehn.* Ihre klare Stimme klang wie ein Beweis. Und das blieb: dass ihre Augen wie Tauben waren oder wie etwas, das ins Universum leuchtete. Sie hatte ein Hochzeitssträußchen am Revers ihres gepunkteten Kleides. Darüber ihr Haar, das noch ganz weiß war. Die anderen älteren Damen waren alle schon blond.

Grau werden ging an sich auch nur einmal im Leben. Es war etwas so Altmodisches wie ein Gesicht und ein Gedicht … dazu ihr weißes Haar zu einem Zopf gebunden und ihre blauen Augen, ein Lächeln, ein schnell verfliegendes Erröten beim Wort *Knab*.

Vorgeschichte und Nachspiel: Zu Hause, wenn Gäste kamen, trug sie mittlerweile unaufgefordert eine Ballade von Bürger vor, bis zur letzten Strophe, um zu zeigen, dass sie noch ganz da war, so wie Kinder zu zählen und zu malen anfangen, wenn Besuch kommt, um vorzumachen, was sie schon alles können. Manchmal sang sie lateinisch das Vaterunser im Tonus Gregorianus IV. aus Angst, sie könnte ins Heim kommen. Aber gerade dies veranlasste Neffen und Nichten, darüber nachzudenken, ob dieses Singen aus heiterem Himmel nicht ein Zeichen sei, so langsam sich mit dem Gedanken anzufreunden, für Fräulein Wild einen Heimplatz zu finden. Aber da Fräulein Wild eine Rente bekam, von welcher außerdem noch ein Bausparvertrag finanziert werden konnte, ließ man sie dann zu Hause sterben und sorgte auch dafür, dass dies nicht allzu früh geschah.

Die Sprachbegabteren unter den Frecheren der Betrunkenen trugen mittlerweile schon gereimte Zoten vor.

Selbst der Brautvater und Kriegsheimkehrer glaubte noch, nicht mehr ernst sein zu müssen. Auch der Priester am Altar war schon *stimmungsmäßig* in diese Art Festlaune einbezogen worden. Als wäre es nicht mehr fürs Leben, sondern nur noch bis zum nächsten Mal. Es fehlte gerade noch, dass sie gelacht hätten, als er mit seinem, *bis dass der Tod euch scheidet*, kam. Auch der gealterte Brautvater hielt eine launige Rede und schweifte mit den Augen herum und blieb an den Frauen hängen, noch so ein Widerling.

Wie soll ich es sagen?, hätte Rosemarie vielleicht gesagt, an die Roland seit Stunden kein einziges Mal gedacht hatte, als wäre er schon dabei, ein Trauma zu verarbeiten.

Jim trug offensichtlich zur erotischen Grundstimmung des Tages bei. Die Blicke ruhten dabei ganz ungeniert und wohlgefällig auf dem Fremden, als wäre es etwas ganz anderes, nur weil er aus Amerika kam. Als verstünde er ihre Blicke nicht, nur weil er nicht verstand, was sie sagten. Sie schauten so, als wäre er ein schönes Auto und nicht ein schöner Mann.

Es gab natürlich, außer dem Brauttisch, keine Tischordnung, und doch wussten alle, wo ihr Platz war, als wäre es im Stall.

Jim und Roland kamen am Ledigentisch zu sitzen, wo es bald zuging.

Bockspringen fehlte gerade noch.

Der schönste Tag im Leben war nun ein wüster Tag geworden. Emily gefiel das gar nicht. Sie hatte ihre Hochzeit eigentlich noch ernst genommen und musste nun sackhüpfen und zum Schinkenklopfen auf die Bühne und die Hände der Schinkenklopfer erraten.

Nun gut. Die anderen wollten auch etwas von diesem Tag haben (wenn Sie es nicht glauben, kann ich Ihnen die Adresse geben). Franz Sales hatte Emily schon die erste Hand vorgeflüstert (aber nur aus Eifersucht, nicht aus Liebe) und wurde prompt von einigen Stimmen aus dem Saal, die *Sauerei!* über die Köpfe hinwegriefen, als Spielverderber beschimpft.

Es folgte ein Beifall wie im Bierzelt, und das Spiel war aus.

Und dann die immer schmutzigeren Anspielungen vorwitziger Couplet-Darsteller aus der Kindergartenzeit und noch einmal Gedichte selbst ernannter, schon verheirateter oder immer noch lediger Festredner aus der Schulzeit, die arg Gereimtes vom Blatt lasen, wie es war, als die Braut noch in die Hose machte; und auch von der ersten Liebe und anderen Schandtaten aus dem früheren Leben wurde in Reimform berichtet, als wäre es ein sogenanntes Vorleben gewesen, das nun in diesem Tag und ein paar Stunden später in der Hochzeitssuite gipfelte, als wäre dieser Tag ein Fest für Schmutzfinken gewesen. Die Hochzeitsredner von 1978 trauten sich immer mehr, schließlich waren sie durch die Oswalt-Kolle-Schule der Aufklärung gegangen von *Helga* an (dieser Name kam ab da im Taufregister überhaupt nicht mehr vor) bis zu *Dein Mann, das wunderbare Wesen*, als wären dieses Leben und dieser Tag ein großer Witz, dessen Pointe in einer Begattung gipfelte.

Dies für Roland alles mit Rosemarie und Jim im Nacken.

Das war nun eine Hochzeit auf dem Land. *Man glaubt es nicht!* (Tante Mausi)

Meist fiel die Hochzeitsnacht schon aus.

Und dann gab es eben auch noch von dieser Art Leben ganz unkontaminierte Erscheinungen wie das unvergessliche Fräulein Wild, ein wunderbares Neutrum, das Roland Lesen und Schreiben, Singen, Heimatkunde und Biologie beigebracht hatte, ohne dass ein einziges Mal das Wort *männlich* oder *weiblich* fiel, als wäre es und alles eine Unterabteilung des Religionsunterrichts, der Pfarrer Hermle vorbehalten war, dreimal in der Woche, las *Kreuz über Mexico* vor statt der Bibel und stiftete Roland zur Idee an, Missionar zu werden und die Menschen zu retten, ohne auch nur einen von ihnen verstanden zu haben oder gar zu kennen. Bald glaubte er sich berufen. Und dass selbst noch Schönschreiben und was sonst zum Leben gehört, brachte sie ihnen bei, als wäre es in Sütterlinschrift zu beschreiben, oder versuchte es wenigstens.

Sie ging mit dem Pflanzenbestimmungsbuch durchs Leben, war niemals verheiratet und hatte eine unerklärliche Freude.

Und da kein Schriftsteller dieser Welt sich mit so etwas befasste, dachte Roland damals, er müsste Notizen machen, es wenigstens aufschreiben, und sie alle würden dereinst einmal in seinem Roman landen oder vergessen sein. Sie konnten auch nichts dafür, dass einer wie er ausgerechnet bei ihnen das Licht der Welt erblickt hatte.

Über all diese gemeinsamen Daten des Lebens hinaus glaubte er aber trotz allem immer noch, dass da etwas war, ein heiliger Rest.

Der Bräutigam war mittlerweile auch verschwunden, saß in der Bar, zusammen mit Jim. Bald kamen sie gemeinsam von der Toilette zurück und hatten schon auf dem Hinweg die Schönheit der Frauen gepriesen und gaben ihre Größe an und machten Gesichter und Zeichen, die man sogar auf den Fidschis verstanden hätte.

Noch später war Jim mit Franz von Sales, mit dem Roland schon im Kindergarten gewesen war, wo er Roland unbedingt seinen Schwanz zeigen wollte (in des Autohändlers Erinnerung war es nun vielleicht umgekehrt), besoffen an der Bar hängengeblieben, die Braut war entführt, und Arm in Arm gingen Jim und der Bräutigam schon wieder zum Schiffen und lobten auf dem Weg dahin in allen Weltsprachen noch einmal die Schönheit der Frauen und suchten nach den richtigen Worten. Das völkerverbindende Wort war *fuck*.

Daraufhin stritten sich Roland und Jim lauthals.

Und Hermine musste auch wieder irgendwo im Saal sein. Wahrscheinlich war es ihr auch so gegangen wie Rosemarie und ihm. Denn auch im Himmelreich begann jede Liebe mit einem Blick. Viel mehr hat Roland auch nicht in Erfahrung bringen können. Aber wie er sah, wie sie schauten und lachten und Bier aus der Flasche tranken, hat Roland ihn gepackt und gesagt: *Wenn du nicht sofort …* Und Hermine fragte: *Bist du jetzt ein Spielverderber?*

Vorher schon war Jim mit Hermine in der angrenzenden Obstwiese verschwunden, die nachts ein riesiger Darkroom war. Das war nicht auszuhalten, also hat Roland gesagt *Wir fahren*, als wäre dies die Summe dieses Tages. Das war, als über das Mikro bekannt gegeben wurde, dass nun gleich der erste Bus zurückfahre. Und dann sind sie über das Himmelreich noch in der Nacht und hochalkoholisiert und erst geifernd, und dann schlafend oder beinahe schlafend, nach Lebensweiler zurückgefahren. *Wenn du nicht sofort!* Das war ein Ultimatum. Das war so heftig, dass Jim es als ein Zeichen der Liebe nahm. Und dann noch die restlichen Kilometer von der Molkerei aus, wo der Ford Escort den ganzen Tag gestanden hatte, unabgeschlossen wie nie zurück ins Himmelreich.

Das gab es wohl auch noch, anderswo: eine Liebe, zwei, einander ganz verfallen, wie seit Romeo und Julia nicht mehr, ein Leben lang, bis zum Tod, wie zwei Enten.

Vielleicht hatten sie sogar das Glück, gemeinsam von einem Jäger abgeschossen zu werden, und landeten dann in den Bäuchen einer einzigen Festgesellschaft.

Roland wusste auch nicht, wie es weitergehen sollte. Jim wusste es auch nicht. Nur Rosemarie wusste es. Und sie wusste es auch nicht recht. Aber das erfuhren sie erst, als sie wieder in Freiburg waren.

Die folgenden Tage vergingen leidlich.

Jim war am anderen Morgen zu Hermine hinübergegangen, offiziell, um den neuen Wurf der Kaninchen zu besichtigen, unter deren Vorfahren Chinchillas gewesen sein mussten, sie hatten schon rote Augen und schauten ganz frech, als hätten sie von Anfang an verstanden, was ihnen blühte: nichts als ein Leben in Gefangenschaft, und dann der Tod, der aus ihnen einen Hasenpelz machte und einen schnell vergessenen Sonntagsbraten im Bauch des kleinen Mannes, denn wer auf sich hielt, aß so etwas nur, wenn es unbedingt sein musste. Sie schauten so frech, als wüssten sie, dass sie die Unterschicht im Haustierreich repräsentierten, das Hasenreich, da, um den kleinen Leuten eine Gaumenfreude zu sein. Schauten frech oder schauten nicht, als wollten sie der Welt *LmaA* sagen, wie unbußfertige Häftlinge in der Todeszelle, welche dem Mann, der das Essen durch die Luke schiebt, die Zunge herausstrecken oder die Hose herunterlassen, als sollte dies heißen: *Macht doch mit uns, was ihr wollt!* Ja, für die meisten Lebewesen stellte sich die Welt als Gefängnis heraus, kaum dass sie gesehen hatten, wohin es sie verschlagen hatte. Und einige von ihnen lebten nur, bis sie an der Reihe waren, gefressen zu werden. Man musste Hindu, Bhuddist oder Zyniker sein, um an die Wiedergeburt zu glauben. Roland glaubte lieber an das Jenseits als an eine andere Welt.

Das alles war ein büschen viel, wie man in Hamburg sagte. Oder anders gesagt, also wie zu Hause: Er war dabei, *dribberd naus* zu kommen.

Als wäre nun ein theologisch geschulter Sünder aus ihm geworden, der wusste, dass er nicht tiefer als in die barmherzige Hand Gottes fallen konnte, *und Thanksgiving war immer am vierten Donnerstag im November.* Das wusste er nun. Für immer.

Nun kam noch so eine Woche – wie in einem Satz sagen, dass sie verging?

Sie haben ja nie etwas Rechtes von dieser Liebe mitbekommen, das Paar lebte leidlich weiter, und Roland hat sich diese Liebe aus dem Kopf schlagen müssen, mit der Zeit als Hirngespinst abtun und sich trösten mit dem Gedanken, eines Tages ein Buch darüber zu schreiben. Bücher waren Notlösungen, in denen er blättern konnte, und es rauschte. Weniger als ein Strohhalm. Roland fand nicht mehr in *Jeder Mensch in seiner Nacht* hinein, und kaum noch heraus.

Früh fürchtete er, verrückt zu werden. Dieser Augenblick war spätestens vor ein paar Tagen in Freiburg gekommen, als Roland Jim dabei entdeckte, wie er in den verschiedenen Behältnissen, unter anderem im allerteuersten Küchenset von WMF, ein Hochzeitsgeschenk im Voraus, seine Unterhosen und sogenannten Slips kochte, im anderen Topf sah er irgendetwas, das nach Socken aussah, Jim hatte von Kalt- und von Heißwäsche nie gehört, und alles war zusammen, Ober- und Unterwäsche, und auch, der wievielte Waschgang dies war, konnte Roland nicht herausfinden.

Die Menschen sind eben verschieden … Eine andere Erklärung fiel Roland damals nicht ein. Und nun auch nicht. Und er bemühte den Gedanken der Toleranz unter den Menschen, der ihm im Lauf seiner Jahre immer schwerer fiel.

Vielleicht war es einfacher, einen Liebesroman zu schreiben, als zu lieben oder zu leben.

Und schon war wieder Samstagabend im Himmelreich. Wie die Woche vergangen war, hätte Roland auch nicht sagen können. Roland hatte den anderen beim Leben zugesehen, Hermine und Jim.

Am Sonntag wollten sie zurück nach Freiburg. Roland hatte das mit Rosemarie so vereinbart. Außerdem begann definitiv das Wintersemester 1978/79.

Es sollte die letzte Nacht im Himmelreich sein. Roland und Jim waren wieder auf ihren Zimmern im ersten Stock, die in alten Zeiten eigentlich nur dazu gedacht waren, als Schlafzimmer zu dienen. Aber man konnte natürlich auch *Jeder Mensch in seiner Nacht* lesen. *Bücher waren Notlösungen, und es rauschte.*

Gerade als sie sich schon wieder, noch bevor unten die Tagesschau-Melodie in der Fassung von 1978 zu hören war, *Gute Nacht! – gute Nackt!*, gesagt hatten, begann unten der *Blaue Bock*, und nicht irgendeiner!, übertragen ausnahmsweise als Samstagabend-Gala, wo sonst *Einer wird gewinnen, Der Goldene Schuß* und *Vergißmeinnicht* ihren Platz hatten.

Am Samstagabend sahen sie damals noch *Einer wird gewinnen.* Wer das war, stand auch schon fest. Es konnte auch das Ohnsorg-Theater sein, und ganz Deutschland, Österreich und die Schweiz sahen zu. Alle saßen vor dem Apparat. Alle! Schwindeln Sie jetzt nicht! –

Jedenfalls konnte der Intendant von einst über die Einschaltquoten von *Wetten, dass* und *Verstehen Sie Spaß?* nur lachen, denn mindestens dreißig Millionen haben in seinen besten Zeiten den *Blauen Bock*, den Höhepunkt der Samstagsnachmittage von einst, gesehen, das sprach keineswegs gegen ihn.

Lange vorbei die Zeit, als Brautpaare ihre Kinder Rudolf nennen wollten, gar Fritz, Anneliese und Ingeborg, Erika, Erna und Inge, Martha und Gundula, nach all diesen großen Stimmen.

Jim hatte sich gleich auf sein Zimmer zurückgezogen und las im Bett eine alte Nummer des *Osservatore Romano* – was für ein voyeuristischer Titel!, dachte Roland – in der Originalausgabe, ja schrieb seine Kommentare dazu, wohl für die Katz, denn an eine Veröffentlichung war nicht zu denken.

Und Roland hörte den Applaus des Publikums, wie Heinz Schenk treuherzig *Guten Abend im Blauen Bock!* sagte. Und schon der erste Höhepunkt: Die geliebte Anneliese Rothenberger sang zusammen mit Nicolai Gedda, *Tausend kleine Englein singen: Habt euch lieb!* – eine himmlische Musik, die eigentlich hätte als Finale dienen müssen, die Roland nacheinander mehrere Stiche versetzte wie ein Orgasmus. Und dann hörte Roland noch, wie Heinz Schenk die ersten beiden Bembel des Abends überreichte.

Wenn ich vor so hohen Leuten stehe, fallen mir immer die Eisenbahnerhosen meines Großvaters ein, die ich austragen mußte, sagte Heinz Schenk, ein Proletenkind aus der Vorstadt. Konnte man sich so einen schönen Satz aus dem Mund späterer Fernsehmenschen vorstellen?

Roland dagegen sah immer die schwarzen Milchkannen seiner Kindheit dastehen, wenn er mit einem hohen Menschen sprach.

Die Nesensohns tranken aber nicht alle Äppelwoi dazu, der bei ihnen Most hieß, sondern nur Roland senior. Anna, die Mutter, hielt sich an einen Spätburgunder, und die jüngsten zwei Töchter – noch nicht im *Saturday-Night-Fever*-Alter – saßen tatsächlich auch dabei, tranken überhaupt nichts und warteten vielleicht darauf, dass das Leben endlich begänne, noch so ein Floh im Ohr oder eine ansteckende Krankheit, mit der sie früh infiziert worden waren. Ein Stockwerk über ihnen saß derweil ihr Bruder aufrecht im Bett und lebte vor sich hin. Nebenher wurde unten auch noch Heinz Schenk kommentiert, das war aus der Liebe geworden, eine Bierbrezelunterhaltung darüber, ob Heinz Schenk es gut machte, oder neben den Ültjes-Nüssen her, die an einem Samstagabend keinerlei Konkurrenz hatten. Chips gab es immer noch nicht. Und einen Freund hatten sie immer noch nicht. Mit Jim war es ja nichts geworden.

Sie warteten vielleicht darauf, dass er, jener, für den sie, angeleitet von Pfarrer Hermle, schon beteten, käme und einmal mit ihnen die Welt erobern würde, wie es ihre Mutter vielleicht auch einmal gedacht hatte, als sie so alt war wie Isabel und Verena und darauf wartete, dass er mit ihr die Welt eroberte, der Freund, den sie noch gar nicht kannte, und ähnliche Fälle saßen zu zweit millionenfach vor dem Bildschirm, auch in Österreich und in der Schweiz, wo der Mensch nun auch ein Fernsehleben führte, dessen Höhepunkte der *Blaue Bock* war, der *Goldene Schuß* oder *Einer wird gewinnen*. Das hätte der Mensch schon voraussehen können, wer das war: Es war der Tod, der von selbst kam, auf den sie gar nicht warten mussten, der als Einziges noch kommen würde, und wäre es erst nach der diamantenen Hochzeit, jener, der Mick Jagger ad absurdum führte, der *Time is on my side. Yes, it is* sang.

Und sie glaubten es und sagten *ja*. Wie leichtgläubig sie alle waren, jung, wie sie waren. Glaubten sie an alles?

Unfassbar, sagte der Kriegsheimkehrer, *ich hätte mir damals in der Gefangenschaft nicht gedacht, dass ich einmal hier sitzen und den* Blauen Bock *sehen würde.*

So wurde dazwischengeredet. Aber sie konnten auch nichts dagegen machen.

Und Roland hatte Ohren so groß, dass er nun hörte, wie es klang, wenn der *Osservatore Romano* beim Blättern mit der alten Federbettdecke im Himmelreich in Berührung kam.

Der Blaue Bock war also gerade erst bei der göttlichen Anneliese Rothenberger und bei dem fast ebenso göttlichen Nicolai Gedda angekommen, wie sie zusammen *Tausend kleine Englein singen: Habt euch lieb!* sangen. Das war aus der *Czardasfürstin*. Da sagte die Mutter, in der Annahme, ihr Sohn säße bei Jim und sie erzählten sich Geschichten: *Ich möchte wissen, was die beiden sich die ganze Zeit zu erzählen haben und zusammen machen. Das ist schön, denn vielleicht kommt Roland auf andere Gedanken.*

Er wirkte auf sie *überspannt*. Sie sagte niemals *gestresst*. Das hatte sie sogleich bemerkt, wie er zur alten Tür hereinkam. Denn sie hatte als aufmerksame Mutter sogleich bemerkt, dass Roland und Jim eine ganz besondere Weise des Umgangs miteinander hatten, viel sprachen, und die Augen spielten auch noch eine Rolle dabei. Das hatte sie alles ganz richtig bemerkt, wie Mausi gesagt hätte. Das war aber ganz harmlos gefragt von dieser Mutter, ganz ohne Arg. Sie dachte immer noch, dass Roland nun endlich wieder einen Kameraden hatte, wie sie sagte. Sie hatte richtig bemerkt, dass mit Roland und Rosemarie etwas nicht stimmte. Und dass Jim vielleicht doch noch bei Elli anbeißen könnte. Die war nämlich noch nicht versorgt. (Roland hatte gesagt, dass Jims Mutter ein schönes Haus in Miami ihr Eigen nenne, dazu eine Firma, die mit einem der ersten Computer von ganz Florida die Speisekarten für sämtliche Hotels von Greater Miami entwarf, unter anderem zusammen mit dem Bruder von Ernest Hemingway, der der beste Freund von Jims Mutter Claire war. So war es ja. Aber all das hat schließlich nichts geholfen. Denn bald darauf brachte sich auch dieser Bruder mit einem Gewehr um, eigenhändig.)

Jim sah richtig fesch aus, sagte die Mutter. Und schaut euch die Zähne an! Habt ihr solche Zähne schon einmal gesehen? Das war ihr Instinkt. Sie wusste noch nichts von Darwin. Das wurde damals noch nicht gelehrt. Und dann sagte sie noch einmal: *Ich höre gar nicht – schlafen sie schon?*

Aber dann sagte der kriegsgelehrte, kriegsversehrte Vater,

dem aber trotz allem die Freude am zotigen Teil des Lebens nie abhanden gekommen war, wohl mit seinem ganz bestimmten Gesicht – Roland sah es ja nicht –, *Wer weiß, was die beiden sich so alles zu erzählen haben und was sie da so machen.*– Es folgte eine Generalpause, auf die eine Frauenstimme ein entsetzliches *Untersteh dich!* von sich gab, und dann hörte man nichts mehr, außer dem *Blauen Bock*. Bald hörte man, wie die Tür zugeschlagen wurde. Noch jemand ging zu Bett. Und dann konnte man noch den Schlussapplaus nach dem Meadley-Finale hören und auch, wie der Fernsehapparat, der in der Mitte von allem stand, abgestellt wurde.

So folgte ein Geräusch dem anderen. Aber Roland hatte nun so eine Idee, als hätte er zuviel Sellerie gegessen. *Soll ich?* Roland sah, wie drüben noch Licht war, durch die Ritzen und den Türrahmen entlang. *Soll ich?*

Roland stand auf, war schon dabei ... doch die Hirnforscher sagen, dass es keinen freien Willen gibt. Also dachte er, *schau du erst einmal durchs Schlüsselloch*, was von Anfang verboten war. – Dachte er nur und glaubte, dass er einen freien Willen hatte, den er hätte beichten müssen. *Was soll's!*, sagte Roland sich nun, wie der Böse, der zur Sünde entschlossen ist. Er wollte zu Jim hinüber, aber der hatte seine Kammer zu Roland hin abgesperrt, hatte den sogenannten Riegel vorgeschoben, und das Herz fiel ihm wieder einmal in die Hose. Die Hand schon am Türgriff und bereit, mit seiner Schulter diese Tür zu durchbrechen, was ein Leichtes gewesen wäre bei seinem aufgewühlten Herzen, schaute er durch dieses nachträglich eingebaute Schlüsselloch und sah, dass es gar nicht der *Osservatore Romano* war, in dem Jim blätterte und fast schon damit zu Ende war.

Als hätte dieses Leben für einen wie ihn nur zwei Lektüremöglichkeiten bereitgehalten: die eine, die der himmlischen Liebe galt. Und die andere. Das Eine, hinter dem angeblich alle Männer dieser Welt ein Leben lang her waren.

Ja, die Liebe war etwas sehr Einsames, Einseitiges. Lieben war ein Tuwort, und Roland schaute ihm beim Alleinsein zu.

Sodass ihn ein Mitleid überkam, welches im Gegensatz zum Erbarmen, das eingeschritten wäre, auch eine Regung ganz für sich war. Und es war aus mit der Lust.

Was hatte er sich nicht alles vorgenommen, die Liebe, und mit der Axt dazwischenzufahren. Es blieb ihm nichts anderes übrig als zu hoffen, dass Jim von all seinen Gedanken und Blicken nichts mitbekommen hatte, also zog er sich zurück und konnte diesen Tag für einen verlorenen halten oder dafür danken und konnte noch etwas träumen, bis er einschlief.

Denn irgendwann schlief Roland einfach ein. Und so würde es auch ganz zuletzt einmal, nach einem letzten Sichaufbäumen vielleicht, sein.

Im Himmelreich hatte er schon immer als Philosoph gegolten. Onkel Otto sagte *nixig* dafür, für ein solches Leben.

Onkel Otto, der so große Hände hatte, vielleicht vom Arbeiten, dass ein Suppenlöffel in seiner Hand wie ein Teelöffel aussah und eine Gabel immer wie eine Kuchengabel wirkte, bedauerte ihn, dabei war auch ein wenig Geringschätzung, wie er zu seinem Vater sagte: *De dei Gscheidle moß emol middm Moul s'Gerlt vedeana, uf Deidsch xait,* sagte er. *Nixig – nixiges Lumpentier* – das konnten aus seinem Mund auch Frauen sein, die nichts von ihm wissen wollten, Hermine, zum Beispiel, war ihm so eine.

Und was blieb Roland übrig? *Blieb denn die Welt nicht übrig?*

Roland ließ diese Stelle im Leben unkommentiert und sagte am anderen Morgen nur: *Denk daran, dass wir nach dem Mittagessen fahren, falls du dich noch bei irgendwem verabschieden möchtest.* Jetzt ging alles ganz schnell. Als wäre es eine Flucht. *Sich verabschieden.* Das hat er dann auch getan. War noch einmal drüben. Jim kam bald wieder und gab mit seinen Augen Roland zu verstehn: *Glaub bloß nicht, dass es deinetwegen ist,* als hätte Roland ihn mit der Frage im Gesicht: *Sind das etwa Tränen gewesen?*, angeblickt, und Hermine zeigte sich nicht einmal am Fenster, als sie unmittelbar darauf in Richtung Freiburg losfuhren.

Rolands Eltern aber, die zunächst sich Jim als einen Vorzeigeschwiegersohn gedacht hatten, verwarfen diese Idee spätestens, als die beiden zum Hof hinausfuhren, als schlecht und haben den Kopf geschüttelt, denn Jim war ja ein netter Kerl, aber eben anders, und *passte nicht zu uns.* Und Roland hatte die Idee, dass die Liebe auch für ihn eine Möglichkeit des Lebens wäre, spätestens an der nächsten Rechts-vor-Links-Kreuzung aufgegeben, mag sein für immer.

Er hätte mit Jim über alles wenigstens sprechen wollen, wusste aber nicht, wie dies ging.

(Im Laden durfte er sich damals etwas aussuchen. Er wählte ein Gewehr.) Und dann ging es ganz schnell.

Wahrscheinlich wollte Rosemarie ihnen nur sagen, dass es so nicht weitergehe, als sie am Tag zuvor Roland angerufen hatte, sie müsse mit ihm sprechen. Aber das wusste er doch schon. Also fuhren sie los.

Und zu allem, was danach kam, fiel Roland der Satz von Hermine ein, die früher beim Zegospielen mit ihren guten Karten die anderen auf eine falsche Fährte lockte mit dem Satz *Ez gots d'Schiessgass na.*

Ein so trauriger Semesterbeginn hatte ihnen noch nie bevorgestanden.

17. Vielleicht hätte er sagen müssen: Ich habe gelebt

Roland hätte auch nicht sagen können, was er die vergangenen zwei Wochen gemacht hatte, die nun auch vorbei waren, außer vielleicht: *Ich habe gelebt.*

Und wenn es nicht so traurig gewesen wäre, hätte Roland nun auch noch gesagt: *Ich langweile mich unsäglich.* Dass er sich in diesem Leben zwar langweilte, wie es geworden war, und doch Angst vor dem Tod hatte.

Der Nachsommer war auch schon vorbei, es war Herbst geworden. Die Bäume standen kahl, nur die letzten hatten noch etwas an, es war gerade umgekehrt zu Capri, wo sie nackt in der Nachmittagsglut gelegen hatten und sich nicht vorstellen konnten, dass das Sommerleben je ein Ende haben könnte. Immer noch hatte Roland Iva Zanicchi im Ohr, wie sie *Come Prima* sang.

Es war alles anders geworden. Auf dem Feldberg lag schon ein erster Schnee, wie Roland sehen konnte, und Jim, neben ihm, schien alles egal zu sein, in dicken Pullovern und von Roland geliehenen Wintersachen, alles ein wenig zu knapp, weswegen das Leben noch nicht ganz nach innen verschwand. Aber sonst?

Rosemaries Afrolook würde sich nun auch seltsam ausmachen, als müsste sie mit diesem Aussehen noch mehr frieren als sonst. – Roland hatte ihr kurz vor Capri diese Frisur aufgeschwatzt, warum wusste er auch nicht mehr, das war ganz leichtsinnig gewesen – und Jim hatte sich gewundert darüber, hatte er Roland gestanden, als er sie so liegen sah. Eine Kaukasierin, die Ähnlichkeit hatte mit Elizabeth Taylor, mit dieser Frisur, was in Amerika niemand machte, *nicht von schlechten Eltern*, habe er gedacht. Das enttäuschte Roland noch einmal, dieser abschätzige Vergleich.

Und was hast du gedacht, als du mich da liegen sahst?

Das zu fragen traute sich Roland nicht.

Ihre gebräunten Gestalten von Capri waren lange her. So war alles in ein paar Wochen anders geworden, und wenn sie nun am Morgen aufstanden, war es dunkel. Stockfinster, um sieben sah man alle Sterne, die man damals noch sehen konnte und wie sich zuletzt Richtung und Verlauf des Lebens am Abendhimmel abzeichneten.

Roland hatte am frühen Morgen noch, eigentlich aus einer schlaflosen Nacht heraus, die lange nicht gehörten, die kleinen Hähne vernommen, drüben bei Hermine, die den Sommer über herzzerreißend singen gelernt hatten, als bereiteten sie sich auf das Leben vor und die Liebe, dabei konnte jeder Tag der letzte sein.

Den Weihnachtsgänsen, noch so ein herzzerreißendes Beispiel, wie sie um Ostern sich mit ihrer Mutter in die Welt aufmachten, um dann an Weihnachten als Festbraten zu enden, war auch noch eine Galgenfrist eingeräumt.

So kam sich Roland nun auch vor.

Hermine musste es nur einfallen, dass dieser Tag der richtige wäre, dass sie Appetit auf Hähnchenfleisch hatte. Oder sie musste nur Karl Rudolph fragen, ob es heute zum Abendessen ein Hähnchen geben solle, *wa witt? – witt en Giggeler?* Sagen, und es wäre wie bei Herodes, Salome und Johannes dem Täufer. Eine Laune, ein Einfall, ein despotischer Appetit genügte, ein *Lieber nicht!* oder ein *Wunderbar! Was für ein guter Vorschlag!* Und dann musste nur jemand hinübergehen und einen dieser kleinen Machos am Flügel erwischen, und schon war es aus, ein paar Drehungen in der Luft, das Leben etwas herumzuwirbeln, als wäre es ein Kinderspiel, und dann wussten sie schon von nichts mehr und träumten, und dann war es für das Beil ein Leichtes, dieses Leben, auf den Hackstock gelegt, in zwei Teile zu schlagen. Und dann gab es Hühnersuppe. Und jede gute Hausfrau hatte ein eigenes Rezept, mit dem sie alles verfeinerte. Und nur der Kopf wurde aufgegeben, der wohl bisher auch das Zentrum des Ganzen gewesen war, das Hirn mit den Augen und Ohren und Hühnergedanken fiel hinter den Hackstock und blieb liegen und wurde vielleicht wenig später schon von anderen Lebewesen, die auch leben wollten, angepickt oder von einem aasfressenden Raubvogel, falls es das gab, davongeflogen, als wäre es ein Hauptgewinn, und das Nachttier ging leer aus. Aus den Hähnchenträumen von der Liebe wurde doch noch etwas, aber etwas ganz anderes, eine Nahrung, die wiederum in den Köpfen von fliegenden und kriechenden Aasfressern in Ameisen- und Raubvogel-Liebesträume verwandelt wurde.

Und doch beneidete Roland nun diesen Kopf auf dem Gras hinter dem Hackstock um seinen Vorsprung, wie er auch den Papst beneidete, der alles hinter sich hatte. Und den anderen, der nun kommen sollte, bedauerte er schon im Voraus und hatte Mitleid mit ihm und seiner weiteren Geschichte.

Das alles verschlief der Mensch zumeist, das Leben des Lebens, und wäre am Morgenläuten um halb sechs erschrocken. Damals war es nur ein Wecker und auch schon ein erster Beweis, dass es Zeit war und sie sterblich waren und in ihr lebten, und aus den Heringsschwärmen und -träumen, welche die Nordsee durchzogen, wurde auch nur das bestsortierte Rollmopsregal im Großmarkt.

War die Welt ein Gedanke Gottes, sein Traum und Albtraum?

Und Rolands Seele ein Meer? Und sein Herz eine Möglichkeit, das Unsichtbare zu sehen? *Mein Gott, jetzt ist er aber auf einmal fromm! Spinnt er jetzt?* – und Onkel Otto wäre dabei ganz langsam mit seiner Hand mehrfach vor seiner Stirn hin- und hergefahren. Und Roland dachte dies und sagte sich: *Jetzt spinnst du.*

Das Morgenrot, eine Möglichkeit, welche der Mensch im späteren Leben auch meist verschlief, war noch eines der Wunder, wenn es Tag wurde, dass Roland hätte an manchem Tag einen Psalm singen wollen auf die Schönheit der Welt. Und vielleicht schon die Menschen der Jahrhunderte vor ihm, die aufbrechen mussten im Morgengrauen, aber dann diesen Himmel sahen, der sie schon im Voraus mit dem Tag versöhnte und mit allem, was noch kommen sollte den Tag und das Leben über. Sie sangen vielleicht ein Morgenlied. Nun gab es vielleicht kein Morgenlied mehr, welches dem Schmerz im Morgengrauen und dem A Dieu gewachsen gewesen wäre.

Schon war Roland dabei, für alles danke zu sagen, auch für das Nichts, und dass es mit Jim nichts geworden war, danke zu sagen für Jim wie für etwas, das ihm gegeben wurde und genommen wurde, als wäre es sein Leben.

Erst hatte Roland in der Strampelhosenzeit gelebt, dann kam die Laufstallzeit, dann die Hand-in-Hand-Zeit, und jetzt kippte alles in die Erinnerung um. Aus seiner Sehnsucht war sein Heimweh geworden, auch schon Heimweh nach Capri, das ein unvergessliches So-gut-wie-nichts geworden war. Die Liebe hatte sich als Warten auf die Liebe herausgestellt und als ein Heimweh nach ihr.

Nun war es wieder Herbst mit seinen Kindheitserinnerungen und Herbstmöglichkeiten, Kirchweihmärkten, Achterbahnen, Rübengeistern, Martinsgansnächten – nur nicht für sie.

Bald konnte man auch wieder die Färbung des letzten Laubes unterscheiden, die Herbsttöne. Damals war Anfang Oktober schon fast alles vorbei.

Abends war es schon Rübengeistzeit, die Kinder gingen bei Nacht ins Bett und wenn sie aufstanden, war immer noch Nacht.

Auch Rosemarie und Roland waren anders geworden, hatten schon ihre Herbstgesichter und neigten zum Verschwinden. Roland kam in Kirchweihmarktstimmung, die Stimmen und Gerüche vom Rummelplatz kehrten wieder. Aber er traute sich nicht mehr, Kind zu sein und verliebt. Er war schon dabei, diesen Teil seines Lebens seiner Geschichte zuzuweisen.

Roland hatte nur zwei, mit denen er über dies alles sprechen konnte: Uwe und Jörg. Und mit denen hat er über Jim nicht sprechen können. Und die waren auch nicht zu sprechen in diesen Tagen. Den einen sah er so gut wie nicht mehr, und mit dem anderen konnte er nicht sprechen, weil der selbst in einer ähnlich schwierigen Lage war und lebte, als wäre es ein Leben. Dabei war es doch nur eine Zumutung.

Außerdem hatten sie keine Zeit, und Männer konnten sowieso nicht miteinander sprechen. Die frechsten Exemplare von ihnen waren erst Klassensprecher, dann Seminarlautsprecher, dann Vorsitzender der Deutschen Bank oder Rennfahrer, und wussten immer, wo's langgeht.

Und dann starben sie.

18. Wahrscheinlich war es sogar leichter, einen Liebesroman zu schreiben, als die Liebe zu leben

Diese Variante schrieb Roland am Fest der heiligen Theresia von Avila, am 15. Oktober also, die eine große Liebende und eine große Dichterin war (beides war also möglich) in sein allererstes Tagebuch, dessen ursprüngliche Aufgabe *Esercizio* er überklebt hatte durch ein Abziehbild der Faraglioni-Felsen. Es war nun schon fast vollgeschrieben mit Informationen, damit sie ihm nicht verloren gingen für den späteren Liebesroman, damit sein Schmerz dereinst wenigstens einen Ort hätte, wo er ihn besuchen könnte wie ein Mensch das Grab seines Lebens.

In Rom waren die Kardinäle schon wieder im Konklave zusammengesperrt, um einen neuen Papst zu wählen. Und nun begann auch noch das Wintersemester. Wie das klang! Als wäre das Leben nun endgültig zu Ende.

Immer wieder diese Rückkehr in die dicht gebaute Vergänglichkeit der Städte.

Es war nun schon das dritte Mal, dass Roland nach einem Sommer, der keiner gewesen war, sich wieder einfand, als erwartete ihn nun nichts mehr, wie ein Delinquent, als wäre er schon verurteilt, als hätte er schon verloren. Er errötete immer noch, wenn er in eine Stadt einfuhr, an Schildern wie *Universitätsstadt* vorbei. So war es, wenn einer vom Himmelreich in die Stadt kam, von den Milchkannen und dem Himmel seiner Kindheit, und so blieb es, wahrscheinlich ein Leben lang. Noch immer hatte er sich an das Leben in der Stadt nicht gewöhnt und hatte immer noch Angst vor ihr. Wie ein Tier, das seine schönste Zeit auf der Sommerweide verlebt hat, im Freien, und nun in den Schlachthof gefahren wird oder irgendwohin, wo alles vorbei ist.

Und nun das noch. Auch Jim hatte Angst, als sie unten mit ihren Sachen am Eingang der Windmühlenstraße standen. Er war es schließlich, der *Worauf wartest du – Come, let's go!* sagte, als enthielte dieser Satz ein Schicksal, einem so zögerlichen Menschen wie Roland verkündet. Oben wartete Rosemarie auf sie.

Rosemarie …

Schon von Anfang an hatte Roland bemerkt, dass Rosemarie ihnen etwas zu sagen hatte. Das hatte er aus ihrer Stimme herausgehört.

Kommt herein! – Das klang wie bei einem Arzt, der einem Patienten ein Ergebnis mitteilen muss, oder im Gericht kurz vor der Urteilsverkündung, und die Angeklagten werden zum Aufstehen aufgefordert. Aggressionen nach außen zu tragen war Rosemarie noch fremder, seitdem sie in der *Bewusst-Leben-*Gruppe war. Wer weiß, wo ihre *Wenn-ich-Feuer-wäre-würde-ich-die-Welt-verbrennen-*Gedanken, die es doch bei ihr auch geben musste, deponiert waren, in welchem Keller in ihrem Kopf und Unterbewusstsein Jim sich aufhielt.

Also wenigstens insofern zählte Roland zu den Männern, als es diese Gedanken, dieser Dreckwelt eins in die Fresse zu hauen, in seinem linkshirnigen Kopf überhaupt gab.

Rosemarie hatte im Café Steinmetz drei Zitronenschaumrollen geholt, weil sie wusste, dass Roland sie so gerne aß, wie er wusste, und zum Tee eine Tischdecke und eine Kerze … als hätten sie etwas zu feiern. Aber es war Roland eher wie bei einem Leichenschmaus.

War's schön im Himmelreich?, fragte sie etwas verlegen, so verlegen, als wären ihre Liebe und ihr Afrolook eine Modeerscheinung gewesen, über die man nun den Kopf schüttelt. Der Afrolook war im Übrigen weg. Rosemarie hatte sich in einer vierstündigen Sitzung entkrausen lassen. Und die beiden anderen schauten verlegen und saßen einer schönen Frau gegenüber, als sähen sie so etwas zum ersten Mal, und mussten sich überdies an das neue Gesicht gewöhnen. Rosemarie hatte nämlich ihr Haar nun auch noch getönt, die Farbe war *Aubergine.*

Rosemarie erwies sich nun als eine Strategin, die eines nach dem anderen machte, und alles war von ihr durchdacht. Sie ging in Schritten vor, war induktiv und linear und glaubte, dass sie so am weitesten käme. Als liefe das Leben nach dem Muster des Besinnungsaufsatzes ab, als wären diese Liebe und das Leben etwas Systematisierbares.

Erstens musste sie selbst wissen, was sie wollte. Das wusste sie nun.

Zweitens mussten sie ansprechbar sein.

Drittens musste sie mit den beiden sprechen. Das geschah jetzt.

Und dann, später, allein mit ihm, musste sie Jim sagen, wie schön es war.

Und dass es das Beste für ihn sei. Und dass sie ihn liebe bis zum Jüngsten Tag. – Sie hätten ja noch zwei Wochen.

Und all diese Sätze. Und dann mit Roland, und ihm sagen, dass alles beim Alten bleibe.

Nun hörte sie sich mit einer Stimme sagen, als hätte sie für die drei eine Reise gebucht: *Ich habe schon einen Flug reserviert, für den 2. November, von Zürich aus, wenn ihr einverstanden seid …* Was sonst noch war, sagte sie nicht. Und wer fliegen sollte und wohin, sagte sie auch nicht. Als hätten sie dieses Urteil verstanden, das nicht weiter kommentiert werden musste.

Jim sagte sofort *ja*, als hätte er darauf gewartet. Wusste auch sogleich, wohin die Reise gehen sollte. Und Roland schaute so, als nähme er es an, und Jim fügte sich, als wäre es das Natürlichste von der Welt, als hätte er aus seinem bisherigen Leben nichts anderes gekannt, und *war auch mit dem Naturell des*

Fatalisten ausgestattet, das jede Enttäuschung verunmöglichte, dachte Roland, aber erst viel später einmal.

Außerdem war Jim das gerade recht. Er hatte genug. Genug von Menschen, die sagten, dass sie ihn liebten. Als hätte er nun eine Last weniger, wie Hans im Glück.

Roland war es auch recht, nichts als recht. Und keiner weinte. Und würfeln mussten sie auch nicht. Sie waren froh, dass sie nicht würfeln mussten darüber, was aus ihnen würde. Würfeln mussten sie nicht mehr.

Rosemarie hatte ihnen wieder einmal alles abgenommen.

Aber weinen können hätten sie doch, und das taten sie dann auch. Endlich! Und sie saßen auf dem Kannengießer-Bett und versuchten sich zu trösten.

Es waren die Umstände. Was sie dann noch machten, hat Roland vergessen wie bei einem Black-out oder einem Verkehrsunfall. Wenn der Schmerz zu groß wurde, sorgte die Natur vor.

Am anderen Morgen, Rosemarie war schon aus dem Haus, Jim schlief noch, Roland war unterwegs zur Vorlesung bei Professor Mauser, der über *Die Geburt der Perle. – Die Schönheit als Kind des Schmerzes* sprach, als wäre er ein Experte. Daran konnte er sich noch erinnern, und an das Drumherum.

Und zu allem war wieder weißer Rauch aufgestiegen. Er hat es in den Nachrichten gehört, als er unterwegs zum Essen war, weil man es so machte, am Verschlag des Hausmeisters vorbei, als begänne nun wieder alles von vorne, als wäre alles, auch das Papstleben, ein Zirkus.

Als alle Glocken des nahen Münsters die Wahl des neuen Papstes bestätigten, schneite es auf dem Schauinsland das erste Mal, wie Roland hinter dem Glasfenster von Mensa I aus sehen konnte. Der Schnee blieb aber nicht liegen.

Keiner hatte den Namen dieses Menschen je gehört. Auch der Kardinal, der *Habemus Papam* sagte, als wäre er der stolze Vater, verhaspelte sich bei diesem Namen, *Wojtyła*, ausgesprochen etwa *Woitiwa, Karol,* benannt nach dem Heiligen Karl dem Großen. Johannes Paul II. hieß dieser Mann aus Polen, der auf unabsehbare Zeit nun Papst sein würde, allerhöchstwahrscheinlich länger als neunundzwanzig oder dreißig Tage, ungewiss, ob der arme Vorgänger schon vor oder erst nach Mitternacht entdeckt worden war. Man sprach bald von einem vatikaninternen Mordfall, dem bald noch weitere folgen sollten. Bald wurde auch der Kommandant der Schweizer Garde zusammen mit seiner Frau erschossen, angeblich von einem jungen und, wie der Schweizer *Bild*, dem *BLICK*, zu entnehmen war, bildschönen Papstsoldaten namens Cedric aus der Romandie, auf dem Territorium des Vatikanstaates. Vielleicht schoss auch sonst jemand, am Ende waren alle drei tot, und ein paar Stockwerke drüber schlief der Heilige Vater und hat von allem nichts mitbekommen. Eine Liebesgeschichte konnte auch im Vatikan spielen und auf diese Weise enden.

Der Neue lächelte nun ganz anders, auch irgendwie selig. Aber es hat ihn dann nicht lange in Rom gehalten, wo immer wieder solche Geschichten vorkamen, er verreiste bald und holte alles nach, was ihm in seiner Zeit als Untergrundkämpfer gegen die Deutschen und dann als kommunistische Geisel ein Leben lang verwehrt worden war. Und einmal, im Papamobil auf dem Petersplatz unterwegs, wäre er auch fast an der Reihe gewesen. Und es war Gott selbst, und niemand sonst, der ihn, zusammen mit der Madonna von Fatima, wie der Papst selbst glaubte, vor der Kugel des Grauen Wolfs gerettet habe. Und Roland glaubte es auch, es war unweit der Stelle, wo sie zu dritt gestanden hatten.

Das alles sahen sie aber erst am Abend im Fernsehen, wo sie dieses Gesicht sahen, das sie bald zu kennen glaubten, nur weil es im Fernsehen war. Die meisten Menschen, die sie zu kennen glaubten, kannten sie aus dem Fernsehen. So lernten sie am 16. Oktober 1978 Johannes Paul II. kennen. Er war für einen Papst noch ganz jung. Stürbe er dereinst, hätten sie das

Leben auch hinter sich. So etwas glaubten bald Vierundzwanzigjährige.

Rosemarie hatte Roland noch nachmittags am Telefon gesagt, dass sie mit ihm etwas zu besprechen habe, und das stand auch noch bevor. *Was kommt jetzt noch!*, musste Roland sich denken. Aber dann kam der *Urbi-et-orbi*-Segen dazwischen. Und dann auch noch Jim, wie er vor ihren Augen zusammenbrach, und das Mitleid der beiden dazu, die dies sahen, sowie Rosemaries kundige Handgriffe und Rufe nach einem nassen Waschlappen für zwischen die Zähne, damit nichts passierte. Was konnte noch passieren!

Jim hatte sich beim *Urbi-et-orbi*-Segen noch vor den Bildschirm gekniet und bekreuzigt, im Wissen, dass dieser Segen auch bei einer Wiederholung der Übertragung ein vollgültiger Segen war. Das alles hätte in anderen Zeiten gewiss wieder ein Gelächter ausgelöst. Aber bevor es so weit kommen konnte, bemerkte Rosemarie, dass mit Jim etwas nicht stimmte, dass er mit einem Mal so komisch schaute und zitterte, und schon lag er auf dem Boden.

Lange schon hatte sich dieser Anfall angekündigt, nun aber war er, vielleicht durch das Flimmern des alten Geräts mit der Zimmerantenne, und *was weiß ich,* wie Rosemarie noch Jahre später sagen würde, ausgelöst worden. Und dann lachte sie wieder so.

19. *Als hätte er sich infiziert*

Rosemarie hatte längst nachgeschaut, im Pschyrembel und in weiteren Informationsorganen gelesen, alles, was sie über Epilepsie in Erfahrung bringen konnte von medizinischer Seite, und geglaubt, sie könne so das Unbegreifliche in den Griff bekommen. Doch der Beipackzettel der Medikamente von Dr. Mors half im Leben auch nicht weiter.

Rosemaries Wissenschaftsglaube, durch Jims Anfall nun endlich für seine sonderbaren Verhaltensweisen eine Erklärung gefunden zu haben, gab ihr die Möglichkeit, Jim für alles zu entschuldigen, aber Rosemarie war längst von der Idee abgekommen, Jim wäre der Mann ihres Lebens und dann auch noch der Vater ihres Kindes. Schon durch den Namen Jonathan war klar, dass er ab da ein Gottesgeschenk war.

Was die medizinisch geschulte Rosemarie betraf: Nachher, viel später, war dieser Anfall für sie immer wieder ein Alibi, das sie in ihrer These bestärkte, dass er doch nicht der Richtige war. Das Kinn und die anderen Attribute von Zeugungsvirtuosität hatten getäuscht.

Leider hat sie Roland nie etwas davon gesagt. Diese Idee, dass Jim nicht der Richtige wäre, stand Roland nach wie vor nicht zu Gebote.

Dieses Bild, wie Jim dalag, würde Roland auch nie vergessen können, als wären es zwei. Es war zum Erschrecken. Das konnten später alle bestätigen, die so etwas einmal miterlebt hatten. Es ist weiter nichts passiert.

Dr. Rudolf Kneller, einer der letzten Ärzte, der auch noch im Leben ein Mensch war und vom Menschen sprach im Leben, und nicht von der Lunge, dem Blinddarm, der Leberzirrhose, kam sofort, kaum, dass ihn Rosemarie angerufen hatte, kam noch ins Haus, hielt noch die Hand des Patienten, anders als jene Mediziner oder Medizinisten, die aus sogenannten hygienischen Gründen keinem einzigen Kranken mehr die Hand gaben, menschliche Nähe nicht haben konnten, Angst hatten, angesteckt zu werden und nur noch die Funktionen und die Apparate überwachten und sich ein Leben lang desinfizierten. Ach, der gute Doktor Kneller! *Gott hab ihn selig!*, sagten die Großmütter damals noch. Aber Dr. Kneller war zum Glück ja immer noch am Leben.

Dr. Kneller verordnete vorerst nichts als zwei Tage Ruhe und Kamillentee, und das half. Bald sollte auch eine Untersuchung im renommierten Südwestdeutschen Epilepsiezentrum in Kork folgen, damit Jim neu *eingestellt* werden könnte, wie die Mediziner sagten. Doch einen Termin in Kork bekamen sie erst im Dezember. Das konnten sie vergessen. Außerdem hatten sie einen Flug reserviert, und Onkel Helmar hatte Rosemarie gerade so viel Geld vererbt, dass es dafür reichte, einen Menschen, den sie liebte, mit dem es aber nicht ging, loszuwerden und ihm einen Flug nach Amerika zu finanzieren.

Es folgten letzte Tage in einer Art Abschiedsfrieden. Rosemarie und Jim fanden wieder zueinander und konnten miteinander sprechen. Freilich nicht über alles, das konnten sie nie. Sie vereinbarten die Einzelheiten der Abreise und ein baldiges Wiedersehen. Sie sagten sich, dass es vorerst besser so sei. Rosemarie sagte Jim aber nicht, warum. Von Jonathan erfuhr er vorerst nichts. Die Hochzeit, bei der es bleiben sollte, erlebte Jim, der eigentlich als Trauzeuge vorgesehen war, nun auch nicht mehr.

Beide dachten sich insgeheim: *Es ist aus*, aber aus ganz verschiedenen Gründen, und vertrösten sich auf ganz bald, auf ein Wiedersehen.

Was man so sagt, wenn man weiß, dass es aus ist.

Mittlerweile war Rosemarie von ihrer Vorstellung abgekommen, Probleme seien da, um gelöst zu werden. Das Würfeln hatte sie auch verworfen, um das Kind, um Jim, um die Hochzeit, um den Verstand, um alles. Alles ganz für sich.

Diese zwei Wochen waren dann auch vorbei.

Vier bedeutende Tage folgten nun Ende Oktober noch aufeinander: der Weltspartag, der Reformationstag (der Heiligenkalender sah an diesen zwei Tagen den heiligen Ferrutius, ein Nebenpatron des heiligen Valentin, und die heilige Liutbirg vor), dann kam Allerheiligen, dann Allerseelen. Letzte Tage. Dazu kam für die Amerikaner Halloween, den das Fernsehen bald auch in Europa durchgesetzt haben sollte im Glauben, dieser Tag wäre ein Amerikaner. Dabei wurde er schon im Himmelreich von den Kindern gefeiert, als es Amerika noch nicht einmal dem Namen nach auf der Waldseemüllerkarte gab. Nur hieß er nicht so. Das war in Rolands Rübengeisterzeit.

So waren selbst die Feste nicht für alle gleich, und der Mensch war sehr einsam auf der Welt. Das wusste Roland nun. Den einen bedeutete der Weltspartag etwas, den anderen der Reformationstag, und an jedem dieser Tage konnte der Mensch auch noch Geburtstag haben. Und so war es bei Roland und Jim, denn sie hatten das Licht der Welt an Allerheiligen erblickt, das heißt, es war durchaus möglich, dass sie am Mardi Gras oder am Schmutzigen Donnerstag oder auch Rosenmontag, der allerdings in Rolands Gegend nicht gefeiert wurde, gemacht worden waren, an einem dieser närrischen Tage des Lebens, die laut Kalender ja variabel waren, während an Allerheiligen und der Tatsache dieses Geburtsdatums nicht zu rütteln war: Das war der 1. November.

Es war eigentlich ein trauriger Geburtstag. Ein Glück, dass sie es gar nicht merkten. Nun waren sie vierundzwanzig, zusammen achtundvierzig Jahre alt, eine Zahl, welche Zahlenmystikern als besonders heilig galt.

Aber was war die Zeit? War sie das *Echo einer Axt im Wald,* wie die Dichter vermuteten? Und was war dies für ein Dunkel? War es der *Sattel des Nichts?*

Aber etwas essen mussten sie doch. Und frieren mussten sie auch nicht.

Doch zu feiern, danach war ihnen nicht. Es gab Buchstabensuppe.

Geburtstag an Allerheiligen: Das heißt, sie waren beide im Karneval 1954 gemacht worden, hoffentlich nicht im Suff, dachte Roland. Manchmal hatte er den Verdacht, dass er im Suff gemacht worden war. Dass sich seine Eltern hatten gehen lassen, was schließlich zu ihm geführt hatte. Dass er deshalb Linkshänder im Kopf war und überhaupt. Vielleicht war es auch bei Jim so deswegen.

Rosemarie hatte für Roland, als Hommage an einen zukünftigen Schriftsteller, eine Buchstabensuppe gemacht. Und da dies nichts für Jim war, hatte sie die beiden danach noch auf eine Pizza bei Giuseppe eingeladen. Da wollten sie nach dem Film im Kommunalen Kino hin. Bei Giuseppe gab es etwas zu essen bis Mitternacht.

Aber vorher, schlug Rosemarie vor, *gehen wir ins Kino*, weil sie nicht so recht wussten, wohin sie gehen sollten. Wenn sie nicht wussten wohin, dann immer ins Kino, das gehörte zur Lebensstrategie Rosemaries. Das hat Roland von ihr gelernt und behalten: Wenn er nicht wusste, was er mit einem Menschen bis dahin machen sollte, mit dem er ein Date hatte, sah er einen Film und ging essen.

Aber dann! Es war ein Film, der den Himmel und die Erde versöhnte, als eins zeigte, also eine Art Liebesfilm, sonst war nicht viel zu sehen. Es war ein italienischer Film mit deutschen Untertiteln, hieß *Teorema* – nun wissen Sie es.

Der Hauptdarsteller, Terence Stamp, sah Jim zum Verwechseln ähnlich, was Rosemarie schmerzte und auch Roland, Jim war der Einzige, der es nicht merkte. Er war damals eine Art Gott, und zehn Jahre später tingelte Terence durch die englische Provinz als Dracula und hatte noch kleine Rollen in Horrorfilmen, vielleicht weil ihm von seiner eigenen Schönheit und den Blicken der anderen schlecht geworden war; und noch einmal Jahre später wollte er überhaupt nicht mehr und war tot.

Als sie herauskamen, sagte Jim: *War schön – aber viel zu lang. Man hätte das Ganze auch in zehn Minuten zeigen können.* Da dachte sich Roland, dass er vielleicht doch aufs falsche Pferd gesetzt hatte. Dachte sie das auch?

Der Film war viel zu lang, sagte Jim ja vielleicht nur, weil er noch nichts Rechtes gegessen und während dieser zwei Stunden nichts als Hunger hatte. Vielleicht war es auch nur der Hunger.

In der Pizzeria kam dann wieder dieser wunderbare Mensch an den Tisch, der sie fragte, was sie wollten, und sie konnten es doch nicht sagen. Dann bestellten sie eine Pizza und hatten die Wahl unter dreißig Möglichkeiten. Nur die eine war nicht dabei.

Jim, das war eine Sommergeschichte. Die Pizza schmeckte wunderbar, aber das war auch schon fast alles. Und als der schöne Kellner, der Mario hieß, zum Abräumen kam, fragte er, ob sie noch einen Wunsch hätten. Da konnte Roland wieder einmal nicht sagen, was er gerne gesagt hätte, und sagte einfach: *Nein, vielen Dank, die Rechnung bitte.* Und Rosemarie hat dann für alle bezahlt. Danach sind sie noch in die Brennnessel gegangen und haben sich volllaufen lassen, alle drei. Und Heidi hat ihnen immer wieder zugeprostet.

Und so war auch dieser Tag in einem Gelächter untergegangen und hatte der Einsicht, dass das Leben am Ende kürzer als ein Schnelldurchlauf war, und der Vermutung, dass das Leben und vielleicht auch die Liebe etwas Vergebliches waren und nur zwei Wörter, ein weiteres Datum hinzufügt.

20. Und seine schöne Gestalt verschwand nach und nach

Am Tag vor ihrem Geburtstag hatten sie noch einmal einen kleinen Ausflug auf den Schauinsland gemacht, nur Roland und Jim, und es lag auch schon ein erster Schnee auf den Schwarzwaldhöhen, der das Herz wärmte, und Jims schöne Gestalt verschwand in weißen norwegischen Pullovern und Skifahrersachen, die Roland ihm geliehen hatte.

In der Nacht zuvor hatte es auf dem Schauinsland geschneit, dieses Mal einen Schnee, der liegen geblieben war. Und wieder stellte sich die Freude des Kindes ein in ihm. So unverhofft, so unvermittelt. Und auch Jim machte Augen wie ein Kind. Das war vielleicht das erste Mal, dass ihm etwas gefiel. Dass etwas war wie zu Hause. Der Schnee war schön, und Roland fragte kein einziges Mal mehr: *Woran denkst du?*, wie er ihn so im Glück stehen sah.

Er hatte ein Gesicht, das nicht hierher passte. Und doch: Was sich die meisten Eingeborenen nicht erlauben konnten, dass sie mit ihren Vollmond- und Eulengesichtern, als wären es Fasnachtsmasken, in Freiburg herumliefen, ihrem *Mostriebel*, ihrem *Schmelle*, schamlos auf dem Rosenmontagswagen standen oder garniert von einem straußenfedernbesetzten Allover-Skikragen in der Gondel auf den Schauinsland, und dann im Schnee herumliefen, das war für ihn kein Problem …

Sie waren mit der Gondel oben gewesen. Oben hatte man in die eine Richtung bis zum Mont Blanc sehen können und in die andere, über die Nebel hinweg, aus denen die Vogesen blau herausschauten, bis nach Amerika. Dann waren sie wieder unten, im Nebel. Und dort hätten sie als Hauptgrund hören können wie immer: *Sie waren zu verschieden. Es ging nicht. Es war ein Ozean dazwischen. Die zwei waren Kontinente.* Das passte auf Rosemarie und Jim. Und erst recht auf diese beiden.

Das passte immer, wenn etwas nicht passte.

Es war wie auf einer Abschiedstournee. So waren sie auf dem Schauinsland unterwegs gewesen. Und das fernere Leben wäre dereinst wie eine einzige Diaspora.

Roland dachte daran, dass er über alles ein Buch schreiben müsste. Als könnte ein Buch, das *Mein Leben* heißt, ein Sichaufbäumen gegen den Tod sein.

Und Rosemarie hatte daran gedacht zu würfeln, dies aber verworfen, so wie man eine Idee für schlecht erklärt und sie verwirft wie einen Buchtitel, in dem die Wörter *Schwanz* oder *Tod* vorkommen. Es sah nun alles nach einem geordneten Rückzug aus, so wie ja auch das Schreiben ein mehr oder weniger geordneter Rückzug aus dem Leben war.

Und seine Tante Mausi hätte dies vielleicht auch gedacht, über alles ein Buch zu schreiben, wenn sie nicht ständig vergessen hätte, dass sie lebte, dass ihre Geschichte an einer ganz anderen Stelle begonnen hatte. Aber der Schmerz hatte ja keine Erinnerung. Er war nur da wie das offene Bein von Tante Mausi. Und die Perlenketten und die Pelzmäntel, den Zobel, den keiner mehr sah, seitdem sie nicht mehr hinauskonnte.

Die Geschichte endete wie im Gedicht *Bevor die Zeit sie änderte,* das er ihm wie eine kleine, große, kurze Liebesgeschichte erzählt hätte, das ihm an dieser Stelle der Geschichte einfiel, als er Jim in der Gondel stehen sah, vom Schauinsland herunter, als sie wieder in den Nebel eintauchten, das Leben, er daneben, als wäre es ihre Geschichte gewesen. Aber Jim war nicht zu haben für solche Geschichten, das wusste er nun, wo der eine nach Kanada entschwand, *oder nach New York*, und von dem schönen Gesicht blieb nichts als die Erinnerung an ein schönes Gedicht.

Aber Roland musste aufhören damit, aufhören, daran zu denken, weil es ihm wieder einmal plötzlich den Hals zuschnürte.

Es ließ sich nicht anders machen. Sie mussten schließlich von etwas leben. Die Liebe, wenn es Liebe war, reichte auf Dauer nicht.

Aber auch diese Geschichte, die doch seine Geschichte war, wäre bei Jim angekommen wie eine Flaschenpost, wie damals auf Capri, im Film mit dem Huhn, dem eine schöne Frau hinterherrennt, wie dies der Mann sieht, und es ist Liebe, und wie er sagte, dass das Ganze zum Kaputtlachen sei.

Früher in ganz einsamen Zeiten in Lebensweiler, als die Liebe noch strafbar war, als er mit keinem sprechen konnte und er schon genau wusste, wie es ging, und keiner ihm etwas hätte zeigen müssen und er alles schon wusste, eigentlich auch schon, wie es enden würde, hatte er sich noch ausdenken müssen, wie er so einem Menschen nahkäme, auf die kumpelhafte Weise oder als spielten sie Doktor, und er wäre zum Blutdruckmessen gekommen, und er nahm seine Hand wie zum Spaß, und dann …

Das war's!

Diese Räuberhände!, sagte Andrea immer, die auch noch Gefangenenbetreuung machte, Resozialisierungsmaßnahmen in den ersten Tagen nach der Entlassung, ausgehungerte Hände waren das nach drei bis fünf Jahren Knast. Sie liebte diese Art Liebe, mit der sie von solchen Händen bedacht wurde, noch eine vorletzte Liebesgeschichte, *damit kommen wir langsam zum Ende,* sagen die Redner immer, Hände, die wussten, wie es ging. Sie hatte mit hundert oder tausend Männern geschlafen und von jedem danach ein Ganzkörperfoto gemacht. Sie hatte ein ganzes Album voll, wie ein Poesiealbum, nur an der Stelle der Rosenbuketts und Engelchen für kleine Mädchen war eben einer dieser Männer zu sehen, wie es sie unbestreitbar gab auf der Welt, und nichts sonst, das war alles, was sie noch hatte.

Aber Sie glauben nicht, wer da alles abgebildet war, bis hinauf zum Minister!

Die Fotos gab es vorerst immer noch. Andreas Fotos waren ganz individuell, sie hat immer die jeweilige Schokoladenseite aufgenommen, aus ganz verschiedenen Perspektiven. Aber wohin damit beim irgendwann, bald, in dreißig Jahren anstehenden Umzug in das Haus für betreutes Wohnen? Wo war in dem altersgerechten Zimmer ein Platz für ein Geheimnis, und wäre es ein letztes Nacktfoto eines lange verstorbenen oder sonst wie im ebenerdigen Leben verschwundenen Geliebten gewesen, das sich bei all den Umzügen bis hierher gerettet hätte?

Und was war aus all diesen Männern geworden? – Auch nichts Rechtes, alle verheiratet, und kein Einziger davon mit ihr, soweit die Erinnerung reichte. Endeten bald wie die anderen auch in der höchsten Besoldungsstufe, als Volljuristen, Kammergerichtspräsidenten, Bundeskanzler a. D., hochbegehrte Tisch- und Tanzherren und Damenredner bei der Weihnachtsfeier im Wohnstift Augustinum und waren bis zu ihrem Tod verbeamtet auf Lebenszeit, als wären sie nun für dieses Leben unsterblich und als könnte ihnen für dieses Leben nichts mehr geschehen. Einige davon waren gewiss schon tot, als wäre es ein Naturgesetz, dass Männer früher an der Reihe sind und nur hochdotierte Witwen oder völlig vereinsamte, allein gebliebene, jahrelang von der Engelsburg gesprungene Opernsängerinnen, die einst die großen Häuser der Welt füllten, vorerst überlebten.

Ach, das Leben und seine schmutzigen Betten und ungewaschenen Erinnerungen.

Was für ein trauriges Nachspiel, das spätere Leben, das einer morgenschönen Sehnsucht, wunderbaren Erektionen und ersten himmlischen, unsterblichen Orgasmen folgte.

21. Der Tod war schon zu einem Bruder geworden, der Komm, gehen wir sagte an Allerseelen

Ein paar traurige Deutschlandfahnen hingen immer noch von der Weltmeisterschaft her, schon fast im Nebel, von den Balkonen herunter. Und Beckenbauer war auch nicht mehr da. Der Mensch konnte sich sehr verlassen vorkommen an Allerseelen.

Das Einzige, was noch auf ein Leben hindeutete, war die Schweizer Flagge am Konsulat, an dem sie auf dem Weg in die Stadt täglich vorbeigingen, und auch wieder auf dem Rückweg, weiß und rot, die Jim aber mit dem Roten Kreuz verwechselte, und aufgeklärt über diesen Irrtum in Bezug auf die Farbe Rot, das Blut und das Leben, und das Weiß, welches die Farbe des Bankgeheimnisses und der Schweiz war, überhaupt der Sauberkeit, des Todes und des Nichts. Da lachte Jim in diesem Leben und dieser Geschichte von Capri her ein letztes Mal und zeigte seine Zähne, sodass Roland aus lauter Liebe errötete.

Was hast du heute dazugelernt?, hatte ihn einst der Großvater gefragt, als er von der Schule nach Hause kam, so sechzehn Jahre alt, und eigentlich mit ganz anderen Dingen im Kopf beschäftigt. Das Träumen war damals wahrscheinlich seine Hauptbeschäftigung. Beim Großvater war es vielleicht auch so gewesen.

Da aber der, der fragt, eine Antwort verdient, sagte Roland: *Osmose, Beschleunigung, Sozialverhalten, die fünf Bücher Mose* und *Im Anfang war das Wort.* In dieser Reihenfolge. Als hätte alles angefangen mit dem göttlichen *Ich liebe dich.*

Nun saß Roland am Steuer seines Gebrauchtwagens wie einer, der im Krieg die ganze Zeit nur mit dem Gewehr unterwegs war und keinen Menschen getötet hat.

Der Gedanke an den Tod war schon fast zu einem Bruder geworden, der *Komm, gehen wir* sagte an Allerseelen.

Sie fuhren Richtung Flughafen, erst über den Schwarzwald, dann die alte Strecke – über Gottmadingen (D), auf das er sich auch keinen Reim machen konnte, Schaffhausen (CH), Jim war auch nicht aus Schaffhausen, wie sie zu Hause für so einen sagten, Lotstetten (D), benannt vielleicht nach dem Mann, dessen Frau sich bei der Flucht aus Sodom umgedreht hatte und zur Salzsäule erstarrte, Eglisau (CH), nicht Fisch, nicht Fleisch – zweimal über die Grenze und mussten jedes Mal den Kofferraum öffnen und wurden auch sonst überprüft: ein Deutscher, der Nesensohn hieß, und ein Ami mit süditalienischem Namen, der nach Mafia klang: Jim de Mariniello.

Ob es wenigstens die Sonne schaffte, an diesem Morgen den Nebel noch zu durchkreuzen?

Es wäre besser so, dass ihn Roland zum Flughafen fuhr, sagte Rosemarie, und dann waren sie losgefahren, am Allerseelenmorgen 1978, und haben nicht gesehen, wie Rosemarie geweint hat.

Auch Roland spielte seine Rolle gut, hielt bis zuletzt durch. Erst auf dem Rückweg hat auch er dann geweint, unverhohlen, anfallartig, sodass er vergaß, wo er war, im Auto, auf der Autobahn, sodass es mehrere Lastwagenfahrer beim Überholen sahen und den Kopf schüttelten.

Und Jim? Für ihn ging auch etwas zu Ende, wenn er auch nicht sagen konnte, was es war.

Das Englische war eine der schwierigsten Sprachen, wenn es darum ging, wirklich etwas sagen zu wollen. Doch sprechen können hätten sie noch. – Aber es ging nicht. Also verlagerten sie die Sprache auf die Aussprache. Da kriegten die anderen oftmals die Zwischenlaute nicht hin, häufig scheiterte es an den Zwischenlauten, das hatte sich Roland sagen lassen von den Experten. *Sich in eine Ziege hineinversetzen und dann ›Blair‹ sagen – das kommt ganz nahe hin an die Sprache der Königin, an Queen's English,* das war die Eselsbrücke begabter Sprachlehrer, aber zum Lachen war ihm auch nicht, neben dem Fahren her, als wäre ein Krieg in seinem Kopf.

Zwar hatte Roland immer noch Schwierigkeiten mit dem Englischen, aber es waren nun keine Sprachprobleme mehr, die ihn vom Fragen abhielten.

Die damals schon sogenannte Umwelt hatte nie etwas Rechtes von seinen Gedanken und von dieser Liebe mitbekommen, das Paar lebte das Leben danach leidlich weiter, Jim war ja nur ein paar Wochen dagewesen, und Roland hätte sich diese Liebe aus dem Kopf schlagen müssen, mit der Zeit als Hirngespinst abtun oder ein Buch darüber schreiben.

Manchmal fragte sich Roland schon, ob Jim überhaupt etwas davon mitbekommen habe, was mit ihnen war. Sie waren ja immer so zahm. Der eine hätte dem anderen doch wenigstens *einmal* einen Zahn ausschlagen müssen oder sonst etwas tun, zum Zeichen, dass es Liebe war, oder zum Zeichen, dass es keine Liebe war, und Rosemarie hätte doch wenigstens einmal mit ihrem Stöckelschuh und einem aus dem Nichts erschienenen Piranha-Wesen auf Jim losgehen müssen – oder wenigstens auf Roland.

Traurig auch, wie Jim nun aus seinem Leben, gar nie recht angekommen bei ihm, verschwand, wie die Freude aus den Gesichtern in der Zeit nach der Fußballweltmeisterschaft.

Wie beide aus seinem Leben verschwanden. Wie die drei aus seinem Leben verschwanden, als wären sie einmal eins gewesen. Wie er selbst aus seinem Leben verschwand, ja aus seinen Träumen, in denen er gar nie recht angekommen war, ja, so war es.

Und zurück in der Gewöhnlichkeit, müsste er sich in seinem Leben einrichten, wie es geworden war, wie in einer Wohnung, die er sich nicht ausgesucht hatte, und müsste auf unabsehbare Zeit weiterleben und sich einrichten in einem Leben, das er sich nicht ausgesucht hatte, und auch noch erschöpft von einem Leben, das er doch gar nicht führte. Aus solchen Hirngespinsten setzte sich die Fahrt zusammen. Die ganze Zeit lief das Radio.

Keiner fragte mehr: *Woran denkst du?*

Und dann standen sie auch schon an der Tür bei den International Departures. So weit waren sie gekommen, immerhin ein Stück gemeinsam Richtung Amerika.

22. Jetzt war er hier

Ein Leben lang traute er sich eigentlich nur auf der Autobahn, auf einer Nebenstrecke oder in der Nähe sogenannter Flughäfen von der International-Departures-Auffahrt zu träumen, oder wenn er im heimatlichen Blau einen Kondensstreifen ausmachte, als wäre es ein Komet und er hätte nun einen Wunsch frei. Das sah ja niemand mehr, wie er träumte. Doch auch jetzt sah er wieder wie ein Kind aus, aber es war niemand mehr da, der dies gesehen hätte und gesagt: *Träumst du schon wieder?* oder: *Wo warst du schon wieder?*

Und was war die Liebe? Kein Tuwort mehr.

Als wäre sie selbst so etwas wie ein Wortspiel geworden, auf das sich Hiebe und Triebe reimte, wie Herz auf Schmerz und eben auf Leben.

Dann war alles sehr schnell gegangen. Vielleicht gibt es keine Gemeinsamkeit zwischen einem, der bleibt, und einem anderen, der geht. So war es schon immer.

Und auch zwischen Leben und Tod gab es keine richtige Verbindung. Die Sprache war nur eine Erinnerung daran, dass sie nicht sprechen konnten, vielleicht sogar ein Beweis dafür. Es waren nur Laufstallsätze möglich. *Die Maschine scheint sehr voll zu sein … Hauptsache, kein dicker Nachbar… oder in einer Parfumwolke … Hauptsache, ein ruhiger Flug, und du kannst etwas schlafen …* Und so fort. Bald konnte er sein Leben von der Departure-Tafel ablesen.

Der Koffer auf dem Förderband hatte kein Übergewicht und war als Erster verschwunden. Kurz darauf stand Jim bei der Passkontrolle. Roland sah noch, wie er von einer männlichen Kraft kurz abgetastet wurde, in den Kindertagen des internationalen Terrorismus, seinen Gürtel abnehmen musste, wie er es in der Pension Tosca zum ersten Mal gesehen hatte, es folgte eine Anwandlung von Glück, die aber in Unglück umkippte und dem Betrachter von der Landseite aus noch einmal einen Stich versetzte.

Das waren alles Stiche, die Roland abwechselnd mit *schon gut* und *halb so schlimm* kommentierte. Und dann ging er davon, Jim, drehte sich auf dem Weg zu seinem Gate noch einmal um und winkte kurz, als wollte er *Es war schön* sagen, das konnte aber auch heißen: *Auf Wiedersehen, Es hat mich gefreut* oder *Kopf hoch* oder was weiß ich, was sich der Mensch so zusammenreimt.

Roland bewegte seinen Kopf sichtbar und langsam hin und her, als wäre er ein Inder geworden, der sich in alles fügt und wenn er *ja* sagt, bedächtig dazu den Kopf schüttelt. Und blieb noch eine Zeit lang stehen und schaute in dieses Nirwana, bis kurz vor dem Zeitpunkt, da er dem Sicherheitsposten aufgefallen wäre.

Auf zur Aussichtsterrasse! Er wollte ihn wenigstens davonfliegen sehen.

Das Flugzeug war eine nagelneue Boeing (Herr Böing aus Westfalen hatte die Firma gegründet), auf die sich die Passagiere immer noch über das Rollfeld zubewegten, als müssten sie vorerst mit dem Leben abschließen, dabei ging es doch nach Amerika, wo die allermeisten Maschinen auch keine zwölf Stunden später sicher landeten, so gingen sie, als gingen sie ihrem Schicksal entgegen, das doch immer auf sie zukam, und die Reisenden konnten sich auf dem Rollfeld noch einmal umdrehen und dann ein letztes Mal zurückwinken, und Roland wusste nun nicht mehr, welche Sehnsucht schlimmer war, die eine oder die andere, das Losgerissenwerden oder das Sich-wegreißen-Müssen, die Sehnsucht des Kindes oder des Liebenden.

Da sah er ihn noch einmal, schon in einer Distanz, als wäre es auf einem Bildschirm.

Er hatte es nicht mehr sagen können, aber ein solches Gesicht machte er:

Es ist aus ... Vergiss es ... auf Amerikanisch. – *Forget about that ...* Und er: *Schon gut, schon gut – never mind, macht nichts ...*

So schaute Roland ihn an. Und sagte nichts, außer: *God bless you, good-bye* – oder so. So sah es wenigstens aus. Dann lächelte Jim noch einmal und sagte etwas, das *my cutie* heißen konnte oder *addio.*

Und so verschwand der eine im Flugzeug nach Miami, und der andere fuhr zurück mit dem grausigen Satz im Kopf: Was mich umbringt, macht mich nicht stärker. Dabei konnte er aus eben diesem das Datum nicht löschen, und eigentlich datierte er das folgende Leben von dieser Schmerzgrenze her, auch wenn er nach außen hin bald wieder sein gewöhnliches Laufstall-Leben führen würde, bald *married twice.* Zwar schrieb Roland ihm bald Briefe über den Ozean, geschult an Udo Lindenberg mit seinem *Ich lieb dich überhaupt nicht mehr im Kern,* wenn das nicht Liebe war. Und ähnlich gestimmte Briefe kamen von dort zurück, als wäre dies einmal Liebe gewesen, wodurch sich Roland wenigstens erinnerungsweise der Illusion hingeben konnte, da sei einmal etwas gewesen. Und jahrelang tat Roland so, als wäre er längst über alles hinweg, und wusste nicht, was schlimmer war und was das Schlimmste: der Abgrund, die Einsamkeit, das Loch, das sich einem Zehnjährigen auftat beim Wegfliegen und Himmel hieß, oder jenes schwarze Erinnerungsloch einem Vierundzwanzigjährigen beim Wegfliegen eines Menschen, der *baby* zu ihm gesagt hat im fünfundzwanzigsten Jahr seines Lebens, vom Laufstall an gerechnet.

Als wäre er innerhalb von vierundzwanzig Stunden grau geworden ... International Arrivals ... International Departures.

Roland erinnerte sich später an alles sehr genau, an seine letzten Worte und schaute zu Hause nach, was *cutie* hieß. So lange musste er warten, und es war dann gar nicht in seinem alten Wörterbuch zu finden. Und in dreißig Jahren? Was wäre von allem übrig geblieben an Erinnerungen, die schön waren und blieben, auch dann, wenn sich einer seiner Vergangenheit *genau* erinnerte?

23. Das sollte die Liebe sein?
Auf der Aussichtsterrasse

Einmal im Jahr machten sie einen Ausflug. Einer hatte auf die Aussichtsterrasse des fast noch jungfräulich daliegenden Flugplatzes in Kloten geführt. Das war so 1960: ein solides Holzgerüst, mit einem Fernrohr, das gar nicht nötig gewesen wäre. Denn das Flugzeug stand ja in seiner Ruheposition direkt vor ihnen auf dem Rollfeld, und man sah die Passagiere noch mit dem Koffer in der Hand aus der Maschine herauskommen, nur die Wichtigsten hatten einen Gepäckträger, der die Sachen gleich im Gepäckraum holte. Die Ausflügler standen auf der Tribüne, als warteten sie auf den Onkel aus Amerika, und winkten, und auch die Ankommenden winkten zur Tribüne hinauf, als hätten sie sich schon entdeckt und würden einander gleich in die Arme fallen.

Alle, die aus diesem Flugzeug herauskamen oder hineingingen, waren wichtige Personen. Alle, die auf der Aussichtsterrasse standen, warteten auch noch die Passagiere ab, die bald zustiegen, während schon getankt wurde, es war ja nur ein Zwischenstopp, und bald flog die Maschine weiter. Und alle winkten noch. Und das Davonfliegen war für den Zuschauer noch schöner als das Landen. Es war noch ein feierlicher Augenblick, als die Propeller sich zu bewegen begannen und auch bald gehört wurden. Und die Passagiere, von denen man jeden Kopf sah und erkennen konnte, winkten noch einmal von ihrem Platz aus, so nah war alles, und alle, die zurückbleiben mussten, winkten zurück.

Und dann ging es weiter, noch über den Klausenpass und dann wieder nach Hause.

Die Frauen und Kinder ließen sich überraschen, wohin sie der Tag führte, die Männer hatten am Abend vorher schon die Karte studiert, als wären sie nun die führenden Köpfe im Generalstab und müssten ein Manöver planen, dabei war es ein Ausflug, und zu den Höhepunkten für die Kinder zählte damals vielleicht das Eis am Stiel und die anderen Süßigkeiten und der Augenblick, wenn sie der Onkel zum Fernrohr hinaufhievte, mit dem man die davonfliegenden Maschinen, bald waren es Düsenjets 707, ohrenbetäubend schnell verfolgen konnte, inzwischen längst Oldtimer, wenn nicht verschrottet oder abgestürzt.

Roland stand nun an der Stelle, wo er sich sagen musste: *Das sollte die Liebe sein?*

Das war auf dieser Aussichtsterrasse, von der aus man gegen fünf Franken Interkontinentaljets dabei beobachten konnte, wie sie einem davonflogen, während Jim bald jenseits der Wolken durch das blaue Nichts schießen würde und ein Ziel hatte.

Er wartete dabei auch auf die Maschine von Jim. Irgendwann setzte sie sich in Bewegung, es sah tollpatschig aus, wie ein Schwan an Land.

Vorerst sah er andere Maschinen davonfliegen, die auch alle ein Ziel hatten.

Nur er schweifte mit seinen Augen und Gedanken herum.

Einst, im Mai, hatte er vor dem Maialtar im elterlichen Schlafzimmer gekniet und vergebens gewartet und eine Erscheinung erzwingen wollen. Und von der Madonna Dinge verlangt, die Bekehrung Mao Tse-tungs und sonstige Dinge der Unmöglichkeit. Was war die Liebe anderes?

Das war die Liebe: das Warten auf die Liebe.

Und dann die Erinnerung daran. Das wusste Roland nun.

Sie hatten sich mit ihren Augen und gegen Eintritt auf die Plattform gestellt, und da sah er das erste Mal, wie es war, wegzufliegen und wiederzukommen.

Wir waren ganz ohne Angst unterwegs … Mit einem später

kaum jemals mehr sich wieder einstellenden Verlangen, mit einer kindlichen Lebenslust ohnegleichen im Bauch waren sie alle zusammen losgefahren, geradewegs waren sie auf die Aussichtsterrasse zu gefahren, zwei Autos, und beide voll. Er saß in der ersten Limousine, Opel Kapitän, und winkte und grimassierte während der Fahrt nach hinten, als wäre es die hinterste Reihe im Bus auf der Fahrt ins Landschulheim, streckte aus Übermut die Zunge heraus und zeigte die Zähne ... Es kostete etwas, der Onkel hatte bezahlt, auch noch das Fernrohr, also war es ein unglaublich intensives Schauen, das mehrere Franken kostete. Es wollte geschaut sein für dieses Geld. Roland versuchte, mit Hilfe des Onkels, der ihn zum Fernrohr hinaufhievte, hielt und das wundersame Gerät führte, das abhebende Flugzeug zu verfolgen, bis es oben im Himmel verschwand, wo es zweifellos weiterging ... Das war schon eine erste Metaphysik, dieses Flugzeug, das am, ja, im Himmel verschwand.

Dann ging es unten weiter, und diese Aussichtsterrasse mit einem Eis- und Biermann, der aus seinen Behältnissen heraus seine Sachen anbot wie später an einem der Traumstrände, war es nur eine erste Eis- und Bierstation, bevor man sich gestärkt in die Berge aufmachte, um von dort, von ganz oben, wohin man noch mit Hilfe einer Gondel gelangt war, die Südseite des Lebens erblicken konnte, bis ans Tyrrhenische Meer sehen konnte, bis ans Meer, als wäre dies (der Süden und das Meer) da, wo ein Mensch eigentlich hingehörte. Das Bier galt damals noch als Stärkungsmittel, gab es noch auf Rezept und wurde gerade den Schwangeren, die sich dagegen sträubten, verabreicht, und nachdem das Kind geboren war, hat die Mutter auf Anordnung von Dr. Gramer noch ein Vierteljahr Nährbier trinken müssen, das von Hackerbräu München kam.

Als er Jim davonfliegen sah, sagte er: *Was mich nicht stärker macht, bringt mich um*, und *schon gut* vor sich hin, sodass sich die Person mit ihrer eigenen Geschichte neben ihm, welche sie vielleicht auch auf diese Aussichtsterrasse geführt hatte, wo ein vergleichbarer Mensch und eine vergleichbare Geschichte vielleicht in derselben Maschine unterwegs nach Amerika saß und in denselben Wolken verschwand, umdrehte und ihm ins Gesicht schaute. Und ihm blieb nichts anderes übrig, als noch einmal zu erröten wie ein Mädchen vor dem ersten Mal und diese nun mit Panzerglas gesicherte Aussichtsterrasse zu verlassen. Und ein Anflug von Glück kam nun mit einem Mal auch noch dazu. Denn einmal war es zweifellos Glück gewesen. Das wusste er nun.

Der weiße Rauch vom Petersplatz und diese Wolken vermählten sich nun erinnerungsweise. Die Erinnerung würde Hochzeit feiern. Hochzeit. Und Roland sagte noch einmal *ja* zu allem.

So verschwand das Flugzeug mit Jim in den Wolken, und ließ das Wort Flugzeug mit dem Wort Jim zurück, als wäre Jim ein Rauch gewesen, so schön wie vorbei.

Und nur das Wort Jim blieb zurück. Und reihte sich an die Wörter Glück, Erinnerung und Vergangenheit ein und gesellte sich zu ihnen. Und Roland hatte fast schon verschmerzt, was nicht zu verschmerzen ist.

Was war die Liebe? War sie ein Tuwort?

Die Sanduhr füllte sich langsam.

Und das Leben war eine Gratwanderung mit der Möglichkeit, nach zwei Seiten hin abzustürzen oder weiterzugehen, und in einem zukünftigen Leben wäre alles vielleicht einfacher als Molkereidirektor.

Roland war ein theologisch geschulter Sünder, der wusste, dass er nicht tiefer als in die barmherzige Hand Gottes fallen konnte, Thanksgiving war immer am vierten Donnerstag im November, das wusste er nun, und *Wish you health and happiness, where you may dwell across the sea* war ein altes Auswandererlied, auch im Flughafen zu singen beim Take off. Und er sah, dass es gut war.

Eines dieser Flugzeuge muss es sein, dachte er. Roland wartete zur Sicherheit mehrere Maschinen ab und ging dann noch einmal, bevor er sich zum Parkhaus aufmachte, um sich von dort auf den Rückweg zu machen und sich wieder ins Autobahnleben einzufädeln, doch erst ging er noch einmal zur Departures-Tafel, um ganz sicher zu sein, und da stand es: *started.* Es hatte sich das meiste geändert, seitdem Roland das erste Mal mit Onkel Anton hierhergekommen war. In einem Abstand von fünf Minuten gingen nun möglicherweise ganze Geschichten zu Ende, oder begannen sie. Und nun auch noch dies. Die Maschine hatte seinen Luftraum endgültig verlassen, seine Atem-, Rauch- und Wolkenzone ging in die Jagdgründe seiner Erinnerung ein, die Sehnsucht würde von nun an mit dem Heimweh verschmelzen, die Liebe wäre eine Möglichkeit, die erst ganz zuletzt vom Bildschirm verschwand, und Jim war nun endgültig unterwegs Richtung Amerika.

III.

Unvergessliches So-gut-wie-nichts

Reisen Sie allein?
Haben Sie Enkel?
Das Motiv Ihres Aufenthalts in den
Vereinigten Staaten von Amerika?
Wollen Sie als Prostituierter/Prostituierte arbeiten in den USA?
War Ihr Vater in der SS?
Planen Sie einen Terroranschlag
auf die Vereinigten Staaten von Amerika?

1. Ein Unglück, das als Glück gedacht war

Roland, Schriftsteller geworden, Chronist des Unglücks, das als Glück gedacht war, hielt, während ihm das alles durch den Kopf ging, seinen Kopf wie ein Huhn schräg in die Höhe oder ins Nichts, je nach Blickwinkel. Als dächte er etwas. Aber es sah nur so aus.

Jim erschien ihm nach dieser langen oder kurzen Zeit, nach diesen Jahren oder Lichtjahren, wie eine Verwirrung, längst wieder hatte sich Roland ins Leben mit Rosemarie eingefädelt, und dann mit Emily. Führte ein Eheleben. Nach außen hin. Auch nicht verlogener als die anderen. Das mit Jim schien eine Episode, ein Betriebsunfall, eine Dummheit, wie sie in den besten Familien vorkommt.

Und doch. Vergessenkönnen war nicht sein Ding.

Das Leben schien ihm elf Jahre her.

Mittlerweile war der Papst von Ali Ağca zur Strecke gebracht worden, und und und … von der Madonna von Fatima gerettet und aufgehoben, der Schah gestürzt, und Khomeini herrschte. Saddam Hussein war vom CIA (mit dem Wort Intelligenz in der Mitte) im Irak inthronisiert, Wörter wie Döner Kebab und Dschihad, Scharia und multikulti hielten Einzug in die deutsche Sprache, das Wort ›Kopftuch‹, wie das Kopftuch selbst, erlebten eine Renaissance, das, wie das Fahrrad, am Aussterben gewesen war, nur die Ackerpferde blieben für immer im Stall, einige bekamen noch das Gnadenbrot und durften zu Hause sterben, immer wieder begann etwas und hörte etwas auf, es gab nach wie vor den Schmerz, gleichzeitig und nacheinander, so wie den Zeitvertreib, die Langeweile, die Missgunst und den Überdruss, Hunger und Durst, Boris Becker war schon fünf Jahre Wimbledonsieger, Steffi Graf wurde gerade zwanzig, und Michael Schumacher hatte gerade zwei Jahre den Führerschein – so und so viele Weltmeisterschaften, Olympische Spiele und und und … waren auch absolviert, der spätere US-Präsident Bush stand kurz vor seiner Bekehrung zum calvinistischen Gott der Rache, Deutschland hatte auch verschiedene Hysterien hinter sich, andere standen bevor, so der Rinderwahnsinn und die Amalgamfüllung und die Vogelgrippe, und währenddessen wurde das Ozonloch immer größer, bald gab es Aids und verschwand wieder aus den Gazetten, und den Fortschritt gab es auch noch oder etwa nicht? In den USA hießen die Henker bald nicht mehr Henker, sondern Execution Manager und die Henkerzunft war das Exekutionsteam. Und überall gab es einen Juristen, der alles absegnete, und einen Mediziner, der die Todesspritze setzte. Die Folter war noch nicht wieder eingeführt in den USA.

Aber die Präsidenten und Dirigenten verwechselten sich immer schon mit Gott und ließen sich gerade an der Stelle der Komposition, an der er am meisten gelitten hatte, am meisten feiern: Jetzt kamen noch der Experte dazu, der coole Mensch, der alles berechnete, die richtige Temperatur in der Hinrichtungszelle und im Showroom neben der Hinrichtungszelle von Huntsville, auch die Absturzursachen, und der im Nachhinein wusste, warum: dass nämlich der Mensch der eigentliche Fehler war im System.

Auch was 200 Milliarden Lichtjahre waren, wussten sie. Das war gar kein Problem, das ließ sich alles berechnen, da musste man nur ein paar Nullen dazutun, als hätten sie verstanden, und wäre es auch nur ein einziges Lichtjahr gewesen. Bald konnten die Welt und alles in den Talkshows erklärt werden.

Und Roland hatte immer wieder gedacht oder sich gesagt, es wäre zu Hause da, wohin er zurückgekehrt war.

Dort hatte es immer wieder Streit gegeben in den Tagen und Jahren, auch wegen des lumpigsten Christbaums an Heiligabend, besonders im Leistungsvergleich mit den anderen hätte die Mamma am liebsten geweint, auch wegen der Geschenke. Und Gutscheine, die er wiedergefunden hatte in einem ungelesenen Buch, von Kindern, die mittlerweile zu Liebhabern und Geliebten mutiert waren, und von Liebhabern, die abgedankt hatten, und fast alles war vergessen: 52 x Autowaschen, mindestens 365 x Lieben, und so fort, und die Braut in Hebels *Unverhofftem Wiedersehen* war nun bald dreihundert Jahre alt.

Roland hatte sich ans Leben gewöhnt, wenn auch nie ganz, es war Kartoffelsuppe geworden aus ihm und ihnen. Sie zeigten sich schon ihre Tabletten: *Was nimmst du? – Diclophlogont – iiiiiiiiii* –, und die Mauer war auch kurz vor dem Einstürzen, noch ein Ereignis, das Roland dann in Amerika verschlief.

Mit acht war sein Leben noch wunderbar gewesen. Er hatte sogar einmal ein Gedicht auf eine Apfelsine geschrieben, so gut schmeckte alles. Aber dann war selbst die Liebe etwas Gewöhnliches geworden, als wäre auch sie eine Art Kartoffelsuppe.

Im Ohr hatte Roland das Bordprogramm von 1989, Eros Ramazotti sang *Cuori agitati*, die Musik des Sommers 1985, auch von Marina Piccola, Capri (wohin ihn seine Wege nimmermehr führen würden), vier Jahre später nun auch schon wieder Schnee von gestern bis auf die übrig gebliebene Erinnerung. Eros Ramazzotti sang, vom ersten bis zum letzten Lied: das war *Terra promessa (Siamo ragazzi di oggi, pensiamo sempre all' America, guardiamo lontano, troppo lontano – siamo fatti così)*. Und Roland hörte es.

Es war der Weltspartag 1989, der 30. Oktober, und er saß in der Maschine nach Miami, im Gepäck hatte er sein erstes Buch, das *Ungewaschene Erinnerung an die Liebe* hieß. Zusammen wollten sie ihren fünfunddreißigsten Geburtstag feiern. Das hatten sie sich versprochen. Nur Rosemarie war nun nicht mehr dabei. Und die Zeit, da er glaubte, alles verschmerzt zu haben, war auch längst vorbei.

Manchmal schaute er zum Fenster hinaus und sah unten die Wolken und das Meer. Aber er konnte auch zum Monitor hinschauen wie die anderen und sehen, wo er gerade war. Aber das konnte man auf diesem Monitor gar nicht sehen.

Eigentlich wollte er das Buch *Jim* nennen. Oder wenigstens *Call me Jim.* Dann aber war es die *Ungewaschene Erinnerung an die Liebe.* Die war nun über zehn Jahre alt. Und Jonathan war nun auch schon zehn, hatte seine erste Liebe aus dem Kindergarten vorübergehend fast vergessen, ihm die ersten Gutscheine *1 x Autowaschen* ausgestellt, die auch nie eingelöst wurden, und war mit seinen Eltern schon im Canisius-Kolleg gewesen, um sich dem Direktor vorzustellen.

Bei dem einen Titel hätte Jim die Augenbrauen hochgezogen, beim anderen den Kopf geschüttelt oder vielleicht sein Kotzgesicht gemacht, unberührt von der Poesie und vom Schmerz, die möglicherweise zwischen diesen Zeilen lagen.

Ganz zu Beginn hatte er sein Buch noch *Baby* nennen wollen. Da wäre die ganze Geschichte in einem Wort versammelt gewesen. Ach, er musste keine Angst haben, dass sie, seine anderen, bis zu dieser Schmerzstelle vorstoßen würden.

So langsam war Roland zum Zigarrenraucher und Genießer geworden, einer von denen, die das Leben hinter sich hatten, und sah dem Leben, das vorbei war, zum Verwechseln ähnlich.

Und auf die Frage am Telefon: *Was machst du heute?*, antwortete er nun piano piano mit: *Eisbein.*

Eisbein bitte für die Gäste mit Migrationshintergrund klären! – hatte damals die Stimme von Rosemarie aus einer Festlaune heraus eingeworfen. Doch Roland wusste selbst nicht richtig, was Eisbein war und wie es aussah und wie es schmeckte. Von den meisten Dingen wusste er nur das Wort, und auch die meisten

Menschen, die er kannte, kannte er nur dem Namen nach und wusste nicht, wie sie schmeckten.

Seine Telefonnummer konnte man bald auswendig, es war eine vierzehnstellige Nummer. Zum Glück gab es noch eine Telefonnummer. Zum Glück, über all die Jahre hinweg.

Auf diesem Erkenntnisstand glaubte er sich kurz vor Allerheiligen 1989 im transatlantischen Verkehr. Er schaute auf die Uhr und war bald fünfunddreißig, das war Halbzeit, von Hölderlin aus gedacht, von dem aus er immer mehr dachte, immer dann auch, wenn er sich sagte: *Jetzt wirst du verrückt.* Vom Fußballplatz aus hätte er für *Halbzeit* noch zehn Jahre übrig gehabt. Aber entscheidend war das gefühlte Lebensalter: Manchmal war ihm, als wäre fast schon alles vorbei. Zum Glück nur manchmal. Zum Glück hatte er sich in seinem bisherigen Leben, das vielleicht weniger geworden war, immer wieder dabei ertappt, augenblicksweise, und er hätte sich sagen müssen oder dürfen: *Jetzt aber warst du gerade glücklich.*

Dazu kam nun immer wieder vor, dass er mit bedeutenden Personen verwechselt wurde und mit dem einen oder anderen großen Namen angesprochen. Aber dann wandten sie sich von ihm ab, als sie bemerkten, dass er doch nicht eine bedeutende Person war, sondern nur eine, die mit einer solchen verwechselt wurde. Verwechselt wurde er nun mit einem blonden Fußballspieler, zum Beispiel mit Jürgen Klinsmann, der damals gerade seine Karriere startete. Anders gesagt: Ungewöhnlich war nur jener, der immer wieder mit einem gewöhnlichen Menschen verwechselt wurde.

Roland wurde noch viel mehr mit irgendwelchen bedeutenden Menschen verwechselt als Rosemarie. Darunter waren auch Fußballspieler und Spielhöllenbesitzer. Nur wie ein Schriftsteller sah er nicht aus. Das schaffte er nie. *Was, der?? – Der sieht so dumm aus!* – Das hätte eine Bemerkung von Tante Mausi sein können.

Der gewöhnliche Mensch war ja jener, der immer wieder mit einem ungewöhnlichen Menschen verwechselt wurde.

Ja, ein solches Trio war das einmal gewesen: Der eine wurde immer wieder mit John Travolta oder dem jungen Neil Diamond verwechselt, weil sie den Pasolinifilm *Teorema* nicht kannten, die andere eine Zeitlang mit Su Kramer und dann, als sie den Afrolook nicht mehr hatte, mit Schauspielerinnen wie Christine Kaufmann oder Heidelinde Weiß. Und er mit einem bedeutenden Spielhöllenbesitzer, mit Fußballern, von denen er nie gehört hatte, später mit Ted Herold oder dem ältesten Sohn von Attila Hörbiger und überhaupt mit irgenwelchen bedeutenden Menschen, die er nicht kannte.

In frommen Zeiten, die durch die Begegnung mit Jim wieder an- oder ausgebrochen waren, um bald wieder zu verblassen oder zu verheilen, hatte er zuweilen aber doch gedacht, dass sein Körper etwas ganz Besonderes wäre. *Wohnzimmer meiner Seele … Mein Körper …* dachte er, als gehörte er nicht ihm, sondern sich.

Roland lief nun schon mit sogenannten Zivilisationskrankheiten herum, mehreren! –

Und mit Problemen, für die er sich hätte schämen müssen in Afrika, wie die anderen auch, saß er in dieser Maschine. Aber es waren nun einmal seine Probleme, so wahr er Linkshänder war im Kopf.

Auch tat ihm der Fuß weh. Trombosegefahr? Und Gicht war Zahnschmerzen in den Zehenspitzen. Das waren die Zahnschmerzen der Alten, die keine eigenen Zähne mehr hatten, keinen einzigen, der noch vital war. – Der Arzt sagte, Roland habe Gicht, und sagte, er sei schwer krank. Und das mit fünfunddreißig! Als wollte Dr. Knellwolf in ihm einen Patienten fürs Leben heranziehen, zum lebenslänglichen Ausschlachten, auf einer idealen Mittellage halten, als führte Roland nun das Leben Thomas Manns: *nie ganz gesund, aber auch nie ganz krank.*

Das hatte er nun davon, was ihm Dr. Knellwolf gegen den hohen Blutdruck verordnet hatte: Auf Fisch sollte er umstellen und Paprika. Dann aß er nur noch Fisch und Paprika eine Zeitlang. Im Diätführer *Gicht*, und leider vorher schon, nachts im Bett, über einen irrsinnigen Schmerz in seiner linken Zehe ganz vorne – auch keine schöne Vorstellung –, hat er dann erfahren, dass er unter keinen Umständen zu viel Paprika zu sich nehmen sollte, auch bestimmte Fischsorten nicht. Auch keinen Spargel und keine Hülsenfrüchte und keinerlei Nüsse und Innereien, es blieb also für ihn fast gar nichts übrig, zumal der hohe Blutdruck dazukam, geblieben war, ein Wert lag mit dem anderen im Streit, ein Organ mit dem anderen, Knellwolf erklärte ihm immer wieder alles, und er verstand nichts.

Gesundheit – er konnte es seinem Körper einfach nicht recht machen.

In Sachen Blutdruck war Roland also längst auf dem Laufenden. – Er maß auf zwei Geräten, und die Wiegedaten trug er gewissenhaft in sein Tagebuch ein. Das war nun seit geraumer Zeit täglich sein erster Eintrag, noch vor dem ersten Wort.

Das Herz war nach wie vor sein Krisenherd Nr. 1. Die Gesundheitsserien in den Hochglanzmagazinen und im TV verwirrten ihn zusätzlich – waren beim Sex die Organe in den Spitzen nicht mehr recht durchblutet, stimmte etwas nicht mehr mit dem Herz, das war ein Zeichen, dass er ein Kandidat für einen baldigen Herzinfarkt war.

Es gab auch sonst noch Zeichen: Wenn zum Beispiel der Bauchumfang über neunzig Zentimeter war, unabhängig von Körpergröße und Alter.

Gab es in ihrer Familie Herzkrankheiten? Er musste Dr. Knellwolf sagen, dass fast alle am Herz gestorben waren. Irgendwann hörten sie auf zu atmen, und das Herz stand still. Dies auch im übertragenen Sinn: Immer wieder hatte sich einer von den Seinen deswegen aus dem Leben verabschiedet, über hundertfünfzig Jahre verteilt, die er mit einzelnen Namen und Fotografien verbinden konnte.

Man konnte es seinem Körper und seinem Arzt einfach nicht recht machen.

Roland konnte sich erinnern, dass in seiner Jugendzeit noch strengstes Alkoholverbot für sogenannte Herzpatienten gegolten hatte. Daran hatte sich sein Großvater, kurz vor seinem Tod, noch gehalten und auf seinen Rotwein verzichtet. Um nicht alkoholabhängig zu werden, bekam der Großvater die letzten Tage vor seinem Tod seinen geliebten Rotwein nicht mehr, um nicht süchtig zu werden und um nicht von der Justiz belangt zu werden, die längst, zusammen mit den Medizinern und den Experten, an die Stelle Gottes getreten war (sie stritten sich nur noch, wer das letzte Wort haben sollte), enthielten Ärzte noch den Sterbenden sogenannte opiathaltige Schmerzmittel vor.

Es gab Menschen, die sich aus Angst vor einer todbringenden Sucht umbringen wollten.

Und zu allem kam die Liebe hinzu, die vielleicht auch nur eine todbringende Krankheit war.

2. Hast du einen Augenblick Zeit?

Nachdem Roland aus Kloten zurückgekommen war, Allerseelenabend 1978, fragte Rosemarie: *Hast du einen Augenblick Zeit?*

Sie stand gerade am Spültisch und trocknete ihre Hände ab. Das war wohl noch eine Angewohnheit, die sie von zu Hause mitgebracht hatte, aus Minden. Ihr Kaffee schmeckte auch immer etwas nach Spülwasser, denn sie nahm die Sachen immer nur aus dem Wasser und stellte sie zum Vortrocknen ab, um Wasser und Spültücher zu sparen, ohne noch einmal mit Wasser über alles zu gehen. Dabei war sie überhaupt nicht geizig, sondern einfach nur ökonomisch-strategisch mit dem soziokulturellen Background des Hasenstallviertels von Minden. Und so hatte sie noch mehrere Angewohnheiten, die Roland damals neu waren, auch im Badezimmerbereich. Nahm die Zeitung auf die Toilette mit, noch so etwas, das auf das Leben kleiner Leute deutete, wie das Essen in der Küche und manches Wort, das auf eine dürftige Herkunft verwies: Hasenfutter, Fürsorge und BAföG, später *tourist class* und AOK zum Beispiel. Er hatte es bis zur DAK geschafft.

Wie war's? – War's schlimm? – Roland hatte ja auch, noch auf dem Weg zum Auto, den Anschein gegeben, als handelte es sich um einen geordneten Rückzug, über den man im Prinzip auch sprechen könnte, später einmal, über alles sprechen, als wäre der Sinn des Lebens in einem Workshop zu ergründen und der Schmerz kein Schmerz mehr.

Damit musst du nun selbst klarkommen, so ihre Auskunft. Er aber wollte seinen eigenen Satz, *Nichts lässt man uns, nicht einmal den Schmerz, und eines Tages wird alles vergessen sein,* nicht gelten lassen. Wenigstens das sollte ihm bleiben. *Wenn es schon keine Menschen fürs Leben gäbe, so doch Sätze.* Das war, im Prinzip, die Erinnerung: eine Folge von nicht gelöschten Bildern und übrig gebliebenen Sätzen.

Erst jetzt sagte ihm Rosemarie, dass sie schwanger sei. Und wer wahrscheinlich der Vater wäre. Rosemarie wusste genau, dass sie ihm damit nach der Rückkehr im Prinzip eine Freude machen würde, und wollte bis dahin warten mit diesem Hoffnungsschmerz, der nun über Roland kam. Und so war es eine wunderbare Nachricht, die sie für ihn aufgespart hatte und sein Glück und Unglück zu etwas Unbeschreiblichem vermischte. Roland hatte die Folgen wieder einmal nicht *durchdacht*, wie Tante Mausi gesagt hätte. *Bist du verrückt!*, hatte er aufgeschrien. Zwanzig Jahre später wäre es vielleicht *Wuauuuuuuuu!* gewesen, als Rosemarie ihm sagte, erst sei sie beinahe verrückt geworden, von Dr. Himmelheber zurück mit diesen beiden Armleuchtern zu Hause, und dann sei auch noch die Nachricht vom Papsttod im Radio gekommen, worauf sie ganz schrecklich auflachen musste, wie immer, wenn zwei Schreckensmeldungen auf einmal kamen. *Du weißt ja, wie der Abend ausgegangen ist.* Und dann habe sie gedacht, über alles die Würfel entscheiden zu lassen. Das komme aber nun nicht mehr in Frage. *Geh du erst einmal zu Fabienne und schlaf eine Nacht drüber.* Und dann ging Roland tatsächlich noch auf ein Bier zu Fabienne in die Brennnessel, als gäbe es etwas zu vergessen und etwas zu feiern.

3. *Ein weißer Schwan*

Es waren schon einige Runden ausgegeben worden. Sie sangen zehnmal hintereinander *Die Fischerin vom Bodensee* – irgendjemand fing immer wieder mit *Ein wei-ßer Schwaaaaaaaaaaaaaaaaan------------------- zie-het den Kaaaaaaaaaaaaaaaaaaaaaaaaaaaaaaaaaaaaahn---------------------* an, als wäre es ein Kirchenlied, eine Hymne aufs Leben, wie es hätte sein können, sein sollen, ein ganz unbedenkliches Liedgut, aus einem Heimatfilm von 1954. Unter einem Brautkranz-Baldachin aus Sonnenblumen schreiten die Glücklichen auf die Hochzeitskirche zu, die Glocken läuten und mehr, gedreht in den Bavaria-Studios bei München. Und im Finale kam dann noch einmal *Die Fischerin vom Bodensee.*

Das war in der Brennnessel. Hier wurde noch gesungen, besonders später, wenn sie betrunken waren und nicht mehr unterscheiden konnten, was es war, das Leben. Als könnte alles auf einmal in einem Lied erklingen, wie in einem, wie in einem jener alten rheinischen Karnevalslieder, von denen man auch nicht sagen konnte, ob es ein Lachen oder ein Weinen war, ob es Freude oder Schmerz war, wie in jeder großen Musik, einem Fado oder einem Wiener Lied, zum Beispiel, angefangen mit *Wenn der Herrgott nöt wüll, nutzt es goar nix.*

Wo ist Jim?, fragte Fabienne nun neben ihrer Arbeit her und hatte Roland schon ungefragt eine Tulpe hingestellt, wie immer. Es war um die Zeit herum, den der Flugplan als Ankunftszeit in Miami vermerkte. Doch bevor Roland antworten konnte, fielen alle wieder in den *Weißen Schwan* ein. Ihm war das gerade recht.

Die ganze Zeit war Roland auf der Suche nach wenigstens einem Satz, der die Lust vom Schmerz nicht mehr zu unterscheiden wusste. Aber er konnte sich – das war im Spiegel gleich hinter der Theke, in dieser Brennnessel – nur beobachten dabei, wie er alles hinunterspülte und ertränkte.

Und Roland sah, wie Heidi in den Pausen mit ihrem Gesicht, das lange nicht an der Sonne gewesen war, irgendwie selig, zur Musicbox schritt. Vielleicht triumphierte sie auch über den Neid der anderen, die sich fragten, woher Heidi denn das Geld hatte, schon ein Leben lang auf dem absteigenden Ast, wie die anderen auch, nur dass die anderen es nicht merkten und Heidi zu jenen gehörte, denen man es ansah.

Kein Mensch hätte gedacht, dass Heidi Männer empfing und auch Hausbesuche machte.

Aber so schnell vergessen konnte Roland auch nicht.

Ihre Lieblingstitel retteten die nächste halbe Stunde nach dem *Weißen Schwan,* und Roland sah, wie Heidi, noch bevor alle Nummern gespeichert waren, wieder an ihrem Platz saß, die Zigarette aus der Schachtel nahm, was das für eine Geste war. Und wie sie beim Wählen ihrer Lieblingstitel, beim Einwerfen der Münzen in den Schlitz schon von einem Glücksgefühl in unmittelbarer Erwartung des Glücks, das über die Musicbox kam, überwältigt wurde, so wie andere unmittelbar vor dem ersten Biss, ob Raubtier oder nicht, oder wie kurz vor dem ersten Eindringen in die Scheide, im Augenblick der Liebe.

(Entschuldigen Sie diesen Glücksvergleich.)

Manchmal rauchte Heidi auch zwischen dem Mitsingen her, das ging, sie fand ja auch bald wieder hinein, wie andere in den Gleichschritt, nach dem Austreten, so Heidi in den Takt zwischen ihren Glimmzügen.

Statt einer Atempause machte sie einen Lungenzug.

Andere rauchten im Bett, wo sie eigentlich schlafen und sterben sollten.

Die Raucher waren doch die sympathischeren, und darauf kam es schließlich an im Leben, das Wort *pathi* (pathi: leiden, Sympathie: mitleiden) steckte ihnen allen in den Knochen, auch wenn sie es nicht wussten *mit tausend Sünden im Gesicht* und auf den Werbeclips dasaßen wie Mickey Fox und sagten: *Ich rauche gern.*

Und später, als das Rauchen bei Strafe verboten war und jede Packung den Tod in Aussicht stellte, hatte Heidi dann eine potemkinsche Zigarettenschachtel, in welcher die andere Packung Platz hatte, auf der *Rauchen tötet* stand, und genau an der Stelle, wo dort *Rauchen macht impotent* oder *Rauchen ist tödlich* stand, *Ich rauche gern* platziert war. Und auf ihrem Opel Corsa hatte sie einen Kussmund, der ganz ungewaschen war. So fuhr sie in der Welt herum, zwischen den eigenen vier Wänden und diesen hier.

Die meisten Gäste von Fabienne, die Stammgäste, wurden zwar nicht mehr irgendwohin eingeladen, sie trafen sich nur noch jeweils da, wo Fabienne war, als wäre sie ihre Herrin und diese Mannschaft am Tresen ihr Harem.

Heidi – auch sie hatte das Zeug zum Mauerblümchen. Was sonst noch war, wusste Roland nicht. Wie es bei ihr zu Hause aussah. Und ob es da, wie bei Hermine und bei Hempels unter dem Sofa, wie er gehört hatte, auch noch einen Mann gab, irgendeinen, mit dem sie am anderen Morgen hadern konnte, und wäre es Gott persönlich gewesen, irgendjemand musste es ja sein.

Roland wusste auch nicht, ob es Glück oder Unglück, Lust oder Schmerz war, was es war mit ihm. Und beides hätte man ihm gar nicht angesehen. Und wenn, dann hätte man es nicht auseinanderhalten können, was es war, was war. Diese Leute hier, geschult im mühseligen Leben, im Hinsehen von ihrem Mauerblümchenplatz im Leben aus, vielleicht noch am ehesten.

Einige von ihnen hatten überhaupt noch nie eine gedruckte Einladung bekommen mit einem U. A. w. g. darauf. Eine von ihnen war Heidi. Waren schon seit Jahren auf kein Fest mehr eingeladen worden, vielleicht noch nie, und ein eigenes hatte es nie gegeben, der Weiße Sonntag war vielleicht das erste und letzte gewesen. Aber dazu mussten sie schon katholisch gewesen sein.

Doch auch auf den Festen, wo jene Menschen zusammenkamen, die dazugehörten, die nach dem Terminkalender lebten und für die jeder Tag schon feststand, nicht nur der Tod, drängten sie alle in die Raucherecke.

Richtige Sätze zu ihr fielen keinem ein. Sie hatte ja auch nicht viel gesprochen, nur geschaut und geraucht und mitgesungen. Vielleicht einzelne Wörter noch wie *toll* und *wunderbar*.

Nebenan saß noch Hansi, das männliche Pendant, der so unauffällig war, dass keiner bemerkte, dass ihm die Kuppe des rechten Zeigefingers fehlte, abgebissen vom eigenen Hund, der daraufhin nicht eingeschläfert wurde, und der linke Zeigefinger fehlte fast ganz – wo der abgeblieben war? –, sodass Hansi seine Zigaretten zwischen dem mittleren und dem Ringfinger rauchte, und seine Finger ganz weit spreizte, ohne dass dies schwul ausgesehen hätte.

Und keiner hätte jemals sagen können, ob die zwei Links- oder Rechtshänder waren.

Heidi kannte außerdem auch noch alle Titel und Nummern der Musicbox auswendig, in der richtigen Reihenfolge, das war ihr Stolz, und sagte dann, zum Beispiel *K 7* oder *H 8*, und ein Neuzugang im Musicboxangebot, was eher selten war, konnte der Vorsprung einer ganzen Woche sein. Da waren eine Begabung und eine Kenntnis, mit der sie in der Welt nichts werden konnte.

Nur hier, bei Fabienne. In der Brennnessel konnte sie etwas werden, nur bei ihm, und wäre es, weit voraus und um die Ecke in seinem Kopf gedacht, seine Schwester, ein Schiff in der Brandung, wie in einem Shakespeare-Sonett, hier, zwischen Baggersee und Autobahn, ein Stück weit Richtung Amerika.

Zehn Jahre später waren sie alle so um die fünfzig außer ihm und würden mit einer Hingabe *Wir sind alle über vierzig, tausend Sünden im Gesicht* mitgrölen.

Ungewiss, ob es Glück oder Unglück war in diesen Gesichtern. Und dazu lief links oben nun auch die ganze Zeit der Fernseher.

Und doch. Auch Heidi fragte noch beim Weggehen nach Jim.

4. *Am Ende des fünften Monats*

Rolands philosophische Leistungen wurden auch nicht besser, und Rosemarie musste nun noch einen Schwangerschaftsgymnastikkurs belegen.

Ob sie noch an Jim dachte, wusste Roland nicht.

Am Ende des fünften Monats, Anfang Februar 1979, schloss sie das erste Staatsexamen glanzvoll ab, als Jahrgangsbeste, und und bekam einen Platz an der Uni angetragen bei Professor Friedemann Stottele, der dem Namen nach aus einem pietistischen Haushalt kommen musste, was seiner Beschäftigung nach kaum sein konnte, denn er war dabei, den Tod aus der Welt zu schaffen und schon dessen Vorzeichen und irdische Spuren: Er saß auf dem Lehrstuhl für Plastische Chirurgie und fuhr dem Schicksal immer wieder in die Parade, indem er versuchte, die Spuren irgendwelcher Schicksalsschläge zu tilgen; weit weg vom Choral *Wer nur den lieben Gott lässt walten* lebte dieser Mensch, und Rosemarie eigentlich auch.

Rosemarie glaubte schon wieder, dass Probleme, auch jene, die sie nun mit Roland hatte, dazu da waren, um gelöst zu werden. *Man muss nur wollen* – mit solch fatalen Sätzen war sie schon wieder unterwegs. Auch noch in der Liebe versuchte sie, perfekt zu sein, bis hin zum Austragen des Kindes und Vormachen, wie es geht. Dass sie auch hier noch diesen zwei Flaschen überlegen war, führte ja nur zu einem zusätzlichen Ungleichgewicht.

Vielleicht waren Roland, Jim und auch dieses Leben, das da in ihr weiterwuchs, nur etwas, das sie sich in den Kopf gesetzt hatte, ganz gegen ihre Mutter, um es ihr, in Minden längst zahm geworden, zu zeigen. Und dann kam alles ganz anders.

Manches blieb. So, dass Roland sie bis zum heutigen Tag nicht vergessen hat.

Wie sie sich wohl schon als kleines Mädchen durchs Haar strich, was Roland niemals sah, und wie sie sich in fünfzig Jahren durchs Haar streichen würde, was er wohl auch niemals sehen würde, einfach schön, und sie war dann am schönsten, wenn sie sich selbst vergaß und ganz sie war, ganz bei sich, und er bei ihr, frei von jedem Beweisenwollen und Vorzeigen, wie das Leben zu führen wäre.

Frei von jeder Empfindung, zeigen zu wollen, wie es geht, als ginge es beim Leben um die deutsche Meisterschaft.

Sie war ein Mensch, mit dem man Pferde stehlen konnte, eine, bei der den anderen das Wort *patent* einfiel; er dagegen war, aufs Ganze gesehen, wohl eher ein Christkind.

Dass Rosemarie aber von der Welt als patent eingestuft wurde, war für andere nicht gerade sinnlich erregend. Außerdem hatte ihr Roland, der Trottel, einen Afrolook aufgeschwatzt. Der war jetzt ja weg.

Roland kam wiederholt darauf zurück in seinem Kopf, weil es ja diese Erscheinungsform Rosemaries gewesen war, in der Jim auf sie aufmerksam wurde, sodass diese Geschichte beginnen konnte.

Diese Frisur und zwar nicht, um Rosemarie ganz für sich zu haben, wie es andere machten, die ihre Frau unter einem Schleier haben wollten, hatte Roland sie noch kurz vor Capri zum Kultfriseur geschleppt, wo sie überdies einen halben Tag unter einer Frisierhaube verlor.

Er entschuldigte sich nun, auch für den Afrolook, und für alles, für jeden Schmerz, den er ihr seit Capri zugefügt hatte, als müsste man nur *Das tut mir unendlich leid!* sagen, wie in der Vorabendserie, und weinen. Alles insgeheim.

Später, in der Ethikkommission, dachte sie vielleicht auch manches Mal an die Unterwäsche ihrer Großmutter, die sie als Kind auftragen musste, und an ihr umgeschneidertes frühes Leben.

Rosemarie war eines der seltenen Beispiele eines Arbeiterkindes, das es fast geschafft hatte und weiter schaffen würde. Aber das galt nur für ihre berufliche Karriere. Das Leben gab es außerdem auch noch. Das würden alle sogenannten Spitzenleute vom Tag ihrer Demissionierung an, der Versetzung in den sogenannten einstweiligen Ruhestand an, oder auch so glorreiche Abgänger, die aus diesem Anlass auch noch einen sogenannten Großen Zapfenstreich bekommen haben, und auch Rosemarie vielleicht dereinst feststellen können.

Damit musst du nun klarkommen! – Es wird schon gehen! – Derart kleine Sätze waren es, wie aus dem Mund von Telefonseelsorgern, Medizinern und Hobby-Psychologen, mit denen ihn Rosemarie in jenen Wochen nach Jims Abreise belieferte, als sagte sie diese Sätze zu sich selbst und glaubte nicht recht daran.

Damit musst du nun selbst klarkommen. – Denk drüber nach.

Rosemarie war ein Mensch, der eigentlich wusste, wo's langging, und immer mit ein wenig zu großen Schritten im Leben unterwegs war. Auch sie war anders, sie lebte nicht wie die anderen. Deswegen wurde sie manchmal belächelt. Sie hätte genauso gut als Mauerblümchen durchgehen können, vom Mainstream aus gedacht. Genau deswegen liebte er sie ja immer noch. Das gab es ja: dass einer zwei Menschen lieben konnte, genauso sehr, aber auf unterschiedliche Weise, wie Vater und Mutter. Aber wie war sie nur auf so einen nichtsnutzigen Menschen wie ihn gekommen? Der zehn Stunden Schlaf brauchte und *vom Rasieren schon wieder so müd war* – schon als Baby, müde von der Milch und vom Schlafen?

Es blieb beim 22. November. Da war die Hochzeit im Standesamt, da heirateten sie, und Ulli und Wolfgang waren die Trauzeugen.

Anschließend gingen sie zu viert in die Frohe Einkehr in der Lehener Straße, wo es das beste Schnitzel gab auf der ganzen Welt. Mehr war nicht. Von Rosemaries Eltern gab es einen neuwertigen VW-Käfer, einen der letzten. Mit dem fuhren sie dann noch zwei Jahre ohne Kindersitz herum. Weder aus dem Himmelreich noch aus Minden waren Gäste gekommen, denn die richtige Hochzeit sollte ja erst in der schönen Jahreszeit sein, und auch Jim hatte versprochen zu kommen.

Rosemarie und Roland waren wieder zusammen wie vorher. Als wäre alles ein Rausch gewesen. Rosemarie glaubte es auch. So sah es aus. Es sah nach jungem Glück aus. Nach außen hin.

Die Geburt fiel mitten in die Amseln hinein, das war Mitte Mai, gegen 18 Uhr, etwas zu früh, an einem dieser schönen Abende, die ihn hatten davon träumen lassen, dass es vielleicht doch schade wäre um die schöne Welt, um alles. Die Ärzte hatten ein Mädchen vorausgesagt ... Roland saß im Nebenzimmer, wie auf einer Arme-Sünder-Bank ... Ein Junge, sie lachten schon, und er weinte zum ersten Mal. Jonathan. Rosemarie weinte auch, wahrscheinlich aus Glück, Roland auch. Er hasste nur die Menschen, die in das Geschrei des Neugeborenen hineinlachten, all die Hebammen, Metzger, Geburtshelfer, Schönheitschirurgen, Frauenexperten. Die Himmelreicher aber waren ganz stolz auf Roland, als hätte er nun etwas ganz Großes geleistet. Das glaubten ja immer alle. Dabei war es vielleicht doch nur ein weiteres Glied in der unendlichen Kette des Verhängnisses.

Nach der Schlammlawine mit tausend Toten im Radio ... und anderen Dingen, die sonst noch auf der Welt passiert waren, ging Roland in die Basler Straße und wurde nun auch auf dem Amt für öffentliche Ordnung als Vater eingetragen. Dieses Kind sollte Jonathan heißen, die anderen würden dann alle als

Alexander, Michael oder Thomas für annähernd hundert Jahre auf der Welt herumlaufen; so viel Leben gaben ihnen die Statistiken, die Willis und Hansis von 1978 blieben meist ungetauft, während Jonathan dafür eigens ein schönes Sommerfest bekam, im Himmelreich, und die Gäste wunderten sich über Jonathans Erscheinung, vor allem die schwarz gekrausten Haare, er war ein schönes Kind.

5. *Und was machen wir jetzt?*

Sie blieben noch fünf Jahre in Freiburg, immer zusammen, und führten ein schwer vorzustellendes Leben, dachten, auch wegen eines internationalen Kindergartenplatzes für Jonathan, er sollte von Anfang an zweisprachig (das hieß schon damals immer und ausschließlich Englisch) aufwachsen und möglichst wenig Deutsches mitbekommen. Sie lebten nun nach außen hin wie eine richtige Familie und fuhren mit Fahrrädern mit Kindersitz die Dreisam entlang. Mama hatte schon eine damals sehr gut bezahlte und daher auch hochangesehene Stelle am Humangenetischen Institut, später kam noch ein Facharzt in Chirurgie hinzu, während Papas philosophische Leistungen immer schlechter wurden. Er ging zwar noch hin, in jenes Gebäude, über dessen Haupteingang, flankiert von Aristoteles und Homer, die nicht wieder vergoldete Inschrift: *Dem Ewigen Deutschtum,* gerade etwas mehr als dreißig Jahre vergangen, zu entziffern war. Und auf der anderen Seite, von den Arbeitsplätzen in der Bibliothek aus, konnte er damals noch lesen: *Die Wahrheit wird euch frei machen.* Das war die Bibel, Johannes, eine Wahrheit, die ihm damals auch nicht weiterhalf.

Roland war nach diesen Nächten mit Jonathan im Bettchen nebenan doch ziemlich gebeutelt, vor allem, wenn Rosemarie Nachtdienst hatte, sodass er die Philosophie mit der Zeit aus den Augen verlor und zuletzt zugunsten des täglich gewöhnlichen Lebens ganz aufgab. Darüber wurde jedoch niemals gesprochen, nicht einmal mit sich selbst hat er darüber gesprochen. Er war nun einer der ersten Hausmänner und sollte nebenher auch noch seine philosophische Doktorarbeit schreiben. Beides verschaffte einer Frau oder einem Mann, selbst in einer emanzipierten grünen Universitätsstadt, wenig Prestige. Daher hat er die Philosophie und das Studium bald ganz an den Nagel gehängt, stillschweigend, wie oftmals im Leben und besonders in Freiburg. Und nach dem Umzug nach Berlin, was 1984 – Jonathan war nun fünf und die Eltern gerade dreißig – ebenfalls eine wenig prestigeträchtige Adresse war, so wenig wie Miami, war von Philosophie im Leben von Roland nie mehr die Rede. Dorthin, nach Berlin, waren sie, immer noch zusammen, wegen einer noch tolleren Stelle für Rosemarie gezogen und auch, weil Jonathan nun schon eingeschult werden sollte.

Auch konnte Roland hier nun ungestraft als einer, der ein Buch schreibt, auftreten. Und ab und zu in eines jener Lokale gehen. Das war alles mit Rosemarie abgesprochen.

Schon zu sagen, er wäre Schriftsteller, das hat *nur* Rosemarie, und *nur* am Krankenhaus, durchgehen lassen können, bei den Kollegen, die immer ungebildeter wurden, und vielleicht schon bald wieder, was das Lesen betraf, in den Analphabetismus zurückfielen. Sie fragten wenigstens nicht, wovon er lebte, denn sie wussten ja, dass er Rosemarie hatte.

Auch nach Berlin kamen dann diese regelmäßigen Briefe aus Miami, die ihn mit Stoff versorgten, erschöpft von einem Leben, das er gar nicht führte. Irrsinnig lange Briefe, einer hatte sechzig Seiten, geschrieben wohl in einer euphorischen Phase, als wollte Jim ihm Material liefern für sein Buch und wüsste genau, was Roland wollte, als wäre es ein Leben an der langen Leine. Dabei fand Roland oftmals nicht die Zeit und hatte manchmal auch keine Lust auf Tagesdossiers, wie es in Miami mit Carrol und Anne war. Als Schriftsteller konnte Roland mit diesen Briefen nicht viel anfangen. Vom Wetter war zwar nie die Rede, das schätzte Roland. Das waren zweifellos Briefe aus einem Land, das einen eigenen Wetterkanal hatte, worüber sich Jim aufregen konnte, denn das sei so ziemlich die einzige

Information, ansonsten bekämen sie von der Welt nichts mit, und Roland fragte sich, woher Jim allein die Zeit fürs Schreiben nahm, ganz abgesehen vom Inhalt, es war fast so wie bei Mozart.

Roland erinnerte sich schon und würde sich dann zeitlebens an einen ganz anderen Jim und an eine ganz andere Geschichte erinnern als Jim. Beide aber erinnerten sich nun schon fast elf Jahre lang und würden sich auch weiterhin erinnern. Jim konnte sich sehr wohl und Roland musste sich erinnern. Und bei dem einen kam dann vielleicht ein Buch heraus, bei Jim blieb es bei diesen hellen und dunklen, verblassenden Erinnerungen, die eines Tages ganz verschwunden sein würden.

Der erste Winter war grauenhaft gewesen, nein, gar nicht zu beschreiben. Seine Briefe in jenem Winter kamen und kamen nicht, und wenn einer kam, schnupperte Roland den handgeschriebenen Brief nach Lebensspuren ab und versuchte sich mit Spucke an einem unwichtigen Wort, ob es echt war. Das war, wenn im Brief von Liebe die Rede war. Und dann musste er wieder zum Bahnhof und suchte die Welt nach Reisegefährten ab.

Rosemarie hörte anscheinend gar nichts mehr von ihm. In den Briefen stand nichts, außer launig formulierten Grüßen. Vielleicht hatte sie auch ein Postfach oder ließ die Briefe ins Krankenhaus kommen. Roland hat es nie erfahren.

Er wusste nur, dass er jeden Tag zum Postkasten gelaufen war, nachdem Jim nach Amerika zurückgeflogen war. Gerade in der Zeit, als er es am meisten gebraucht hätte, kam nichts. Meist kam nichts. Er wusste jetzt, was ein Brief ist.

Mit der Zeit kamen aber doch wieder *E tu pensi che sono bello? / Und du glaubst, dass ich schön bin?*-Briefe.

Zum Postkasten laufen: Das war praktisch jener Winter. Und dann noch der Nebel zwischen den Ästen, die Mensa und der Geruch im Vorbei an der Großraumküche, unvergesslich, und auf dem Nachhauseweg dieser und jener Stich, an Häusern vorbei, auf denen unerschütterlich *Sei gegrüßt* stand.

Sie hatten so lange mit dem wenig prestigeträchtigen Umzug gewartet, weil es in Freiburg einen alternativen Kindergarten gab. Und das Blau des Schwarzwaldes und der Hügel davor und der Ebene zum Rhein hin und wie es auf der anderen Seite weiterging bis zum Blau der Vogesen bis zum Atlantik hin, das gab es auch noch, das liebten sie auch noch, dieses Blau, das an manchen Tagen zu hundert Prozent die Tage erfüllte.

In all den Jahren hatte Roland weitergelebt. Von Jim kam nach einem ersten kurzen Anruf, er sei gut angekommen, lange nichts. Ab Weihnachten die ersten kleinen Briefe, welche sich im langen Nachhinein als die kostbarsten herausstellten. Aber vom Sommer 1979 an, nach dem Foto, das die drei wie eine heilige Familie zeigte, Jonathan Nesensohn mit seinen ebenso stolzen wie glücklichen Eltern Roland und Rosemarie zeigte – es war das offizielle Tauffoto –, hat er sich regelmäßig gemeldet. Hatte er sich auf dem Bild wiedererkannt?

Ja, damals waren es noch Briefe, gab es noch Briefe, die tagelang, meist eine Woche über den Atlantik unterwegs waren und wogen Zentner, so groß war die Sehnsucht noch vor aller SMS- und Handy- und schnell zu befriedigenden Instant-Ungeduld. Roland hat damals erfahren, was ein Brief war, wie lang eine Woche war, wie schwer Sehnsucht sein konnte und wie groß das Meer dazwischen.

Als wäre nun ein Gespräch unter Männern möglich, sozusagen auf Augenhöhe, von Mann zu Mann, schrieb er von da an aus Miami, nachdem Roland ganz offiziell als Mann und Vater anerkannt war. Oftmals schrieb er von seinen Erlebnissen mit Frauen.

Roland war aber auf solche Briefe noch gar nicht eingestellt. Er schnupperte sie auf Zeichen der Liebe ab und spielte weiterhin die Rolle des Vaters und Stammhalters leidlich, fast schon wie eine Zirkusnummer, so wie die Liebe mittlerweile schon fast jene Zirkusnummer war, die er am besten spielte.

6. Schon das Wort Amerika war so weit, dass es fast bis Amerika reichte

In einer Stunde sollten sie schon landen in Miami, International Airport. Roland hatte schon die Einreisekarte ausgefüllt mit Fragen darauf, die er auch auf den zweiten Blick für bescheuert hielt, für beleidigend allemal, wie erst für einen stolzen Araber oder Perser, die aber gewiss eine juristische Bedeutung hatten und sämtliche zukünftigen Maßnahmen gegen ihn, von denen er nur noch nichts wusste, hieb- und stichfest absicherten, und hat immer wieder nach seinem Pass mit dem Visum gegriffen, für das er hatte extra nach Bonn-Bad Godesberg fahren müssen und sich überprüfen lassen wie ein Krimineller, damals schon.

Roland und Rosemarie hatten sich eigentlich arrangiert. Noch so ein Paar, das nebeneinander herlebte, und schon in einigen Jahren würden sie die silberne Hochzeit feiern.

Dann aber war Mohammed dazwischengekommen. Das war ein sogenannter gutaussehender Perser, der Roland sehr an Jim erinnerte. Mohammed war leitender Oberarzt, mittlerweile mit anerkanntem Flüchtlingsstatus und Aufenthaltsrecht der ersten Khomeini-Zeit, auch bald vierzig, und bis dahin immer noch nicht verheiratet. Und seine Heirat mit Rosemarie würde ihn endgültig absichern. Später hat er, das war juristisch möglich, auch den Nachnamen von Rosemarie angenommen, um nicht ständig auf die Verwandtschaft mit Khomeini angesprochen zu werden und durchleuchtet zu werden von den Geheimdiensten, angefangen an der Grenze, und hieß ab da Momo Nesensohn. Nach dieser administrativen Maßnahme war nur noch der Name *Mohammed* ein Problem. Sie stand, wie man damals sagte, auf dunkle Typen wie Jim oder Mohammed, insofern war Roland eine Fehlbesetzung, nach wie vor.

Und mittlerweile hatten sie sich auch mehrfach anschnallen müssen, da sie ein turbulenzreiches Gebiet durchflogen.

Sie waren also zu dritt nach Berlin umgezogen, eine aufstrebende junge Familie, Wohnungen gab es wie Sand am Meer, 280 Quadratmeter, und das auch noch von der Bundesrepublik Deutschland gefördert, in riesigen Wohnungen, auf einem völlig von einer Betonmauer und diversen Todesstreifen umgebenen kleinen Gebiet, ummauert, eingemauert lebten auch sie; auch das alles war bald vergessen, als hätte es das alles nie gegeben.

Am ersten Schultag von Jonathan waren sie noch zusammengewesen, Jonathan, Rosemarie und er. Der schöne Leiter der Sternberg-Grundschule sagte den Kleinen, dass nun … Und beim Wechsel ins Canisius-Kolleg, vier Jahre später, stand Roland nur noch auf dem Papier; sie hatten sich die Aufnahme an diese Eliteschule sozusagen erschwindelt, denn hätte der Pater Direktor alles über Jonathan gewusst, dann.

Die zwei waren umgezogen, zu Mohammed, während Roland in dieser Wohnung in der Helmstedter Straße, zwischen Einstein und Gottfried Benn, zurückblieb, und über ihnen wohnte weiter die wunderbare Pianistin Irina Moevius, Irinissima, eine in diese Stadt verschleppte Russin, schon über achtzig, die ihn oftmals tröstete, ohne es zu wissen, spielend, und wenn sie in schlechtestem Deutsch etwas sagte, waren es immer Sätze wie *Wo Deibel nicht hinkommt, schickt Weib,* angeblich russische Sprichwörter, aber dort wusste kein Mensch davon.

Wo Deibel nicht hinkommt, schickt Mann, ließ sich genau so sagen, dachte Roland, an Bord dieser Maschine. Und auch zu Hause. Dort hatte er gleich zwei Arbeitszimmer und konnte sich in ihnen verstecken, ohne dass er eigentlich hätte sagen können, was er da die ganze Zeit machte. Gewiss, er schrieb. Dachte er so durch die Luft fliegend.

... und wenn sie steckenblieb beim auswendigen Skrjabin, stand sie auf und entschuldigte sich: *Meine Damen Herren Sie nichts dafir kennen, dass ich geworden bin so alt,* das war noch so ein Satz fürs Leben. Aber was machte er, wenn er steckenblieb?

Roland konnte Jonathan, das Kind, das zu ihm Vater sagte und gar nicht seines war, sehen, so oft er wollte. Jonathan wusste immer noch nicht Bescheid und hatte das erste Mal Heimweh.

Er schrieb weiter, und Rosemarie machte Karriere.

Den Fall der Mauer würde Roland in Miami verschlafen, denn auch der Zeitunterschied von sechs Stunden kam noch dazu.

Rosemarie hätte nun zum Islam konvertieren können und einen Schleier tragen und wäre so in Berlin nicht weiter aufgefallen, weniger als eine katholische Nonne, zusammen mit Jonathan, aber daran dachte sie nicht.

Wäre es jedoch umgekehrt gewesen und Mohammed hätte zum Katholizismus konvertieren wollen, wie es das Grundgesetz als Möglichkeit an sich vorsieht, wäre er bei der nächsten Einreise in den Iran schon am Flughafen verhaftet worden aufgrund der geltenden Gesetze und wegen Abfall vom Islam zum Tod durch Steinigung verurteilt worden, also entschieden sie sich für die einfachere Lösung, denn die Religionszugehörigkeit war in Deutschland längst Privatsache, vom Datenschutz besser behandelt als das Bankgeheimnis.

Die ersten Jahre hatte Rosemarie chirurgische Anfänger aus aller Welt in den ersten Schnitten unterrichtet.

Sie hatte ja lange zwischen Psychiatrie und Chirurgie geschwankt. Dann setzte sich die Chirurgie durch. Dass sie eine Schneiderlehre gemacht hatte, die Roland ganz vergessen hatte, gab wohl den Ausschlag.

Das war aus Rosemarie später geworden: Sie unterrichtete Studenten, arabische darunter, in den Grundfiguren des anatomischen Schnitts, sie haben bei ihr eine solide Ausbildung bekommen, wie Roland bei Tatjana Lohuwenko an der Stange, und nachdem sie in die heimatlichen Golfstaaten zurückgekehrt waren, haben sie in jenen Ländern, wo die Scharia galt, die schuldigen Teile mit höchster Gewissenhaftigkeit und dem in Deutschland, auch bei Rosemarie, erworbenen Know-how entfernt. Das geschah mit chirurgischen Präzisionsmessern der neuesten Generation des Hightech, auch mit jenen medizinischen Präzisionsgeräten der Firma Äskulap, die weltweit expandierte und nicht unbeträchtlich zum Bruttosozialprodukt Tuttlingens, der Stadt von Johann Peter Hebels *Kannitverstan,* beitrug, sodass aufgrund der guten Exportzahlen das Weihnachtsgeld ausbezahlt werden konnte und die Gegend die geringsten Arbeitslosenzahlen von ganz Deutschland aufwies.

Es versteht sich von selbst, dass in den fortgeschrittenen Golfstaaten der Eingriff unter lokaler Anästhesie erfolgte.

Die Einreiseschikane stand noch bevor, doch später wussten die Amerikafahrer nur noch von der Freiheitsstatue, von der endlosen Weite und wie groß alles war. Aber wie es in der Einreisebox war, wie sie die Hände auf den Tisch legen sollten und der Person, die sie von oben bis unten anschaute, hatten sie bald vergessen, und auch die anderthalb Stunden in der Warteschlange, wie sie angebellt wurden, wie die Warnblinkanlage aufleuchtete, gerieten sie mit ihren Schuhen versehentlich über die orangenfarbene Demarkationslinie. All das war im Trailer Richtung Westen unterwegs oder auch auf der Golden Gate Bridge oder auf der Fähre von Staten Island mit dem Blick auf Manhattan – bald vergessen, und auch das Einreisevisum, die Monate, bis es kam und das Warten auf den Stempel, alles vergessen.

Das alles war vergessen, als *Next!* aufleuchtete an der Einreisebox mit dem finsteren Gesicht dahinter, und erst recht im Mietwagen auf der Route 66 auf der Brücke über den Mississippi bei der Einfahrt in St. Louis.

Rosemarie hatte ihm immer eine Buchstabensuppe gekocht, zum Geburtstag des zukünftigen Schriftstellers, auch zum Trost, nachdem es mit dem Leben immer mehr vorbei war.

Das war in den letzten Jahren immer ihr Geburtstagsmenü gewesen, zum Trost und zur Aufmunterung, dass er vom Verlag, wohin er das Manuskript der *Ungewaschenen Erinnerung* geschickt hatte, immer noch nichts gehört hatte, und zum Zeichen, dass sie an ihn glaubte.

Einen ewigen Geburtstagskalender hatte Rosemarie auch noch. Unaufgefordert bekam ein Kreis von etwa fünfunddreißig Personen im Lauf des Jahres eine haltbare, wunderbare Linzertorte zugeschickt oder vor die Tür gestellt, und Rosemarie tat, als wäre es nichts. In zwanzig Jahren würde sie an ihrem Leben, als wäre es ein Ehrenamt, ein Ehrenamtleben, ersticken. Davon war Roland überzeugt. Und Schneidern konnte sie auch und Tanzen, als müsste sie auch hier Roland etwas vormachen. Den Leuten war es manchmal schon lästig, aber Sie hätten sehen sollen, wie sich alle bei Rosemarie bedankten!

Aber was hätte Tatjana Lohuwenko zu ihr gesagt?

Die neuesten Rezepte kannte sie, und abends nach der Fortbildung noch kochen für zehn Leute konnte sie auch, und am anderen Morgen um fünf hätte Roland schon wieder hören können, wie unten die Haustür zufiel. Im Nachhinein stellte sich das vergangene Leben als Höhepunkt heraus. Das diktierte ihm die Erinnerung, das einzige Kapital, über das ein Mensch verfügte, einer wie er.

Wie er sie nun vermisste.

Doch dann kam zum Glück wieder Emily, die es immerhin ein paar Jahre nach ihrer Hochzeit in der Weißenau mit Franz Sales unter den Bedingungen, die ein solcher Zeitgenosse bot, ausgehalten hatte, in sein Leben geschneit.

Emily mochte sich lieber auch nicht vorstellen, was der Mann, der sie bald unter seinen Trophäen einreihte und an einem vergleichbaren Platz bei den Pokalen im Wohnzimmerschrank deponierte und vergaß, tagsüber sonst noch so trieb, den sie nicht aus Liebe geheiratet hatte.

Als Franz Sales einmal, noch in der ersten Zeit, Filzläuse mitbrachte, war es nur wegen der Läuse. Eifersucht kannte sie nicht, das hätte einen Ehemann eigentlich schmerzen müssen.

So ein Bock –, sagte Emily, *ich weiß*, dachte Roland.

Emily war um die Zeit herum, als Rosemarie und Jonathan zu Mohammed zogen, vor Franz Sales geflohen, möglichst weit weg von Lebensweiler, und das war Berlin. Erste Anlaufstelle: Roland. Das passte.

Sie war nämlich, aufgrund eines solchen Vaters und solcher Erfahrungen, für eine gute Zeit lesbisch geworden, was Roland verstand, und wollte von solchen Männern nichts mehr wissen, von solchen Vätern und Männern.

Jetzt holte Emily das Leben nach, und auch das Abitur. Sie besuchte das Abendgymnasium, das war der sogenannte zweite Bildungsweg, und blitzgescheit wie sie war, ging sie schon zu den Soziologen an die FU und las Gender Studies und traf sich in Rolands Wohnung mit ihren Freundinnen, die ihr bald diesen Roland ausreden wollten, umsonst.

Emilys Hauptthese war, dass Heteros nicht zusammenpassen. Das hatte sie wohl, so gescheit sie war, irgendwo aufgeschnappt. Der Satz leuchtete Roland auf Anhieb ein, und er übernahm diese These.

Sie waren sich einig, dass die Männer Böcke waren, ob Franz Sales aus Lebensweiler oder Mohammed aus dem goldenen Isfahan.

All die Mohammeds und Karls der Große, Jims, waren im Grunde Narzissten, Paschas, Gigolos. Noch vor dreißig Jahren hatte Conny Froboess in derselben Stadt ihr *Die Männer sind alle Verbrecher, ihr Herz ist ein finsteres Loch* gesungen.

Zweifellos hat auch Emily mit ihren Augen im Kopf mitbekommen, dass da etwas war oder gewesen war mit Jim und Rosemarie und Roland.

Es waren also doch einige mehr, als Roland glaubte, die davon wussten. Und dass Jonathan überhaupt keine Ähnlichkeit mit Roland hatte, irgendwie schon als Kind etwas Afrikanisches hatte, das sahen alle. Roland auch. Er wurde aber nicht darauf angesprochen. Hatte aber für jenen Fall eine Erklärung parat: dass es sich nämlich um eine Chromosomenaberration handle, genau wie bei Frau Bunkenburg, deren mongolisches Äußeres ein Leben lang auf eine Laune des Chromosomengotts zurückgeführt wurde und auf die Tatsache, dass Attila einst hier durchgezogen war. Und bei Jonathan waren es eben die Römer aus Afrika, die auch ein paar Jahrhunderte lang am Bodensee ihre Spuren hinterlassen hatten.

Emily war von Anfang an zu klug, als dass sie ihn hätte retten oder bekehren wollen. Aber nun lebte sie mit ihm zusammen. Ja, mit Emily, schon seit drei Jahren. Und verheiratet waren sie auch schon. Und das war auch nicht schlecht. Tatsächlich, sie hatte es bei Franz Sales nicht mehr ausgehalten, der zählte sie zu seinen Sachen, mit denen er angeben konnte, ihre Mitgift war die Hauptsache; und nun hatte sie auch noch herausgefunden, dass sie eigentlich Frauen liebte. Das alles ließ sich in Lebensweiler nicht ohne weiteres realisieren, wohl aber in Berlin. Und Platz in der Wohnung von Roland gab es außerdem. Rosemarie sagte: *Wunderbar!* Denn sie hatte ein schlechtes Gewissen, als hätte sie Roland sitzen lassen. Das sah er eigentlich gar nicht so. Er sah es eher umgekehrt, auch wenn Rosemarie es war, die ausgezogen war, um ihr Glück zu finden. Warum es ausgerechnet so einer wie Mohammed sein musste, stand auch für Roland in den Sternen.

Roland konnte gegen all seine Frauen gar nichts vorbringen, nur Gutes. Und nur so viel konnte er gegen sie sagen, dass offenbar die Richtige nicht dabei war für ihn und er zu keiner dieser Frauen passte, außer zu Emily, das war schon alles; und dass die Liebe und auch das Leben, so gelebt, ein Kompromiss waren, der am Ende, wartete man nur lange genug, einen schönen Bericht von der goldenen Hochzeit lieferte.

Roland und seine Kindergartenfreundin hatten sich arrangiert und heirateten, nachdem die amtlichen Fristen zwischen Trennung und Scheidung vorbei waren.

So folgte ein Satz auf den anderen, und so leben sie, als eine Ehe im einundzwanzigsten Jahrhundert, wenn sie nicht gestorben sind noch heute.

7. Nun blühte es wieder. Nur nicht für sie

Im Frühjahr hatte Jim ja zurückkommen wollen wie die Zugvögel und die Amseln, die geblieben waren und begannen, kaum dass sie aus der Winterstarre erwacht waren und auch schon wieder zu streiten, ja, kaum dass sie sich wieder im Garten zeigten, noch bevor sie wieder sangen, begannen sie, sich zu streiten, ihr erstes Lebenszeichen war der Streit, und dann sangen sie wieder. Das war der einzige untrügliche Beweis, dass es sie gegeben hatte.

Aber er kam nicht. Und es vergingen mehr als zehn Jahre bis zum Wiedersehen, das nun bevorstand. Bildtelefone gab es ja noch nicht.

Während Roland sein Buch schrieb, schaute er immer wieder auf den Schreibtisch mit dem Foto, das ihn so wie auf Capri zeigte, als Anadyomene, aus dem Wasser heraus.

In Amerika stieg Jim bald in das Speisekarten-Geschäft seiner Mutter und von Mr. Hemingway ein. Damit die Hemingways nicht auf falsche Gedanken kämen, würde Jim sofort mit dem Satz, *Roland is married twice*, kommen und eventuelle Zweifel ausräumen, wenn auch dieses *twice* (zum zweiten Mal verheiratet) auch im Land der unbegrenzten Möglichkeiten nicht gerade für die Einmaligkeit der Liebe sprach.

Neugierig war Roland immer gewesen. Und Angst war auch eine Art Lebensgefährte. So war es von allem etwas, als wäre es ein Potpourri, was Roland nach Amerika mitbrachte.

Unten war schon seit Stunden das Festland zu sehen gewesen. Sie waren erst über tiefverschneite, ortlose Gebiete geflogen, dann über Boston und New York und dann weiter, immer auf der Grenze zwischen dem Land und einem Meer voller Geschichten.

Roland konnte schon einzelne Palmen erkennen und sehen, dass es keine serbischen Fichten oder gemeine Schwarzwaldtannen waren, und den ersten der berühmten amerikanischen Highways mit den ebenso berühmten Trucks darauf. Und jetzt durften sie schon nicht mehr rauchen, die Maschine war im Anflug auf Miami International.

Als das Geschäft immer weniger lief, bedingt durch das heruntergekommene Miami, wo um 1980 kein Mensch, der auf sich hielt, noch Ferien machte oder gar freiwillig lebte (das kam dann erst wieder durch eine TV-Serie), fand Jim einen Zusatzjob bei Father Hopkins und der katholischen Kirche, und weil Jim auch ein fast akzentfreies katholisches Spanisch sprach, gab er dann abends noch kubanischen Flüchtlingen amerikanischen Unterricht, Menschen, die den Schock der Flucht übers Wasser noch nicht, und niemals vielleicht, verarbeitet hatten, einzuweisen in ein Leben, das er selbst gar nicht führte, weit weg von allen Standards des American Way of Life.

Roland, auf der anderen Seite des Meeres, war viel zu lange mit seiner Doktorarbeit befasst gewesen, war nie fertig geworden damit und viel zu lange in seiner Wohnung in der Windmühlenstraße, die auch ein Buchtitel hätte sein können, geblieben, hatte sich *piano piano* (viel zu lange, gemessen am Ergebnis, dachte er) nach einer Lebensaufgabe umsehen müssen und eigentlich nur dabei davon geträumt, Schriftsteller zu werden. Und war viel zu spät nach Berlin gezogen. Wenigstens dieser Traum war in Erfüllung gegangen. Vielleicht war er nur nach Miami unterwegs, weil er Jim das erste Exemplar überreichen wollte. Und dabei wollte er *Voilà!* sagen. Und dabei wäre in Rolands Hälfte-des-Lebens-Körper einen Augenblick lang etwas wie Glück.

Aber dann kam wieder die Erkenntnis, die sich durchsetzte.

Schon im Voraus wusste Roland, dass ihn dies nicht sehr beeindrucken würde. Denn Jim liebte die deutsche Sprache nicht, und Roland konnte in seiner Muttersprache (zu Hause sprach er oberschwäbisch-himmelreichisch), die in Jims Ohren, wie er immer gesagt hatte, viel schöner war, kein Buch schreiben, da diese Sprache zu den Analphabeten zählte. Jim konnte sich nicht vorstellen, dass auf Hochdeutsch etwas Schönes schön gesagt werden könnte.

Jims Anerkennung würde sich erst einstellen, wenn sein Buch auch in Amerika erschienen wäre. Das wäre ja wie ein Lottogewinn gewesen. Und vielleicht dann immer noch nicht. Denn Roland wusste, dass man auf der Welt erst dann ein Schriftsteller war, wenn man im Fernsehen, und zwar in Amerika, als solcher gezeigt würde, beim Schwimmen im schriftstellereigenen Pool und noch mehr beim Heraussteigen.

Das hieß also, dass Roland vorerst nichts anderes blieb als darauf zu hoffen, dass er und sein Buch in der Sendung von Oprah Winfrey gezeigt und also gezeugt würden.

Es war besser, dass Jim und die prüden Hemingways Rolands *Ungewaschene Erinnerung an die Liebe* nicht lesen konnten und es vorerst in keine der Weltsprachen übersetzt wurde. Denn dann hätte er sich vielleicht mit Roland gestritten und behauptet, dass alles ganz anders gewesen war. Dass alles nicht stimme. Und wäre Jim ein böser Mensch gewesen, was er ein Leben lang nicht gewesen war und sein würde, hätte er sogar noch gegen ihn einen Prozess angestrengt und auf Schmerzensgeld geklagt, weil alles verzerrt dargestellt wurde und Jims Name entehrt.

Er war nur etwas verrückt, also nicht so wie die anderen, wie Roland auch.

Doch zwei Verrückte ergaben auch noch keinen Sinn.

Aber hatte er das Buch nicht wegen dieser Geschichte geschrieben? War er nicht ihretwegen und seinetwegen Schriftsteller geworden, weil er auf diese Weise festhalten wollte, was nicht festzuhalten war? Wollte er etwas anderes als auf diese Weise die Liebe aufheben? Eine Art Poesiealbum für Erwachsene, geschult in der Sehnsucht nach der Zukunft, die hinter ihnen lag? Nun ja, nun gut.

In Rom regierte Johannes Paul II. nun schon im zwölften Jahr als Stellvertreter Gottes auf Erden und konnte von seinem Haus über die Dächer von Rom fast bis an den See Genezareth sehen, wo sein Vorgänger einst barfuß auf der Suche nach dem großen Fisch gewesen war. Jonathan war mittlerweile fast elf und hatte die Aufnahmeprüfung im Canisius-Kolleg auf Anhieb bestanden.

Und Jim hatte das kleine Haus seiner Mutter geerbt, zusammen mit seinem immer noch drogensüchtigen Bruder, ja, eigentlich hatte Jim seinen Bruder auch noch geerbt, dazu den Cousin und Säufer Mark, dem Claire ein Wohnrecht eingeräumt hatte, aus Sentimentalität und aus Anhänglichkeit an Scranton, als wäre dieser Mann ein heiliger Rest früherer Tage, und von ihnen allen würde etwas übrig bleiben über Claire hinaus.

Sie waren zusammen in einem Haus aufgewachsen, Claire war zehn Jahre älter und durfte damals schon beim Wickeln helfen. Nun bekam Mark von Claire, die fast wie eine Mutter für ihn war, ein Wohnrecht auf Lebenszeit, im Irrglauben, er würde sich dafür um ihre beiden Söhne etwas kümmern. Aber die schöne Erinnerung Claires machte aus Mark noch keinen guten Menschen. Sich kümmern, das tat er auch: Immer wieder ging er mit einem Beil im alkoholischen Eifersuchtswahn auf einen der beiden los; und hätte er eine Browning gehabt, hätte er auch geschossen, auf einen der beiden oder auf beide zusammen, auf den Ersten, der ihm in die Quere gekommen wäre. Und Jim musste dann für mehrere Tage zu einer seiner Freundinnen, zu Caroll oder Ann, jene zwei waren nur fünfzehn Jahre auseinander. Und bei diesen grünäugigen Frauen handelte es sich um Mutter und Tochter, die sich der irisch-katholischen Community zurechneten. Jim hatte beide bei Father Francis Copolone kennengelernt, sozusagen wieder einmal an der Kommunionbank, wo schon oftmals eine Liebesgeschichte begann, sogar bei Adalbert Stifter. Caroll war etwa vierzig Jahre alt, ihre Tochter fünfundzwanzig und schon verheiratet mit einem Puerto-Ricaner, Mell, der so dick war, dass er, wenn sie am Sonntag nach der Kirche mit dem Dogde angefahren kamen, den Wagen einfach parallel zur *front porch* abstellte ohne auszusteigen. Caroll und ihre Freundinnen saßen, schon von Father Francis Copolone zurück, in ihren Schaukelstühlen zusammen und besprachen die Predigt von Father Francis, die neuesten Probleme der Carringtons in der Serie *Dynasty*, auch wie es mit den *Golden Girls* noch weitergehen sollte, die neuesten Chutney-Rezepte, und das Barbecue, an dem sich Jim zu schaffen machte, als hätte er bei Hermine dazugelernt, war auch bald so weit. Über die Jahre verteilt hatte er ihnen gewiss immer wieder erzählt, was er alles im Himmelreich gesehen hatte. Mell blieb am Steuer sitzen, und zum Gespräch hielt er das Autofenster geöffnet, durch dasselbe er auch seine Speisen und Getränke in Plastikbehältnissen gereicht bekam und stellte sie an seinen dafür vorgesehenen Platz im amerikanischen Mittelklassewagen, wie es sich gehörte.

Eine Arbeit die Woche über hatte Jim freilich auch, nein, zwei Arbeiten. Außer den Speisekarten. Kein Wunder, dass er für Reisen keine Zeit mehr hatte. Abends unterrichtete er, wie gesagt, kubanische Flüchtlinge mit seinem schönen pennsylvanischen Akzent in der englischen Sprache, und dreimal in der Woche ging er anschließend noch in den 24-Stunden-Store und füllte die Regale und die Fridges mit Nachschub und überprüfte das Verfallsdatum und erlebte nebenbei auch noch manch lustige Situation.

Das wusste Roland alles von Jim. Das stand in den Briefen,

die er gelesen hatte. Und was Jim die Jahre über sonst noch erlebt hatte, wäre kein Fall für Rolands Eifersucht gewesen.

Einiges davon stand in den Briefen, und nachdem das Telefonieren billiger geworden war, sodass bald kein Mensch mehr einen Brief schrieb außer Jim, kam Roland immer wieder auf den neuesten Stand. Mindestens einmal im Monat wurde das neueste Bulletin schriftlich oder fernmündlich geliefert.

Die Männer hatte er angeblich aufgegeben wie eine schlechte Gewohnheit. Oder wie man das Rauchen oder sonst ein Laster aufgibt. Und er sprach so von seiner Vergangenheit, als hätte es diese nie gegeben. Dafür hatte er Father Francis, dem er alles beichtete. So einen hatte Roland nicht.

Roland wollte auch vorerst nicht auf diese Männer verzichten, auch wenn er sich mittlerweile wieder mit einer Frau zusammengetan hatte, wie man so leichtfertig dahinsagte.

Gleich in seinem ersten Brief hatte er sich nach Hermine erkundigt. Sie konnte ja nicht schreiben, war eine von den Analphabeten, und Tante Mausi hätte an dieser Stelle: *So, und jetzt weißt du's*, gesagt. Und Roland sah sich zurückgeworfen in alte Zeiten, als zwei, die sich doch auch liebten, auf zwei verschiedene Sklavenschiffe verschleppt, nur noch aneinander denken konnten und einen Gruß bestellen, aber wem mitgeben?

Roland und Rosemarie waren im Sommer 1982, nach allem, zum Trost oder zur Belohnung, eine Woche nach Schwarzenberg gefahren, in den schönen, geliebten Bregenzer Wald und hatten sich bei der Schubertiade von Schwarzenberg und Hohenems für die komplette Folge sämtlicher Lieder von Franz Schubert in der Urfassung ein Abonnement in der vierten Reihe gegönnt, von wo aus man dem Sänger beim Singen zusehen konnte (wie er bis zur ersten Reihe spuckte, was schnell vergessen war), wo man in ein Gesicht schauen konnte, das eine Seligkeit oder einen Schmerz vorspielte, welcher den Zuhörern und Zuhörerinnen vertraut war, sodass es für zwei

Stunden, die Pause abgezogen, zu einem Fraternisieren im Schmerz und in der Liebe, das heißt im Liebesschmerz, kam, denn was war *davon, von dem Einem, von so Einem* schon geblieben als ein schöner Abend bei der Schubertiade, mit etwas Glück konnte man anschließend noch demselben Sänger beim Essen und Trinken im ersten Haus vor Ort zuschauen. Das war der Hirschen. Das war alles.

Und was war die Liebe anderes als Liebessehnsucht geworden?

Die Liebe kam in jenem Sommer nur noch im Konzertsaal vor, beim Liebesliederwalzer von Brahms, zu vier Stimmen und zwei Pianisten, von den Jungen zeigte sich keiner, außer Rosemarie und Roland und diesen Sängern, die dem Publikum etwas vormachten. Ach, es war ja wieder einmal irgendeine Weltmeisterschaft, und die Veranstalter hatten wie immer für alles eine Erklärung, so wie ein Buchhändler, wenn der Schriftsteller auf Lesereise tingelte, der die drei vollzahlenden Zuhörer mit dem schönen Abend erklärt oder auch mit dem Regen, entweder war es zu heiß oder zu kalt, weil es Sommer war oder weil es Winter war, weil es zu glatt oder zu schwül war und so fort oder mit einem wichtigen Fußballspiel. Nur nicht mit einem, der aus seinen Sachen las, für die sich niemand interessierte. (Diese weitere Erfahrung stand Roland noch bevor.)

Und für alles gab es eine Erklärung, auch dafür, dass es mit der Liebe nichts geworden war. So saßen Rosemarie und Roland in der vierten Reihe.

Gibt es sie noch?, hatte er bald gefragt, Jim, die Jahre über in seinen Briefen aus Miami.

Gibt es sie noch? (Er meinte Hermine.) Es gab sie noch.

Doch Jim war weg. Und Roland wusste, dass er kein Heiliger war, und Hermine wusste das auch, was Roland noch in der Erinnerung schmerzte.

Und wie er all die Jahre in Miami weitergelebt hatte, das wollte sich Roland nicht ausdenken. Andererseits: Unter den

Heiligen waren unverhältnismäßig viele Hurenböcke von einst, viele Adlige, darunter große Kriegsherren, waren heiliggesprochen, angefangen mit Konstantin dem Großen bis zu Karl dem Großen und darüber hinaus.

8. Roland war Schriftsteller geworden, Jim Vater, und sie waren pünktlich gelandet

Roland war Schriftsteller geworden!, und sie waren pünktlich gelandet, als wäre wie im Flug sein Leben mit Jim noch einmal an ihm vorbeigezogen,

Sein Buch hatte er während des Fluges immer wieder herausgenommen und angelächelt, ähnlich wie damals Jonathan in den Tagen nach seiner Geburt, als er schon sehen konnte und bald zurücklächelte. Mittlerweile hatte Jonathan das erste Jahr auf dem Gymnasium, die nötigen Impfungen und Prüfungen längst hinter sich, als müsste es ewig so weitergehen, als wäre das Leben eine Sisyphusarbeit und finge immer wieder von vorne an. Die Lateinvokabeln, die ersten roten Zahlen, vorerst konnte Roland noch mithalten. Jonathan war am Canisius-Kolleg, wo er trotz der unstabilen Familienverhältnisse genommen worden war … das heißt: Die Jesuiten wussten von nichts, glaubte Roland. Tatsächlich war es auch bei den Jesuiten ein unverhofftes Gewährenlassen des Menschen, der ja ein Sünder war, und das klassische Kapital fast aller Religionen. Aber nur die katholische Kirche hat sich daran gehalten und immer wieder verziehen. Der Mensch musste nur anerkennen, dass er ein Sünder war und der Papst von Petrus den Schlüssel zu allem bekommen hatte.

Roland hatte gerade noch vor seiner Abreise in der Wohnung in Berlin zum ersten Mal aus seinen eigenen Werken gelesen und entsprechend Beifall bekommen. *Aber warum muss es immer so traurig sein?*, fragten ihn nachher despotische Zuhörer, Menschen, die anscheinend getröstet sein und auch noch lachen wollten.

Emily und Rosemarie hatten die Lesung zusammen im Rahmen eines kleinen Hauskonzertes kurz vor dem Abflug für ihn organisiert, aber schon als Geburtstagsgruß gedacht, so wie früher die Buchstabensuppenessen. Er hat ihnen allen freilich nicht gesagt, wohin es ging. Er sagte, er fliege nach Patagonien und Feuerland, zu den Schafen und Gletschern und Saurierzähnen. Diese Reise war sein Geheimnis. Mohammed und ein paar Kollegen aus der Klinik, dazu Freundinnen von Emily, das war das Publikum. Roland hätte es wissen müssen. Gar nicht erst mit dem Lesen anfangen sollen hätte er. Oder auch mit dem Schreiben. Aber dafür war es nun zu spät. Was las er überhaupt? *Die Hochzeitspassage ... Die Möggingerinnen ...* in einer Version, die der Lektor auf drei Seiten herunterkürzte, das Kapitel *Jim, Rosemarie und Emily* oder *Wohin mit dem chirurgischen Abfall?* hat er ausgelassen. Er wollte eigentlich nicht einmal recht mit dem Titel herausrücken. Und da sie bemerkten, dass er beim Lesen immer wieder etwas übersprang, haben sie auch gleich wissen wollen, was es war.

Nachher wurde er von Mohammed, der gar nichts damit anfangen konnte, wie er sagte, der vielleicht zu viele Plots im Kopf hatte, gefragt: *Ist das autobiografisch?* Und Roland redete sich um Kopf und Kragen, kurz nachdem die Pferde mit ihm durchgegangen waren. Die natürliche Scham, von so etwas wie der Liebe zu sprechen, war den Schriftstellern aller Zeiten aufgrund ihrer Veröffentlichungs- und Mitteilungsgier immer wieder abhanden gekommen.

Aber die zehnjährige Freundin von Jonathan von der Musikschule, Heather, die für den sogenannten musikalischen Rahmen sorgte, hat doch doppelt und dreifach Applaus bekommen. Als wäre das Bild an der Wand, eine unvergessliche Fotografie von Günther Förg, die das Haus von Malaparte auf Capri zeigt und eine Frau, als wollte sie aus dem Bild und aus allem flüchten, nicht genug gewesen. Als wäre dieses Haus, das eine Treppe war, und dieses Leben, das eine Sisyphusarbeit war, nicht genug gewesen.

Als wäre diese Frau, wie sie die Stufen des Hauses hinauf zu entkommen scheint, nicht herzzerreißend genug.

Die kleine Heather kam notdürftig über *Pour Elise* hinweg, das nicht von ihr war, das sie nicht komponiert hatte, und war zweimal in jedem Takt gestolpert, und hat doch doppelt und dreifach Applaus bekommen, sie musste sich nur wie die Hauptperson bei der Oscar-Preisverleihung verneigen.

Einer, der nichts als schrieb, und wären sein Leben und Schreiben eine Bluterkrankheit gewesen, und es fehlte das Gerinnungselement des Vergessens bei einem wie ihm, hatte gegen die Musik nicht die geringste Chance im Leben. Und gegen den Mainstream schon gar nicht. So würde es sein und bleiben. Der Mensch will eigentlich nichts als Musik und Liebe. Später kommen Zigarren, gutes Essen und manchmal das Heimweh nach allem hinzu. Bei einem Schriftsteller vielleicht noch die lebenslängliche Erinnerung und die Suche nach dem richtigen Wort.

Wenn ich vor so hohen Leuten stehe, fallen mir immer die Eisenbahnerhosen meines Großvaters ein, die ich auftragen musste …

Roland dagegen sah immer die schwarzen Milchkannen seiner Kindheit dastehen und erinnerte sich an Dinge wie schwarze Milchkannen und Almabtriebe, Zahnwehnächte und sämtliche Sterne am Himmel und auch an die ersten Live-Übertragungen heiliger Messen aus schöngelegenen Bergkirchen und an Sätze mit Menschen darin, die gar nicht mehr auf den harten Bänken sitzen mussten wie einst in der Heimatkirche von Lebensweiler, die unbeheizt war, sodass der in seinem Text zu Hause gebliebene Onkel Otto sagte: *Lieber zu Hause am warmen Ofen sitzen und an Gott denken, als in der kalten Kirche sitzen und an den warmen Ofen denken.*

An dieser Stelle haben sie dann das erste Mal gelacht. Es war, wie er sich in späteren Lesungen erinnern sollte, von Anfang an die falsche.

Jetzt waren in seiner Reihe nur noch zehn, darunter auch zwei mit afrikanischem Background, aus der Dritten Welt, das hieß, das Warten konnte sich noch hinziehen.

9. Im Vergleich mit den Experten des Lebens war er Analphabet

Ach, das Leben. Gerade noch hatte Roland zum runden Flugzeugfenster hinausgeschaut auf eine Welt, von der sie sagten, dass auch sie rund sei, und er sah, wie gegenüber, in Berlin, die Umzugsfirma das Foto der Frau von der Wand nahm. Der Mann ließ sich scheiden, hatte seine Sachen genommen, außer dem Foto dieser Frau, und war gegangen. Auf dem Balkon lachende Kartonisten auf Zigarettenpause. Das tat weh. Was wurde aus ihren ebenbürtigen Erinnerungen? Würde auch ein Buch daraus?

Seinen Schreibtisch (in Berlin) hatte Roland in Richtung Süden gestellt. Das war Richtung Capri und Himmelreich. Und irgendwann war er zu Hause. Jetzt aber stand er in der Warteschlange schon wieder drei gültige Einreisevisa weiter. Als wäre es Bilokalität mit den Augen.

Seltsam – wegen seiner *Ungewaschenen Erinnerung an die Liebe* war Roland nun schon zum zweiten Mal wieder irgendwie katholisch geworden – und verband mit dem Katholischen und dem Papst seit Jim etwas Erotisches. Das war Roland gar nicht recht, dass sich beim Gedanken an die Loggia und den Petersplatz ganz andere Bilder in seinem Kopfhirn nach vorne drängten.

An so einem Schreib-Morgen in der Mitte seines Lebens mitten in Berlin nahm allmählich alles Zimmertemperatur an, die Milch, die er aus dem Frigde nahm und hatte stehen lassen, der Tee, den er nicht getrunken hatte, die Teekanne auf seinem Tisch, an dem er weiterschrieb und alles vergaß, und bald sah er Jim daliegen, seine ihm zugewandte Oberfläche, als wäre er nun ein Hockney, der einen schlafenden Freund malt, schön und nackt, dagegen der Künstler, *ziemlich konstruiert, meinen Sie nicht?*, und alles war mit einem Mal wohltemperiert. Mit seinen ebenerdigen Erinnerungen an ein Bett, als wäre der Himmel eine große Gegenwart. So begann es mit dem Schreiben. Und Roland tippte seine Sätze direkt von dieser Oberfläche weg, in der er lebte, webte und war, direkt in die Maschine. *Nun blühte es wieder. Nur nicht für sie.* Das war dann sein erster Satz, den er am Ende seiner Geschichte voranstellte.

War es damals Sehnsucht, so war es nun Heimweh.

Eine richtige Liebesgeschichte sollte es sein, wie bei ... Doch dann kamen nur Sätze von einem heraus, der Linkshänder war im Kopf. Es sollte ein Buch sein von zwei, einander ganz verfallen, eine Liebe, wie sie seit Castor und Pollux nicht mehr vorgekommen ist. Als hätte die Liebe selbst ein Come-back, wie seit Lazarus nicht mehr. Eine Auferstehung in der Mitte des Lebens.

Die Handlung: Sie war angehende Psychiaterin, und er hatte Gewissensbisse.

Jahrelang war alles nur handschriftlich gewesen.

An dieser Stelle, hier habe ich begonnen, und er zeigte Emily die erste Seite von Capri, abgebrochen schon 1978, im Herbst.

Doch bald, nachdem es aus war mit der Liebe, begann er über sie zu schreiben. Als er Rosemarie daraus vorlas, damals in Freiburg, und einmal aufsah, war sie eingeschlafen.

So hat es mit der Schriftstellerei begonnen: Erst gähnte sie, dann schlief sie ein, und sie konnte sich ein Leben lang mit einem schweren Tag entschuldigen. Damals war es die Doktorarbeit, basierend auf einer These, welche die Menschheit in Butter- und Ölkulturen einteilte und nachzuweisen versuchte im tierischen Experiment. Später waren es die Tage im OP. Sie konnte sich immer mit ihrer Arbeit entschuldigen, dass sie abends einfach zu müde sei zum Zuhören.

Aber dann ertappte er sie dabei, wie sie heimlich *Rauher Osten – Wilder Westen* las, einen achthundertseitigen Hauptvorschlagsband des Deutschen Bücherbundes, der längst vergessen ist.

Es war vielleicht auch zu den Wundern seines Lebens zu rechnen, dass Roland sich hatte zehn Jahre lang nicht vom Schreiben abhalten lassen, weder von Rosemarie noch von Roberto Blanco, dem bekanntesten Deutschen, den er auf die Frage in einer Talkshow, *Was lesen Sie gerade?*, hatte sagen hören: *Ich lese gar nichts,* und er zeigte all seine weißen Zähne, und die Zuschauer lachten, wie er auch, und klatschten. Da wusste er, dass es die falsche Sendung war. Aber vom Zappen konnte er auch nicht leben und hätte überdies davon wunde Finger bekommen können, nachdem die CDU/FDP-Regierung die Privatsender durchgesetzt hatte.

Ein Abgrund tat sich auf, und es ging im Nichts weiter. Das musste er sich als Übernächster in der Reihe sagen.

Und nun stand er vor diesem Kontrolleur, der Roland mit einer Geste seinen Pass zuschob, als gehörte ihm Amerika.

Und jetzt würde Jim ihn gleich hinter der International-Arrivals-Tür stehen sehen, glaubte er. So dachte er, diese unsichtbaren Sätze tauchten in seinem Kopf auf, während er nun auf dem Weg zum Förderband war, begleitet von entsprechenden Gedanken an Jim, wie er vielleicht gerade in diesem Augenblick noch unter der Dusche stand und *O sole mio* sang und sich für ihn frischmachte und dabei sich schon wieder ein wenig in der Zeit vertan hatte. Es waren für Jim ja nur ein paar Minuten mit dem Auto bis zum Miami International.

Ein wenig so wie er musste sich damals auch Onkel Pino vorgekommen sein, in dieser Warteschlange, und dann wieder am Zoll aus einem dieser schmutzigen europäischen Länder kommend. Sie hatten schon Gummihandschuhe an, wohl eine so juristische wie hygienische Maßnahme. Sie wollten wissen, ob er Lebensmittel mitgebracht hatte. Er hätte ihnen nun noch einmal sein Buch zeigen können und zu erzählen versuchen, was drin stand.

Was arbeiten Sie? – Roland hatte nämlich die entsprechende Sparte freigelassen, weil er nicht wusste, was das war: *Schriftsteller.* Oder einfach *writer: Schreiber.* Und dann hätte er diesem Mann am Zoll sagen müssen, dass er schrieb und dass … Schreiben eine Vorbereitung auf den Tod war, dachte er nur, denn sonst wäre er in das Hospital for Mentally Deranged Subjects eingewiesen worden, eine Schreibmaschine und ein Blatt Papier zählten zu Hause als Arbeit nicht, das war ein Erbstück aus seinem früheren Leben als Kind, das weite Teile des Jahres unter freiem Himmel verbrachte und vernahm, wie der Nebel kam, wie es kalt wurde und an Allerheiligen die Blätter schon fast alle gefallen waren, wie die Krähen in den Bäumen saßen und die Schwalben davongeflogen waren. Das war eine erste Schule der Vergänglichkeit unter freiem Himmel. Und dann ging es doch weiter. Und nicht nur dies. Die Schwalben, die schon Anfang September davongeflogen waren, kamen wieder, bald blühte der Kirschbaum, und Roland hatte schon wieder Kirschhunger. Und als wäre dies nicht genug gewesen, kamen nun auch wieder Frühlingsgefühle dazu und Schmetterlinge im Bauch, wie einst.

(Sehnsucht konnte er nicht als Beruf angeben.)

An dieser Stelle seiner Geschichte angekommen, wieder einmal fast am Ziel, musste Roland, da es sonst niemand tat, sich sagen … wie es immer wieder beinahe nichts geworden wäre mit ihm, zum Beispiel, wie sein Vater in Sizilien davongekommen war und nicht der andere, der Amerikaner, der Jims Vater hätte sein können, und wie seine seine Mutter, beinahe noch Kind, abgeschossen worden wäre, Stoff für ein anderes Buch. Schon sämtliche Geschwister seiner Großmutter waren an der

Diphterie gestorben und die Brüder der Großväter im Ersten Krieg gefallen, wie sie noch sagten. Schon im Dreißigjährigen Krieg hätte es mit der Samenspur, die zu ihm führte, zu Ende sein können, hätte alles zu Ende sein können, Stoff genug.

Er verstand sich immer mehr als der reinste Zufall, so sehr, dass er gar kein Zufall mehr sein konnte. Die Möglichkeit, dass es Gott oder das Schicksal war, blieb ihm schließlich als einzige Möglichkeit der Erklärung übrig. Er war ja nur ein dummer Mensch, verglichen mit den Experten war er ein Analphabet. Und ihn selbst hätte ja auch schon tausendfach irgendein Schlag treffen können oder sonst irgendetwas, bald nachdem er in seinem Mutterdunkel herumschwamm.

Als er auf die Panzerglastür zuging, packte ihn mit einem Mal ein Gefühl der Dankbarkeit. Er dankte für den schönen Flug, für die Reise, ja für *den Apfel, den man ihm nahm*, dankte für alles und sagte *ja*. Und weil er nicht wusste, wem er sonst für alles hätte danken sollen, war es Gott selbst, dem er für alles dankte.

10. Miami aber klang in italienischen Ohren immer noch irgendwie nach Liebe

Claire war (also) nach Miami gezogen, wohin damals kein Mensch, der etwas auf sich hielt, gezogen wäre, und kaufte ganz billig ein Häuschen, das bald ein Vermögen wert war, in dem sie fast bis zu ihrem Tod, die letzten Jahre in ständiger Begleitung eines fahrbaren Sauerstoffgeräts, lebte. Sie, schön wie sie war, hatte dort einen pensionierten italienischen Kapitän aus Nervi bei Genua getroffen, der sie aber doch nicht heiratete, sondern ein paar Liebesnächte später nach Italien zurückkehrte – ohne sie. Und sie hat wenig später noch einen anderen Mann kennengelernt und mit ihm eine kleine Firma für Menüs etc. gegründet und zusammen mit ihm in einem ohnehin überfüllten *living room* auf einem riesengroßen Computermonster der ersten Generation die Speisekarten für die Hotels von Miami und Miami Beach und Greater Miami entworfen. Dieser Mann war der Bruder von Ernest Hemingway, so war es.

Roland würde Leicester bei seinem Besuch in Miami auch kennenlernen, das hatte ihm Jim am Telefon schon gesagt, und von ihm den Rat bekommen, immer nur nach dem eigenen Kopf zu leben. Das sagte Leicester allen jungen Männern so. Nur dass es nicht viel nützte. Er würde auch so sterben. Erst scheitern, alt werden, aus dem Verkehr gezogen werden, wenn er bis dahin nicht durch ihn umgekommen wäre, und dann sterben.

Doch womit die Erzählung von einem Leben wie von Herrn Hemingway beginnen? Womit beginnen? Dem Hemingway-

Roman? So vielleicht? *Ich werde nie die verschimmelten Rosen vergessen ...* Oder doch lieber etwa so: *Ratschläg sind au Schläg,* sagte die gute Frau Fink immer. Wie auch immer.

Auch Roland würde von ihm ein signiertes Exemplar seines Romans *The Sound and the Trumpet* mit der gleichen Widmung geschenkt bekommen: *Live your life! Hemingway.* Einmal würde er im schönen, etwas heruntergekommenen Haus, von dem aus man die Kreuzfahrtschiffe sehen konnte, zu Besuch sein. Dort würde Roland auf Deutsch am Tisch, über dem das Foto des berühmten Bruders im Rollkragenpulli hing, ein Tischgebet sprechen müssen. Das alles hatte Jim ihm in Aussicht gestellt. Denn die Hemingways beteten jeden Tag noch zusammen, mindestens dreimal, und waren evangelisch.

Da Roland einfiel, dass er lange, sehr lange, kein Tischgebet gesprochen hatte (irgendwann hatten sie im Himmelreich damit aufgehört), fiel ihm nun auf Anhieb auch kein Tischgebet ein, und statt zu beten wurde er rot. Das war alles. So war es, als Roland daran dachte, wie er bei den Hemingways das Tischgebet zu sprechen hätte. Und Hemingway hätte genau durchschaut, obwohl er kein Deutsch konnte, dass dies kein Tischgebet war, was Roland nun von sich gab, sondern eine Schauspielerei, und Hemingway hätte nichts als die Augenbrauen hochgezogen.

Er war ein *square man*, der seinen eigenen Prinzipien folgte, und hat sich ein paar Jahre später ebenfalls erschossen. Als wäre es nicht sein Leben gewesen, sondern ein anderes.

Und Jims Mutter? Sie war auch tot. Aus dem Bett gefallen, das war im 25. Stock einer riesigen Nursery-Anlage, einem Pflegegefangenenturm, aus dem keiner lebend herauskam, voller Leichen in spe – wie Jim ihm erzählt hatte am Telefon (er hörte ihn weinen, und es war auch kein Erzählen, sondern ein Weinen). War er nun für den Rest seines Lebens allein?

Claire lag mit einem Es-ist-vollbracht-Gesicht auf dem Boden, und etwas Blut lief noch einmal von ihr weg. Am Haus aber war ein Gerüst angebracht, die Außenfassade wurde erneuert, und da fuhren den ganzen Tag Bauarbeiter den Altersgefangenenturm auf und ab und schauten in die Zimmer und sahen den verwirrten Alterskranken beim Leben und Sterben zu. Und sahen die verschimmelten Rosen. So kam es heraus, was früher oder später einmal so oder ähnlich herausgekommen wäre. Sonst hätten sie auf die schwindelfreien Indianer warten müssen, die es beim Fensterputzen gesehen hätten. Denn von der Pflege ließ sich oft tagelang kein Mensch sehen.

Derweil hatte Jim sehr abgenommen, was sein schönes Äußeres betraf, ansonsten war er stiernackig und hatte nun einen Bauch, dumm gesagt, so etwas ging schnell, wie Roland den Fotos entnehmen konnte, die diesem und jenem Schreiben beigelegt waren, dazu gelegentlich auch Ansichten von hinten aus kalifornischen Magazinen, zwei Ärsche im Vergleich, angeblich, um Roland eine Freude zu machen, der auch noch Jims Frage darunter: *Which butt is butter?* entziffern konnte. Es war wie mit der Lust, die nur ein paar Sekunden lang dauerte, manchmal das Leben verdarb, manchmal tödlich war.

Eines Tages, er hatte längere Zeit überhaupt nichts gehört von Jim, war ein Brief gekommen mit einem Foto, das Jim als stolzen Vater zeigte. Immer hatte er dieses verwegene, nach oben zeigende Kinn mit jenem reizenden Grübchen in der Mitte von allem, als sollte das Harte auf diese Weise weich gemacht werden. Mit dieser Regung, sich zu verewigen, stand er da wie in einem Shakespeare-Sonett, als ginge es ewig so weiter. Und auf seinen Armen trug er nun einen Sohn, James III. Es fehlte nur noch die amerikanische Flagge. Wo auf diesem Foto wäre Capri unterzubringen gewesen oder wenigstens das Herz seiner Großmutter, versteckt wie in einem Suchbild?

Auf diesem Foto war er ganz und gar hetero, mehr ging nicht, er war zu hundertfünfzig Prozent in die Fußstapfen seines Vaters getreten. Die Rauschzeit war vorbei. Und Roland kam sich nun wie ein Ausflug vor. Keine Chance mehr, als Medaillon am Schlüsselanhänger zu landen.

Jim war aber nur auf diesem Foto mit seinem Sohn zusammen, der so hieß wie er, J. J. Mariniello III., damit eine neue Geschichte begänne, indem sich die alte wohl wiederholte, nur ein gutes Vierteljahrhundert später.

Gab es auch eine Mutter? – Gewiss. Das war Caroll, deren Tochter etwa zur selben Zeit ein Kind bekam, dessen Vater offiziell der Puerto-Ricaner war, das aber gar nichts von einem Kind mit afroamerikanischem Background der ersten Generation hatte. Caroll wurde also etwa gleichzeitig zum letzten Mal Mutter und zum ersten Mal Großmutter.

Sonst lebte Jim aber nicht mit Caroll zusammen, sondern mit seinem Bruder, und immer wieder wurde ihnen der Strom und das Telefon abgedreht und zwar aus ähnlichen Gründen wie Tante Mausi und Karl Eugen. Und noch später fanden sich immer wieder Menschen, die bereit waren, sein Lebensdefizit, auf die Monate, Tage und Augenblicke umgerechnet, auszugleichen. Weinerliche Anrufe kamen am Tag nach dem Thanksgiving Day, dass keine der Frauen, die ihn im Augenblick heiraten wollten, ihn zum Truthahn eingeladen hatte.

Miami aber klang in italienischen Ohren immer noch irgendwie nach Liebe, wenigstens in einigen Italienischen-Dialekt-Ohren.

Roland hatte beim Anflug auf Miami die Everglades von oben gesehen, war über die Krokodile und Everglade-Indianer, von denen es immer noch ein paar gab, ohne dass man am Ocean Drive von Miami Beach davon gewusst hätte, hinweg in Miami gelandet und hatte die komplizierte amerikanische Einreiseprozedur hinter sich gebracht und ertragen, als wäre es das selbstverständlichste auf der Welt, gefragt zu werden, ob man als Prostituierter einreise und als solcher zu arbeiten gedenke und ob er oder sein Vater in den Holocaust und andere Verbrechen verstrickt waren.

Er wusste es ja nicht. Aber ganz gewiss war er auch darin verstrickt, auch er.

Irgendwie, es konnte nicht anders sein, war schon sein Vater verstrickt, in alles, ja er selbst war in den Holocaust verstrickt und würde ein Leben lang verstrickt sein und bleiben. Er wusste nur keine Einzelheiten. Er wusste eigentlich nicht viel mehr, als dass sein Vater eines Tages in einem Eisenbahnwaggon in die Nähe der Front transportiert worden war und dann eines Tages, nachdem der Krieg lange vorbei war, von einem Ort unweit des Polarkreises zurückkehrte. Was er in diesen sieben Jahren gemacht hat? Bald darauf war er, Roland, geboren worden. Das, die Tatsache seiner Geburt, des Wissens (das ein Unwissen war, ein blindes Wissen von der Verstricktheit), die Tatsache des Unwissens, des Wissens in die Verstricktheit, war und würde sich, außer dem Atmen und dem Leben, Essen und Trinken, Arbeiten und Schlafen, als Konstante des Lebens herausstellen, als dunkle Folie seines Glücks und Unglücks und auch sein Leben nicht einfacher machen. Jedoch – als hätte er kein Recht mehr darauf – gab es immer wieder etwas Schönes in seinem Leben, und er ertappte sich dabei, wie er sich hätte sagen können: *Jetzt gerade warst du glücklich.* So schlich sich immer wieder das Glück ein. Das konnte schon bei einem Zigarillo sein. Oder beim Blick auf Wasser und Licht. Wie gerade jetzt, da er gerade zu diesem Flugzeugfenster hinausgeschaut hatte, mit einem Tagmond, ganz in Weiß, so über dem Meer, als wäre die Welt rund wie er, und er, der Mond, hätte sie gerade geheiratet, sie beide, die Welt und das Meer, und in einem solchen Augenblick lebte auch Roland mit allen, mit der ganzen Welt im Konkubinat und hatte mit ihr einen entsprechenden Orgasmus.

Und nun zeichnete sich wieder so etwas wie Glück auf seiner deutschen Gänsehaut ab. Das heißt, dieses Glück, das *ihm näher als seine Halsschlagader war.*

Wo genau es war, konnte er auch nicht sagen. Irgendwie fiel es mit dem Leben zusammen.

So hatte Roland mit der Vorfreude auf Jim im Bauch alles ertragen.

Augenblicksweise während des Fluges, beim Hinausschauen, war Jim mehrfach als Gänsehaut auf der Oberfläche seiner Sehnsucht erschienen, an ihrer Außenwand, und er hat alles ertragen, immer wieder alles ertragen, erst den Schmerz, der sich bald eingeschlichen und dazwischengeschoben hatte, dann die Wunde und den Phantomschmerz, der je nach gefühltem Leben immer wieder ausbrach …

Alles ertragen hatte er, diesen Augenblicken zulieb, die wie Glück zu sein schienen und die auf ihn warteten, und auch die Einreiseprozedur, von der er gar nichts wusste.

11. Morgen ist er wieder frei

Dann öffnete sich die automatische undurchsichtige Tür. Bald sah er, dass die Hauptperson auf dem Bild fehlte. Er schaute sich um, aber das Gesicht von Jim war nicht auszumachen. Dabei wusste Roland noch ganz genau, dass er gestern mit ihm telefoniert hatte – und Jim wollte ihn mit seinem uralten Auto an dieser Stelle abholen. Das war fest versprochen. *Oder spinne ich jetzt?*

So stand er, bis sich alle, die abgeholt wurden, mit ihren Gepäckstücken und Menschen verflüchtigt hatten, und dann fuhr er mit seinem Rollkoffer der ersten Generation auf und ab und hielt nach einem Münztelefon Ausschau, versuchte über ein 25-Cent-Stück Jim zu Hause zu erreichen. Aber Roland wusste ja gar nicht, wie man telefoniert in Amerika. Dass er aufgeregt war, sah er an seinen Händen. Es war ja das erste Mal: Gerade war er in Amerika gelandet, unsicher auf den Beinen, nicht nur wegen des langen Fluges. Er war nun, seitdem er vor über achtzehn Stunden aufgestanden war, irgendwie ins Bad gefunden hatte und sich wieder einmal angezogen und wieder einmal hinausgegangen war ins Leben, unterwegs in Shuttlebussen und Warteschlangen, in den Schalensitzen (die von einem bösen Menschen erfunden wurden, der ihm den Schlaf nicht gönnte) der Abfertigungsgebäude (noch so ein Wort: Abfertigungsgebäude. Das traf) und dann an seinem Platz, der das verräterische Wort Beinfreiheit aufkommen ließ. Sie war, das Leben über, wenn er nicht im Flugzeug saß, als Einziges ihm noch geblieben, seitdem er den Laufstall verlassen hatte. Sonst, wieder am Boden, verflogen die Euphorie des Hinausschauens, war er ein unfreier Mensch geworden, wie die anderen auch. Und bei ihm kam noch Jim hinzu. Und bewirkte bei Roland etwas wie Schmetterlinge im Bauch, als wäre sein Leben eine Achterbahn. Dann …

Dann kam er doch noch … Roland stotterte schon beim Denken, hatte da immer gestottert und war Linkshänder geblieben im Denken, das heißt, es kam einer, der wie Jim aussah, als hätte er sich schon zwei Nächte herumgetrieben. So einer kam schließlich mit Verspätung an, wollte sich wohl mit dem alten Auto entschuldigen, einer, der wie Jim aussah, und im Herankommen dachte Roland: Mann, der ist aber dick geworden. Mindestens zwanzig Kilo zugenommen hatte er, wenn nicht dreißig. Er gönnte ihm ja jedes Pfund. Aber dieser Mann, dem Rosemarie und auch er gewiss zu trinken gegeben hätten bei Marina Piccola, sie waren ja höfliche Menschen, dazu getauft, und dabei wäre es geblieben, war ja gar nicht Jim, sondern sein Bruder Joey.

Auch er mit diesen Zähnen. Dass er aber einmal der Liebhaber von einer der Hemingways gewesen war, konnte sich Roland nicht vorstellen. Joey kam, um ihn abzuholen, und erzählte ihm, was mit Jim los war. Er würde morgen früh zurückkehren und alles erzählen. Dann gingen sie zum Parkhaus und fuhren in Richtung Coconut Grove. Dort war nämlich ihr Häuschen. Draußen blühte es ohne Unterbrechung, Flamboyantes, und was für Namen der Mensch für das Blühen erfand, für Bäume, die nichts als blühten, wie in den Filmen. Jetzt ging ihm wieder das Herz auf, als wäre er das erste Mal wieder an der Sonne nach einem langen Leben nach innen. Sein Leben war eher nach innen aufgegangen, wie eine Gefängnistür. In Frankfurt hatte es noch das erste Mal geschneit. Beinahe hätten die Maschinen noch enteist werden müssen.

Etwa zur gleichen Zeit waren anderswo, da, wo Roland jetzt von Jims Bruder herumgefahren wurde, die Sicherungen durchgegangen. Hitzestau in den Köpfen, dann der Vulkanausbruch, dann die Glut. Ann hatte gleich nach der Tat von einer Telefonzelle aus die Polizei angerufen, da versuche einer, eine Frau zu töten …

Caroll saß mit Jim im *living room* vor dem Bildschirm. Beide nebeneinander auf diesem Sofa. Da kam Ann angefahren und sah beide so sitzen, ging zurück zum Wagen, holte den Wagenheber und zertrümmerte das große Fenster an der *front-porch*-Seite und zielte ihn wie eine Waffe geradewegs in Richtung Caroll und Jim und rannte davon. Jim sah gerade noch Anns Wagen davonfahren.

Kurz darauf kam ein ganzes Überfallkommando der Polizei. Da Jim und Caroll auch noch etwas getrunken hatten, was auch in den USA zu Hause nicht verboten war, randalierte er etwas, und Caroll beschimpfte die Polizei, und ihre Erklärungen halfen nichts. Sie durfte aber bleiben. Das alles war gestern gewesen.

Das wusste Joey von Caroll. Und der gab es nun, ganz anders, als dies sein Bruder getan hätte, etwas wortkarg an Roland weiter.

Und Jim war im *jail*.

Morgen ist er wieder frei. Und Roland wusste nun, dass *jail* etwas anderes als *prison* ist.

Roland fürchtete sich nun etwas vor diesem Mann auf diesem Foto, mit diesen Haaren, die aus diesem Rüschenhemd herausschauten …

12. Ja

Woran erkenne ich ein Kunstwerk?, hatte Professor Keilbach im Ästhetik-Seminar in den Raum hinein gefragt. Und da so schnell keine Antwort kam und sich schon eine gewisse Verlegenheit ausbreitete, gab er die Antwort selbst: *dass es unvergesslich ist.* So fragte er Jahr für Jahr in den Raum hinein, bis zur Emeritierung. Und da sich diese erste Stunde der *Einführung in die Klassische Ästhetik* herumgesprochen hatte, die Studenten darüber lachten, die ganze Stadt es wusste, außer ihm, zuletzt sogar die *Abendschau* von SWF 3 ankam,wurde das bald zu einem Kulttermin an der Universität zu Freiburg, jedes Jahr wieder neu. Der Andrang war so groß, wenigstens in der ersten Stunde, dass bald ins Auditorium maximum gewechselt werden musste, und als Professor Keilbach am Ende der ersten Stunde seiner Einführung in die Ästhetik mit seiner Frage kam und kein einziger Student eine Antwort wusste, kam er mit seinem: *dass es unvergesslich ist.* Und alle lachten. Aber Roland dämmerte genau in diesem Augenblick, dass diese Definition auch auf die Liebe passte wie keine sonst.

Sie war ein entflammbares Fass ohne Boden. (Mach keine solchen Metaphern!, hätte Rosemarie nun zu ihm gesagt.)

Diese Liebe war, das versteht sich von selbst, etwas ganz im Geheimen geblieben und höchstens einmal ein Gerücht gewesen. Aber sonst lebte er im landläufigen Doppelpack, konnte immer etwas altmodisch auf seine bessere Hälfte verweisen, auf den Empfängen und Einladungen kamen sie immer zu zweit und bei jedem Ball und Defilee und bei den Anlässen, zu denen mit einer U. A. w. g.-Karte gebeten wird. Erst kam Roland mit Rosemarie, und beide hatten auch einen Sohn, der seinem Vater immer ähnlicher wurde, aber zum Glück alle vergessen hatten, wie der aussah, nur Roland und Rosemarie nicht. Dann stellte er Emily als *meine Frau* vor. Und sie sagte bald *mein Mann.*

Von dieser Geschichte mit Jim hatte ja keiner je erfahren, all diese Ärzte, Kollegen, Neurologen und Psychiater und Schriftsteller lasen ja nicht, nicht einmal die Fachliteratur ihrer Kollegen.

Auch Jim würde ihn als *good old guy, married twice* vorstellen, ja, mit den Frauen war es schwer, und sie würden lachen, und er würde ihm auch noch sagen, er möge bitte wie ein Mann in *High Noon* durch Miami gehen, nicht wie ein Linkshänder des Lebens, und vom anderen bitte kein Wort!

Jim trug nun auf den Fotos gelegentlich einen Cowboyhut, auch Rüschenhemden, etwas, das ihm vielleicht Caroll, vielleicht war es auch Ann, geschenkt hatte, als wollten sie einen Cowboy aus ihm machen, als käme er aus Texas und aus einem solchen Film, und bald schon wurde er auf der Straße mit Neil Diamond und John Travolta verwechselt, ja, mit Elvis – und eigentlich mit allen, deren große Zeit vorbei war.

Was er auf diesen Fotos gesehen hatte von ihm, das waren schon die ersten Anzeichen einer Witzfigur, einer stattlichen, vorzeigbaren, einer schönen, einer tragischen, männlichen Witzfigur, wie sie gelegentlich in den Filmen und im dazugehörenden Leben vorkamen, ein Mann, der mit den Jahren aus der Geschichte der Liebe verschwand. Das war für Roland kein Trost. Das war der beste Beweis, dass es Liebe war, dass er sich darüber nicht freuen konnte oder gar triumphieren, dass dieses Gesicht wahrscheinlich *verreckt* war, wie sie zu Hause für so etwas sagten.

Die Weltgeschichte würde weitergehen, und er würde daran nicht das Geringste ändern können. Im Irrglauben an die

Schönheitsoperation tröstet sich ja der Mensch, der es sich leisten kann, über seine eigene Zukunft hinweg.

Roland vermochte nicht viel. Er hatte keinen Einfluss auf das Schicksal. Er hatte es ja nicht einmal geschafft, für Jim eine Stelle bei Berlitz zu bekommen. Oder ihn sonst wie in seiner Nähe zu halten, und wäre es als Mann von Rosemarie gewesen.

Jim aber würde ihm und auch anderen, die nicht dabei waren, dieses Jahr von Mariae Lichtmess bis Allerseelen ganz anders erinnern und erzählen, wer Rosemarie war, und vielleicht auch von ihm, aber ganz anders. Und auch diese Geschichte aus seinem Leben, zwischen *jail* und *prison*, ganz anders erzählen, so, dass es, das Leben, in seiner Tragik gar nicht mehr zu erkennen war, ja, vielleicht so, dass es sogar als deren Gegenteil durchgehen oder zumindest missverstanden werden konnte. Und es wären ganz andere Sätze herausgekommen, wie bei der Stillen Post wie einst auf Capri. Roland seinerseits blieb am Satz: *Tragisch ist, wenn es nicht anders geht*, hängen.

Schon eine Stunde nach der Rückkehr aus dem *jail*, angenommen, er kehrte tatsächlich morgen zurück, würde es so sein: Jim wäre es gar nicht peinlich, würde alles erklären können, und Roland hörte ihn schon wieder lachen, wie Ann mit ihrem Wagenheber ankam, als wäre auch diese Geschichte aus seinem Leben ein Witz gewesen.

Als verwandelte sich das Leben immer wieder in einen Witz, der zum Repertoire hinzukam, man müsste nur ein wenig warten können, selbst ein *Lebenslänglich* abwarten können oder gar eine Todesstrafe, und alles ließe sich irgendwann als Witz erzählen oder wäre vergessen und tat überhaupt nicht mehr weh.

Als wäre auch die Liebe nun schon dabei, ein Witz zu werden, als könnten dieser Krebs und Schmerz mit Aspirin behandelt werden. Jim – der Name klang nun schon nach Fitnessstudio.

Jim und Roland würden ein paar schöne Tage haben, *eine Menge Spaß*, wie Jims jüngerer Bruder sagte, ganz gewiss, diese zwei *good old guys*, sagte Bruder Joey, vorausgesetzt, Jim käme morgen zurück und würde vor ihm stehen, mit einem *Jetzt-leckst-mich-am-Arsch!*-Gesicht, wie auf der Hochzeit in Hinterstenweiler.

Einerseits war die Liebe als etwas für immer gedacht, andererseits … ließen sich diese Dinge vertraglich nicht regeln: Der Tag der Vermählung war ja schon im gewöhnlichen Leben oftmals das Ende der Liebe. Auf diesen Tag konnte das Ende zumeist datiert werden. Vom Hochzeitstag seiner und Jims und Rosemaries Eltern an.

So wie sie etwas Entflammbares war, so konnte sie im Wüstensand des Lebens ersticken. (Mach keine solchen Metaphern, hätte Rosemarie gesagt, aber sie war ja nicht mehr da).

Und mit einem Mal kippte alles in ein großes *Ja* um.

Roland sagte nun laut und deutlich *Ja!* vor sich hin, als sie um die Ecke bogen, sodass auch das Ausrufungszeichen noch zu hören war, als Joey sagte: *Wir sind gleich da*. Auf das sich in Rolands Kopf das linkshändige Ja reimte.

Joey hatte damals auch im Auto gesessen, ebenso müde und erwartungsvoll nach einer irrsinnigen Fahrt mit seiner Mutter und seinem Bruder Jim vom kalten Scranton her, und irgendwann, das war wie jetzt, sagte sie: *Wir sind gleich da – da – da hinter der Ampel, da, hinter der Ampel, als stotterte sie über dieses endliche Dasein, und doch glücklich darüber, das zweite Haus rechts, da vorne sind wir. Ja*, sagte Roland nun, und sonst nichts. Joey verstand und verstand nicht. *Jaaaaaaaaaaaaaaaaaaa!*

Wie liebte Roland nun das deutsche Wort Ja. Eine Hymne auf das *Ja!* – Klarer und eindeutiger ging es nicht, alle Betten seines Lebens bedenkend, vom Geburtsbett an bis hin zum letzten Bett, vom Aufstehn und Hineinfinden in die Schuhe seines Lebens an.

Ja war das schönste Wort, das er aus dem Laufstall, aufgefordert zu stehen, ins Leben mitnahm. Und dann zu gehen.

Noch bevor er Ja sagen konnte. Mit diesen Füßen da. *Ja.* Und auch später, bei Marina Piccola, hatte er *Ja* gesagt, erst zum Schluck Wasser, dann, wie er *komm, gehen wir* sagte, und dann auch in der Pension *Tosca* hatte er unhörbar *Ja* gesagt und war ihnen mit seinen Füßen, Händen und Augen gefolgt. Als wäre auf dieses Ja die Dummheit seines Lebens gefolgt. Und so war es auch wieder jetzt. Oder nicht?

Eine Hymne auf seine Augen und Hände und Füße von einst! Wie er dagegen mit seinem linkshändigen Kopf hinkte, hinterherhinkte, als hätten die Hirnforscher recht. Als gäbe es diese Freiheit nicht. Als hätte er mit seinem Kopf nicht darüber zu befinden. Als wäre alles immer wie von selbst, ja: gegangen.

Ja war und blieb eine Verheißung, seine Farbe war Blau. *Ja* war zum Weltraum hin offen. Roland war nun ein einziges *Ja. – Dem Atheisten in ihm verschlug es die Sprache, dem Ungläubigen in der Liebe.*

War es Liebe?

Es war ein großes Ja und Einverstandensein. Lichtjahre weg vom kleinen Nein.

Ja war das Echo der Welt vom ersten Tag an, ausgelöst durch ein göttliches *Ja* oder *ich liebe dich. Ja* war das erste Wort Gottes, und sein Echo ging bis zum Jüngsten Tag.

Ja war auch das erste Wort gewesen, das Roland eingefallen war, als er damals Jim da stehen sah, wie er nach Wasser fragte und bald *come, let's go!* sagte.

Warum ist überhaupt Seiendes und nicht nichts? Jetzt wusste er es. Es war dem *Ja* zuliebe. Da. *Ja.* Das war die Illusion des Glücks, mit dem ihn das Leben nun schon ein halbes tatsächliches Leben lang versorgte, und zusammen mit seiner Sehnsucht war es doch wieder ein Ganzes.

30. Oktober, Weltspartag in Minden. Seit mehr als achtzehn Stunden und bald fünfunddreißig Jahren war er nun also unterwegs, aber das Einzige, was er mit Sicherheit sagen konnte, war, dass er immer wieder etwas wie Glück vernahm, seitdem er mit dem linken Fuß zu gehen begonnen hatte, das war im

Laufstall, auf das sein Laufstall-Leben folgte. Er war ein Linkshänder, aber genauso gut hätte er sagen können, dass er ein Linksfüßer war und dass er mit diesem Fuß vielleicht noch weitergekommen war als mit dieser Hand, diesen Augen und diesem Verstand. Eines Tages hatte er bemerkt, dass beim Gehen sein Bewusstsein vorne im linken Fuß war. In ihn konnte er sich am besten hineindenken, und vielleicht auch noch in die Vorstellung, dass die Liebe das Warten auf die Liebe war. So betrat Roland schließlich auch das Haus der Mariniellos in der 22nd Street. Er war nun in Amerika.

Ist denn die Welt nicht übrig?

Für Elisabeth Borchers

Der Verfasser dankt auch dem Deutschen Literaturfonds
für die Hilfe im Jahr 2006.